Vonette Bright & Nancy Moser

Das Haus der Rosen

Roman

Über die Autorinnen

Vonette Bright ist die Witwe des 2003 verstorbenen Gründers von „Campus für Christus". Sie ist sehr viel als Evangelistin und Autorin unterwegs.
Nancy Moser ist Autorin von acht Büchern, darunter auch „Der Flug, der alles veränderte". Sie unterrichtet „Kreatives Schreiben" an einem College. Sie und ihr Ehemann haben drei fast erwachsene Kinder und drei fast erwachsene Katzen.

Vonette Bright & Nancy Moser

Das Haus der Rosen

Roman

Gerth Medien

Die amerikanische Originalausgabe erschien im Verlag
Tyndale House Publishers
unter dem Titel „The Sister Circle“.

Aus dem Amerikanischen übersetzt von Antje Balters.

Best.-Nr. 816 071
ISBN 3-86591-071-8
1. Auflage 2006
Umschlaggestaltung: Hanni Plato
Umschlagfotos: Getty Images, George Hunter; Hanni Plato
Satz: Nicole Schol, Gerth Medien GmbH
Druck und Verarbeitung:Schönbach-Druck, Erzhausen
Printed in Germany

Kapitel 1

Am liebsten hätte Evelyn ihm ihren Kaffee ins Gesicht geschüttet.

Als hätte er ihre Gedanken gelesen, zuckte der Mann zurück. „Tut mir Leid, Mrs Greenburg", sagte er. „Glauben Sie mir, ich fühle mich dabei auch einfach nur furchtbar."

Evelyn betrachtete den Scheck von der Lebensversicherung, den sie in der Hand hielt. „Zehntausend Dollar", stand darauf. Nach Abzug der Beerdigungskosten würde davon kaum noch etwas übrig sein. „Es ist ja nicht Ihre Schuld."

Der Mann zupfte an seinen Haaren herum, die dünne Teetasse dabei gekonnt auf einem Knie balancierend. Nervös beobachtete er Peppers, die Katze, die sich an seine Wade schmiegte.

Evelyn streckte eine Hand nach ihr aus. „Komm her, Mieze." Peppers nahm die Einladung an und führte einen anmutigen Katzenbuckel vor, den sie an Evelyns Knöchel geschmiegt vollendete. Zur Belohnung kraulte Evelyn sie hinter den Ohren.

„Vielleicht existieren ja noch weitere Policen", sagte der Mann. „Es kommt häufig vor, dass Leute Policen von mehreren Versicherungen haben."

Evelyn schüttelte den Kopf. Nach dem ersten Schock durch Aarons tödlichen Autounfall vor einem Monat hatte sie die Schublade durchsucht, in der er alle wichtigen Papiere aufbewahrt hatte, und dabei nur die eine gültige Police gefunden – mit Betonung auf *gültig*, denn es gab zwar noch weitere Policen – eine über zweihunderttausend und eine über einhundertundfünfzigtausend Dollar sowie eine weitere über fünfzigtausend Dollar –, aber sie waren alle bereits ausgezahlt worden, und Evelyn hatte keine Ahnung, wo das Geld geblieben war. Unglaublich. Deshalb war der Versicherungsscheck, den sie jetzt in der Hand hielt, sowie die geringen Beträge auf den Bankkonten alles, was sie hatte.

Warum hatte Aaron ihr nicht gesagt, wie es finanziell um sie stand? Sie hatten einen gehobenen, aber keineswegs verschwenderischen Lebensstil gehabt. Er hatte ihr keinerlei Anhaltspunkte dafür gegeben, dass es Probleme gab oder dass sie gar in finanziellen Schwierigkeiten steckten.

Und sie hatte auch nicht gefragt.

Warum nur *hatte* sie nie gefragt?

Um Evelyn über das Ausmaß ihrer finanziellen Probleme in Kenntnis setzen zu können, hätte Aaron sie sich allerdings erst selbst eingestehen müssen, und das war schon wieder eine ganz andere Sache. Aaron hatte seinen Mantel aus Optimismus immer getragen wie ein König seine Robe. Was auch immer das Leben ihm brachte, er wurde damit fertig.

Und wer musste jetzt die Suppe auslöffeln?

Aaron war so unpraktisch gewesen wie eine Kristallschale bei einem Picknick. Evelyn bezweifelte, dass er es sich jemals erlaubt hatte, die Möglichkeit seines eigenen Todes auch nur in Erwägung zu ziehen. Er hatte immer irgendwie in Wolkenkuckucksheim gelebt und den gesunden Menschenverstand in aller Regel ausgeschaltet. Wenn Evelyn nicht darauf bestanden hätte, dass sie den Familienwohnsitz der Greenburg-Familie behielten, der seit etwa 1900 in deren Besitz war, dann hätte Aaron sie und ihren Sohn wohl unzählige Male verpflanzt und vielleicht sogar entwurzelt. Sie hätten Carson Creek verlassen und wären in Tampa oder Seattle gelandet wegen irgendeiner „todsicheren Methode", mit der man zu Geld kommen konnte, und am Ende hätten sie dann wahrscheinlich in einer Wohnwagensiedlung in einem gemieteten Trailer gewohnt, mit einer Telefonleitung, die über die Äste des nächsten Baumes verlief. Dass sie an ihrem Haus festgehalten hatte, gehörte zu den wenigen Dingen, bei denen Evelyn klar Stellung bezogen und sich auch durchgesetzt hatte.

„Mrs Greenburg?"

Sie blinzelte die Erinnerungen fort. „Mmmm?"

„Wenn ich sonst noch etwas für Sie tun kann …"

Sie stellte ihre Tasse auf den Couchtisch, der zwischen ihnen stand. Der Plätzchenteller darauf war bisher unberührt geblieben. Ihr war klar, dass es jetzt zu spät war, die Kekse noch einmal anzubieten. Und die Art, wie der Mann auf dem Sessel hin und her rutschte und den Blickkontakt mied, sagte ihr, dass er nur eines wollte, nämlich so schnell wie möglich weg.

Obwohl sie nichts gegen seine Gesellschaft hatte, gab es auch keinen Grund, ihn länger seinem eigenen Unbehagen auszusetzen. Es war ja nicht seine Schuld, dass ihr Erbe so erbärmlich ausgefallen war, und sie war sich ganz sicher, dass er etwas Besseres zu tun hatte, als eine Witwe wegen der mangelnden Voraussicht ihres verstorbenen Mannes zu bedauern.

Sie stand auf und signalisierte damit das Ende ihres Treffens. „Also, Mr ...“ Sie spürte, wie sie rot wurde. Sie hatte seinen Namen vergessen.

„Walker. Jim Walker.“

Sie ging zur Haustür. „Ja, Mr Walker. Danke, dass Sie vorbeigeschaut haben. Ich bin Ihnen wirklich dankbar für Ihren Besuch – und für den Scheck natürlich.“

Er zog erstaunt eine Augenbraue hoch, als könnte er kaum glauben, was sie da gerade gesagt hatte, dann brachte er noch ein paar der üblichen Floskeln über die Lippen und ging.

Evelyn lehnte sich von innen mit dem Rücken gegen die geschlossene Tür und lauschte seinen Schritten, die sich erst über die Verandatreppe und dann auf dem gepflasterten Gartenweg entfernten. Kurz darauf hörte sie, wie eine Autotür zugeschlagen wurde. Dann Motorengeräusche. Dann Stille. Absolute, völlige Stille, nur durchbrochen von dem Ticken der Kaminuhr, das die Sekunden zählte, die von *ihrem* Leben noch übrig waren.

Die Stille wurde zu einem Vakuum, das ihr jegliche Energie aussaugte. Sie glitt mit dem Rücken an der massiven Haustür entlang zu Boden, wobei ihr Rock an einem Knie hängen blieb, sodass ihr Slip freigelegt wurde. Sie bewegte sich kurz, um den Rock züchtig herunterzuziehen, aber als ihr klar wurde, dass ja niemand da war, der sie so sehen konnte, ließ sie es doch bleiben. Sie würde sich daran gewöhnen müssen, niemanden um sich zu haben.

Dann begannen die Tränen zu fließen – völlig unkontrolliert, begleitet von tiefen Schluchzern, mit denen sie so ganz und gar nicht gerechnet hatte. Gedanken über ihr Leben begannen sich zu entfalten, als würde ein Buch aufgeschlagen. Sie hatte ein angenehmes, respektables Leben geführt, hatte gute Freunde gehabt und einen Sohn großgezogen, der inzwischen erwachsen war und ein ganz und gar unabhängiges, eigenes Leben führte. Sollte das – jetzt, wo sie in den besten Jahren war – alles sein, was sie vorzuweisen hatte? Sollte das wirklich alles gewesen sein? Jahrzehnte der Langeweile einer eintönigen Existenz, gepaart mit finanziellen Problemen?

Sie schniefte laut und wischte sich mit dem Rock das Gesicht ab. Und dann, ohne jegliche Vorwarnung, sagte sie laut: „Gott, wenn du da wirklich irgendwo bist ... dann hilf mir! Sag mir, was ich tun soll."

Mühsam holte sie tief Luft, aber der Atem kam nur in abgehackten Stößen in ihrer Lunge an. Warum fühlte sie sich so erschöpft? Sie war doch immer voller Elan gewesen, und jetzt, da sie Witwe war, schwankte ihre Kraft ständig hin und her zwischen der einer hektischen Arbeiterameise und der eines Käfers, der gerade von einem großen Fuß zerquetscht wurde. Als spüre sie ihre Stimmung, schmiegte Peppers ihren Kopf an Evelyns Fessel. Evelyn nahm sie hoch und gestattete der Katze, sich in ihrer Lieblingsposition auf ihrer Schulter niederzulassen. Sie lag jetzt da wie ein Baby, das ein Bäuerchen machen soll. Peppers Schnurren war wie das beruhigende Zirpen der Zikaden an einem lauen Sommerabend.

Die Katze mit einer Hand haltend, betrachtete Evelyn den Scheck von vorn und hinten. Mit einer Null mehr hinter der Eins hätte sie vermutlich ein Auskommen gehabt. Was hatte Aaron sich nur dabei gedacht?

Aber sie konnte auch nicht ihm allein die Schuld geben. Hatte sie sein verantwortungsloses Vorgehen nicht auch zugelassen, vielleicht sogar gefördert? Wenn sie anders gestrickt gewesen wäre, dann hätte sie sagen können: „Es reicht, Aaron! Hör auf, dem schnellen Geld hinterherzujagen und auf den großen Coup zu warten. Such dir lieber einen besseren Job mit regelmäßigem Einkommen, mit dem du deine Familie versorgen kannst."

Aber das hatte sie nicht getan. Unzählige Male hatte sie ihm gegenübergesessen, wenn er ihr sein neuestes, tolles Projekt erklärt hatte. Dabei war er immer gerade so erfolgreich gewesen, dass sie nicht völlig die Hoffnung darauf verloren hatte, dass der große Durchbruch unmittelbar bevorstehe und seine Erfindungen alle ihre Probleme lösen würden. Seine Pläne und Strategien hatten ihm solchen Spaß gemacht, aber all die großen, hochgeschraubten Hoffnungen hatten sich nie erfüllt. Sein ständiges Scheitern hatte vor allem zwei Ursachen gehabt. Erstens war er mit seinen Erfindungen immer einen Schritt zu langsam gewesen. Wenn eine Erfindung Gestalt angenommen hatte, wurde irgendwo berichtet, dass jemand genau diese Sache bereits auf den Markt gebracht hatte. Zweitens hatte er die Gewohnheit gehabt, eine Erfindung nicht völlig abzuschließen und zu Ende zu bringen, bevor er die nächste in Angriff nahm. Die Kombination dieser beiden Eigenschaften hatte letztlich bewirkt, dass er nichts Richtiges zustande brachte und der Erfolg ausblieb.

Aber Evelyn hatte nicht den Mund gehalten, weil sie eine Dame war oder sich überlegen fühlte. Sie hatte sich zurückgehalten und Aaron immer weitermachen lassen, weil sie ein Feigling war. Sie hasste jede Art von Konflikt und Konfrontation und mied beides um jeden Preis. Sie hatte Aaron lieber einfach machen lassen, um ihre Ruhe zu haben. Aaron war oft richtig ärgerlich geworden, wenn sie wieder einmal gesagt hatte: „Ist mir egal."

„Ist dir eigentlich alles egal, Evelyn?", hatte er mehr als nur einmal gefragt.

Es war gar nicht so, dass ihr alles gleichgültig war, aber sie empfand Entscheidungen oft als unglaublich bedrohlich und einschüchternd, und sie fand es viel sicherer – und einfacher –, jemand anderen entscheiden zu lassen. Außerdem machte es die andere Person ja auch meistens noch glücklich. Das war doch eigentlich immer gut, oder?

Peppers fing an, sich zu winden, und Evelyn ließ sie gehen. Dann legte sie den Scheck vorsichtig auf ihr Knie und schnippte ihn mit dem Mittelfinger weg. Er flog nicht sehr weit und landete auf dem Boden am Fuß der Treppe, direkt neben einer dicken Staubflocke. *Ob wohl ein höherer Scheck weiter geflogen wäre?* Abfall zu Abfall, Staub zu Staub.

Sie war nicht ohne Vermögenswerte. Vor ihr erstreckte sich die Eingangshalle von Haus Greenburg mit der massiven Treppe aus Eichenholz und dem verblichenen geblümten Läufer darauf, der durch Messingstangen fixiert war, deren Nachbildung sicher ein Vermögen gekostet hätte. Massive Lichtschalter und Türknäufe aus Messing gab es und herrliche Antiquitäten. Über dem Tisch in der Eingangshalle hing ein riesiger geschnitzter Spiegel, auf dem Tisch stand eine Azalee, die ihr irgendjemand beim Beileidsbesuch mitgebracht hatte, eine Uhr, die sie zu ihrem dreißigsten Hochzeitstag bekommen hatten, und eine rosa Glasschale, in die Aaron jetzt nie mehr seine Schlüssel und sein loses Kleingeld legen würde.

War die Schale wirklich leer?

Evelyn zwang sich, aufzustehen, um nachzuschauen. Sie wollte plötzlich unbedingt wissen, ob in der Schale vielleicht doch noch eine Erinnerung an ihren Mann lag. Einen ganzen Monat lang war sie immer wieder daran vorbeigegangen und hatte nie darauf geachtet. Aber da lag wirklich Kleingeld: ein Vierteldollar, zwei Zehn-Cent-Stücke und drei einzelne Pennys. Sie wollte danach greifen, zog ihre Hand dann aber wieder zurück. Die Münzen waren wie für ein Stillleben angeordnet, wobei jede Münze so platziert war, dass es wie zufällig wirkte. Sie würde daran nichts verändern. Diese Münzen würden bis auf Weiteres in der Schale liegen bleiben, und zwar unverändert. Sie gehörten zu ihrem Erbe.

Wodurch sich ihr Gesamterbe nunmehr auf zehntausend Dollar und achtundvierzig Cent belief.

Plötzlich kam ihr ein neuer Gedanke: Was war eigentlich mit ihrem Sohn, Russell?

Was erbte er?

Ihr dämmerte bereits eine Antwort. Seelisch ausgelaugt und körperlich erschöpft, aber jetzt mit einem neuen Ziel, ging Evelyn die Treppe zu ihrem Schlafzimmer hinauf und öffnete die oberste Schublade von Aarons Kommode. Sie ging die völlig chaotische Ansammlung von Zetteln, Stiften und Zeitungsausschnitten durch.

Da ist sie ja!

Ihre Hand schloss sich um die Greenburg-Taschenuhr – ein kostbares altes Erbstück, das von Generation zu Generation weitergegeben worden war, auch wenn sie gar nicht mehr funktionierte.

Die sollte Russel bekommen.

Das war besser als nichts.

Die Schublade wieder zuschiebend, bemerkte sie eine kleine Schachtel mit dem Aufdruck: *Das Neue Testament*. Ach ja, das war die Bibel, die Aaron einmal von seiner Mutter zum Geburtstag bekommen hatte, als sie sich wegen seiner flatterhaften Lebensweise besonders gesorgt hatte. „Darin kannst du Wegweisung für dein Leben finden, mein Junge. Lies es“, hatte sie gesagt.

Soweit Evelyn wusste, hatte Aaron das Buch kein einziges Mal auch nur aus der Schachtel genommen, geschweige denn darin gelesen. Die Tatsache, dass es immer noch in der Originalverpackung steckte, war ein Beweis für die Hartnäckigkeit ihres Mannes, mit der er sich geweigert hatte, den Rat seiner Mutter – oder auch den irgendeines anderen Menschen – anzunehmen.

Evelyn strich mit den Fingern über den Karton. Ob auch für sie Wegweisung in dem Buch zu finden sein würde?

Sie zog ihre Hand zurück und schob die Schublade wieder zu. Vielleicht. Aber nicht heute. Für heute hatte sie schon genug Stoff zum Nachdenken.

Evelyn lud sich noch einen Löffel Hühnchen mit Cashewkernen auf den Teller, wobei sie auch den letzten Krümel aus der weißen Schachtel klaubte, in der das Essen geliefert worden war.

Ihr Sohn verharrte einen Augenblick lang reglos, die Gabel auf halbem Weg zum Mund. „Da bin ich aber froh, dass du wieder Appetit hast. Gibt es dafür einen besonderen Grund?"

„Verzweiflung."

Russell bedachte sie mit einem Blick, der sie an seinen Vater erinnerte.

„Es wird schon wieder werden, Mama. Ich werde dir helfen, das weißt du doch. Was mein ist, ist auch dein."

Sie schüttelte mit Nachdruck den Kopf. „So ist das aber eigentlich nicht gedacht, Russell. Es soll nicht so sein, dass Kinder ihren Eltern Geld geben. Die Eltern sollten ihren Kindern Geld hinterlassen."

„Ich habe überhaupt nicht damit gerechnet, dass ich etwas bekomme." Aber die Tatsache, dass er ihr dabei nicht in die Augen sehen konnte, strafte ihn Lügen.

Sie legte eine Hand auf seine und zog mit der anderen die goldene Uhr aus ihrer Rocktasche. Sie hielt sie ihm hin, wobei ihr die Uhrkette seitlich aus der Hand glitt, als wäre sie eine Rettungsleine, die ihm zugeworfen werden sollte. „Ich weiß, es ist nicht viel, aber ich möchte, dass du die hier bekommst."

Russell zögerte einen Moment lang, nahm dann die Uhr an sich und drehte sie um. Er ließ den Deckel aufschnappen und hielt sie sich ans Ohr.

„Funktioniert sie überhaupt noch?"

„Ich … ich glaube nicht." Die folgenden Worte sprudelten wie ein Wasserfall aus ihr heraus. „Aber sie ist schon seit drei Generationen in der Familie. Mit dir ist es dann schon die vierte. Ich habe selbst noch miterlebt, wie dein Großvater sie aus seiner Tasche geholt hat und –"

„Vater hat sie nie benutzt."

„Aber sie hat ihm gehört."

„Wollte er denn, dass ich sie bekomme?"

Alle Worte in ihr erstarben. *Ach du liebe Güte.*

Er blickte auf und sah dann wieder zu Boden. Schließlich legte er die Uhr beiseite, neben den Salz- und den Pfefferstreuer.

„Ich wünschte, es wäre mehr für dich da, Russell. Und wenn es etwas im Haus gibt, das dir etwas bedeutet, dann sag es einfach. Das meine ich ganz ernst." Er zuckte nur mit den Schultern und ihr Herz krampfte sich in dem Schmerz der Unzulänglichkeit zusammen. „Ich bin schon froh, dass du finanziell auf eigenen Füßen stehst und selbst für dich sorgen kannst."

Mit einer kurzen Pause und einem Augenzwinkern schien Russell die vergangenen Minuten auslöschen zu wollen, um das ursprüngliche Thema fortzusetzen. „Ich bin in der Tat finanziell abgesichert, und das heißt auch, dass ich dich unterstützen könnte." Er biss die Zähne aufeinander. „Was ja eigentlich Vaters Aufgabe gewesen wäre."

„Sei nicht bitter, Russell. Ich … versuche auch, es nicht zu sein."

„Aber zehntausend Dollar … Was hat er sich dabei bloß gedacht?"

„Du kennst doch deinen Vater. Er hat an tausendundeine Methoden gedacht, wie er reich werden könnte. Immer ganz der Unternehmer, immer in unmittelbarer Erwartung des großen Coups und der endgültigen Wende. Er hat mit Sicherheit nie auch nur einen Gedanken daran verschwendet, dass er früh sterben könnte."

Russell schnaubte nur, was Evelyn zu ignorieren versuchte. Es würde nichts bringen und niemandem nützen, jetzt Aarons Versagen noch einmal durchzukauen. Er war tot. Sie war allein. Das waren die unstrittigen Fakten. „Es muss aber doch für mich irgendeine Möglichkeit geben, etwas Geld zu verdienen."

„Beispielsweise indem du dir einen Job suchst?"

Sein ungläubiger Tonfall löste etwas in ihr aus, das sie wütend machte, und ihre Absicht, gelassen zu bleiben, war damit wie weggeblasen. „Dann sag mir doch mal bitte, was für eine Wahl ich habe. Nach einunddreißig Jahren Ehe stehe ich mit nichts da. Mit nichts! Und wie ich die Sache sehe, bin ich entweder eine Närrin gewesen oder einfach nur extrem naiv und leichtgläubig. Ich habe mich einfach zurückgelehnt und mich von deinem Vater versorgen lassen, und ich habe ihn nie damit konfrontiert, wie leichtsinnig und oberflächlich er war. Ich habe ihn nie dazu gezwungen, einmal ein bisschen über den Augenblick hinauszuschauen. Und für diese Haltung bekomme ich jetzt die Quittung – nämlich nichts. Ich fühle mich wie das Opfer eines Betrügers, einer dreißig Jahre andauernden Hochstapelei, bei der ich die Ersparnisse meines gesamten Lebens losgeworden bin – und zwar sowohl die emotionalen als auch die finanziellen – und am Ende ist mir nichts geblieben. Wenn dein Vater jetzt hier wäre, dann würde ich ihm sagen … ich würde …" Sie merkte, dass sie immer lauter wurde und beinahe tobte.

„Du würdest ihn anschreien wollen, aber du würdest es nicht tun. Du würdest auf die Veranda fliehen und hoffen, dass er dir dorthin folgt, um zu reden, was er aber nie getan hat. Und nach einer Weile, nachdem du dich wieder beruhigt hättest, würdest du wieder ins Haus kommen und weitermachen, als wäre nichts geschehen."

Sie nahm ihre Gabel wieder zur Hand und konzentrierte sich ganz auf das Essen. „Mach dich nicht über mich lustig, Russell. Es ist mein Leben, über das du da gerade sprichst. Unser Leben. Und dein Vater … er ist tot. Ich habe ihn geliebt –"

Er nahm ihre Hände in seine. „Ich wollte dir nicht wehtun, aber hier geht es nicht darum, ob du ihn geliebt hast oder er dich; auch nicht darum, wie ihr gestritten und euch wieder vertragen habt. Im Augenblick ist doch das Entscheidende, dass er versäumt hat sicherzustellen, dass du im Fall seines Todes versorgt bist. Er war nachlässig und leichtsinnig. Er hat einen Fehler gemacht."

„Aber das zu sagen und zu wissen nützt mir doch jetzt auch nichts … Es ändert doch nichts."

„Es ändert zwar nichts, aber was den Umgang mit Zorn angeht, bin ich anderer Meinung als du. Zorn an sich und als solcher ist ja nichts Schlechtes. Er muss geäußert werden können. Der Trick ist doch, nicht einfach dazusitzen und ihn in sich hineinzufressen."

Es gelang ihr zu lächeln. „Weil man davon schrumpelige Haut bekommt?"

„Ja, so in etwa." Sie aßen jeder einen Bissen und kauten schweigend. „Du willst dir also einen Job suchen?" Er wiegte den Kopf hin und her.

„Ich verspreche dir, dass ich nicht Gehirnchirurgin werde – oder Banker, so wie du."

Er blickte auf seinen Teller. „Ich bin sicher, dass du alles tun kannst, was du dir vornimmst, aber du musst auch realistisch sein. Du warst noch nie berufstätig. Wer soll dich denn einstellen mit null Berufserfahrung? Und dann ist da auch noch dein Alter ..." Er blickte kurz auf und dann wieder nach unten auf seinen Teller.

Da hatte er sicher nicht Unrecht. Mit sechsundfünfzig zum ersten Mal einen Job zu suchen, das war zweifellos ein Wagnis.

„Gibt es nicht ein Gesetz gegen Altersdiskriminierung?"

„Sicher gibt es das, aber ..." Er zuckte mit den Schultern.

„Du meinst, dass ich den Kürzeren ziehen würde, wenn ich mich zusammen mit einem jungen Ding um dieselbe Stelle bewerben würde?"

Wieder zuckte er mit den Schultern.

Evelyn schob sich eine große Gabel voller Reis in den Mund in der Hoffnung, der physische Treibstoff würde zu der zündenden Idee führen, durch die sich alles lösen ließe. Aber ihr Hirn war wie leer gefegt.

Russell schob seinen Teller beiseite. „Eine andere Frage ... Was hast du eigentlich mit dem Haus vor? Es war schon groß, als nur Vater und du allein darin gewohnt habt. Und jetzt, wo du allein bist ..."

„Wenn du doch nur auch deinen Teil beitragen und mir ein paar Enkelchen schenken würdest."

„Dazu muss ich ja erst mal eine Frau haben." Er grinste sie schlitzohrig an. „Na ja, eigentlich muss ich ja noch nicht einmal eine Frau haben und verheiratet sein ..."

Sie kniff ihm scherzhaft in die Nasenspitze. „Du magst zwar schon dreißig sein, aber du bist doch immer noch mein kleiner

Junge, und als solcher pass lieber auf, was du sagst … und achte auf deine Moral."

„Ich habe doch gar nichts gesagt."

„Aber du hast schlimme Gedanken gehabt."

„Seit wann bist du denn bei der Gedankenpolizei?"

„Seit ich deine Mutter bin."

Er widersprach ihr nicht, sondern brachte seinen Teller zur Spüle und wusch ihn unter fließendem Wasser ab, bevor er ihn in den Geschirrspüler stellte. Dann kam er zurück, und sie war plötzlich erschrocken darüber, wie ähnlich er Aaron und Aarons Vater Oscar sah. Die Greenburg-Nase machte ihre Träger eher interessant als schön und der hohe Haaransatz –

„Wieso siehst du mich so seltsam an, Mutter?"

Evelyn nickte. „Du erinnerst mich so an deinen Vater und an deinen Großvater." Sie schaute sich um, und als ihr bewusst wurde, wo sie sich befand, fuhr sie fort: „Ich bin deinem Großvater Greenburg zum ersten Mal genau in dieser Küche begegnet. Dein Vater hatte mich zum Essen zu seiner Familie eingeladen, um mich vorzustellen. Damals war das Haus noch voll. Aarons jüngerer Bruder und seine Schwester lebten noch hier und außerdem zwei Untermieter, die in den Schlafzimmern oben wohnten. Dein Großvater hatte sogar ein zusätzliches Badezimmer einbauen lassen …" Evelyn holte Luft. „Genau! Das ist es!"

„Was ist was?"

„Mieter. Ich werde wieder Zimmer vermieten."

Russell schüttelte den Kopf. „Fremde in deinem Haus? Das halte ich für keine gute Idee."

„Ich würde natürlich erst ausführliche Gespräche mit ihnen führen und sie mir genau anschauen, vielleicht noch Erkundigungen über sie einholen. Und wenn sie dann einziehen würden, wären sie schon gar keine Fremden mehr."

Russell lachte. „Aber überleg doch mal. Es gibt oben nur zwei Bäder. Zwei Bäder, aber vier Zimmer. Es will doch heutzutage niemand mehr mit jemandem ein Bad teilen."

„Wer sagt das?"

„Die Menschen sind es gewohnt, ein eigenes Bad – ihre Privatsphäre – zu haben."

„Die Menschen sind verwöhnt."

„Und außerdem gibt es nur eine Küche."

„Die könnten wir doch auch gemeinsam benutzen. Vielleicht könnten wir sogar zusammen essen, wenn das möglich ist. Wie eine richtige Familie."

„Und wo sollten die Leute Besuch empfangen?"

„Da ist doch das Wohnzimmer, die Veranda, der Wintergarten ... Sie hätten die freie Wahl. Ich glaube, es gibt eine Menge Leute, die gerne in einer Umgebung wie dieser wohnen würden, selbst wenn sie nur ein Zimmer für sich ganz allein hätten."

„Aber all deine Antiquitäten. Dieses Haus ist doch fast so etwas wie ein Museum. Würdest du wollen, dass irgendwelche Leute Großmutter Nelsons Porzellan anfassen oder in Tante Mildreds Nussbaumschaukelstuhl sitzen?"

Evelyn stand auf und begann, auf und ab zu gehen. Ihre Hände waren unablässig in Bewegung, während Gedanken auf sie einstürmten. „Das sind doch nur Sachen, Russell. Dinge, die seit Generationen in Gebrauch sind. Wenn davon etwas kaputtgeht, dann geht es eben kaputt."

„So nachsichtig bist du mit mir nie gewesen, wenn ich etwas kaputtgemacht habe."

„Ich habe mich verändert." Sie war sich nicht sicher, ob das wirklich stimmte. *Wenn doch nur Aaron hier wäre. Er würde die Idee bestimmt gut finden und sie in Angriff nehmen.*

„Wie viel Miete könntest du denn verlangen?"

„Das weiß ich noch nicht, aber das werde ich schon irgendwie in Erfahrung bringen."

Als sie sich wieder zu ihm umdrehte, schüttelte er den Kopf. „Sei doch mal ehrlich, Mutter. Du bist die Allerletzte, die eine solche Sache in Angriff nehmen und auch bewältigen könnte. Du bist der Inbegriff von Desorganisation. Das Haus ist zwar immer sauber, aber wenn ich dich jetzt um ein Foto von Vater bitten würde, dann würdest du von fünf verschiedenen Stellen welche hervorkramen. Ich habe ja sogar schon selbst miterlebt, wie du eine Quittung für irgendwas eine ganze Minute lang in der Hand gehalten hast, während du versucht hast zu entscheiden, in welche Schublade oder welche Brieftasche du sie stopfen solltest."

Er hatte Recht mit dem, was er sagte. „Ich werde mich bessern. Ich werde daran arbeiten."

„Und wie willst du mit Mietzahlungen, Kautionskonten, Schadensersatzforderungen, Versicherungen und Streit zwischen den Mietern fertig werden? Wenn dich mal jemand anschreit, dann rennst du doch wahrscheinlich hinaus auf die Veranda. Oder wenn jemand mit einer rührseligen Geschichte käme, um dir zu erklären, weshalb er seine Miete nicht zahlen kann, dann würdest du der betreffenden Person doch eine Tasse Tee machen, sie in den Arm nehmen und ihr dann versichern, dass sie sich mal keine Gedanken machen soll. Und am Ende wäre dann ich es, der sich Sorgen machen müsste; ich wäre am Ende der Böse. Und ich bin mir nicht so sicher, ob ich darauf so scharf bin."

„Ich werde schon dafür sorgen, dass es funktioniert, ganz bestimmt."

Er rückte seinen Stuhl zurück. „Würdest du die ganze Geschichte einfach vergessen, wenn ich dir einen Scheck über ein paar tausend Dollar ausstellen würde?"

Sie straffte die Schultern und schüttelte heftig den Kopf. „Eine Pension ist die Antwort. Das weiß ich jetzt ganz genau."

Er starrte sie nur an und in seinem Gesicht war ein Anflug von Ablehnung zu erkennen. Aber auch Resignation. Und vielleicht auch ein ganz klein wenig Stolz. „Du hast noch nie in deinem Leben so schnell eine Entscheidung getroffen, Mutter. Woher weißt du das jetzt so genau? Woher?"

Das war eine gute Frage, auf die es aber keine klare und eindeutige Antwort gab. Dieses Gefühl der Gewissheit war ihr zwar fremd, aber es war unleugbar vorhanden. Sie legte eine Faust auf ihr Herz, wo ihre Gewissheit wurzelte. „Woher ich es weiß? Ich weiß es einfach."

Evelyn konnte nicht schlafen. Normalerweise schlief sie, sobald sie den Kopf aufs Kissen gelegt hatte, aber seit Aarons Unfall waren die Abende und vor allem die Nächte eine Qual. Es war einfach zu still und sie hatte zu viel Zeit, um nachzudenken, sich Sorgen zu machen und zu trauern. Wenn sie den Schlaf nur nicht so dringend nötig gehabt hätte.

Das Mondlicht schien durch die Spitzengardinen auf den Teppichboden und auf die eine Seite der Kommode, in der Aarons Sachen waren. Sie hatte die oberste Schublade nicht wieder ganz geschlossen, und weil sie ein paar Zentimeter offen stand, zog sie Evelyns Aufmerksamkeit auf sich. Aarons Schublade. Die Schublade, die Russells jämmerliches Erbe enthalten hatte – eine goldene Taschenuhr. Die Schublade, in der ...

Sie stand auf und öffnete die Schublade noch einmal. Ihr Blick fiel auf die Schachtel. Sie nahm sie aus der Schublade und dann das Neue Testament aus der Box. Dann legte sie sich wieder ins Bett. Der braune Ledereinband war ein wenig steif, aber die dünnen Seiten flatterten gegeneinander, als sie darin blätterte. Sie schlug die erste Seite auf, wo das Buch Matthäus begann. Als sie anfing zu lesen, musste sie sich zwingen, sich zu konzentrieren, aber was hatte sie schon zu verlieren?

Schon bald war Konzentration kein Problem mehr. Sie las den Stammbaum von Jesus, vom Besuch der Weisen und von der Kindheit Jesu. Sie war fasziniert von dem Mann, der Johannes der Täufer genannt wurde, der alles riskierte, um weiterzusagen, wovon Gott wollte, dass er es den Menschen sagte. Und dann waren da die erstaunlichen Aussagen Jesu den Menschen gegenüber, die er sich als Weggefährten ausgesucht hatte.

Das war guter Stoff. So interessant wie ein Roman und besser als das beste Selbsthilfebuch. Wie hatte ihr Alltag sie so in Beschlag nehmen können, dass sie diesem Buch nicht die Beachtung geschenkt hatte, die ihm offensichtlich zukam? Sie war eine geistliche Analphabetin. Das war beileibe nichts, worauf sie sich etwas einbilden konnte, aber es war etwas, das sich korrigieren ließ.

Sie las weiter. „Darum sage ich euch: Sorgt euch nicht um euren Lebensunterhalt." Die Worte trafen sie. Sie sollte sich um gar nichts Sorgen machen, nicht einmal um Essen und Kleidung. Gott würde für sie sorgen. Durch Sorgen würde ihrem Leben keine einzige Minute hinzufügt werden. „Denn euer himmlischer Vater weiß, dass ihr all dessen bedürft. Trachtet zuerst nach dem Reich Gottes und nach seiner Gerechtigkeit, so wird euch das alles zufallen."

Sie presste sich die Bibel an die Brust. Es war, als spräche Jesus zu ihr. Zu ihr ganz persönlich! Er wusste, was sie brauchte, und würde dafür sorgen, dass sie es auch bekam. Aus purer Freude darüber musste sie laut auflachen. Dann las sie weiter. Und immer weiter.

Als Evelyn aufwachte, lag die Bibel aufgeschlagen auf ihrer Brust, und das Licht war noch immer an. Sie warf einen Blick auf die Uhr. Es war 2:13 Uhr. Sie hatte bis weit nach Mitternacht gelesen und musste lächeln, als sie darüber nachdachte. Sie legte die Bibel auf das Nachtschränkchen und wollte gerade das Licht ausschalten, aber mitten in der Bewegung hielt ihre Hand inne.

Steh auf.

Dem inneren Impuls folgend, zog sie ihren Morgenmantel an und ging in Richtung des Flures in der ersten Etage. Sie knipste das Licht an und merkte, wie sie sich mit den Grundrissen der einzelnen Zimmer beschäftigte.

Das Haus war im Quadrat gebaut, wobei die Treppe genau in der Mitte lag. Der Flur im Obergeschoss lief um den Treppenaufgang herum, und man hatte von ihm aus Zugang zu den vier Schlafzimmern, wobei man an einem Fenster mit Blick auf die vordere Veranda vorbeikam. Jedes Zimmer hatte seine Besonderheit. Die beiden Zimmer, die zur Vorderseite des Hauses lagen, hatten jeweils einen Balkon mit Blick auf den Vorgarten. Die beiden Schlafzimmer zum Garten nach hinten hatten einen wunderschönen Ausblick und die breite Fensterbank in einem der beiden Räume war sogar zu einer gemütlichen Bank hergerichtet worden. Zwischen den Vorder- und Hinterzimmern gab es jeweils noch ein Bad. Wenn Evelyn das Vorderzimmer, in dem sie und Aaron geschlafen hatten, behielt … Ihr gefiel daran vor allem, dass die Morgensonne auf den kleinen Balkon davor fiel. Aber war sie wirklich bereit, das Bad mit einem fremden Menschen zu teilen? Eigentlich gab es noch ein drittes Bad im Erdgeschoss. Es war winzig und hatte keine Badewanne, sondern nur eine Dusche, aber es konnte ja auch von einem der Mieter genutzt werden, wenn er oder sie einverstanden war. Und wenn sie nur Frauen als Mieter nahm … dann konnte das Ganze irgendwie auch so sein, wie wenn ein paar Mädels bei einer Freundin übernachteten – nur eben nicht nur für eine Nacht. Richtig schön könnte es dann werden, oder?

Als sie so im Flur des Obergeschosses stand, fiel ihr Blick auch auf die Schnur, die von der Decke hing. Wenn man daran zog, kam eine zusammenklappbare Treppe zum Vorschein, über die man den Dachboden und das damit verbundene Turmzimmer erreichen konnte. Wann war sie eigentlich zum letzten Mal dort oben gewesen? Vor einem Jahr? Seltsam, wie man ein Zimmer im Haus so ganz und gar vergessen konnte.

Ohne nachzudenken oder auch nur zu merken, dass sie eine Entscheidung gefällt hatte, zog Evelyn an der Schnur und stieg auf den Dachboden hinauf. Warme, abgestandene Luft strömte ihr entgegen. Sie betätigte den Lichtschalter, der sich direkt am Treppenaufgang befand, und das Licht ging an. Es war ein Dachboden wie aus dem Film – mit Koffern und Truhen, mit alten Lampenschirmen, Kisten und Kästen und diversen ausrangierten Möbelstücken. Als Aaron und sie in das Haus gezogen waren, hatte sie sich darauf gestürzt wie auf eine Schatztruhe und sich viele Tage Zeit genommen, die Erbstücke der Familie Greenburg zu sichten, zu sortieren und umzuräumen. Im Laufe der Jahre, auch nach dem Tod ihrer eigenen Eltern, waren noch etliche Schätze aus ihrer Familie hinzugekommen, Dinge, die sie zwar nicht benutzen wollte, von denen sie sich aber auch nicht trennen konnte.

Peppers zögerte keinen Augenblick und machte sich unverzüglich auf einen Erkundungsgang durch den Dachboden. Für sie war das wahrscheinlich wie der Gang zu einem Büffet verschiedenster Spinnen und anderer Insekten. *Los, Peppers. Hol sie dir. Ich hasse nichts mehr als Spin-*

Evelyns Blick fiel auf einen Frisiertisch mit einem dreiteiligen Spiegel, und sie merkte, wie ihr Herz kurz flatterte. Sie ging zu dem Tisch, den Blick fest auf die Schublade unter dem mittleren Spiegel gerichtet. Es war so lange her, dass sie dort hineingeschaut hatte.

Sie zog an dem Griff der Schublade, nahm dann aber die Hand wieder zurück.

Nein. Das tut dir nicht gut. Es ist besser, wenn du dich daran jetzt nicht erinnerst. Die Vergangenheit ist vorbei. Kümmere dich jetzt lieber um die Gegenwart und mach dir Gedanken um deine Zukunft.

Nur schwer konnte Evelyn der Versuchung widerstehen, und sie brachte es kaum fertig, sich von dem Frisiertisch abzuwenden. Dann schloss sie die Augen und wandte sich bewusst ab. Nachdem sie einmal tief durchgeatmet hatte, öffnete sie die Augen wieder. Das Erste, was sie auf der anderen Seite des Raumes sah, brachte sie zum Lächeln. Dann musste sie sogar laut lachen.

Russell hatte gefragt, wieso sie sich so sicher sei, dass sie Zimmer vermieten sollte. Sie schlenderte zu einem hölzernen Schild, das von einem Dachbalken herabhing. Sie nahm die Haken, an denen es hing, aus den Ösen und hielt es vor sich. Mit dem Finger strich sie über die aufgemalten Buchstaben. Das hier war ihre Bestätigung. Hier war die Antwort.

Haus Greenburg – Zimmer zu vermieten

Kapitel 2

Wegen ihrer nächtlichen Dachbodenexpedition schlief Evelyn am nächsten Morgen bis halb neun. Noch bevor sie ihre erste Tasse Kaffee getrunken und die Zeitung hereingeholt hatte, nahm Evelyn das Holzschild, staubte es ab und ging im Bademantel hinaus auf die Veranda. Ihr war zwar vage bewusst, dass sie sich nicht an die richtige Reihenfolge hielt, aber sie hatte das Bedürfnis, diesen ersten Schritt zu vollziehen, bevor sie sich an die Vielzahl von Aufgaben machte, die noch zu erledigen waren, bevor sie wirklich Mieter aufnehmen konnte.

Ganz oben auf der Verandatreppe blieb sie stehen und schaute sich den überstehenden Dachbalken an – und siehe da, es waren zwei Haken daran befestigt, die nun wahrscheinlich schon seit Jahrzehnten darauf warteten, dass das Schild an seinen angestammten Platz zurückkehrte. Sie stellte sich auf die Zehenspitzen und hakte das Schild ein. Es schwang ein wenig hin und her, so als nicke es zustimmend. Dem hatte sie nichts hinzuzufügen als ihr eigenes Nicken. Sie hatte das Gefühl, dass das hier richtig war. Ganz und gar richtig.

Danke, Gott.

Sie musste zwinkern, als ihr klar wurde, dass sie gerade gebetet hatte.

Zum letzten Mal hatte sie gebetet, als Aaron im Krankenhaus mit dem Tod gerungen hatte. Und davor?

Obwohl sie als Kind zur Sonntagsschule gegangen war und die Grundlagen des christlichen Glaubens kannte, hatte sie in all der Geschäftigkeit ihres Alltags kaum noch gebetet. Es hatte zwar im Laufe der Jahre immer wieder Zeiten gegeben, in denen sie ein Bedürfnis nach Gott verspürt hatte – dann hatte sie ihre Bibel hervorgeholt und gebetet und immer auch den Trost gefunden, den sie gesucht hatte –, aber dann war Gott für sie immer mehr in den Hintergrund getreten, bis sie ihn das nächste Mal dringend brauchte. Fest stand jedenfalls, dass es sich um eine ausgesprochen einseitige Beziehung handelte, in der Gott gab und sie nahm.

Aber er hat mir Aaron genommen …

Obwohl sie vom Verstand her wusste, dass Aarons Hang zu hoher Geschwindigkeit sowie die Tatsache, dass er beim Autofahren oft abgelenkt gewesen war, für seinen Tod verantwortlich waren, brauchte sie jemanden, dem sie die Schuld geben konnte, und Gott schien ihr ein passender Sündenbock zu sein. Es war ungerecht, dass er Aaron schon so früh hatte sterben lassen. Nicht ihr, sondern Aaron gegenüber. Natürlich wusste sie, dass das Handeln von Menschen immer Folgen hatte, und wenn der Unfalltod die Folge dessen war, dass Aaron ein schlechter Fahrer gewesen war, dann ergab das wenigstens irgendwie einen Sinn. Aber warum sollte Evelyn leiden müssen? *Ein schlechter Plan, Gott. Ein ganz schlechter Plan.*

Das Schild schwang plötzlich nicht mehr hin und her und die Strahlen der Morgensonne fielen darauf wie ein Scheinwerfer.

Das hier ist ein guter Plan. Mach weiter.

Evelyn holte tief Luft. Ihre Worte waren kein Gebet gewesen, das an jemand Außenstehenden gerichtet war, sondern sie hatten einen Gedanken formuliert, der von außen *hereingekommen* war. Klar und eindeutig. Keine Stimme, sondern einfach eine Idee – und zwar nicht ihre eigene. Eine Idee, verbunden mit einem Gefühl der Gewissheit; Worte, die von einem tiefen inneren Frieden begleitet waren.

„Okay", sagte Evelyn. Sie lachte, als sie merkte, dass sie laut gesprochen hatte. Gelegentlich sprach sie mit sich selbst oder mit Peppers, aber jetzt redete sie mit …

Sie schüttelte den Kopf und drehte sich zur Haustür um.

Kaffee. Das war die Lösung. Sie brauchte jetzt einen Kaffee.

Mae Fitzpatrick drehte die Judy-Collins-CD so laut, dass ihr eigener Gesang nicht mehr zu hören war. Das Aufdrehen der Lautstärke war ein Akt der Selbsterhaltung, das Singen einer der Rebellion. Dass sie – eine Frau mit einer Schwäche für Musik – keine anständige Singstimme mitbekommen hatte, war ein Seitenhieb des Schicksals, den sie mit jedem falschen Ton, den sie hervorbrachte, verabscheute. Sie liebte das Lied, das gerade lief – „Marieke" –, und sang es mit, wohl wissend, dass sie nicht nur die einzelnen Töne verunstaltete, sondern auch das Flämisch oder Französisch oder welche Sprache es auch immer sein mochte, in der Judy das Lied sang. Nun ja, daran war eben nichts zu ändern.

Sie schaltete ihren alten VW-Käfer in den dritten Gang und langte dann quer über den Beifahrersitz, um auf der Beifahrerseite das Fenster herunterzukurbeln. Obwohl es an diesem Märzmorgen noch empfindlich kühl war, musste Mae immer unbedingt die frische Luft im Gesicht –

Der Becher Tee, der zwischen ihren Beinen klemmte, schwappte über, als sie das Fenster aufzukurbeln versuchte, was dazu führte, dass sie beim Fahren einen Schlenker machte und von dem Autofahrer hinter sich mit einem wütenden Hupen bedacht wurde.

„Mensch, Mae!", schalt sie sich selbst. „Du hast dein Multitasking-Limit überschritten." Sie fuhr mit einer Notbremsung an den Bordstein heran, kramte ein paar Papierservietten von einem Schnellimbiss aus dem Handschuhfach und versuchte, den verschütteten Tee abzutupfen, der ihr inzwischen vom Schoß gelaufen war und sich unter ihrem Po zu einer Pfütze gesammelt hatte. Als ihr klar wurde, dass ihr Rock, wenn sie nicht unverzüglich etwas unternahm, aussehen würde, als wäre ihr eine ganz andere Art von Malheur passiert, öffnete sie die Autotür und sprang vom Sitz, als hätte sie den „Auswerfen"-Knopf gedrückt.

Sie hatte allerdings nicht daran gedacht, dass sie den Teebecher immer noch in der Hand hielt, und durch ihre abrupte Bewegung landete der größte Teil der bernsteinfarbenen Flüssigkeit auf der Straße und verfehlte nur knapp ihre Sandalen mit Obst-Dekor. Sie stellte den Becher auf das Autodach und trat mit erhobenen Armen einen Schritt zurück, als wäre der Becher eine tickende Zeitbombe und sie hätte gerade beschlossen, sich zu ergeben.

Judy sang ungerührt weiter und machte lediglich eine kurze Pause, während der sie von ihrem flämischen Gesang zu einem Lied über eine Nachtigall wechselte. Der VW tuckerte weiter vor sich hin und vermittelte damit einen geradezu provozierend gleichgültigen Eindruck, so als wolle er sagen: *Na, ist doch nicht meine Schuld.*

Und um der Wahrheit die Ehre zu geben – das Auto hatte Recht. Seit Mae an diesem Morgen aufgewacht war, glich sie einem Schrottauto auf Amokfahrt. Sie hatte ganz schnell duschen müssen – allerdings war der Wärmeregler kaputt, sodass das Wasser nicht heißer als lauwarm war. Dann hatte sie die Blaubeermarmelade auf den Fußboden fallen lassen, war gezwungen gewesen, ihr Teewasser in der Mikrowelle zu erhitzen, weil der Herd seinen Geist aufgegeben hatte, und es war beinahe unmöglich gewesen, ihre Ohrstecker reinzubekommen, obwohl sie die Löcher schon seit dem Sommer '68 hatte, als sie und eine Freundin beschlossen hatten, Hippieperlenschmuck herzustellen und auf Rockkonzerten zu verkaufen. Um ihre Ware besser vorführen zu können, hatten sie sich mit Hilfe einer Nadel und eines Eiswürfels gegenseitig Ohrlöcher gestochen.

Die Freundin gab es schon längst nicht mehr, aber Maes Interesse an Schmuck hatte überdauert, und mit dem einstigen Hobby verdiente sie nun ihren Lebensunterhalt. Sie produzierte jetzt keinen Hippieschmuck mehr, sondern war stolze Besitzerin einer Silberschmiedewerkstatt mit Laden namens „Silberkästchen", wo sie Silber zu verblüffenden Unikaten tragbarer Kunst verarbeitete. Was das Geschäft nicht an Profit abwarf, machte es reichlich durch Befriedigung wett. Das war ein Tauschgeschäft, das Mae zu akzeptieren bereit war. Sie hatte nie großes Interesse an materiellem Besitz gehabt und hatte ihr Geld schon immer lieber ausgegeben, um mit Freunden essen zu gehen oder eine Woche lang die *Flint Hills* in Kansas zu erkunden oder das Ahornsirup-Land Vermont. Sie unternahm schrecklich gern Busreisen und lernte dabei jede Menge neuer Leute kennen. Ihr Adressbuch war voller Namen, die bei solchen Gelegenheiten hinzugekommen waren.

Ihren Rock hatte sie mittlerweile so gut es eben ging trocken gerieben und jetzt machte sie sich an die Trockenlegung des Fahrersitzes. Als sie gerade einsteigen wollte, hörte sie das sanfte Quietschen, das entsteht, wenn Metall auf Metall reibt. Sie sah auf und ihr Blick fiel auf ein stattliches viktorianisches Haus. Dann bemerkte sie das Schild, das im Wind hin und her schwang. „Haus Greenburg – Zimmer zu vermieten", stand da.

Der erste Gedanke, der ihr dabei durch den Kopf ging, war: *Warum eigentlich nicht*? Und bevor sie diesem Gedanken auch nur Zeit ließ, sich ein wenig zu setzen, hatte sie bereits den Wagen ausgemacht und ging auf den Eingang zu.

Wer weiß, vielleicht hatte sie ja Glück.

Evelyn kam nach unten. Als sie das Läuten gehört hatte, hatte sie sich erst einmal schnell anziehen müssen. Sie eilte die letzten paar Stufen hinunter und öffnete die Tür. Eine Frau mittleren Alters mit sehr langem, sehr lockigem und bereits ziemlich ergrautem Haar stand vor ihr. Die Frau hatte eine Hüfte vorgeschoben und eine Faust auf den Rand des Hüftknochens gestützt, sodass die winzigen Glöckchen am Ende ihres Gürtels leise bimmelten.

„Ich bin wegen des Zimmers hier."

Evelyn sah sie überrascht an. „Wow", war alles, was sie herausbrachte.

Die Frau lachte. „Wenn dieses ‚Wow' eine Reaktion auf meine bezaubernde Persönlichkeit und mein Aussehen ist, nehme ich es dankend an. Wenn es dafür einen anderen Grund gibt, dann müssten Sie mir den vielleicht erklären."

„Ich habe das Schild erst vor einer Stunde aufgehängt."

„Oh. Also, dann hoffe ich ja, dass, wer zuerst kommt, auch zuerst mahlt."

„Ich bin gestern Abend überhaupt erst auf die Idee gekommen zu vermieten."

„Und ich habe eben gerade erst beschlossen, dass ich ein Zimmer brauche …" Mae schüttelte den Kopf, wie um darin aufzuräumen. „Ich hab noch nicht einmal gewusst, dass ich beschlossen habe umzuziehen, aber nun bin ich mal da und Sie sind da. Das nenne ich gutes Karma."

Evelyn brauchte einen Augenblick, um die Verbindung zwischen der Erwähnung von Karma, dem langen Haar der Frau, dem gefärbten Batikrock und den Sandalen herzustellen. Sie war ein übrig gebliebener Hippie, ja genau das war sie.

„Ich bin Mae Fitzpatrick. Und wie ist Ihr Name?"

Evelyn schüttelte Mae die Hand. „Evelyn Greenburg."

„Womit die Aufschrift des Schildes erklärt wäre. Wollen Sie mich nicht hereinbitten? Karma hin oder her, ich würde mir das Zimmer jedenfalls gerne erst einmal ansehen, bevor ich mich endgültig entscheide."

Sie schaute auf ihre Füße, um die Peppers gerade eine Acht drehte. „Wir bringen Ihre Katze ganz durcheinander ..."

Evelyn trat einen Schritt beiseite und ließ sowohl Mae als auch Peppers herein. Als die Frau im Haus war, hatte Evelyn mit einer Welle von Panik zu kämpfen. Das hier ging entschieden zu schnell. Sie war noch gar nicht so weit. Sie –

Mae schlenderte von einer Seite der Eingangshalle zur anderen, warf einen Blick ins Wohnzimmer und einen ins Esszimmer. „Nett haben Sie's hier. Das ist schon was richtig Feines im Vergleich zu den Löchern, die ich gewohnt bin."

„Wo wohnen Sie denn zurzeit?"

Mae strich mit einer Hand über die Schnitzerei am Treppengeländer. „In einem Apartment drüben in der dritten Straße. Die sanitären Anlagen sind da ziemlich launisch und die Küche macht Lust auf Auswärtsessen. Außerdem ist das Haus voll gestopft mit Stereoanlagen. Ich mag meine Musik genauso wie mein Nachbar seine, aber nicht um drei Uhr morgens. Und was meinen Musikgeschmack angeht, ich mag Judy Collins, James Taylor und Andrea Bocelli."

„Oper?"

„Gesungen von einem gut aussehenden Italiener. Da können Sie aber sicher sein."

„Sie sind nicht verheiratet?"

Mae beendete ihre Inspektion. „Ich weiß nicht so genau, was meine Vorliebe für Bocelli mit meinem Familienstand zu tun hat, aber darüber will ich mal einfach hinweggehen. Und warum verschieben wir das Gespräch zwischen Mieterin und Vermieterin nicht auf später, nachdem ich mir das Zimmer angeschaut habe? Ist Ihnen das recht?"

Ein wenig peinlich berührt, legte sich Evelyn eine Hand an den Blusenkragen. Wieso gab ihr diese Frau das Gefühl, als wäre nicht sie es, die hier das Sagen hatte? Es war *ihr* Haus. Sie setzte einen Fuß auf die unterste Treppenstufe und drehte sich dann zu Mae um. „Wie bereits gesagt, ich bin gerade gestern erst auf die Idee gekommen, Zimmer zu vermieten, und ich habe noch gar nicht genug Zeit gehabt, alles genauer zu durchdenken. Ich kann Ihnen aber gern die Zimmer zeigen, die ich vermieten will, und dann –“

„Dann kann ich Ihnen ja dabei helfen, diese Pension in Gang zu bringen.“ Mae ging an ihr vorbei die Treppe hinauf. „Ich bin ziemlich gut darin, dafür zu sorgen, dass die Dinge so laufen, wie ich es will. Sie werden schon sehen.“

Daran hatte Evelyn keinerlei Zweifel.

Evelyn und Mae saßen am Küchentisch, und Mae rührte gerade den zweiten Löffel Zucker in ihren Kaffee, während Evelyn sich Notizen machte.

„Zunächst mal: Ich mag lieber Kräutertee als Kaffee.“ Sie klopfte den Teelöffel am Tassenrand ab. „Mae Fitzpatrick braucht nicht auch noch Koffein in ihrem Kreislauf. Das würde die Welt nicht aushalten.“

Das glaubte Evelyn sofort und schrieb Kräutertee auf ihre Liste.

„Dann ist da die Sache mit dem gemeinsamen Bad. Darauf bin ich zwar nicht besonders scharf, aber es lässt sich wohl machen. Macht das Ganze irgendwie noch abenteuerlicher. Außerdem bin ich durch mein Geschäft flexibel in Bezug auf die Badbenutzungszeiten.“

„Und was für ein Geschäft haben Sie?“

„Ich mache Schmuck. Ich bin Silberschmiedin. Vielleicht haben Sie meinen Laden ja schon mal gesehen. Er heißt ‚Silberkästchen‘.“

Evelyn strahlte. „Ja, da bin ich sogar schon gewesen. Habe für meinen Sohn einen Geldscheinclip mit einem Adler darauf gekauft.“

„An den erinnere ich mich. Gefällt er ihm?“

„Er benutzt ihn noch immer.“ Jetzt sah sie Mae mit ganz anderen Augen. „Sie sind eine echte Künstlerin.“

Mae lachte. „Nennen Sie mich weiter so und ich erhöhe sofort meine Preise.“ Mit einer schwungvollen Kopfbewegung wandte sie sich wieder ihrem Kaffee zu und sah sich dann in der Küche um. „Haben Sie vor, für uns alle zu kochen oder sollen wir uns abwechseln?“

„Ich würde gern kochen, aber manche Aufgaben möchte ich auch aufteilen."

„Das ist mir recht. Sagen Sie mir einfach, was zu tun ist, und dann mache ich es. Aber seien Sie vorgewarnt: Ich habe zurzeit meine italienische Phase, was das Kochen betrifft. Maes märchenhafte Manicotti – meine neueste Kreation. Sie werden noch merken, dass mein Leben in vielen solchen Phasen verläuft ..." Mae seufzte.

Evelyn fragte nicht weiter nach, und Mae beließ es auch bei dieser Andeutung, ohne das Thema weiter auszuführen.

„Ich habe schon immer gern italienisch gegessen, aber meinem Exmann Danny kam so was nicht ins Haus. Irgendwie hatte er was gegen Italiener. Ich glaube, das hatte was mit der Gegend zu tun, in der er aufgewachsen ist. Da hieß es immer Iren gegen Italiener." Mae zuckte mit den Schultern. „Ich fand Dannys Vorurteile noch nie so toll. Meine Vorfahren waren Zigeuner – jedenfalls behaupte ich das immer, das klingt doch exotisch, oder?"

Es passte zu ihr. „Wie lange sind Sie denn schon geschieden?"

Mae winkte ab. „Ach, schon ewig und drei Tage. Danny und ich hätten gar nicht erst heiraten sollen. Wir haben uns in den Sechzigern kennen gelernt, als freie Liebe angesagt war. Wir haben miteinander geschlafen, ich wurde schwanger, wir heirateten, ich hab ein paar Kinder in die Welt gesetzt, und dann ist er weg."

Aus Maes Mund klang es so, als sei Mutter zu werden so wie wenn Toastbrote aus dem Toaster springen.

Mae zuckte wieder mit den Schultern, sodass ihre Ohrringe wippten. „Ist auch in Ordnung so. Manchmal ist es besser, allein zu leben als zu zweit und immer mit Jammern und Klagen. Es war nicht leicht als allein erziehende Mutter von zwei Kindern, aber wir haben es geschafft."

„Und wo sind Ihre Kinder jetzt?"

„Leider viel zu weit weg, als dass wir uns öfter sehen könnten. Das Letzte, was ich gehört habe, war, dass Ringo in Los Angeles lebt und Starr in New York. Ich würde sie gern öfter sehen, aber sie gehen eben ihre eigenen Wege." Sie beugte sich weit über den Tisch zu ihr. „Ich glaube, ich bin ihnen einfach zu viel."

Kaum zu glauben.

Sie hob ihre Kaffeetasse und deutete damit auf Evelyn. „Jetzt sind Sie aber mal an der Reihe, ein bisschen aus Ihrem Leben zu plaudern. Wenn Sie mich erst einmal zum Reden gebracht haben, dann rede ich für die nächsten drei Stunden – und zwar nonstop. Wie sieht es denn bei Ihnen so aus?"

Evelyn fingerte am Rand ihres Notizblockes herum. „Ich bin verwitwet, und zwar erst seit kurzem. Ich habe vor einem Monat meinen Mann verloren."

Mae setzte sich mit einem tiefen Schnaufen in ihrem Stuhl zurück. „Sapperlot, Schwester. Und ich rede und rede ... Wie geht es Ihnen denn? Wie ist er gestorben?"

„Ach, eigentlich geht es mir ganz gut. Er ist bei einem Autounfall ums Leben gekommen. Ist bei Regen zu schnell gefahren und hat die Kontrolle über den Wagen verloren. Er ist gegen einen Baum geprallt auf der B-"

Mae schlug mit der flachen Hand auf den Tisch. „Auf der B2? Davon habe ich gehört! Das war Ihr Mann?"

Evelyn nickte. Es brachte sie ein wenig aus der Fassung zu erfahren, dass Aarons Tod eine Nachricht wert gewesen war.

Mae griff über den Tisch und tätschelte ihr die Hand. „Haben Sie Kinder?"

„Einen erwachsenen Sohn. Russell. Er ist stellvertretender Direktor der Creek National Bank."

„Und Enkel?"

„Er ist nicht verheiratet. Noch nicht jedenfalls."

Mae lehnte sich zurück und lächelte. Ihr Finger machte eine Schlangenlinie vor Evelyns Gesicht. „Sehe ich da in Ihren Augen den Blick einer Heiratsvermittlerin? Schwebt Ihnen denn jemand für ihn vor?"

„Ich wünschte, es wäre so. Er ist dreißig und scheint es mit dem Heiraten absolut nicht eilig zu haben. Er ist offenbar gerne Junggeselle."

„Hmm. Das ist so ungerecht. Frauen, die in diesem Alter noch unverheiratet sind, hält man für bedauernswerte alte Jungfern. Aber Männer? Die sind dann freiheitsliebende Junggesellen. Das ist nicht gerecht. Ganz und gar nicht gerecht."

So hatte Evelyn das noch nie gesehen, aber sie musste Mae zustimmen. Es war oft schwer, eine Frau zu sein, und Witwe zu sein schien sogar noch schwieriger.

„Aaron hat mir nicht viel hinterlassen, deshalb habe ich beschlossen, Zimmer zu vermieten, damit ich finanziell über die Runden komme."

„Das ist gut. Mir gefallen Frauen mit Mumm, die vor Schwierigkeiten nicht davonlaufen oder einfach aufgeben. Wir werden wunderbar miteinander auskommen, da bin ich mir ganz sicher."

„Ich auch." Evelyn war selbst überrascht, dass sie das tatsächlich so meinte, aber es stimmte wirklich. Sie mochte Mae, und der Gedanke, dass das ganze Haus von ihrem Elan erfüllt sein würde, war so als würde das Fenster in einem unbenutzten Zimmer geöffnet, in dem zu lange nicht gelüftet worden war.

Mae rührte einen dritten Teelöffel Zucker in ihren Kaffee. „Sie brauchen eine Genehmigung von der Stadt, um das alles zu tun, wissen Sie das?"

Evelyn blickte sie überrascht an. „Nein, das wusste ich nicht. Und wie mache ich das?"

„Ach, das übernehme ich gern für Sie", sagte Mae. „Dadurch, dass ich selbst eine Firma habe, kenne ich all die Leute im Rathaus beim Vornamen, beim Nachnamen und bei den Namen, die ich ihnen gebe, wenn sie mir Probleme machen."

„Glauben Sie, dass es schwierig ist, eine solche Genehmigung zu bekommen?"

„Nein, nicht wenn Sie Mae mit im Team haben." Sie rückte vom Tisch ab. „Ich muss jetzt aber in meinen Laden. Ich schaue dann in der Mittagspause gleich im Rathaus vorbei."

Evelyn stand auf, um sie hinauszubegleiten. „Und was sollte ich als Nächstes tun?"

Mae überlegte einen Augenblick lang. „Ich würde damit anfangen, die Zimmer auszumisten, die Sie vermieten wollen. Raus mit all dem Krimskrams. Die Leute werden ihren eigenen Kleinkram und ihre Dekosachen mitbringen. Und sorgen Sie dafür, dass die Kommodenschubladen und Schränke leer sind."

Sie öffnete die Haustür, drehte sich dann aber noch einmal kurz um. „Ach ja, und besorgen Sie Tee für mich. Almond Sunset oder Bengalischer Gewürztee wäre schön."

Es würde Evelyn ein Vergnügen sein. Haus Greenburg war jetzt offiziell im Geschäft.

Tessa Klein kauerte über dem Lenkrad, den Blick starr auf die Straße vor ihr geheftet. Es war schwierig, über die riesige Kühlerhaube hinwegzusehen, und sie überlegte einmal mehr, ob sie dieses riesige Schiff von einem Auto nicht gegen etwas Kleineres eintauschen sollte. Obwohl dieser Wagen der ganze Stolz und die Freude ihres verstorbenen Ehemannes Alfred gewesen war und obwohl es auch eine Zeit gegeben hatte, in der es ihr eine große Freude gewesen war, ihn zu besitzen, empfand sie den Wagen jetzt, da sie damit in Carson Creek herumfahren musste, gleichermaßen als Last wie als Herausforderung. Die einzige Möglichkeit für Tessa, überhaupt an die Pedale heranzureichen, bestand darin, den Fahrersitz bis zum Anschlag nach vorn zu ziehen. Das wiederum bedeutete, dass die Person auf dem Beifahrersitz ebenso winzig sein musste wie sie selbst, weil die Sitze nicht einzeln verstellbar waren, sondern wie eine Bank zusammenhingen. Der Beifahrersitz war jedoch ohnehin so gut wie nie besetzt, deshalb war es auch egal, wie viel Platz ein möglicher Beifahrer nun hatte.

Platz – oder das Nichtvorhandensein von Platz –, das war in letzter Zeit offenbar ganz und gar Tessas Thema. Dabei war es gar nicht so, dass ihr Zimmer, das sie im Haus ihrer Tochter bewohnte, nicht groß genug gewesen wäre. Tessa fehlte vielmehr innerlich Platz. Sie fühlte sich im Haus ihrer Tochter ungefähr so willkommen wie eine rote Bohne in einem Beutel getrockneter Erbsen, wie etwas, das herausgerupft und weggeworfen werden sollte, damit es nicht alles drumherum verunreinigt. Sie hatte versucht, tolerant zu sein, und all ihre vorhandene Willenskraft aufgebracht, um den Mund zu halten – obwohl der Mann ihrer Tochter und auch Tessas Enkelsohn geradezu um ein Eingreifen von außen bettelten. Die beiden konnten sich sogar über die Existenz der Luft streiten. Die ständige Spannung laugte völlig aus, sodass sie sich wie ein ausgedrückter Schwamm fühlte, der gefährlich nah am Waschbeckenrand liegt.

Der gestrige Tag hatte ihr so sehr zugesetzt, dass sie um ein Haar einfach gegangen wäre. Sie hatte gerade ein neues Buch über elisabethanische Geschichte bekommen und sich mit einem Notizblock in ihr Zimmer zurückgezogen, um sich intensiv mit der Materie zu befassen, als ihr Enkel zusammen mit einem Freund von der Schule nach Hause gekommen und mit ihm zusammen vor dem Computer hängen geblieben war, sodass das gesamte Haus von den

Geräuschen des Computerspiels erfüllt gewesen war. Wieso konnten sie die Außerirdischen nicht mit Kopfhörern oder auch ohne Ton besiegen? Dazu kam noch ihr ständiges Geschrei, weil sie gegeneinander spielten. Und dann war Naomi von der Arbeit gekommen und hatte bei lauter Radiomusik angefangen, das Abendessen zuzubereiten, und das bisschen Raum, das bislang noch nicht geräuscherfüllt gewesen war, war schließlich ebenfalls von einem ohrenbetäubenden Bassgedröhn besetzt.

Tessas Nerven waren so angespannt gewesen, dass es sie nicht gewundert hätte, wenn sie durch die Haut nach außen getreten wären. Sie hatte bemerkt, wie sie sich das neue Buch an die Brust gepresst hatte, sodass sie sogar eine Seite umgeknickt hatte. Ein Buch auf diese Weise zu entweihen … unglaublich.

Sie war ins Wohnzimmer marschiert und hatte die Stereoanlage ausgeschaltet.

Naomi war aus der Küche gekommen, genau in dem Augenblick, als auch Leonard und sein Freund von ihrem Spiel aufgeblickt hatten.

„Was ist denn los, Mutter? Ist etwas nicht in Ordnung?“, hatte Naomi gefragt.

„Zu viel Lärm. Das ist nicht in Ordnung. Gott hat es sich nicht so gedacht, dass Ohren, Gedanken oder Seelen ständig mit Geräuschen zugemüllt werden.“

Naomi hatte die Augen verdreht und dann die Salatschüssel zu Ende abgetrocknet. „Das ist kein Müll, Mutter. Die Jungen spielen ein Spiel. Und die Musik, die ich gehört habe, ist von Sibelius. Das kann man wohl kaum als Müll bezeichnen.“ Sie hatte sich umgedreht und war zurück in die Küche gegangen. Leonard hatte offenbar schnell gemerkt, dass seine Mutter die Großmutter nicht weiter beachtete, sodass er ebenfalls keine Veranlassung sah zu reagieren. Er und sein Freund hatten sich wieder ihrem Spiel zugewandt und der Lärm war unvermindert weitergegangen.

Tessa war wieder auf ihr Zimmer gegangen, und nur mit einem gewaltigen Maß an Selbstbeherrschung war es ihr gelungen, nicht mit der Tür zu knallen. Aber sie hatte auch nicht mehr konzentriert lesen können. Sie hatte das Buch über elisabethanische Geschichte beiseite gelegt, um es zu einem geeigneteren Zeitpunkt noch einmal zur Hand zu nehmen, hatte in ihrem Sessel gesessen und innerlich geschäumt. Sie wusste, es war kindisch, aber …

Ihr Blick schweifte jetzt von der Straße ab zu einem wunderschönen viktorianischen Haus mit einem Türmchen und einer großen Veranda. Ein Schild davor schwang sachte hin und her, als wolle es sagen: „Sieh her! Sieh mich an!" Auf dem Schild stand: „Haus Greenburg – Zimmer zu vermieten".

Sie machte eine Vollbremsung. Dann sah sie in den Rückspiegel. Sie war dankbar, dass niemand hinter ihr war.

Tessa lächelte.

Evelyn legte die Schwanenfigur in die Kiste zu all den anderen Schätzen. Das vordere Schlafzimmer, das Mae sich ausgesucht hatte, stand jetzt voller Kisten, in denen der Krimskrams eines ganzen Lebens sowie der Inhalt des Schrankes und der der Kommode steckte. Sie blickte sich noch einmal in dem Zimmer um. Die Bilder an den Wänden würde sie hängen lassen. Wenn die Mieter sie entfernen wollten, konnten sie das ja tun. Jetzt brauchte sie nur noch Staub zu saugen und zu wischen. Evelyn hob eine der Kisten an, um sie auf den Dachboden zu schaffen.

Wenn doch nur Aaron da wäre, um mir mit den schweren Kisten zu helfen …

Sie hörte, wie eine Autotür zugeschlagen wurde, und zog die Spitzengardine ein wenig zur Seite, um aus dem Fenster zu sehen. Eine ältere schwarze Frau kam um ein riesiges Auto herum und blieb am Anfang des Fußweges zur Haustür stehen. Sie schaute auf etwas am Haus und nickte dann, als hätte sie eine Frage gestellt und darauf eine Antwort bekommen.

Was sieht sie denn da? Es war noch zu früh im Jahr, als dass dort Blumen in den Blumenkästen an der Veranda gewesen wären, und die Narzissen streckten gerade erst kleine grüne Spitzen aus der Erde.

Das Schild!

Evelyn stellte die Kiste auf dem Bett ab, schaute kurz in den Frisierspiegel auf der Kommode, beschloss, dass ihre Frisur so, wie sie war, gut genug war, und rannte die Treppe hinunter. Vor der Haustür hielt sie kurz inne und holte noch einmal tief Luft. *Okay, Gott. Auf ein Neues.*

Schon wieder ein Gebet. Das war ja phänomenal.

Sie öffnete die Tür und schlenderte ganz locker auf die Veranda hinaus. Peppers kam mit ihr, sodass Evelyn etwas zu tun hatte. Sie nahm die Katze hoch und kuschelte sie eng an sich. „Na, Peps, willst du mit mir einen Rundgang um die Veranda machen?" Erst jetzt gestattete sie es sich, zu der Frau hinzusehen, die auf sie zukam. Sie gab ein halbherzig erstaunt klingendes „Ach, hallo. Kann ich Ihnen irgendwie helfen?" von sich.

„Ihr Schild da ... Sie haben Zimmer zu vermieten?"

Evelyn lächelte. Das war wirklich erstaunlich. „Ja. Sind Sie denn auf Zimmersuche?"

„Sieht ganz so aus." Sie deutete auf ihr Auto. „Ich bin auf meinem Weg zur Bibelstunde hier vorbeigekommen und dabei habe ich zufällig Ihr Schild gesehen. Ich habe es vorher noch nie bemerkt ..."

„Das liegt daran, dass es vorher noch gar nicht da war. Ich habe es erst heute Morgen aufgehängt."

Die Frau hob beide Hände zum Himmel. „Na dann, Gott sei Dank!" Sie kam auf die Veranda geschritten, als wäre sie auf dem Weg zu einer Preisverleihung.

Evelyn bemerkte, dass sie ihrerseits einen Schritt zurücktrat. Die Frau blieb nur etwa einen halben Meter von ihr entfernt stehen. Sie war so klein, dass sie Evelyn gerade bis ans Kinn reichte. Die beiden Frauen gaben sich die Hand, und Evelyn war überrascht, wie fest der Händedruck der anderen war.

„Tessa Klein", sagte die Frau. „Gottes mächtige Dienerin – trotz meiner Größe. Und Sie sind ...?"

Evelyn war irritiert. Obwohl Gott und sie zumindest wieder im Gespräch waren, war „mächtige Dienerin" gewiss kein Titel, den sie für sich in Anspruch genommen hätte. „Evelyn Greenburg ... äh ... die Vermieterin." *Irgendwie. Also sozusagen. Hoffentlich.*

„Freut mich, Sie kennen zu lernen, Mrs Greenburg."

Evelyn hielt Peppers hoch, damit die andere sie besser sehen konnte. „Und das hier ist Peppers. Sie ist lieb. Ich weiß nicht, was ich ohne sie täte."

Tessa ignorierte die Katze. Sie streichelte ihr nicht einmal über den Kopf. Stattdessen schaute sie zu den Korbmöbeln in der einen Ecke der Veranda. „Können wir uns setzen? Ich gehöre nicht zu den Leuten, die gern im Stehen reden. Dazu gibt es ja schließlich Stühle."

Evelyn setzte Peppers ab und führte Tessa zu dem Zweisitzer. „Möchten Sie vielleicht eine Tasse Kaffee? Ich habe gerade welchen gekocht." Dann dachte sie an Mae und fragte: „Oder vielleicht lieber Tee?"

„Kaffee wäre wunderbar. Stark und schwarz. Mit Tee habe ich mich nie anfreunden können. Das ist, als würde man braunes Wasser trinken." Sie schüttelte sich voller Abscheu.

Also eine Stimme für Kaffee. „Ich bin gleich wieder da."

Evelyn kam mit einem Tablett zurück, auf dem Kaffee und Butterkekse angerichtet waren. Sie hatte sogar Großmutter Nelsons Rosenporzellan hervorgeholt. Irgendwie schien ihr Tessa Klein der Typ zu sein, dem das gefallen würde.

„So, da wären wir." Sie reichte Tessa eine Tasse und bot ihr einen Keks an. Tessa nahm einen. „Ich liebe Süßes."

Evelyn tätschelte die fünf Kilo, die sich in der letzten Zeit um ihre Mitte herum angesammelt hatten. „Ich auch. Leider."

Tessa hob einen ihrer knochigen Finger. „Wie gesagt, ich liebe Süßes, aber ich gestatte mir immer nur ein Stückchen am Tag. Selbstbeherrschung ist von entscheidender Bedeutung für ein gottesfürchtiges Leben."

„Sie sagten, Sie seien auf der Suche nach einem Zimmer?"

„Ich bin erst gestern Abend auf die Idee gekommen, und als ich dann gerade bei Ihnen das Schild gesehen habe ..." Sie schüttelte den Kopf. „Mmm, mmm ... Gott ist nie zu spät und nie zu früh dran, sage ich immer. Es ist doch ziemlich klar, dass diese Idee eine Eingebung von ihm war. Sie haben das Schild aufgehängt, ich bin vorbeigefahren und ..." Sie breitete ihre Hände aus. „Der Rest ist sein Wille, der wie die Stücke einer Geburtstagstorte serviert wird. Wir brauchen nichts zu tun, als zuzugreifen und ein Stück zu nehmen."

Evelyn spürte, wie sie eine Augenbraue hochzog, ließ sie aber entschlossen wieder sinken. Sie war es nicht gewohnt, dass Leute so redeten. Es war nicht wirklich unangenehm – einfach nur anders.

Tessa klaubte einen Krümel von ihrem Rock und ließ ihn auf ihre Serviette fallen. „Seit mein Mann vor elf Monaten gestorben ist, lebe ich bei meiner Tochter und ihrer Familie, und das ist auch schön und gut, aber für meinen Geschmack ist es doch ein bisschen zu eng. Obwohl der Gedanke, ganz allein zu wohnen ... In den gesamten fünfundsiebzig Jahren meines Lebens habe ich nie allein gelebt – bin von meinen Eltern weg direkt mit meinem Mann zusammengezogen." Sie holte tief Luft. „Aber: ‚Besser im Winkel auf dem Dach wohnen als mit einer zänkischen Frau zusammen in einem Hause.'"

„Ich glaube, ich verstehe nicht so ganz ... Sie sind eine zänkische Frau?"

Ihre eine Hand flog jetzt förmlich auf ihre Brust. „Nein, nein, nicht ich. Meine Tochter und ihre Familie. Wenn es für Streitsucht einen Orden geben würde, würden sie ihn bekommen. Ich weiß auch nicht, woher sie das haben. Ich habe noch nie gern gestritten, wenigstens nicht um des Streitens willen. Wenn jemand allerdings wirklich im Recht ist ..." Sie zuckte mit den Schultern.

Irgendetwas in Evelyn mahnte sie zur Vorsicht, aber sie hatte jetzt nicht die Zeit, diesem Impuls genauer nachzugehen.

„So." Tessa stellte ihre Kaffeetasse ab und schlug sich unternehmungslustig auf die Schenkel. „Könnte ich jetzt vielleicht mein Zimmer sehen?"

Das hörte sich an, als wäre das Geschäft bereits abgemachte Sache. Das ging irgendwie alles so schnell ... Evelyn führte Tessa nach oben, wobei ihr auffiel, dass die Frau die Treppe zwar gut hochkam, allerdings nur sehr langsam, und sie musste sich dabei außerdem am Geländer festhalten. Bestimmt würde sie auch ein Altenheim finden, in dem alles ebenerdig war, statt einem zweigeschossigen Haus mit steiler Treppe.

Evelyn betrat das kleinere der beiden Schlafzimmer. „Es sind noch zwei Zimmer frei. Dieses hier hat den schönsten Blick auf den Garten, aber das andere ist ein wenig größer und hat ein Fenster mit integrierter Sitzbank." Sie zog die gepunkteten Vorhänge zurück und sah auf ihren Garten hinunter. Die Pflanzen fingen gerade an zu sprießen. Sie dachte an die vergangenen Jahre und an die Gartenarbeit, die sie sonst um diese Jahreszeit immer schon erledigt hatte. „Ich bin mit der Gartenarbeit ein wenig im Rückstand. Dieses Jahr wird alles etwas später, weil mein Mann gestorben ist."

„Sie sind also noch nicht lange verwitwet?"

„Nein, erst seit einem Monat." Dann erzählte sie Tessa von dem Autounfall, der fehlenden Lebensversicherung und der Notwendigkeit, durch das Vermieten von Zimmern ihren Lebensunterhalt aufstocken zu müssen.

„Eine Schande ist das!“, sagte Tessa und machte eine drohende Geste mit dem Zeigefinger. „Wer nicht für seine eigenen Angehörigen sorgt, besonders für diejenigen, mit denen er im selben Haushalt lebt, der leugnet, was wir glauben. Solche Leute sind schlimmer als Ungläubige.“ Sie richtete sich auf und warf mit Nachdruck den Kopf in den Nacken. „Es sei denn … War er gläubig?“

„Ich … Eigentlich weiß ich das gar nicht.“

Jetzt schossen Tessas Augenbrauen beide gleichzeitig nach oben, wodurch sich ihre Stirn wie ein Waschbrett in Falten legte. „Das wissen Sie nicht?“

Evelyn hatte ganz plötzlich das Bedürfnis, ihre Hände beschäftigen zu müssen. Sie strich die gelbweiße Decke auf dem Bett glatt. „Wir haben nicht viel über solche Dinge gesprochen.“

„Solche Dinge? Gott ist doch kein Ding, Evelyn. Er ist der allmächtige Herrscher über Himmel und Erde. Er ist –“

„Das weiß ich.“

Ein weiterer ernster Blick. „Wissen Sie das wirklich?“

Evelyn zog ihr Shirt über die Hüften und strich es glatt. „Eigentlich, Mrs Klein, glaube ich nicht, dass Sie die Tiefe meines Glaubens etwas angeht. Das ist eine persönliche Angelegenheit zwischen Gott und mir.“

„Hmmm. Na ja, das ist ja wenigstens schon mal etwas.“

„Wieso etwas?“

„Na ja, wenigstens erkennen Sie seine Existenz an. Das ist doch schon mal ein Anfang. So, und nun lassen Sie uns noch das andere Zimmer anschauen.“

Evelyn folgte Tessa hinaus auf den Flur im Obergeschoss. Sie hoffte sehr, dass Gott wusste, was er tat.

Evelyn zog sich die Decke über die Schulter und schirmte dadurch das Licht der Nachttischlampe ab. Peppers hatte schon ihren Stammplatz in ihren Kniekehlen eingenommen. Die Dunkelheit umhüllte sie und bot die ideale Atmosphäre für intensives Nachdenken.

Es war ein guter Tag gewesen – ein Tag voller Wunder, wenn sie genauer darüber nachdachte. Sie hatte das Schild gefunden und es aufgehängt und ohne jegliche Werbung hatte sie bereits zwei zahlende Mieterinnen. Tessa hatte am Ende das kleinere der beiden Zimmer zum Garten hin genommen – wegen des schöneren Ausblicks. Um allerdings der Wahrheit die Ehre zu geben, war Evelyn doch auch ein bisschen enttäuscht darüber, dass das dritte – und damit letzte – Zimmer nicht auch bereits vermietet war. Aber das wäre ja wahrscheinlich ein wirkliches Wunder gewesen.

Ob ich morgen eine Anzeige in die Zeitung setze?

Der Gedanke kam – und ging auch genauso schnell, wie er gekommen war. Sie war nicht bereit, sich der üblichen Mittel zu bedienen, um das verbliebene Zimmer zu vermieten. Wäre das nicht ein Affront gegen Gott gewesen oder gegen das Schicksal oder was auch immer hier am Werke war? Nein, sie würde die Sache nicht selbst in die Hand nehmen – fürs Erste jedenfalls nicht.

Kapitel 3

Evelyn hatte gerade erst einen Schluck von ihrem Morgenkaffee getrunken, als es an der Haustür klingelte. Sie wickelte ihren Morgenmantel ein bisschen fester um sich und warf durch die Bleiverglasung der Haustür einen Blick nach draußen. Eine orangefarbene Fläche brach sich in den Spektren des Glases.

„Ich bin es, Evie. Mae. Lassen Sie mich bitte herein.“

Bevor Evelyn die Tür ganz geöffnet hatte, hatte Mae Fitzpatrick bereits die Fliegentür aufgestoßen und war – mit zwei großen Einkaufstüten voller Lebensmittel in den Armen – in Richtung Küche unterwegs. Die Ärmel ihrer orangefarbenen Bauernbluse bauschten sich in ihrem eigenen Fahrtwind. Ihre orange- und fuchsienfarbenen Flip-Flops unter der Caprihose aus Jeansstoff, die am Saum eine Stickereiborte hatte, waren in einem synkopischen Rhythmus zu hören. Evelyn ging lieber brav hinterher.

Mae stellte die Tüten auf den Tresen und begann auszupacken – und zu reden. „Sie waren mein erster Anlaufpunkt heute Morgen, Evie, und ich bringe Geschenke mit. Natürlich habe ich auch meine gesamte irdische Habe dabei, im Auto draußen, aber immer eins nach dem anderen." Sie zeigte eine Dose mit Artischockenherzen. „Ich habe ein Rezept für einen super Artischockendip. Ich werde uns heute Abend welchen zubereiten – als Vorspeise." Sie sah Evelyn von der Seite an. „Sie mögen doch Artischocken, oder?" Bei Mae klang das so, als wäre das eine unverzichtbare Charaktereigenschaft.

„Ich hatte bisher noch nicht das Vergnügen", sagte Evelyn. „Aaron mochte kein Gemüse."

„Also ich für mein Teil liebe es. Deshalb werde ich es auf mich nehmen, Sie in die Freuden des Gemüsereiches einzuweihen: Spargel, Kürbis und Paprika in jeder nur erdenklichen Farbe und Schärfe. Ist Ihnen das recht?"

Mae wartete gar nicht erst auf eine Antwort. Sie öffnete Schränke, fand die Speisekammer, bevor Evelyn sie zeigen konnte, und brachte einen Teil ihrer Einkäufe dort unter. Den Rest verstaute sie im Kühlschrank. Sie faltete die leeren Papiertüten in der Mitte und fand die Stelle unter der Spüle, wo Evelyn Tüten sammelte. Plötzlich beschlich Evelyn das Gefühl, dass ihre Küche nicht mehr ihre Küche war. Sie wurde gerade erobert von einer Zigeunerin mit lackierten Fußnägeln und einem Schmetterlingskamm in ihrem krausen Haar.

Mae hielt in ihrer Bewegung inne und stemmte die Hände in die Hüften.

„Oh, oh, ich nehme negative Schwingungen wahr. Hab ich Sie jetzt irgendwie überrumpelt?"

Evelyn spürte, wie sie rot wurde. „Ein bisschen vielleicht."

Statt sich zu entschuldigen, verließ Mae die Küche. „Sie werden drüber hinwegkommen. Wenigstens bin ich ein freundlich gesonnener Eindringling." Evelyn hörte, wie die Haustür geöffnet wurde und Maes Worte durch die Eingangshalle tönten. „Sie haben mein Zimmer bestimmt noch nicht ausgeräumt, oder?"

Evelyn ging hinter ihr her und fühlte sich wie ein junger Hund, der auf Befehl seinem Herrchen folgt. „Es ist bereit, um –"

„Das ist ja super!", sagte Mae. „Wenn Sie jetzt mal bitte die

Fliegentür aufhalten könnten, dann erledige ich die Schlepperei schon. Es ist ja nicht nötig, dass wir beide schwitzen. Ich habe mir den ganzen Tag freigenommen, aber so lange wird es sicher nicht dauern, denn ich habe mir selbst versprochen, nie mehr Sachen anzuhäufen, als ich in zwei Stunden von einem Ort zum anderen bewegen kann."

Evelyn dachte an all das Zeug aus den vergangenen drei Jahrzehnten, mit dem Haus Greenburg voll gestopft war.

Mae gab die Fliegentür an Evelyn weiter, blieb dann auf der obersten Stufe der Verandatreppe stehen und steckte ihren Schmetterlingskamm noch einmal richtig ins Haar. „Ach du liebe Güte, jetzt hab ich's schon wieder gemacht – jemanden verletzt, ohne es zu wollen. Es ist doch nichts falsch daran, viel Zeugs zu haben, Evelyn. Das ist doch ganz allein Ihre Sache. Nicht viele Dinge zu haben ist eine Entscheidung, die ich nur für mich persönlich getroffen habe. Vereinfachen und vereinheitlichen ist meine Devise. Wir sind im Universum alle eins, ohne Hightechöfen und Designer-Handtaschen sind wir alle gleich. Klingt das nicht großartig?"

Evelyn machte den Mund auf, um darauf zu antworten – dass sie sich da nicht so sicher sei, wollte sie sagen –, aber Mae war bereits weitergegangen, bevor sie eine Chance hatte, etwas zu entgegnen.

Auch gut. Sie würde sich an die Tatsache gewöhnen müssen, dass Mae Fitzpatrick in der Lage war, sie sprachlos zu machen.

Evelyn hatte gerade die letzte Kiste mit Krimskrams aus den anderen beiden Zimmern gepackt, als Mae auftauchte – mit glühender Stirn und geröteten Wangen.

„Fertig oder nicht, ich bin jetzt drin."

„Sind Sie zufrieden mit dem Zimmer?", fragte Evelyn. „Kann ich noch etwas –"

„Ja zur ersten Frage und nein zur zweiten. Es ist ganz großartig. Obwohl ich die Landschaft über dem Bett durch einen Picasso-Druck ersetzt habe, den ich einmal in San Francisco entdeckt habe. Ich nehme doch an, das ist in Ordnung, oder?"

Wenn Sie Picasso mögen.

Evelyn nahm eine der Kisten und ging zur Dachbodentreppe. „Würden Sie bitte an der Schnur da ziehen?"

Mae zog die Treppe herunter, nahm dann ebenfalls eine Kiste und folgte Evelyn nach oben. „Wow, das ist ja wie eine Schatzkammer hier oben."

„Passt nicht so ganz zu Ihrem Motto von wegen ‚vereinfachen', oder? Ich sollte wirklich einen Garagenflohmarkt abhalten oder so was."

Mae probierte einen Strohhut auf und beugte sich vor, um sich in dem Spiegel des Frisiertisches zu betrachten. „Machen Sie so was bloß nicht meinetwegen. Sie sind Sie und ich bin ich. Es ist doch nicht meine Aufgabe zu versuchen, Sie so zu verändern, dass Sie alles genauso machen wie ich. Wir können doch auch in unserer Unterschiedlichkeit vereint sein, indem wir an einen Geist glauben. Eine Welt, die auf Frieden und brüderlicher – oder sollte ich besser sagen schwesterlicher – Liebe baut."

Das klang ziemlich einfach und sorgte praktischerweise dafür, dass sich Evelyns Schuldgefühle im Nu verflüchtigten. Zumindest für den Augenblick.

Sie brachten eine zweite Ladung aussortierter Sachen auf den Dachboden und ruhten sich dann beide erst einmal aus, indem sie sich auf zwei Truhen setzten, die dort standen.

„Erzählen Sie mir von Ihren anderen Mieterinnen", sagte Mae.

„Von der anderen Mieterin. Eines der drei Zimmer ist bis jetzt nämlich noch nicht vermietet."

„Dann erzählen Sie mir von der einen."

„Sie ist fünfundsiebzig Jahre alt, verwitwet und lebt bei ihrer Tochter. Es wird das erste Mal sein, dass sie überhaupt allein lebt."

Mae rieb sich die Hände. „Oh super. Dann haben wir die Chance, sie gut abzurichten."

„Ich bin mir nicht so sicher, ob Tessa Klein Einflussnahme – in welcher Form auch immer – zulassen wird."

Mae hörte auf, mit den Beinen zu baumeln. „Was soll denn das heißen?"

Evelyn zermarterte sich den Kopf, wie sie auf diplomatische Weise das sagen sollte, was gesagt werden musste. „Sie scheint ziemlich feste Vorstellungen vom Leben zu haben und bei ihr muss alles seine feste Ordnung haben."

„Das heißt, sie muss sich immer erst die Zähne putzen, bevor sie sich das Haar kämmt?"

„Das weiß ich nicht so genau … Ich habe damit eher gemeint, dass sie eine sehr, sehr feste Meinung über alles zu haben scheint." Schnell fügte Evelyn noch hinzu: „Allem Anschein nach ist sie eine ziemlich gläubige Frau."

Mae hob die Hände wie bei einer Erweckungspredigt. „Preis dem Herrn! Halleluja! Komm, liebster Jesus!"

Obwohl Evelyn Maes Abneigung gegen aufdringliche Religiosität teilte, gefiel ihr der Tonfall ihrer Mieterin überhaupt nicht. Wenn sie miteinander auskommen, zusammenleben wollten …

„Es ist doch nichts daran auszusetzen, wenn jemand einen starken Glauben an Gott hat."

„Ganz recht, solange ihr Gott nicht mit meinem aneinander gerät."

Du liebe Güte. „Ich bin sicher, dass sie tolerant ist, wenn Sie ihr ebenfalls mit Toleranz begegnen." Aber wirklich sicher war Evelyn sich da nicht.

Mae rutschte von der Truhe herunter. „‚Jeder wie er mag', das ist mein Motto." Sie klopfte sich den Staub vom Hosenboden.

„Wie haben Sie sie überhaupt gefunden?"

„Nicht ich habe sie gefunden, sondern sie mich."

„Aber Sie sind die Vermieterin. Sie brauchen doch nicht die erstbeste Person aufzunehmen, die vor Ihrer Tür steht."

Evelyn lächelte. „Aber das habe ich getan, denn das sind Sie."

Mae zuckte mit den Schultern. „Eins zu null für Sie. Aber das heißt nicht, dass Sie auch die Zweite noch auf diese Art nehmen müssen. Oder die Dritte. Gibt es Bewerberinnen für das dritte Zimmer?"

„Nein."

„Hmm. Nun ja, wir werden sehen, wie es weitergeht. Ich bin zwar ziemlich tolerant, aber ich habe durchaus meine Vorstellungen. Und dazu zählt ganz sicher kein Mann. Obwohl das die ganze Angelegenheit vielleicht auch besonders interessant machen könnte." Mae machte sich auf den Abstieg vom Dachboden hinunter.

„Sind Sie bereit für ein kleines Mittagessen? Ich mache einen Thunfischsalat mit Bohnensprossen und Selleriestückchen."

Es läutete an der Haustür, und Mae war schon aufgesprungen, um zu öffnen, bevor sich bei Evelyn auch nur ein Muskel regte. *Da musst du schon schneller sein, um mit mir mitzuhalten.*

Mae fand, dass die Frau, die vor der Tür stand, aussah, als könnte man sie mühelos umpusten. Aber es war nicht nur ihre Statur, die so zerbrechlich wirkte; ihr Blick und auch die Art, wie sie den Unterkiefer leicht vorgeschoben hatte, schienen zu sagen: *Bitte nicht kaputtmachen.*

„Kann ich etwas für Sie tun?“, fragte Mae.

„Wer sind denn Sie?“

„Ich bin Mae Fitzpatrick und ich wohne hier.“

Die Frau zog von außen die Fliegentür auf und zwang dadurch Mae, zur Seite zu treten und sie hineinzulassen. *Ebenfalls erfreut, Sie kennen zu lernen.* Mae schloss die Tür hinter ihr und streckte ihr die Hand hin. „Und Sie sind …?“

„Tessa Klein.“

Die Frau sah Mae nicht in die Augen, weil sie viel zu beschäftigt damit war, ihr Gegenüber von oben bis unten zu mustern. Mae wünschte, sie trüge ihre Leopardenleggings, das schulterfreie schwarze Glitzershirt und goldene Pantöffelchen. Das Outfit hätte diese Art kritischer Begutachtung vielleicht gerechtfertigt.

Mae beschloss, Feuer mit Feuer zu bekämpfen, und musterte nun ihrerseits Tessas Outfit. Sie trug eine Hose mit Gummizug und eine geblümte Tunika darüber. Beides schien zu schreien: *Ich bin eine Seniorin.* Die Krönung des Outfits war eine gigantische Handtasche, die an Tessas gebeugtem Unterarm hing und höchstwahrscheinlich mindestens zwei handbestickte Taschentücher enthielt.

„Laufen Sie immer so herum?“, fragte Tessa Mae. Eine Geste mit dem Zeigefinger signalisierte dabei ziemlich deutlich, was sie von Maes modischem Aufzug hielt.

„Nur samstags. An den übrigen Tagen bin ich so richtig ausgeflippt.“

Als sich Tessas rechte Augenbraue aufwärts bewegte, nahm Mae sie am Arm und führte sie in Richtung Küche. „Ich sag Ihnen was. Vielleicht können wir beide ja nächste Woche mal shoppen gehen. Der Modeladen am Markt hat so süße Tops, und ich kann es gar nicht erwarten, mal so eins anzuprobieren. Wer weiß, vielleicht haben die ja auch ein passendes für Sie. Was halten Sie davon, Tessie?“

Tessa befreite ihren Arm unsanft aus Maes Griff. „Ich heiße Tessa, und ich wäre Ihnen dankbar, wenn Sie mich nicht mit irgendwelchen Modeintrigen belästigen würden.“

Mae hob in einer ergebenen Geste die Arme. „Hey, null Problemo. Ich intrigiere gegen niemanden, bevor ich ihn nicht mindestens eine Stunde lang kenne, also ziehen Sie Ihr Polyester für mich nicht außer Form."

Plötzlich kam Evelyn aus der Küche herangerauscht wie ein Schiedsrichter, der zwei Boxer voneinander trennen will. Ihre Blicke schossen nervös zwischen ihnen hin und her. *Was glaubt die denn, was ich machen werde?*, fragte sich Mae. *Mit der alten Dame einen Ringkampf veranstalten und sie zu Boden werfen?*

„Mrs Klein. Wie schön, dass Sie da sind."

„Vielen Dank, Mrs Greenburg."

Mae machte mit ihren Händen ein T, um eine Auszeit zu signalisieren. „Okay. Finden Sie nicht, dass wir das mit dem Miss und Mrs sein lassen sollten? Schließlich werden wir zusammen wohnen. Wir werden uns unsere Föhne teilen, uns ungeschminkt zu sehen bekommen und intime Details aus unserem Leben erfahren." Die beiden anderen sahen sie an, als wäre sie ein Wesen von einem anderen Stern. Diese Damen hier mussten offenbar kräftiger geschüttelt werden als eine Ketchupflasche vor dem Benutzen.

Evelyn biss sich auf die Unterlippe und sagte dann: „Ich glaube auch, dass es vielleicht passender wäre, wenn wir uns mit dem Vornamen ansprechen. Ist das auch für Sie in Ordnung ...?" Sie zögerte, und Mae wusste, dass sie überlegte, ob sie lieber „Mrs Klein" oder „Tessa" sagen sollte.

„‚Tessa' ist wohl in Ordnung."

Evelyn wirkte etwas zu erleichtert. Wenn das alles immer so anstrengend sein würde, dann würden sie alle regelmäßige Mittagsschläfchen brauchen, um zwischendurch aufzutanken.

Tessa schaute auf ihre Uhr. „Ich habe gesagt, ich würde um eins hier sein – und das war ich auch. Jetzt ist es schon nach eins. Meine Sachen sind im Auto."

Die Art, wie sie das sagte, machte deutlich, dass sie erwartete, dass jemand ihre Sachen ausladen und hereinholen würde. Und an der Art, wie ihre hässlichen – aber bequemen – Schuhe am Teppichboden im Flur festgeleimt zu sein schienen, erkannte Mae, dass sie mit dieser Vermutung Recht hatte. Es erforderte all ihre Selbstbeherrschung, nicht zu sagen: „Ach, was Sie nicht sagen ..."

Evelyn rettete die Situation, indem sie – etwas zu laut und mit be-

bender Stimme – sagte: „Ich hole die Sachen!" Sie fing an, sich an den beiden anderen Frauen vorbeizudrücken, doch Mae zog sie zurück.

„Du liebe Güte, Evie. Ich helfe doch auch gern, wenn Sie mir nur einen Moment Zeit geben." *Gib mir einen Moment, um meinen Geduldsknopf bis zum Anschlag aufzudrehen.*

„Ich hätte gern etwas zu trinken, wenn es Ihnen nichts ausmacht", sagte Tessa jetzt mit einem Blick in Richtung Küche.

Der Gedanke, dass Tessa ein Schlückchen Tee erwartete, während sie und Evelyn arbeiten sollten, war absolut unakzeptabel – eine Erwartung, die schon im Keim erstickt werden musste, und zwar auf der Stelle.

„Das klingt ja großartig", sagte Mae. „Ich könnte auch gut eine kleine Erfrischung gebrauchen."

Evelyn sah erst die eine an, dann die andere und dann wieder die Erste, wobei ihre Miene ein Spiegel ihres inneren Aufruhrs war. Mae versuchte, ihr einen aufmunternden Blick zuzuwerfen, und nach einem kurzen Zögern deutete Evelyn mit der Hand in Richtung Küche wie ein Höfling, der seiner Königin den Weg bereitet. „Hier entlang bitte."

Tessa ging an ihr vorbei. „Ich hätte gern Kaffee. Schwarz bitte."

Kaffee? Das war kein gutes Zeichen.

Mae war gerade mit der elften von Tessas zwölf Kisten auf dem Weg nach oben. Ihr Tempo hatte abgenommen, ebenso wie das von Evelyn, die mit der letzten Kiste unterwegs war.

Tessa wurde der Einzug besorgt, während sie zusah. Nicht dass sie viel hätte helfen können, selbst wenn sie gewollt hätte – was offensichtlich nicht der Fall war. Allein schon der Gedanke, dass Tessa eine Kiste die steile Treppe hinauftragen würde, ließ Evelyn schaudern. Deshalb hatten die beiden jüngeren Frauen ohne ein weiteres Wort zu verlieren Tessas Auto entladen, das ihre gesamte weltliche Habe enthielt. Insgesamt zwölf Kisten und zwei Koffer.

Mae blieb kurz auf der Treppe stehen, um die Kiste mit dem Knie ins Gleichgewicht zu bringen. „Sind Sie eigentlich sicher, dass in den Kisten hier keine Steine sind, Tessie?"

Tessa antwortete von der Schlafzimmertür aus. „Nein. Es sind nur Bücher."

„Alles?"

„Natürlich alles."

Für Evelyn war das überhaupt nicht „natürlich". Sie und Aaron hatten viele Bücher, allerdings standen in den Regalen unten mehr ungelesene als gelesene Bücher. Und Tessas Bücher waren sehr viel wissenschaftlicher als Evelyns Liebesromane und Krimis. Tessas Bücher umfassten eine große Bandbreite von Biografien bis hin zu Polit-Thrillern. Und Bibeln ... Evelyn hatte noch nie so viele Bibeln und Bücher über die Bibel gesehen.

Sie hatte jetzt den Korridor im Obergeschoss erreicht und stützte den Rand ihrer Kiste auf dem Treppengeländer ab.

„Lesen Sie die auch alle?"

„Aber natürlich!"

„Ich hoffe wirklich, dass noch Platz für ein Bücherregal ist", sagte Tessa und warf einen Blick in ihr Zimmer.

Das hoffte Evelyn allerdings auch. Auf Tessas Anweisung hin hatten sie ein Bücherregal aus dem bisher noch nicht vergebenen Zimmer in Tessas Zimmer gebracht. Sie hatte sogar auf die zweite Kommode in ihrem Zimmer verzichtet, um ihre geliebten Bücher um sich haben zu können.

Mae stellte ihre Kiste auf Tessas Bett ab. „Vielleicht könnten Sie sie stapeln? Eine kleine Nachbildung des schiefen Turms von Pisa."

„Ich möchte nicht, dass meine Bücher planlos aufeinander gestapelt werden." Tessa begutachtete die beiden letzten Kisten und kaute auf ihren Fingernägeln. „Haben Sie unten noch in irgendeinem Regal Platz für diesen Rest hier, Evelyn?"

Evelyn ließ kurz die Regale im Untergeschoss vor ihrem inneren Auge vorbeilaufen und antwortete dann: „Ich fürchte nicht."

„Und wo soll ich sie dann unterbringen?"

„Es gibt einen Dachboden."

„Na, das muss dann eben reichen." Dann hellte sich Tessas Miene ganz plötzlich auf und sie sagte: „Vielleicht kann ich den Dachboden ja als Arbeitszimmer nutzen."

„Er ist nicht ausgebaut", sagte Evelyn, „aber es ist genügend Platz für Ihre Kisten vorhanden."

Tessa seufzte tief. „Dann muss ich die Bücher hier erst noch einmal durchgehen und schauen, welche ich hier unten behalten möchte und welche auf den Dachboden hinaufkönnen. Danach können Sie dann meinetwegen die Kisten auf den Dachboden schaffen – wenn das die einzige Lösung ist, die Sie anzubieten haben."

Evelyn empfand in sich ein Gefühl von Rebellion. Und zwar gar nicht so sehr wegen der Arbeit, die Tessa ihr und Mae einfach so aufbürdete, sondern wegen ihrer selbstverständlichen Anspruchshaltung, mit der sie davon ausging, dass ihr ein solcher Service zustand. Aber wenn sie dachte, in Mae eine Verbündete zu haben, hatte sie sich getäuscht.

Obwohl Maes „Wenn Tessa eine Pause bekommt, dann lasst uns doch alle eine machen"-Meuterei von vorhin ein interessanter Prolog für die Atmosphäre im Haus gewesen war, hatte sich Mae den Rest des Nachmittags gut benommen, so als hätte es ihr fürs Erste genügt, dass sie gleich zu Beginn ihren Standpunkt klargemacht hatte. Aber abzuwarten, in welche Richtung sich die Stimmung entwickeln würde, war für Evelyn am nervenaufreibensten. Würde Tessa etwas sagen, worüber sich Mae aufregen würde? Oder umgekehrt?

Trotz allem hatte es Evelyn nämlich eigentlich sehr gefallen, wie Mae gegen Tessas fordernde Haltung Stellung bezogen hatte. Es war eine Frage des Prinzips. So wie das amerikanische Recht sollten auch die Regeln im Haus Greenburg anhand von Präzedenzfällen aufgestellt werden. Evelyn war klar, dass, wenn die eigenwillige Tessa einmal ihren Willen bekam und sie die anderen beiden damit überrumpelte, es so sein würde, als gäbe man einem Kind eine Tafel Schokolade und müsse dann versuchen, sie ihm wieder wegzunehmen.

Sie würden sich alle noch aneinander gewöhnen und aufeinander einstellen müssen, und in ihrer allgemeinen Erschöpfung fasste Evelyn den Entschluss, dass sie nicht die Einzige sein würde, die sich auf die anderen einstellte.

Zumindest hoffte sie das.

Evelyn nahm die Packung mit den rosa Magentabletten aus dem Regal im Drogeriemarkt und öffnete sie. Es war sonst eigentlich nicht ihre Art, etwas zu benutzen, bevor sie es bezahlt hatte, aber das hier war ein Notfall. Sie steckte sich zwei Tabletten in den Mund und zerkaute sie in der Hoffnung, dass sie die Magensäure, die ihr solche Bauchschmerzen bereitete, ganz schnell neutralisieren würden.

Sie war aus dem Haus geflohen, weil sie ein wenig Zeit für sich allein brauchte. Evelyn war es zwar gewohnt gewesen, tagsüber Aaron um sich zu haben, und sie hatten eine Art Rhythmus gefunden zwischen seiner Arbeit und ihren Aufgaben im Haushalt, aber noch zwei Frauen zwischen den Füßen zu haben ... Die vergangenen drei Tage waren für sie ganz und gar anders – gewöhnungsbedürftig – gewesen. Deshalb hatte Evelyn an diesem Nachmittag, an dem Tessa in die Bibliothek gegangen war (um noch mehr Bücher zu holen?!), die Gunst der Stunde genutzt, um ein paar Besorgungen zu machen. Glücklicherweise hatte Mae ihr nicht angeboten, sie zu begleiten.

Es war ein seltsames Gefühl, eine Fremde in ihrem Haus zurückzulassen. Würde Evelyn vielleicht nach Hause kommen und feststellen, dass ihr Haus von Mae und ihrer Räuberbande komplett leer geräumt worden war? Vielleicht waren solche Gedanken ja lächerlich, aber ihre Mieterinnen waren nun mal völlig Fremde. Fremde, die versuchten, ein gemeinsames Leben zu gestalten.

Und trotz allem ... das Ganze war irgendwie auch aufregend und spannend. Vielleicht war der Stress, der ihre Magenbeschwerden ausgelöst hatte, ja nicht ausschließlich negativ. Vielleicht fühlte sich Evelyn ja so angespannt, weil sie mitten in einem Abenteuer steckte – in etwas, das größer war als sie selbst, etwas, das Gott ihr zugespielt hatte. Evelyn, die Abenteuerin. In ihren Ohren klang das richtig gut.

Sie versuchte sich nur jeweils darauf zu konzentrieren, was gerade anlag. Auch Abenteurer mussten essen. Sie bog in den Gang mit den Nudeln ein. Als Vermieterin hatte Evelyn sich freiwillig bereit erklärt, zu kochen und sich so lange auch um die anderen Mahlzeiten zu kümmern, bis die letzte Mieterin eingezogen war und die Möglichkeit bestand, einen längerfristigen Aufgabenplan zu erstellen. Außer bei der Kaffee-oder-Tee-Frage schien keiner von ihnen besonders wählerisch zu sein. Das war schon einmal ein Geschenk.

Evelyn blieb vor den Lasagneplatten stehen. Mae hatte erwähnt, dass sie italienisches Essen mochte, und Evelyn erinnerte sich an das Rezept ihrer Mutter, das sie ein einziges Mal auch für Aaron gemacht hatte, als sie gerade frisch verheiratet gewesen waren. Es hatte ihm jedoch nicht geschmeckt, weil es ihm zu ausgefallen war und er es nicht kannte. Jetzt allerdings konnte etwas Ausgefallenes ja durchaus von Vorteil sein, ja es konnte sogar Spaß machen.

Sie legte eine Packung Lasagneplatten in ihren Einkaufswagen.

Wieder zu Hause angekommen, musste Evelyn den Wagen am Straßenrand parken, weil ein fremdes Auto in der Auffahrt vor dem Haus stand. Sie ging mit einem Arm voller Einkaufstüten daran vorbei und bemerkte eine Puppe und eine leere Saftpackung auf dem Rücksitz. Wer mochte da zu Besuch gekommen sein?

Sie ging in die Küche, wo sie Mae antraf. Diese saß mit einer dunkelhaarigen jungen Frau, die eine Hornbrille wie aus den 60er Jahren trug, am Tisch. Ein kleines Mädchen saß bei ihnen und malte Figuren in einem Malbuch farbig aus.

Mae stand sofort auf, um zu helfen. „Evelyn! Sie kommen genau richtig. Lassen Sie mich Ihnen helfen. Ist noch mehr im Auto?“

Evelyn lächelte die junge Frau zaghaft an und nickte.

„Dann werde ich die Sachen mal reinholen. Kommen Sie, ich stelle Ihnen unsere neue Mieterin Andrea Taylor vor.“

Evelyn war so schockiert, dass sie kein Wort herausbrachte, sondern einfach nur nickte. Sie war nur eine Stunde außer Haus gewesen und in ihrer Abwesenheit hatte Mae das letzte Zimmer vermietet? An eine Mutter mit Kind? Was glaubte Mae eigentlich, wer sie –

Andrea stand auf und reichte Evelyn die Hand. „Ich freue mich, Sie kennen zu lernen, Mrs Greenburg. Ms Fitzpatrick hat mir schon alles gezeigt. Es ist wirklich wunderschön.“ Sie wandte sich an ihre Tochter. „Summer, sag bitte guten Tag zu Mrs Greenburg.“

Das kleine Mädchen blickte von seinem Malbuch auf, hielt das Bild hoch und sagte: „Hallo. Ich mag lila Hunde. Du auch?“

Evelyn war verblüfft, denn sie hatte nicht mehr als ein schüchternes Hallo erwartet. „Lila ist eine hübsche Farbe.“

Summer sah wieder das Bild an und nickte. „Ja, das finde ich auch.“ Dann wandte sie sich wieder ihrer Malerei zu, als wäre es schwere Arbeit. „Das Bild ist für dich.“

„Oh, vielen Dank.“ Evelyn wandte sich an Andrea. „Das ist ja eine aufgeweckte Kleine.“

Bevor Andrea darauf antworten konnte, meldete sich Summer wieder zu Wort. „Mama sagt, ich bin altklug."

„Ja, das habe ich gesagt", bestätigte die Mutter.

„Ich hab gestern Geburtstag gehabt", fuhr das Kind fort. „Ich bin jetzt schon fünf."

Evelyn stellte fest, dass sie den beiden gegenüber jetzt schon etwas milder wurde. Aber trotzdem – zwei in einem Zimmer? Und dann noch ein Kind? So viel zum Thema „sich auf die anderen einstellen".

Mae kam mit den restlichen Lebensmitteln herein und schob die Tür mit dem Fuß zu. „Und? Haben Sie sich schon bekannt gemacht?"

„Ja, wir sind dabei." *Als ob ich eine Wahl hätte.* Evelyn wollte gerade anfangen, beim Wegräumen der Einkäufe zu helfen, aber Summer, die von ihrem Stuhl aufsprang, kam ihr zuvor und huschte zu Mae.

Das kleine Mädchen nahm eine Dose Tomatensauce. „Wohin kommt das?"

„Na, du bist aber 'ne tüchtige kleine Helferin, was?"

„Es ist am besten, sie helfen zu lassen", meldete sich Summers Mutter zu Wort. „Wenn Sie ihr sagen, dass es allein schneller geht, dann schäumt sie."

„Dann schäume ich", sagte Summer und zog den Barhocker hinüber zum Küchentresen, als ob ihr Name darauf stünde. Sie stieg darauf, öffnete den Vorratsschrank und streckte Mae die eine Hand hin.

„Also gut", sagte Mae. „Dann nehme ich mal an, es ist besser, wenn ich dich helfen lasse."

Weil ihre Hilfe offenbar nicht benötigt wurde, war Evelyn gezwungen, an den Tisch zurückzukehren und wieder Andrea gegenüber Platz zu nehmen. Beide Frauen waren etwas verlegen. Andrea sah Evelyn an, als warte sie auf eine endgültige Zusage, und Evelyn überlegte, dass sie jetzt zwei Möglichkeiten hatte. Sie konnte entweder großzügig sein und das bereits Geschehene als gegeben hinnehmen, oder sie konnte klarstellen, dass Haus Greenburg ihr gehörte und dass sie Wert auf eine angemessene Vermieter-Mieter-Etikette legte, was nichts anderes bedeutet hätte, als Mae zu sagen, sie solle mal etwas langsamer machen und sich nicht in Dinge einmischen, die nicht in ihren Zuständigkeitsbereich fielen. Sie konnte jetzt nachgeben oder kämpfen.

Aber wozu sollte ein Kampf gut sein? Was würde er bringen? War es die junge Mutter mit dem Kind, gegen die sie etwas hatte, oder war es eher Maes offensichtliche Grenzüberschreitung?

Sie war nie eine Kämpfernatur gewesen und in ihrer Ehe hatte sich das oft als ausgesprochen segensreich erwiesen. Aaron hatte keinerlei Gefühlsausbruch ertragen können, und Evelyn hatte irgendwann festgestellt, dass es einfacher war, ruhig zu bleiben und die Kontrolle zu behalten, als mit seinen Reaktionen auf ihre Hochs und Tiefs fertig werden zu müssen. Nicht, dass er selbst so besonders beherrscht und ausgeglichen gewesen wäre. Er hatte mehr Höhen und Tiefen gehabt als eine Achterbahn. Aber vielleicht war ja eine aufbrausende Person pro Haushalt genug. Während Aaron also derjenige gewesen war, der begeistert auf dem Achterbahnwagen gesessen hatte, hatte sie bereitwillig die Rolle der Beifahrerin auf dieser Fahrt übernommen. Während er die Hände in den begeisternden Augenblicken ihres Lebens ohne Rücksicht auf Verluste einfach in die Luft geworfen hatte, hatte sie die Augen fest geschlossen und sich festgehalten.

Jetzt allerdings war es ganz wichtig, die Augen wieder zu öffnen. Sie musste die Haltegriffe loslassen. Sie war jetzt nämlich allein in dem Wagen auf der Achterbahn. *Wenn das so ist, dann will ich raus! Raus, und zwar sofort. Ich will keine Achterbahnen mehr in meinem Leben. Ich will nicht …* Sie stoppte ihr inneres Aufbegehren. Sie war ja in all dem nicht allein. Irgendwo war ja auch Gott, und der würde helfen.

„Ich bin Ihnen wirklich dankbar, Mrs Greenburg", sagte Andrea.

Andreas Höflichkeit brach in ihre Gedanken ein. Es war geschehen. Das Haus war vermietet. Auch gut. Wer war sie denn, an dieser Stelle zu widersprechen? Und Mae? Nun, sie war eben einfach Mae – mit Sicherheit jemand, der auf Achterbahnen erst so richtig auf Touren kam.

Evelyn hörte auf, über etwas nachzudenken, was ohnehin schon feststand, und brachte schließlich ein Lächeln zustande. „Herzlich willkommen, Andrea. Aber wieso suchen Sie eigentlich ein Zimmer? Wo ist Ihr …? Ich meine …"

„Wo mein Mann ist?“

Evelyn spürte, wie sie rot wurde. „Na ja, das ist doch eine nahe liegende Frage, oder?“

„Es gibt keinen Ehemann und es hat auch noch nie einen gegeben. Summer ist das Ergebnis eines kleinen Teenagerausflugs in die Sexualität. Ihr Vater wollte mich heiraten, aber mir war klar, dass das keine Lösung für unsere damalige Situation war. Luke ist zwar ein netter Kerl, aber nicht zum Ehemann geeignet.“

„Aber nett genug fürs Bett war er?“ In dem Augenblick, als die Worte heraus waren, schlug Evelyn sich erschrocken die Hand vor den Mund. „Tut mir Leid. Das wollte ich wirklich nicht laut sagen.“

„Das macht auch nichts mehr aus. Denken tut es doch sowieso jeder. Und Sie haben sogar Recht. Wir hatten zwar Spaß miteinander, aber das war es dann auch schon.“ Andrea gab einen tiefen Seufzer von sich. „Ja, und hier sind wir nun also.“

Eine ledige Mutter. Irgendwie bekam Evelyn diesen Gedanken nicht aus dem Kopf. „Wieso haben Sie die Kleine nicht zur Adoption freigegeben?“

Mae drehte sich abrupt um. „Evie! Sie können doch nicht ... Und auch noch vor dem Kind ...!“ Sie deutete mit dem Kopf auf Summer.

Wieder spürte Evelyn, wie sie errötete. „Tut mir Leid. Das war wirklich unmöglich. Ich wollte damit nicht sagen, dass Sie eine falsche Entscheidung getroffen haben. Ich wollte nur –“

„Ist schon in Ordnung“, sagte Andrea. „Für viele Frauen ist das vielleicht die richtige Entscheidung, aber ich ...“ Sie sah zu ihrer Tochter hinüber und schien sorgfältig ihre Worte abzuwägen. „Obwohl die ganze Sache ein echter Schock war, haben meine Eltern mich unterstützt. Wenn sie nicht gewesen wären, wer weiß ...“

Evelyn konnte nicht anders, sie war beeindruckt von der Liebe in dem Blick, mit dem Andrea ihre Tochter ansah. In diesem Augenblick war sie von heftigem Neid erfüllt.

Andrea fuhr fort: „Sie ist mein Sonnenschein, nicht wahr, Schätzchen?“

Summer blickte von ihrer Einräumarbeit gar nicht auf. „Ich bin dein süßes Schätzchen. So süß wie Zuckerstreusel auf Kirschen.“

Das kleine Mädchen sah hinunter auf Peppers, die am Fuße des

Hockers saß und offenbar hinaufwollte. Augenblicklich vergaß Summer das Helfen. Sie setzte sich auf die unterste Sprosse des Hockers und zerrte Peppers zu sich hin, bis sie sie auf dem Arm hatte. „Na, Mieze-Mieze, wie heißt du denn?"

Andrea unterbrach sie. „Nein, Summer. Lass die Katze in Ruhe, vielleicht mag sie das gar nicht …"

„Sie liebt jede Form von Aufmerksamkeit und sie heißt Peppers", sagte Evelyn. „Sie mag dich."

Andrea spielte mit einem von Summers Buntstiften und schien nur zu gern das Peppers-Thema fallen zu lassen, so als hätte sie nur aus Höflichkeit etwas dazu gesagt.

„Jedenfalls haben Summer und ich bei meinen Eltern gewohnt, solange ich studiert habe, aber jetzt bin ich fertig, und es wird Zeit, dass ich auf eigenen Füßen stehe. Ich habe gerade eine Stelle gefunden bei der Carson Creek National Bank. In zwei Wochen fange ich dort an. Eine gute Freundin hat mir zu dem Job verholfen." Sie seufzte. „Ich habe wirklich Glück, dass ich Gillie habe – und Piper. Das ist noch eine andere Freundin, mit der ich viel zusammen bin und für die ich wirklich dankbar bin."

„Bei der Bank?", sagte Evelyn. „Mein Sohn arbeitet da. Russell Greenburg. Er ist stellvertretender Bankdirektor."

„Wirklich? Bei den Vorstellungsgesprächen habe ich ihn noch nicht kennen gelernt."

„Was für ein interessanter Zufall", sagte Evelyn.

„Karma", meine Mae nur.

Und Tessa würde es wahrscheinlich als Handeln Gottes bezeichnen. Trotzdem – eine ledige Mutter mit Kind. „Das Zimmer ist aber ziemlich klein für Sie beide."

Mit einer Handbewegung wehrte Andrea den Einwand ab. „Es ist großartig. Wir sind es gewohnt, uns ein Zimmer zu teilen. Seit ihrer Geburt waren wir noch nie getrennt. Das Haus meiner Eltern ist nicht besonders groß. Das Zimmer ist absolut perfekt für uns. Wenn es Ihnen recht ist, ziehen wir dieses Wochenende ein. Dann habe ich noch genug Zeit, mich hier einzurichten und kann noch etwas Zeit mit Summer verbringen, bevor ich anfange zu arbeiten."

Mae zückte ein Baguette wie ein Schwert. „Hiermit erkläre ich Haus Greenburg für vermietet. Es ist kein Raum mehr in der Herberge." Dann wandte sie sich mit einem Ruck Evelyn zu und sagte: „Und sie mag lieber Tee als Kaffee – damit steht es zwei zu zwei."

Nun gut – damit war also auch das geklärt.

Evelyn half Tessa gerade, ein Bild in ihrem Zimmer aufzuhängen, als sie die Haustür hörte.

„Mutter, bist du zu Hause?"

Evelyn hätte zu gern eine Kamera gehabt, um den Blick ihres Sohnes festzuhalten, als sie, Tessa und Mae oben an der Treppe auftauchten.

„Oh, tut mir Leid, ich wusste nicht, dass du Besuch hast."

Mae lehnte sich über das Treppengeländer. „Wir sind kein Besuch, Bruder, wir wohnen hier." Dann wandte sie sich an Evelyn. „Ist das Ihr Sohn, der bei der Bank arbeitet?"

Evelyn war die Situation so peinlich, als wäre sie ein Teenagermädchen, das mit einem Jungen auf dem Zimmer erwischt worden ist. Sie reichte Tessa den Hammer und ging die Treppe hinunter.

„Russell, das ist Mae Fitzpatrick und das hier Tessa Klein. Sie sind meine neuen Mieterinnen."

Mae salutierte vor Russell. „Freut mich, Sie kennen zu lernen, Russ. Ich habe zwar kein Konto bei Ihrer Bank, aber vielleicht wechsle ich ja, damit alles in der Familie bleibt, was?"

„Stehen Sie nicht so rum, Junge, und halten Maulaffen feil", sagte Tessa. „Das ist unhöflich."

Russell sah seine Mutter mit einem langen, fragenden Blick an. Evelyn nahm ihn beim Arm. „Komm, wir gehen ein Weilchen in die Küche."

Mae rief ihnen nach: „Hat mich gefreut, Sie kennen zu lernen."

In dem Augenblick, als die Küchentür hinter ihnen ins Schloss gefallen war, platzte er heraus: „Du hast die Zimmer schon alle vermietet? Ich habe das Schild draußen gesehen. Wo hast du das so schnell herbekommen? Es ist doch noch nicht einmal eine Woche her, dass wir darüber gesprochen haben. Ich war dagegen und du hast die Sache trotzdem in Angriff genommen? Das sieht dir eigentlich gar nicht ähnlich."

Wohl wissend, dass es besser war, bei einer Auseinandersetzung auf gleicher Augenhöhe zu sein, statt zu ihrem eins neunzig großen

Sohn aufblicken zu müssen, setzte sich Evelyn in der Hoffnung, er würde es ihr nachtun, was auch tatsächlich der Fall war.

„Du warst nicht dagegen, Russell. Nicht ausdrücklich. Und es hat sich alles nun mal so ergeben. Alles. Ich habe das Schild auf dem Dachboden gefunden. Es stammt anscheinend noch aus der Zeit, als deine Großeltern Zimmer vermietet haben. Ich habe das als Zeichen gesehen, dass ich auch –"

„Das Schild soll ein Zeichen gewesen sein?" Er schüttelte nur verständnislos den Kopf. „Nun werd aber mal nicht komisch, Mutter. Seit wann orientierst du dich denn an irgendwelchen Zeichen?"

Sie zuckte mit den Schultern. Sie hatte gedacht, er würde sich für sie freuen, denn durch die Mieter würde sie schließlich finanziell abgesichert sein.

„Es sind außerdem auch noch andere Dinge passiert, die –"

„Noch mehr Zeichen?", fragte er halb amüsiert.

Warum konnte er sich eigentlich auf nichts einlassen, das über ein Schwarz-Weiß-Denken hinausging? Evelyn fingerte an ihrem Tischset herum. „Wie würdest denn du die Tatsache erklären, dass ich alle drei Zimmer vermietet habe, ohne dass ich auch nur eine einzige Annonce aufgeben oder sonstwie Werbung machen musste?"

„Glück."

„Ich bin mir nicht so sicher, ob ich an diese Art von Glück glauben soll." Sie wusste nicht so genau, wie sie es sagen sollte. „Ich ... ich habe wegen der ganzen Angelegenheit gebetet und dann hat sich alles einfach so ergeben." Sie beschloss, den schwarzen Peter weiterzugeben. „Tessa sagt jedenfalls, dass es Gottes Handeln ist."

Russell lachte, stellte die Salz-, Peffer-, und Zuckerstreuer in einer exakten Reihe auf, so wie er es auch immer mit seinen Spielzeugsoldaten gemacht hatte. „Ich glaube, du deutest da zu viel hinein, Mutter. Du hast doch noch nie viel mit Gott zu tun gehabt und zur Kirche gegangen sind wir auch kaum."

„Vielleicht war das ja ein Fehler."

Er hob fragend eine Augenbraue. „Und jetzt wirst du plötzlich religiös? Nach all den Jahren?"

Sie wünschte, sie hätte ihn einfach auf sein Zimmer schicken können – aber das war ja besetzt von einer Hippiefrau mittleren Alters mit einem Picasso-Druck über dem Bett. „Gibt es eine Altersbegrenzung, wenn es darum geht, Gott kennen zu lernen?"

„Natürlich nicht."

Sie stand auf und sah auf ihn hinab, und sie genoss das Gefühl der Macht, das sie erlangt hatte, indem sie ihren Standpunkt klar dargelegt und sogar verteidigt hatte. „Wenn ich also in meinem fortgeschrittenen Alter beschlossen habe, jetzt mit dem Beten anzufangen – dann nimm das doch einfach zur Kenntnis. Und wenn ich beschließe zu glauben, dass Gott etwas mit den wunderbaren Frauen zu tun hat, die hier eingezogen sind und dadurch meine finanziellen Probleme zu lösen helfen, dann ist das eben auch so. Und nichts, was du sagen könntest – und auch kein Geldbetrag, den du mir geben könntest –, kann mich daran hindern. Ist das in Ordnung für dich?"

Er hob in einer Geste der Kapitulation beide Hände. „Na, dann wird es wohl so sein müssen."

Genau.

„Aber Mutter?" Seine Stimme und sein Blick signalisierten, dass er jetzt wieder ihr kleiner Junge war.

„Was denn, Russell?"

„Ich hatte eigentlich gedacht, dass ich jetzt nach Vaters Tod der Mann in der Familie sein würde."

Ach du liebe Güte. „Das kannst du doch auch sein. Du bist doch auch der Mann der Familie." Sie beugte sich vor und küsste ihm von oben auf den Kopf. „Du bist jetzt mein einziger Mann und ich brauche dich sehr."

„Aber ich konnte dir gar nicht helfen. Wir haben zwar darüber gesprochen, aber dann hast du alles ganz allein gemacht."

Sie hob mit einem Finger sein Kinn ein wenig, sodass er sie ansehen musste. „Und, ist das wirklich so schlimm?"

„Nein, aber –"

„Und um ehrlich zu sein, es fühlt sich für mich ausgesprochen gut an, dass ich das alles allein geschafft habe."

Er nickte, und sie hoffte, dass es ein verstehendes Nicken war.

„Vater hat dich nie viel selbstständig entscheiden und tun lassen, nicht wahr?" Seine Hand ging wie automatisch zum Mund, so als wollte er sich selbst das Wort abschneiden. „Das sollte nicht so klingen, wie es sich jetzt vielleicht angehört hat – so als hättest du gar nichts selbstständig gemacht. Ich meine nur, dass er nicht zugelassen hat, dass du dich entfaltest. Er wollte nie, dass du berufstätig bist. Er hat dich irgendwie unter dem Deckel gehalten." Er nahm jetzt ihre Hand und fuhr mit dem Daumen über ihren Ehering, sodass dieser sich drehte. „Ich hatte schon immer das Gefühl, dass sehr viel mehr in dir steckt, als irgendjemand sehen wollte. Du warst wie ein Vogel im Käfig, der darauf wartet, irgendwann loszufliegen und zu singen."

Evelyn spürte, wie sich ihre Augen mit Tränen füllten. Genau so hatte sie sich lange gefühlt. Es war jedoch ein Gefühl, das sie verdrängt hatte, und zwar um ihrer Ehe willen. Ein paar Mal hatte sie versucht, auszubrechen und sich zu befreien, aber Aaron hatte sie jedes Mal wieder eingefangen und in den Käfig zurückgesperrt. Irgendwann hatte sie dann aufgehört mit den Befreiungsversuchen, weil es zunehmend schmerzlich gewesen war, sich nach solchen Versuchen wieder auf das Eingesperrtsein einzulassen und sich irgendwie auch endgültig damit abzufinden. Das Gefühl, seine Chancen verpasst zu haben, war so, als würde einem jemand von einem Sonnenuntergang erzählen, ohne dass man jemals aus dem Fenster schauen und selbst einen miterleben, geschweige denn selbst draußen sein und ihn „live" sehen durfte.

Russell stand auf und nahm sie fest in die Arme. Ihr Kopf ruhte an seiner Schulter und sie fühlte sich sehr klein. Wie war es nur möglich, dass dieser Mann aus ihrem Körper gekommen war? Es schien so ganz und gar unmöglich.

„Wenn es dir Flügel verleiht, dieses Haus hier zu vermieten, um den Käfig hinter dir zu lassen, dann bin ich der Letzte, der etwas dagegen hat, Mutter. Ich werde dich nicht einsperren, das verspreche ich dir."

Diese Erklärung war eine absolute Überraschung. Ihr Hals schnürte sich zusammen.

„Danke, Russell."

Es war ein Augenblick, an den sie sich immer zurückerinnern würde. Es war der Augenblick, in dem sich die Käfigtür öffnete und sie losfliegen und singen konnte.

„Darf ich hereinkommen?"

Evelyn blickte von ihrem Sessel im Wintergarten auf und sah Mae in der Tür stehen. „Setzen Sie sich doch." Sie knipste eine Lampe an, denn es war inzwischen fast dunkel, und sie hatte es noch nicht einmal bemerkt.

Mae ließ sich im Schaukelstuhl nieder. „Haben Sie den Besuch von Ihrem Sohn genossen? Ich hoffe, unsere Anwesenheit hier hat ihn nicht allzu sehr schockiert."

„Es war sehr nett mit ihm", sagte Evelyn. „Ja, es war sogar ausgesprochen aufschlussreich."

„Oh, das klingt ja interessant. Erzählen Sie mir mehr."

Evelyn setzte sich gemütlich in den Schneidersitz. „Er war wirklich schockiert, dass die Zimmer schon alle vermietet sind. Wir hatten zwar darüber gesprochen, aber er hatte nicht damit gerechnet, dass ich meine Idee sofort in die Tat umsetzen würde."

„War er verärgert darüber?"

„Eigentlich nicht." Sie beugte sich vor und stützte ihre Ellbogen auf die Knie. „Und das ist das Merkwürdige daran. Er hat mir erzählt, dass er bemerkt hat, wie sein Vater mich permanent eingeengt hat. Er sagte, ich wäre ihm vorgekommen wie ein Vogel im Käfig, der ins Freie will, um endlich zu singen."

„Na, für einen Banker hört sich das ja ziemlich poetisch an."

Evelyn lächelte. „Ja, das stimmt. Und ich glaube, genau das ist es auch, was mich so berührt. Russell und Aaron sind beide keine Menschen, die ihre Gefühle offen zeigen. Sie haben – hatten – beide gern die Kontrolle und alles fest im Griff."

Mae legte die Beine auf die Fußbank vor dem Schaukelstuhl und kreuzte die Füße.

„Ah, so langsam bekomme ich eine Vorstellung. Sie waren die gute Ehefrau; Sie haben getan, was Ihr Mann von Ihnen verlangt und erwartet hat. Sie haben sogar immer schon erahnt, was er wollte, oder? Sie haben ihn immer unterstützt und ermutigt, aber dabei selbst immer mehr den Mut verloren."

So weit hatte Evelyn noch gar nicht gedacht, aber was Mae sagte, traf zu. „Ich hatte auch einmal Träume ..."

Mae hob den Finger und rezitierte: „‚Wenn es Träume zu kaufen gäbe, welchen würden Sie dann kaufen?'" Sie lächelte. „Das ist aus einem Gedicht von Thomas Lovell Beddoes."

Evelyn nickte. „Das gefällt mir. Aber ich habe keine Antwort auf die Frage, welchen ich kaufen würde. Ich habe schon sehr lange nicht mehr über meine Träume nachgedacht."

„Und was für Träume waren das?"

Evelyn überlegte einen Augenblick und stellte fest, dass ihr absolut nichts einfiel. „Offenbar ist es schon zu lange her. Ich erinnere mich nicht."

„Na ja, wahrscheinlich haben sich die Träume ja ohnehin geändert. Was wir als frisch Verheiratete träumen, entwickelt sich doch im Laufe der Jahre meistens weiter. Aber ist es nicht spannend, dass Sie den Funken gespürt haben und jetzt wieder über diese Träume nachdenken? Und ist es nicht wundervoll, dass es Ihr Sohn war, der den Funken neu entfacht hat?"

Evelyns Herz wurde leicht, als sie an all die Möglichkeiten dachte, die ihr offen standen.

Kapitel 4

Andrea nahm eine der Kisten mit Summers Spielzeug und schloss mit dem Ellbogen den Kofferraumdeckel ihres uralten Pinto. Sie war gerade auf den Bürgersteig getreten, als Gillie Danson vorbeifuhr und auf die Hupe drückte. Während Gillie auf der Auffahrt des Nachbarhauses wendete, damit sie ihr Auto hinter dem von Andrea parken konnte, stellte Andrea die Kiste auf dem Dach ihres Wagens ab und wartete auf ihre Freundin, um sie zu begrüßen.

Der Unterschied zwischen ihrer alten Rostlaube und Gillies glänzendem BMW war in diesem Augenblick besonders offensichtlich, ebenso wie der Unterschied zwischen ihren löchrigen alten Jeans und Gillies perfekt sitzender Hose mit passendem Top. Obwohl Andrea nicht viel Ahnung von Designerklamotten hatte, war sie ziemlich sicher, dass Gillies Outfit von einer teuren Marke aus einem teuren Laden war – die Sorte von Laden, durch die Andrea hindurchschlenderte, aber nie blieb, um sich etwas auszusuchen und zu kaufen. Andrea konnte sich nicht vorstellen, viel Geld für

Kleidung auszugeben. Das war für sie reiner Luxus. Aber so war Gillie nun mal.

Die Tatsache, dass sie Freundinnen waren, war einem glücklichen Zufall zu verdanken. Als sie sich vor etwa einem Jahr kennen gelernt hatten, waren sie beide an der Universität eingeschrieben gewesen – Andrea als Studentin, die Kurse belegte und auch Prüfungen machte, und Gillie, um sich die Zeit zu vertreiben. Reiche, geschiedene Frauen hatten es eigentlich nicht nötig, Seminare zu besuchen oder bei einer Bank zu arbeiten, aber Gillie brauchte beides für ihr Wohlbefinden – die Arbeit und den Kontakt mit Menschen.

Gillie stieg aus ihrem Wagen und holte ein großes und ein kleines Paket vom Rücksitz. Beide waren in pink- und silberfarbenes Geschenkpapier gewickelt und mit riesigen Schleifen verziert. „Ich komme mit Einzugsgeschenken. Ist die kleine Prinzessin irgendwo in der Nähe?"

Andrea nahm die Spielzeugkiste und ging in Richtung Haustür. „Sie ist im Haus. Das ist aber wirklich nicht nötig, Gillie. Du hast ihr schon zum Geburtstag ein so ein teures Geschenk gemacht."

„Wirklich?" Sie warf jetzt zum ersten Mal einen Blick in Andreas Auto. „Ist das schon die letzte Kiste? Bin ich jetzt zu spät gekommen, um dir beim Umzug zu helfen?"

Wie immer. Gillie hatte die Angewohnheit und das Talent, immer genau dann auf der Bildfläche zu erscheinen, wenn der Großteil der Schwerstarbeit bereits erledigt war. „Ja, das ist der Rest. Kannst du mir bitte die Tür aufhalten?"

Gillie eilte die Verandastufen hinauf und öffnete die Fliegentür. Andrea trat ein und ging in Richtung Treppe. „Komm mit nach oben, dann bekommst du eine Exklusivführung."

Gillie blieb ein wenig zurück, um den Eingangsbereich einer genauen Musterung zu unterziehen, und Andrea wusste, dass sie dabei innerlich eine Checkliste abhakte. Andrea wünschte, sie bräuchte nicht ständig die Zustimmung ihrer Freundin, aber so war es nun eben einmal.

„Gillie!", rief Summer vom Korridor im ersten Stock hinunter. Und sofort ging ihr Blick weiter zu den Geschenken. „Was ist denn in den Paketen?"

„Summer!" Es gefiel Andrea ganz und gar nicht, wie Gillie ihre

Tochter verwöhnte und wie sehr Summer es genoss, dermaßen verwöhnt zu werden.

Gillie ging weiter die Treppe hinauf. „Meine Güte, Andrea, nun lass doch die Kleine mal in Ruhe. Es bleibt ihr doch gar nichts anderes übrig, als zu bemerken, dass dieses größte, beste, schönste Geschenk …" Gillie überreichte es mit einem tiefen Hofknicks. „… für sie ist."

Summer jauchzte auf. „Für mich?"

„Für dich, Prinzessin. Lass uns in euer Apartment gehen und es auspacken."

Andrea stöhnte innerlich auf. „Es ist kein Apartment, Gillie. Ich habe dir doch gesagt, es ist ein Zimmer. Ein einzelnes Zimmer." Sie ging durch die Tür und stellte die Kiste mit dem Spielzeug aufs Bett. „Das ist es."

Auch das Zimmer wurde von Gillie intensiv gemustert, diesmal allerdings mit merklich weniger Anerkennung. „Das soll es sein?"

„Ja, das ist es."

„Und wo schläft Summer?"

Summer deutete auf die eine Seite des Bettes. „Das hier ist meine Seite. Mama bekommt die andere."

„Da hattest du ja im Haus deiner Eltern mehr Platz."

„Mehr Platz, aber dafür viel weniger Unabhängigkeit." Andrea mied Gillies Blick, indem sie Summers Legosteine in ein Regal räumte.

„Da hast du wahrscheinlich Recht", sagte Gillie und fingerte an einem Zierdeckchen herum, das auf der Kommode lag. „Seit der Scheidung genieße ich in der Tat ebenfalls meine Unabhängigkeit – so lange, wie Jerry regelmäßig Unterhalt bezahlt."

„Solange er dafür sorgt, dass sich an deinem früheren Lebensstandard nichts ändert, meinst du wohl." Andrea merkte sofort, wie hart das klang. „Tut mir Leid, das war gehässig von mir."

„Gehässig oder nicht, es ist nun mal die Wahrheit. Ich versuche die Tatsache, dass ich schöne Dinge liebe, ja gar nicht zu verheimlichen." Sie lächelte und strich sich ihr kurzes blondes Haar mit einer jugendlichen Geste hinter die Ohren, die ihr mindestens fünf von ihren fünfunddreißig Jahren nahm. „Und ich mag es auch, schöne Dinge zu verschenken." Damit reichte sie Andrea das kleinere der beiden Pakete. „So, und nun packt eure Geschenke aus."

Summer sah um Erlaubnis bittend zu Andrea hinüber.

„Ist schon gut, pack es ruhig aus, mein Schatz."

Summer entfernte vorsichtig die Schleife und legte sie auf das Bett wie einen zarten Schmetterling. Als Nächstes zog sie das Band auf und wickelte es ordentlich auf ihre Hand. Dann wurde das Klebeband auf der einen Seite entfernt.

„Nun mach schon, Summer, reiß es doch einfach auf. Die Spannung bringt mich noch um, und dabei weiß ich schon, was drin ist."

Aber Summer schüttelte nur den Kopf. „Das Papier bewahren wir auf. Es ist viel zu schön zum Kaputtmachen."

Gillie hob nur fassungslos die Hände gen Himmel. „Wer bin denn ich, dass ich etwas gegen ein solches Maß an Selbstbeherrschung vorbringen wollte?" Sie schüttelte den Kopf. „Wer hätte gedacht, dass ich mir einmal von einer Fünfjährigen Lektionen in Sachen Geduld erteilen lassen muss?"

Summer reichte Andrea das Geschenkpapier, die es sorgfältig zusammenlegte. Dann nahm sie den Deckel von der Schachtel und schnappte nach Luft. Auch Andrea atmete hörbar ein. Es war eine prächtige Puppe, die mindestens einen halben Meter groß war. Sie hatte taillenlange blonde Locken und trug ein langes Kleid aus blassblauer und elfenbeinfarbener Seide, das auch noch mit Gold bestickt war.

„Oooh Mama, schau mal."

„Ja, ich hab sie gesehen. Sie ist wunderschön."

Gillie griff über das Bett und hob das Kleid der Puppe ein wenig hoch. „Schau mal darunter. Sie hat lange Rüschenunterhosen an, einen gerüschten Petticoat und Schnürstiefel." Sie fingerte das Schildchen hervor, das am Handgelenk der Puppe befestigt war. „Sie heißt Margaret."

Summer holte sie aus der Schachtel. „Es ist eine Puppenprinzessin."

„Ja, für meine kleine Prinzessin."

Summer legte die Puppe wieder hin und stürzte zu Gillie, um sie heftig zu umarmen.

„Danke, danke, danke! Ich werde bestimmt gut für sie sorgen und immer auf sie aufpassen."

„Das weiß ich doch." Sie wandte sich an Andrea. „So, und jetzt ist Mama an der Reihe."

Um sich nicht von ihrer kleinen Tochter ausstechen zu lassen, öffnete Andrea das Paket ebenfalls mit großer Sorgfalt. Es war ein bunter Seidenschal darin, auf den ein Pferd gemalt war.

„Das ist ein Hermés-Tuch", sagte Gillie. „Reine Seide. Made in France."

Andrea hielt das Tuch hoch und hoffte, dass es auseinander gefaltet schöner aussah. „Das ist wirklich hübsch", sagte sie. In Wirklichkeit fand sie es etwas zu auffällig für ihren eher schlichten Stil. Aber sie war auch sicher, dass Gillie ein Vermögen dafür ausgegeben hatte. Ihre Freundin schenkte immer nur vom Feinsten.

„Hier", sagte Gillie, legte Andrea das Tuch um den Hals und band es fachmännisch. Dann zog sie ihre Freundin zum Frisierspiegel. „Das Königsblau passt toll zu deinem dunklen Haar und deinen Augen."

Andrea musste zugeben, dass ihre Freundin Recht hatte, aber sie konnte sich nicht vorstellen, das Tuch jemals wirklich zu tragen. Sie drehte sich um und umarmte die Freundin. „Danke, Gillie. Du bist viel zu großzügig."

„Ach, gar nicht. Wenn ich meinen Freunden keine schönen Sachen schenken kann …" Sie rückte eine Falte des Tuches an Andreas Hals zurecht. „Um ehrlich zu sein, ich bin es ein wenig leid, immer nur Geld für mich selbst auszugeben."

Andrea schnappte dramatisch nach Luft und legte sich eine Hand auf die Brust.

Gillie zupfte an dem Tuch herum. „Komm, sei nett."

Andrea rückte das Tuch wieder so hin, dass es lag, wie Gillie es ursprünglich gebunden hatte. „Ich mache keine Witze – auf jeden Fall nicht nur. Es ist nur so, dass ich noch nie mit jemandem zu tun hatte, der genug Geld hatte, um es beliebig und für alles Mögliche auszugeben, und zwar wann immer er wollte."

„Na, dann lass dir mal von mir sagen, dass es so toll nun auch wieder nicht ist. Man gewöhnt sich viel zu schnell daran."

„Das kann ich mir vorstellen."

Gillie sah sie misstrauisch an. „Meinst du das jetzt ironisch oder ehrlich?"

Andrea überlegte einen Augenblick lang. „Beides. Ich kann es mir vorstellen, aber dann auch wieder nicht. Aber irgendwie weiß ich auch, dass ich gar nicht weiter als bis zum Vorstellen komme.

Ich glaube nicht, dass materieller Reichtum in meinem Leben jemals eine so große Rolle spielen wird."

„Du musst einfach einen reichen Manager für dich finden."

„Ja, klar. Die fühlen sich auch besonders zu einer Bankangestellten mit Kind hingezogen. Ich glaube nicht, dass ich eine Wunschkandidatin für dynamische Managertypen bin."

„Genauso wenig wie ich als Geschiedene. Mach dich selbst nicht kleiner, als du bist. Du bist eine großartige Partie."

Andrea beobachtete, wie Summer an der Unterwäsche der Puppe herumspielte. „Wie begehrenswert auch immer, das spielt sowieso keine Rolle. Ich habe meine Entscheidungen getroffen und ich bedaure sie nicht." Sie nickte in Richtung Summer. „Eine davon auf jeden Fall nicht."

Als Gillie jetzt sprach, war ihre Stimme sanft und leise. „Manchmal beneide ich dich."

Andrea lachte. „Du beneidest mich?"

„Du bist in vielerlei Hinsicht so viel reicher als ich."

Gemeinsam beobachteten sie Summer bei ihrem Spiel. Zwei unglaublich reiche Frauen.

Irgendwie habe ich das Gefühl, ich würde nichts anderes mehr machen, als meine persönlichen Sachen zusammenzupacken.

Evelyn legte eine Porzellanterrine in einen Karton. Jetzt, wo das Walnussregal leer war, konnte sie es –

„Was machen Sie denn da?" Tessa stand in der Tür, die Zehen schon im Salon, die Fersen noch in der Eingangshalle.

„Ich habe nur ein paar Sachen weggeräumt."

„Sie machen es hier kindersicher, nicht wahr?" Sie deutete mit einem Nicken nach oben in den darüber liegenden Raum, in dem Andrea und Summer zu hören waren.

„Aber ich mache wirklich nicht –"

„Das ist doch immer das Problem, wenn Kinder da sind", sagte Tessa. „Dass man oft einfach zu nachsichtig mit ihnen ist. Als meine Tochter noch klein war, habe ich mich strikt geweigert, irgendetwas von meinen schönen Sachen wegzuräumen. Sie hat früh gelernt, was nein bedeutet."

Jede Wette. Evelyn schob das Regal von seinem Platz zwischen dem Klavier und der Standuhr weg, sodass dort etwas Platz war. „Aber wie gesagt, ich räume das hier nicht weg, weil ich Angst habe, dass Summer etwas kaputtmachen könnte. Ich räume die Sachen weg, weil ich Platz machen will für ihre Spielzeugkiste."

Tessa schnitt ein Gesicht. „Aber es ist nicht eine von diesen schrecklichen Spielzeugkisten in Form eines überdimensionalen Plastikfußballs, oder?"

Evelyn unterdrückte ein Lächeln. „Natürlich nicht. Summer ist doch ein Mädchen."

Tessa warf angriffslustig den Kopf in den Nacken. „Sie wissen genau, was ich meine."

„Ja, das weiß ich. Und nein, es ist keine Spielzeugkiste aus Plastik, sondern eine altmodische Holzkiste mit ihrem Namen darauf. Ich habe sie schon selbst gesehen."

„Aber die beiden haben doch ein Zimmer. Wieso kann die Kiste nicht oben untergebracht werden?"

Aus demselben Grund, aus dem zwei von Ihren Bücherkisten auf den Dachboden gebracht werden mussten. „Das könnte sie, und die beiden hatten die Kiste sogar schon mit nach oben genommen, aber es ist doch nicht nötig, das Zimmer oben voll zu stopfen, wo hier unten Platz genug ist. Ich wollte einfach nett zu ihnen sein."

Mae kam tänzelnd herein. „Na, was ist los, Schwestern? Ist es nicht toll, dass Haus Greenburg jetzt komplett ausgebucht ist?"

Tessa zeigte auf den leer geräumten Platz an der Wand. „Dort wird demnächst eine Spielzeugkiste stehen."

Mae warf einen kurzen Blick in die besagte Richtung, bevor sie sich umdrehte. „Hört sich doch ganz gut an. Meine Güte, diese Summer, die ist wirklich ganz schön clever für ihre fünf Jahre. Ich habe ihr einmal gesagt, wie mein Name buchstabiert wird, und jetzt kann sie es schon ganz –"

Tessa stand jetzt an der für die Spielzeugkiste vorgesehenen Stelle. „Sie verstehen anscheinend nicht. Sie soll genau hier an dieser Stelle stehen. Mitten in unserem Wohnzimmer."

Meinem Wohnzimmer.

Mae sah Tessa an, als ob sie etwas wirklich Ekelhaftes an sich hätte. „Was hat Sie denn gebissen, Tessie? Das Kind ist ein Kind. Erwarten Sie, dass es still und leise in einer Ecke spielt und keinen Mucks …" Sie klatschte in die Hände. „Das ist es, nicht wahr? Sie gehören zur ‚Kinder soll man sehen, aber nicht hören'-Fraktion. Ich dachte, die hätten wir gemeinsam mit den Autos zum Ankurbeln und dem Charleston hinter uns gelassen."

Tessa richtete sich zu ihrer vollen Größe von einem Meter fünfzig auf. „Man darf Kinder durchaus hören, allerdings in Maßen und Grenzen. Annehmbaren Grenzen." Sie wandte sich an Evelyn. „Wir werden jetzt eine ganze Menge Regeln brauchen."

Mae verdrehte die Augen. „Na, bitte ..."

„Welche Regeln zum Beispiel?", fragte Evelyn nach.

Tessa zählte an ihren Fingern ab. „Keine Zeichentrickfilme im Fernsehen am Morgen und kein Spielzeug auf dem Sofa, sodass man sich setzen kann, ohne erst alles zur Seite räumen zu müssen."

„Um Himmels willen", sagte Mae.

„Und kein Herumspringen, das einem an den Nerven zerrt, und kein lautes Lachen und kein Herumrennen und kein –"

„Kein Kindsein?"

„Sie wissen ganz genau, was ich meine." Sie sah zu Evelyn hin. „Sie wissen doch, was ich meine, nicht wahr, Evelyn?"

Zwei Augenpaare starrten Evelyn an. Wenn sie sich in die Küche verzog, konnten die beiden die Sache ja vielleicht unter sich ausmachen. Sie hatte wirklich nicht vorgehabt, wegen einer Spielzeugkiste einen Streit heraufzubeschwören.

„Evelyn? Sie sind die Vermieterin."

Ein Vermieterinnen-Grünschnabel. „Ich glaube, wir werden wirklich ein paar Regeln brauchen."

„Ha!", sagte Tessa triumphierend.

„Allerdings Regeln für uns alle."

„Ha!", sagte Mae nun ihrerseits mit triumphierendem Nicken.

„Vielleicht könnten Sie beide sich ja zusammensetzen und ein paar Regeln aufstellen?" *Bitte schön.* Das war gut. Den schwarzen Peter einfach weiterschieben.

„Sie halten sich lieber raus und überlassen es uns, was, Evie? Sehe ich das richtig?"

„Ja."

Mae lachte. „Ganz schön schlau, die Frau." Sie wandte sich an Tessa. „Und was sagen Sie dazu, Tessie? Sollen wir uns ins Esszimmer zurückziehen und sehen, was für Regeln, Anordnungen, Gesetze und Erklärungen wir zustande bringen?"

Ohne ein Wort zu sagen, ging Tessa an Mae vorbei durch die Eingangshalle ins Esszimmer.

Mae wandte sich an Evelyn. „Ich nehme mal an, das soll Ja heißen, Evie. Wenn Sie in zwei Tagen noch nichts von uns gehört haben, schicken Sie bitte die Rettungswacht."

Als sie im Esszimmer Stühle scharren hörte, verdrückte sich Evelyn aus dem Schussfeld der beiden anderen und ließ sich seufzend in einen Sessel fallen. *Du liebe Güte.*

Gillie arrangierte einen Schmuckkasten und ein paar Parfümflaschen dekorativ auf Andreas Kommode. Sie sah zum Bett hinüber, das genau gegenüber von der Kommode stand. „Ihr braucht aber wirklich einen Fernseher hier drin. Es wäre doch nett für Summer, wenn sie samstagmorgens vom Bett aus Zeichentrickfilme anschauen könnte."

Andrea streckte ihren Kopf aus dem begehbaren Kleiderschrank heraus. „Wir haben aber kein Geld für einen Fernseher."

„Ich meine ja auch einen ganz kleinen. So einen kriegt man schon für unter hundert Dollar."

„Und das sind genau die hundert Dollar, die wir nicht haben. Außerdem brauchen wir auch gar keinen Fernseher."

„Man braucht eine ganze Menge Dinge nicht, aber das heißt doch nicht, dass es nett ist, sie zu haben."

„Vergiss es." Andrea zog sich wieder in den Schrank zurück.

Gillie ging zu ihrer Handtasche und holte ihr Portemonnaie heraus, dem sie fünf Zwanzigdollarscheine entnahm. Sie schaute sich im Zimmer nach einer Stelle um, an der sie das Geld unauffällig deponieren konnte, und dabei fiel ihr Blick auf den Schmuckkasten. Sie öffnete ihn, hob einen stoffüberzogenen Einsatz hoch und schob die Geldscheine darunter. Dann schloss sie den Deckel wieder. So. Jetzt hatte Andrea keine Ausrede mehr.

Sie tippte ein letztes Mal kurz auf das Schmuckkästchen. Es fühlte sich einfach toll an, großzügig zu sein.

Andrea hörte Stimmen unten aus der Eingangshalle. Angeregte Stimmen. Sie ging ein paar Stufen hinunter und horchte. Im Esszimmer brannte Licht, und Andrea erkannte den Rücken von Tessa, die auf einem Stuhl saß.

„Aber ich brauche Ruhe für meine Studien“, sagte sie gerade.

„Und wir anderen sollen dann auf Zehenspitzen herumschleichen, was?“ Das war Mae. „Träumen Sie weiter, Schwester Tessie. Ich werde keiner Hausordnung zustimmen, in der steht: ‚Kein Lärm nach 19:00 Uhr‘. Das ist lächerlich. Um sieben geht's doch erst richtig los.“

Hausordnung? Sie stellten ohne sie Regeln auf?

Andrea ging zurück in ihr Zimmer, packte Gillie am Arm und zog sie hinaus in den Korridor.

„Was –“

Andrea legte sich den Finger auf die Lippen. „Pssst. Hör mal.“

Jetzt war wieder Tessas Stimme zu hören. „Wenn ein Kind da ist, wirkt sich das enorm auf den Geräuschpegel in einem Haus aus. Ich bin solche Störungen einfach nicht gewohnt. Eine Hausordnung ist die logische Konsequenz aus –“

„Summer hat eine Konsequenz?“, flüsterte Andrea Gillie zu.

Gillie deutete zur Treppe. „Ich an deiner Stelle würde lieber da runtergehen und mitmachen.“

Andrea streckte noch einmal den Kopf ins Zimmer, wo sie Summer zurückgelassen hatten, die dabei war, ihre Kleider in die unterste Schublade der Kommode zu räumen. Irgendwie hatte sie Peppers dazu gebracht, hineinzuspringen. Von der Tür aus konnte Andrea sein Schnurren hören.

„Gillie und ich gehen ein paar Minuten nach unten, Schätzchen. Ist das in Ordnung, wenn du kurz allein bist hier oben?“

Summer blickte kaum auf. „Wir kommen schon zurecht, Mama.“

Sie ließen die Tür offen stehen und gingen leise die Treppe hinunter, weil sie die anderen nicht unterbrechen wollten. Ob Evelyn auch dabei war? Wenn sich alle drei ohne sie zusammengetan hatten …

Andrea betrat das Esszimmer, unmittelbar gefolgt von Gillie. Sie war erleichtert festzustellen, dass Evelyn nicht dabei war. Wenigstens hatte man sie nicht bewusst ausgeschlossen.

Mae war gerade mitten in der Aufzählung ihrer Lieblingssendungen im Fernsehen. „Und freitags gucke ich gern …“ Jetzt hatte Mae die beiden anderen bemerkt. „Hallo, Mädchen. Hallo, Gillie. Sind Sie fertig mit Einziehen?"

„So ziemlich." Tessa und Mae saßen sich am Tisch gegenüber. Andrea begab sich ans Kopfende des Tisches und Gillie bezog neben ihr Stellung. „Und worüber unterhalten Sie beide sich gerade?"

„Über Regeln. Eine Hausordnung", antwortete Tessa. Sie deutete auf ein Blatt Papier, das vor ihr auf dem Tisch lag. Die Liste war in einer eleganten, geschwungenen Handschrift verfasst, die Andrea unmöglich auf dem Kopf lesen konnte.

Andrea überlegte ihre Worte sehr genau, denn sie wollte keinesfalls überempfindlich sein, aber es war wichtig, direkt von Anfang an einen Standpunkt zu beziehen. Sie würde in diesem Haus keine unbeteiligte Außenstehende sein, sondern sie hatte vor, die Position einer gleichberechtigten Partnerin einzunehmen. Sie legte eine Hand auf die Lehne des leeren Stuhls vor ihr.

„Ich würde mich gern daran beteiligen", sagte sie.

Mae griff unter den Tisch und schob den Stuhl heraus. „Na klar. Es war nicht unsere Absicht, Sie auszuschließen. Tessie und ich haben angefangen zu reden und sind einfach abgeschweift. Eigentlich war die ganze Sache Evelyns Idee."

„Sollte sie denn dann nicht auch bei der Erarbeitung einer Hausordnung dabei sein?"

Tessa zeigte mit ihrem Stift auf die Liste. „Sie hat uns doch gesagt, dass wir das hier machen sollen."

„Aber sie ist schließlich die Vermieterin. Sie muss doch daran beteiligt werden."

„Auch, wenn sie gar nicht will?", fragte Tessa.

Diese Frau fängt wirklich wegen allem Streit an. „Ich werde sie zwar nicht zwingen, aber ich glaube, es wäre ausgesprochen sinnvoll. Und respektvoll." Sie sah Gillie an. „Findest du nicht auch?"

Gillie legte sich die Hand auf die Brust. „Also, ich bin zwar nur eine Außenstehende, aber ich finde auch, es wäre das Richtige. Ich wohne in Highacre Park, und bei uns in der Gegend treffen wir uns regelmäßig, um Mieter und –"

Mae wackelte mit einer Hand neben ihrem Ohr: „Wow. Highacre Park. Hei-ti-tei."

Andrea bemerkte, dass Gillies Wangen sich einen Hauch rosa verfärbten.

„Es ist nett da."

„So nett wie der Buckingham-Palast nett ist." Mae nahm ihre großen Kreolenohrringe ab und warf sie auf den Tisch. „Ich bin total einverstanden, Evelyn dazuzuholen. Ich habe sie in der Küche gehört. Also los, holen wir sie."

Evelyn war gerade beim Kartoffelschälen, als Andrea eintrat. Eine Kartoffelschale hing von einem ihrer Ärmel herunter.

„Ist alles in Ordnung, Andrea?"

„Ja, ja." Sie warf einen Blick in den Backofen und sah einen Hackbraten darin. *Hausmannskost also.*

„Ich mache Kartoffelgratin dazu. Und Mais."

„Das wird ja ein richtiges Festessen."

Evelyn zuckte mit den Schultern. „Es ist eine einfache Mahlzeit und gut vorzubereiten."

„Haben Sie vor, jede Mahlzeit zu kochen?"

„Nein, aber wir sind mit der Planung noch nicht so weit, dass wir die Aufgaben verteilen können."

Andrea schaute hinüber ins Esszimmer. Vielleicht war es ja wirklich notwendig, ein paar Regeln aufzustellen. Das Ziel dabei sollte darin bestehen, dass jeder entspannt sein und sich wohl fühlen konnte und dass sich keiner ausgeschlossen fühlte. „Wir sind drüben im Esszimmer, sprechen gerade ein paar Dinge durch, und –"

Evelyn nickte. „Ach, haben Tessa und Mae Sie dazu verdonnert mitzumachen?

Diese Formulierung erschien ihr etwas seltsam. War es möglich, dass Evelyn gar nichts mit der Erstellung der Hausordnung zu tun haben wollte und sich deshalb bewusst heraushielt? Andrea konnte sich das allerdings kaum vorstellen. „Ich finde ... wir alle finden ... es wichtig, dass Sie sich auch daran beteiligen. Kann ich Ihnen vielleicht hier ein bisschen helfen, damit Sie dann auch dabei sein können?"

Evelyns Wangen erröteten wie bei einem ganz jungen Mädchen, das zum Tanzen aufgefordert wird. „Nun, ich denke schon ... Wenn Sie auch dabei sind ..." Sie spülte eine geschälte Kartoffel unter fließendem Wasser ab. „Also eigentlich bin ich hier schon so gut wie fertig. Die Kartoffeln müssten nur noch in Scheiben geschnitten werden und dann kommen noch Milch und Käse dazu. Wenn Sie möchten, können Sie mir dabei gern helfen."

Andrea machte die Kartoffeln fertig und gab sie in den Ofen, während Evelyn die Spüle sauber machte. Kurz darauf waren sie so weit, zu den anderen zu stoßen. Als sie ins Esszimmer traten, wurden sie mit Applaus von Mae empfangen.

„Nun denn. Jetzt sind wir also komplett. Kommen wir also zu den wirklich wichtigen Dingen."

Sie ließen sich am Tisch nieder, der Platz für sechs Personen bot. Obwohl Andrea versucht war, sich an das Kopfende des Tisches zu setzen, überließ sie diesen Platz dann doch lieber Evelyn und setzte sich neben Mae. Gillie stand etwas unbeholfen daneben.

„Kann Gillie sich dazusetzen?", fragte Andrea.

„Ich habe nichts dagegen", sagte Mae. „Eine unparteiische Moderatorin können wir doch gut gebrauchen."

„Sie ist aber nicht unparteiisch", sagte Tessa. „Sie ist Andreas Freundin."

Gillie hob den Finger. „Ich sehe mich lieber als künftige Freundin von Ihnen allen, meine Damen."

Mae schlug mit der flachen Hand auf den Tisch. „Hört, hört! Ich bin absolut dafür, noch eine in unseren Schwesternkreis aufzunehmen. Setzen Sie sich, Schwester Gillie."

Gillie setzte sich neben Tessa. Dann stand Mae auf und zog den Stuhl am Kopfende für Evelyn zurück. „Und für Sie, Frau Vorsitzende, der Ehrenplatz."

Evelyn begutachtete den Stuhl, als könnte er ihr etwas anhaben. „Nein, ich brauche doch nicht –"

„Aber natürlich. Sie sind schließlich der Haushaltsvorstand."

Evelyn setzte sich zwar, errötete allerdings heftig. Andrea war schockiert, als ihr klar wurde, dass diese Frau wahrscheinlich noch nie auf einem Ehrenplatz gesessen hatte. War es ein altmodischer Haushalt gewesen, in dem der Platz am Kopfende immer und ausnahmslos dem Ehemann vorbehalten gewesen war? Mae hatte Andrea erzählt, dass Mr Greenburg erst kürzlich gestorben war. Die Tatsache, dass Evelyn überhaupt in der Lage war, ihr Leben so in die Hand zu nehmen, war schon erstaunlich genug. Andrea hatte zwar keine Erfahrung mit langfristigen Beziehungen, aber sie konnte sich nicht vorstellen, dass ihre Mutter ohne ihren Vater überhaupt zurechtkommen würde. Oder umgekehrt.

Tessa schob ihre Liste Evelyn zu. „Wie Sie sehen, sind wir noch nicht besonders weit gekommen." Sie warf Mae einen vorwurfsvollen Blick zu. „Wir haben offenbar sehr unterschiedliche Vorstellungen von einer guten Atmosphäre in Haus Greenburg."

Evelyn sah jeder der anwesenden Frauen ins Gesicht, so als suche sie dort nach irgendetwas, das ihr helfen würde, die nächsten Worte zu wählen. Sie sah aus, als fühlte sie sich ganz und gar unwohl, und es erforderte Andreas gesamte Willenskraft, nicht einzuspringen und ihr behilflich zu sein.

„Ich denke, wir wollen doch alle dasselbe", sagte Evelyn.

Tessa schüttelte den Kopf. „Ich fürchte, da irren Sie sich, Evelyn. Ich habe mir hier in Haus Greenburg ein Zimmer gemietet, um dem Lärm und der Hektik meiner Familie zu entkommen. Ich möchte einen stillen Zufluchtsort, an dem ich studieren und lesen kann ..."

Mae schüttelte den Kopf. „Ach, Humbug! Wenn Sie das wollen, dann gehen Sie doch in eine Kirche. Sie sind nicht die Einzige, die hier wohnt, Tessie."

Tessa biss die Zähne fest aufeinander. Andrea war sich nicht sicher, ob das an Maes Kommentar lag oder an der Tatsache, dass sie sie penetrant „Tessie" nannte. Tessa sah definitiv nicht wie eine Tessie aus. Und sie benahm sich auch nicht so.

Tessa legte ihre gefalteten Hände auf die Tischplatte. „Ich bin zwar kompromissbereit, aber die Tatsache, dass hier jetzt ... ein Kind ..." Sie sah zu Andrea und hob eine Hand. „Ich liebe Kinder – dass Sie mich da nicht missverstehen. Aber ich habe auch das Recht, mir über den Lärm Gedanken zu machen, den ein fünfjähriges Kind verursacht."

Andrea merkte, wie ihr Herz flatterte. „Sie ist ein braves Mädchen. Wenn das hier unser Zuhause sein soll – unser aller Zuhause –, dann müssen wir uns alle ein wenig anpassen, und zwar an viele Dinge."

„Und dazu bin ich auch bereit", sagte Tessa. „Eine Hausordnung und konkrete Regeln können diese Dinge klären."

Evelyn legte ihre Hände vor sich auf den Tisch. „Ich bin sicher, dass wir uns einigen können, wenn wir uns ein wenig Mühe geben."

Das hier brachte sie absolut nicht weiter. Sie drehten sich im Kreis. Es ging darum, dass sie eine Hausordnung und klare Regelungen brauchten, aber es wurden keine Entscheidungen getroffen.

Andrea hob die Hand. „Ich habe eine Idee."

Die anderen wurden still. „Hört sich ja viel versprechend an", sagte Mae. „Dann schießen Sie mal los."

Andrea ergriff bereitwillig das Wort. „Geben Sie mir mal den Block. Außerdem brauchen wir vier Stifte." Sie nickte Gillie zu. „Tut mir Leid, Gillie, aber du bekommst dabei keine Stimme."

„Ist schon in Ordnung."

Evelyn schob den Schreibblock quer über den Tisch, während Mae sich in Richtung Küche begab. Andrea überflog kurz die Liste, die Tessa erstellt hatte, bevor sie das Blatt vom Block abriss. Sie war ziemlich nutzlos. Darauf standen nur zusammenhanglose Stichworte: Lärm, Bäder, Mahlzeiten. Nun ja, zumindest war es doch eine Auflistung ihrer potenziellen Konfliktpunkte. Andrea riss jetzt vier Blätter von dem Block ab und verteilte sie.

Mae kam mit drei zusätzlichen Stiften zurück. „Ich möchte an dieser Stelle nur kundtun, dass ich, wenn das hier ein Test ist, durchfallen werde. Ich habe vergessen, dafür zu lernen, und der Hund hat meine Hausaufgaben gefressen."

Tessa verdrehte die Augen. Andrea bemerkte, dass Tessa ihr Blatt und den Stift so hingelegt hatte wie die Lieblingsschülerin eines Lehrers, die unbedingt wieder eine Eins schreiben will.

Dennoch besänftigte Tessas Eifer und ihre Bereitwilligkeit Andreas Meinung über sie. Ein wenig jedenfalls. Sie zog ihren Eifer auf jeden Fall der Teilnahmslosigkeit vor, die Evelyn an den Tag legte, indem sie auf dem Ende ihres Stiftes herumkaute.

„Also gut", sagte Andrea. „Schreiben Sie auf Ihr Blatt Papier die Ziffern eins bis drei. Dann notieren Sie die drei Aspekte des Zusammenlebens, die für Sie wesentlich sind, damit Sie sich hier wohl fühlen können und glücklich sind."

„Zum Beispiel?", fragte Evelyn nach.

Andrea nickte in Richtung Tessa. „Zum Beispiel Ruhe bei den gemeinsamen Mahlzeiten – oder auch bei den nicht gemeinsamen. Möchten Sie hier Besuch von Freunden empfangen können? Wünschen Sie sich einen festen Termin für gemeinsame Aktivitäten oder ist das hier für Sie ohnehin nur ein Schlafplatz und Sie sind die meiste Zeit außer Haus? Solche Fragen eben."

Die Frauen nickten und beugten sich dann über ihre Zettel. Tessa hatte ihre drei Punkte rasch notiert. Mae schrieb einen Punkt sofort auf, drehte sich dann gedankenverloren von den anderen weg, notierte einen zweiten Punkt und wiederholte diesen Vorgang dann ein weiteres Mal.

Es war irgendwie quälend, dass Evelyn immer noch auf ihrem Stift kaute. Logisch wäre es doch eigentlich gewesen, wenn sie von allen Anwesenden die genauesten Vorstellungen gehabt hätte. Schließlich war es ihre Pension. Sie hatte doch bestimmt eine Vorstellung davon, wie das konkret aussehen sollte.

Aber vielleicht ja auch nicht. Andrea beobachtete sie noch einen Augenblick lang, und als sie immer noch nichts aufschrieb, beschloss Andrea, sich auf ihre eigene Liste zu konzentrieren. Sie brauchte nicht lange. Sie wusste genau, was sie sich von Haus Greenburg wünschte: Sicherheit, Gemeinschaft und Entlastung.

Maes Blicke wanderten von Blatt zu Blatt, um zu sehen, was die anderen Frauen aufgeschrieben hatten. Tessa zog ihren Zettel ganz nah an sich heran, so als bewache sie die einzig korrekten Antworten.

Mae tippte mit ihrem orangefarbenen Fingernagel auf Evelyns immer noch leeres Blatt. „Schreiben Sie lieber auf, was Sie wollen, sonst überstimmen wir Sie vielleicht noch."

„Das werden wir ganz sicher nicht", sagte Tessa.

Mae schlug mit der flachen Hand auf den Tisch. „Da bin ich aber froh, das zu hören, Tessie!"

Evelyn schob ihr Blatt jetzt in die Mitte des Tisches. „Ich warte erst mal ab, was Sie zu sagen haben."

Eine Vermieterin, die sich nach den anderen richtet. Auch interessant.

„Na gut, wenn Sie es so wollen", sagte Andrea. „Wer liest seine Punkte freiwillig als Erste vor?"

Tessa und Mae hoben beide gleichzeitig die Hand. Andrea seufzte innerlich. Dann traf sie ihre Wahl. „Tessa, beginnen Sie doch mit Ihrer Liste."

Mae verschränkte ein wenig angesäuert die Arme, aber Andrea merkte, dass es nur Show war. „Ja, Tessie. Sie sind als Erste dran. Ich finde auch, dass Alter vor Schönheit kommen sollte."

Andrea wechselte mit Gillie einen Blick. *Gute Güte!*

Tessa war so klug, den Kommentar zu übergehen, und hielt ihren Zettel ins Licht, damit sie ihre Notizen besser lesen konnte. „Den ersten Punkt habe ich ja schon genannt. Ruhe, zumindest aber feste Ruhezeiten. Der zweite Punkt ist Beständigkeit. Ich mag keine

Überraschungen. Und Punkt drei ist Ordnung. Ich mag es sauber und ordentlich." Sie warf Mae einen vernichtenden Blick zu.

Mae machte eine Geste in ihre Richtung. „Wieso schauen Sie dabei mich an?"

„Ich habe Ihr Zimmer gesehen."

„Ich bin ja auch gerade erst eingezogen."

„Sie sind als Erste eingezogen und hatten schon reichlich Zeit, alles einzuräumen und zu ordnen. Ich glaube, dass Sie, wenn es nach Ihnen ginge, aus Kisten leben würden."

„Würde es helfen, wenn ich Bilder auf die Kisten malen würde?"

Andrea griff ein. „Mae, was steht auf Ihrer Liste?"

Mae räusperte sich. „Im Unterschied zu Tessie, deren Liste sich anhört, als wäre sie passend für ein Kloster, möchte ich –"

„Das war überflüssig", sagte Tessa.

„Kann sein, aber Sie haben ziemlich deutlich gemacht, dass Ihre Anwesenheit nur schwer zu ertragen ist."

„Ich möchte nur, dass alles seine Ordnung hat und geregelt ist."

„Sie wollen in diesem Haus jegliches Leben im Keim ersticken."

„Das will ich nicht."

Mae machte mit den Händen eine Geste, als würde sie den letzten Tropfen Wasser aus einem Lappen quetschen. „Sie wollen uns auswringen, bis das einzige Geräusch, das Sie noch hören, unser letzter, ersterbender Atemzug ist."

Evelyn schlug sich eine Hand auf den Mund, um ein entsetztes Luftschnappen zu verhindern, während sich Andrea gerade noch ein lautes Auflachen verkneifen konnte. Sie legte eine Hand auf Maes Arm, die sich daraufhin auf ihrem Stuhl zurücklehnte.

„Wie Sie sehen", sagte Andrea, „haben wir ja unterschiedliche Vorstellungen davon, was für uns persönlich ideal wäre, und das ist ja auch völlig in Ordnung. Deshalb sitzen wir ja auch zusammen."

Evelyn sah aus, als wäre sie erleichtert und hoffnungsvoll – und viel zu abhängig davon, dass Andrea schon alles regeln würde. Nicht, dass es Andrea etwas ausmachte, die Leitung zu übernehmen, aber es wäre nett gewesen, die Vermieterin hinter sich zu wissen, statt deren verzweifelnd flehenden und gleichzeitig ziemlich hilflosen Blicke vor sich zu sehen.

Andrea wandte sich an Mae. „Und Ihre Liste bitte?" *Und zwar nur Ihre Liste und nichts als die Liste.*

„Freundschaft.“ Sie legte die Liste auf den Tisch und erklärte diesen Punkt. „Mir gefällt Ihre Idee mit dem regelmäßigen Mieterabend. Wir könnten dann etwas Besonderes kochen und vielleicht über bestimmte Themen reden. Wir könnten einmal einen Hawaii-Abend haben, dann wieder einen Videoabend oder auch mal einen Spieleabend …“

„Das hört sich gut an“, sagte Evelyn.

Tessa sagte dazu nichts.

„Was ist der zweite Punkt?“, fragte Andrea.

Mae zog den Zettel zurate. Offenbar ließen sich ihre Antworten nicht in zwei Worte fassen. „Ich möchte Glück. Ich möchte Freude. Ich möchte, dass das hier ein Ort ist, zu dem ich nach der Arbeit hinrennen kann, weil ich weiß, dass ich hier eine Zuflucht habe, ein –“

Tessa lehnte sich etwas vor. „Meinen Sie vielleicht ein Refugium?“

Mae grinste. „Ein Refugium voller Leben und Lachen, voller Frieden und –“

Evelyn hob den Finger. „Ich stimme für Frieden.“ Als sich alle Blicke auf sie richteten, errötete sie und ließ den Finger wieder sinken. „Ja, das tue ich.“

Jetzt mischte sich Andrea ein. „Ich glaube, dass wir alle für Frieden stimmen – in all seinen unterschiedlichen Ausdrucksweisen.“

„Und mein dritter Punkt ist Toleranz.“ Maes und Tessas Blicke begegneten sich für den Bruchteil eines Augenblicks. „Ich möchte, dass dies hier ein Ort des Austauschs, des Zusammenhalts und der Verbundenheit wird, an dem wir uns gegenseitig so annehmen, wie wir sind. Gerade auch in unserer Unterschiedlichkeit. Unterschiedlichkeit kann etwas wirklich Positives sein.“

Andrea nickte. „Ja, das kann es wirklich.“

„So, das wäre alles, was mich betrifft“, sagte Mae. „Jetzt sind Sie an der Reihe, Andrea.“

Andrea straffte die Schultern und schöpfte ein wenig Kraft aus Gillies aufmunterndem Nicken. „Ich möchte Sicherheit, Gemeinschaft und Entlastung.“

Die anderen Frauen saßen zunächst völlig reglos da, als sie diese Begriffe hörten, so als müssten sie sich erst wieder in Erinnerung rufen, was sie bedeuteten. Tessa war die Erste, die schließlich etwas sagte. „Das fasst es, glaube ich, ziemlich gut zusammen.“

Andrea war zufrieden. Sie hatte schon immer diese Fähigkeit gehabt – den Kern einer Situation zu erfassen und diesen dann prägnant zu formulieren. Die Tatsache, dass sie das für sich bereits so formuliert hatte, *bevor* die anderen ihre Punkte genannt hatten, war ein Beweis dafür, dass ihre Weltsicht zutreffend war. Gar nicht schlecht für ihre immerhin erst dreiundzwanzig Jahre.

Ihre Befriedigung war allerdings nur von kurzer Dauer, denn Mae fragte: „Und was jetzt? Welche konkreten Regeln leiten wir daraus ab?"

Gute Frage.

Andrea war ziemlich verblüfft, dass es ausgerechnet Evelyn war, die darauf antwortete. „Ich glaube nicht, dass wir eine schriftlich niedergelegte Hausordnung brauchen. Wir wissen doch jetzt alle, was für unsere Mitbewohner wichtig ist, also können wir doch auch genau auf diese Punkte achten und Rücksicht nehmen. Und mit ein bisschen gesundem Menschenverstand und Freundlichkeit ..." Sie blickte im Kreis herum.

Mae applaudierte. „Bravo, Evie. Ich finde, sie hat Recht. Solange wir darauf achten, freundlich und höflich zu sein –"

„Aber wäre es nicht sicherer, ein paar schriftlich niedergelegte Regeln und Richtlinien zu haben?", wandte Tessa ein.

Mae kritzelte auf der Rückseite ihres Zettels herum und hielt ihn dann hoch, sodass alle ihn sehen konnten. „Hier. Hier steht es geschrieben: ‚Du sollst nett sein.'"

„Sie machen sich über Gott lustig", wandte Tessa ein.

„Wie bitte?"

„Sie formulieren es so, dass es sich wie das elfte Gebot anhört. ‚Du sollst ...'"

„Ist es das denn nicht auch?", fragte Mae.

„Natürlich nicht", entgegnete Tessa und klang dabei regelrecht angewidert. „Es gibt die Zehn Gebote. Das wissen Sie doch ganz genau."

„Ja, ich habe ein–, zweimal davon gehört", erwiderte Mae. „Hat Charlton Heston nicht was mit der Niederschrift zu tun?"

Auf diese flapsige Bemerkung reagierte Tessa nur mit einem eisigen „Pfui!".

Gillie und Andrea lachten.

Mae fuhr fort. „Ich glaube, mein ‚Du sollst ...' ist ziemlich gut.

Ich bin sicher, dass Gott und Charlton nichts gegen diesen Zusatz einzuwenden hätten."

Tessa schüttelte den Kopf zum Zeichen ihrer Abscheu. „Dem Wort Gottes darf nichts hinzugefügt werden. Man kann doch nicht einfach –"

Andrea überlegte fieberhaft, was sie sagen konnte, um beide etwas zu besänftigen und zufrieden zu stellen. Schließlich fiel ihr etwas ein: „Hat Jesus nicht auch gesagt, dass man seinen Nächsten lieben soll wie sich selbst?"

„Lukas 10, Vers 27", sagte Tessa. „Unter anderem. Aber –"

Andrea würde jetzt nicht zulassen, dass sie wieder abwich. „Aber ist das nicht im Grunde dasselbe wie das Gebot, das Mae genannt hat? Bedeutet seinen Nächsten zu lieben wie sich selbst nicht auch, zu den anderen nett zu sein?"

„Ja, wahrscheinlich. Aber da steht nicht –"

An dieser Stelle ergriff Evelyn das Wort. „Ich stimme für Maes Gebot."

„Das macht drei Ja-Stimmen, Tessie." In Maes Blick lag etwas Angriffslustiges.

Einen Augenblick lang herrschte Stille. *Los, Tessa. Du kannst es. Um des Hausfriedens willen.*

„Also gut", sagte Tessa.

„Ja!"

„Aber ich werde es nicht ‚Maes Gebot' nennen."

„Wie wäre es dann mit ‚Nettigkeitsnotiz', ‚Nettigkeitsregel'?"

Tessa verzog das Gesicht. „Da würde ich ja ‚Maes Gebot' noch besser finden als all diese Vorschläge zusammen."

„Na dann, also gut – von mir aus auch ‚Maes Gebot'."

Alle außer Tessa kicherten. „Sie haben mich ausgetrickst", sagte sie.

Mae versuchte, unschuldig auszusehen, ziemlich erfolglos allerdings. „Wie konnte ich so was nur mit Ihnen machen?"

„Ich … Sie …"

„Seien Sie doch einfach nett, Tessie", sagte Mae.

Tessa verschränkte die Arme vor der Brust und wandte sich an Andrea. „Lassen Sie uns mit den anderen Punkten weitermachen."

„Die da wären?", fragte Andrea. Sie spürte, wie sich ihr Magen zusammenzog.

Tessa zückte wieder ihre erste Liste. „Die Badbenutzung. Und die Mahlzeiten. Wer macht wann was?"

Andreas Magen entkrampfte sich langsam wieder. Das waren Punkte, die nicht weiter kompliziert waren.

Evelyn hielt ihre schmutzverkrusteten Hände weit von sich gestreckt wie eine Chirurgin, die gerade ihre Hände desinfiziert hat, und ging durch die Eingangshalle zur Küche, um sie sich zu waschen. Nach der Mieterversammlung am vergangenen Samstag – so hatte Tessa ihre erste Zusammenkunft genannt – hatte sie angefangen, die Blumenkästen auf der Veranda zu bepflanzen, und heute nun war sie endlich damit fertig geworden. Es wurde auch langsam Zeit, denn die erste Aprilwoche war schon vorbei. Morgen konnte sie den Garten hinter dem Haus in Angriff nehmen.

An dem Tisch in der Eingangshalle blieb Evelyn stehen und starrte die rosa Schale an, in der Aarons letztes Kleingeld gelegen hatte.

Es war weg.

Sie lief hektisch in der Halle herum, wobei die Dreckkrusten ihr von den Händen platzten und zu Boden fielen.

„Hey!", schrie sie so laut, dass alle es hören konnten. „Wer hat es genommen?"

Andrea und Summer erschienen oben an der Treppe.

„Evelyn? Was ist denn los?"

Evelyn zeigte auf die leere Schale. „Wer hat das Geld genommen, das hier in dieser Schale gelegen hat?"

Summer kauerte sich auf der obersten Treppenstufe zusammen, als wollte sie sich verstecken. Sie linste durch die Sprossen des Treppengeländers.

„Hast du es genommen, Summer?", fragte Evelyn.

Keine Antwort.

Andrea ging auf ihre Tochter zu. „Summer? Antworte Mrs Greenburg. Hast du das Geld aus der Schüssel genommen?"

Das kleine Mädchen blickte zu seiner Mutter auf und dann zu Evelyn hinunter. Sie war umzingelt. Schließlich stand sie auf, steckte ihre Hand tief in die Tasche ihrer Jeans und kramte ein paar Münzen heraus.

Andrea packte sie bei der anderen Hand und führte sie nach unten. „Du darfst nicht einfach Sachen von anderen Leuten nehmen, schon gar kein Geld."

„Es lag da einfach so herum."

„Das ist doch ganz egal. Wenn ein Fahrrad vorm Haus herumstehen würde, würdest du dann auch behaupten, es wäre deins, und es einfach nehmen?"

In Summers Gesicht war abzulesen, wie sie nach der richtigen Antwort suchte.

„Und?"

„Nein?"

„Genau. Dasselbe gilt auch für das Geld in der Schale." Sie hatten inzwischen den Tisch in der Eingangshalle erreicht. „Leg es zurück."

Mit einem zögerlichen Blick auf Evelyn hielt Summer die Hand über die Schale und ließ die Münzen dann hineinfallen. Ein Penny klebte an ihrer weichen Hand und wollte sich nicht recht lösen, sodass sie mit der anderen Hand ein wenig nachhelfen musste.

„Und nun sag, dass es dir Leid tut."

Summers Augen waren groß und schauten reuevoll drein. „Es tut mir Leid." Sie sah ihre Mutter an. „Wird Gott mir vergeben, Mama?"

Sofort wich die unbeugsame Strenge aus Andreas Miene. „Natürlich tut er das, Schätzchen."

Ihre Reue war rührend, aber Evelyn war kein bisschen nach Barmherzigkeit oder auch nur Nachsicht, ja, eigentlich war ihr auch kein bisschen nach Vergeben zumute. Was sie so aufbrachte, war nicht einmal die Tatsache, dass Summer das Geld genommen hatte – es waren schließlich nur achtundvierzig Cent –, sondern es war die Tatsache, dass sie ausgerechnet dieses Geld genommen hatte. Aarons Geld. Sie wusste, dass es kleinlich war, aber es fiel ihr sehr schwer loszulassen. Weil ihr dieser innere Kampf so peinlich war, musste Evelyn sich förmlich dazu zwingen zu sagen: „Ist schon in Ordnung."

Andrea führte ihre Tochter wieder nach oben, wo sie ihr eine ausführliche Lektion erteilte. Evelyn stürzte sich auf die Aufgabe, die anstand: Sie schob die Münzen in der Schale hin und her und versuchte, sie wieder genau in die ursprüngliche Position zu bringen. *Hoffentlich bekomme ich sie wieder so hin, wie sie waren!*

Irgendwann spürte sie, dass sie beobachtet wurde. Sie blickte nach oben und sah, wie Andrea und Summer zu ihr herunterschauten.

„Was machen Sie denn da?", fragte Andrea.

Evelyn starrte hinunter in die Schale und auf ihre Finger, die versuchten, einen Moment aus der Vergangenheit zu rekonstruieren. Einen Moment, in dem Aaron noch lebte. *Er lebt nicht mehr.*

Ohne Vorwarnung wurde Evelyn jetzt von einer Woge des Kummers überrollt. Sie bedeckte mit den Händen ihr Gesicht. Es war für sie einfach schrecklich, dabei Zuschauer zu haben, dennoch war sie unfähig, etwas dagegen zu tun. Zuerst sorgte die Tränenflut für etwas Erleichterung wie ein erfrischender Regen an einem trockenen, staubigen Tag, aber schon bald wurde daraus ein Sturzbach, der sie mitzureißen und zu ertränken drohte. Ihr Verhalten wollte sich an dieser Stelle auch nicht der Vernunft und dem gesunden Menschenverstand unterordnen. Sie sank in der Eingangshalle zu Boden und wollte sich nur noch ganz klein machen und getröstet werden. *Wenn ich mich nur unsichtbar machen könnte.*

Evelyn spürte eine Hand auf ihrer Schulter und merkte, dass Andrea neben ihr hockte. „Es waren *seine* Münzen, nicht wahr?"

Evelyn sah durch ihre Finger hindurch die junge Frau an. „Woher –"

Andrea zuckte mit den Schultern. „Mein Vater hat auch immer seine Taschen ausgeleert, wenn er nach Hause kam."

Bei dieser ganz schlichten Tatsachenbeschreibung verzogen sich die Gewitterwolken langsam und Evelyn ließ ihre Hände sinken. Sie wischte sich die Tränen ab, deren Feuchtigkeit inzwischen den Dreck an ihren Händen aufgeweicht und verschmiert hatte.

„Lauf und hol Mrs Greenburg ein Papiertuch, Summer."

Das kleine Mädchen rannte ins Bad und kam zurück, in jeder Hand ein Papiertuch schwenkend. Evelyn tupfte sich das Gesicht ab und putzte sich die Nase. „Ich weiß, es ist absurd. Sie konnten ja nicht ewig dort liegen bleiben."

„Aber Sie wollten sie gern noch ein bisschen dort haben, nicht wahr?"

Evelyn nickte, erleichtert – und überrascht –, dass eine so junge Frau so viel verstand.

Summer stand vor ihnen. Sie steckte ihre Hand tief in die andere

Hosentasche und holte einen Penny hervor. „Den hab ich auf dem Bürgersteig gefunden. Ich weiß nicht, wem er gehört, deshalb kann ich ihn auch nicht zurückgeben. Aber wenn Sie wollen, können Sie ihn haben."

„Nein, Schätzchen, Mrs Greenburg will gar nicht mehr Geld; sie möchte nur gern die Erinnerung an ihren Mann –"

Evelyn sah das kleine Mädchen an, das ihr alles, was es besaß, anbot, damit es *ihr* wieder besser ging. Sie stand auf. „Also, ich glaube, dass dein Penny ganz wunderbar zu den anderen Münzen in der Schale passen würde. Möchtest du ihn dazulegen?"

Mit Erleichterung im Blick legte Summer vorsichtig ihren Penny in die rosa Schale. Irgendwie wurde durch das Hinzufügen des neuen Pennys das Festhalten an diesem einen Moment in der Vergangenheit von einem Augenblick auf den anderen überflüssig.

Summer blickte zu Evelyn auf und lächelte. „Mir gefällt er da."

Sich ihrer dreckverkrusteten Hände bewusst, benutzte Evelyn ihren Unterarm, um das kleine Köpfchen zu sich heranzuziehen. „Ja, mir auch. Es sieht aus, als ob er dazugehört."

Dazugehören. Das war der Schlüssel für so vieles.

Evelyn rückte die Gabel zurecht. Zur Feier ihrer ersten gemeinsamen Woche würden sie im Esszimmer zu Abend essen, und zwar mit feinem Porzellan, Kristall und Silberbesteck. Es gab einen Braten aus dem Römertopf, Kartoffeln und Soße, Möhren, warme Brötchen und einen Obstsalat mit Sahne. Der Duft des Bratens hatte sich in den vergangenen Stunden im ganzen Haus ausgebreitet und regte ihre Geschmacksnerven an.

Mae tauchte neben Evelyn auf. „Wow. Was für eine Tafel!"

„Sie finden sie also schön?"

Mae fuhr mit einer Hand auf dem Goldrand eines Tellers entlang. „Was sollte daran nicht schön sein? Ich habe noch nie Porzellan oder etwas anderes so Edles besessen. Danny und ich waren eher Plastikgeschirr-Typen."

Evelyn drehte einen der Teller um fünfundvierzig Grad, damit das Blumenmuster an der richtigen Stelle saß. „Das war bei uns auch nicht anders, als Russell noch klein war. Ich habe dieses Geschirr immer nur zu ganz besonderen Gelegenheiten herausgeholt."

Sie richtete einen Löffel, sodass er gerade lag. „Ich frage mich in letzter Zeit oft, ob das richtig war."

„Weil Sie jetzt der Meinung sind, dass jeder Tag eine ganz besondere Gelegenheit ist?"

„Eigentlich ist ja nicht jeder Tag eine besondere Gelegenheit, aber vielleicht könnte es nicht schaden, wenn wir unsere Erwartungen etwas höher schrauben würden."

„Erwarte das zu Erwartende, und du bekommst genau das, was du verdienst."

Evelyn lächelte. „Wer hat denn das gesagt?"

Mae überlegte einen Augenblick. „Ich."

„Ich bin beeindruckt. Es ist ein echtes Talent, schon vor dem Essen tiefgründig zu sein."

„Ha! Sie haben also Ihre Ziele zu niedrig gesteckt, indem Sie das zu Erwartende erwartet haben."

„Schuldig im Sinne der Anklage." Evelyn trat einen Schritt zurück und verschaffte sich einen Gesamteindruck von der gedeckten Tafel. „Ich glaube, wir sind jetzt so weit. Würden Sie bitte die anderen rufen?"

Mae ging ein paar Schritte in die Eingangshalle und schrie dann die Treppe hinauf. „Essen fassen!"

Das war zumindest auch eine Möglichkeit, zum Essen zu bitten.

Die Frauen lehnten sich satt und zufrieden auf ihren Stühlen zurück. Summer hatte sich zum Spielen ins Wohnzimmer verzogen – wo inzwischen ihre Spielzeugkiste stand.

„Wunderbar", sagte Mae, einen Rülpser unterdrückend. „Absolut wunderbar."

„Selbst gekochtes Essen schmeckt doch immer noch am besten", sagte Tessa.

„Dieser Zitronenkuchen schmeckt mir besonders gut", sagte Andrea. „Da hatten Sie aber heute Nachmittag viel zu tun."

Evelyn spürte, wie sie rot wurde. „Also, um ehrlich zu sein, war der Kuchen noch von der Beerdigung übrig. Ich brauchte ihn nur aufzutauen."

Tessa machte eine beschwichtigende Geste. „Ich habe auch noch

Monate nach der Beerdigung Reste gegessen. Man kann doch all das gute Essen nicht einfach umkommen lassen."

Mae rückte ein wenig vom Tisch ab. „So, nun, da wir alle körperlich gesättigt sind, wäre dies doch der ideale Zeitpunkt, mal unser Inneres herauszulassen."

Tessa zog die Augenbrauen hoch. „Wie bitte?"

Mae beugte sich ein wenig vor, um sich zu erklären. „Na ja, ich meine, es ist an der Zeit, dass wir unsere Geschichten erzählen, kleine Geheimnisse preisgeben. Eben einfach mal was rauslassen."

Wieder zog Tessa die Augenbrauen hoch. „Ich kenne Sie doch kaum."

„Seit wann ist denn das ein Hinderungsgrund für eine gute Plauderei unter Frauen? Frauen kommen doch viel schneller auf den Punkt, als Männer ein zweites Stück Kuchen essen können. Und apropos Männer ..."

„Wer sagt denn, dass wir über Männer reden?", fragte Andrea.

„War ja nur ein Vorschlag. Was ich nur zu sagen versucht habe, ist, dass Frauen sich nicht so besonders gut kennen müssen, um einander ihre innersten Geheimnisse preiszugeben. Ich will Ihnen ein Beispiel nennen. Unser Sohn hat mir am letzten Tag seines ersten Semesters am College erzählt, dass er die ganze Nacht mit seinem Mitbewohner geredet hatte – die beiden haben *zum ersten Mal* miteinander geredet, nachdem sie vier Monate lang zusammen in einem zwanzig Quadratmeter großen Zimmer gewohnt hatten. Können Sie sich das vorstellen?" Mae machte eine abschätzige Handbewegung. „Zwei Frauen hätten doch schon *am ersten Abend* ihre Lebensgeschichte, ihre Träume und die Adressen ihrer Lieblingsklamottengeschäfte ausgetauscht. Und weil Haus Greenburg jetzt schon seit einer Woche voll belegt ist, sind wir diesbezüglich schon arg im Rückstand." Sie schaute einmal in die Runde um den Esstisch. „Stimmt's oder hab ich Recht?"

Sie hatte Recht. Sich miteinander auszutauschen war für Frauen so selbstverständlich und notwendig wie das Atmen. Evelyn hatte oft die Tatsache beklagt, dass Aaron sich nie dafür interessiert hatte, was sie dachte und was in ihr vorging. Zuerst hatte sie dagegen angekämpft, hatte darüber geweint und auch mit ihm darüber gestritten. Irgendwann hatte sie es aber aufgegeben, und ihr war klar geworden, dass sich ihre Vorstellung davon, wie sie und Aaron morgens zusammensaßen und sich darüber austauschten, wie sie sich *fühlten* und was sie dachten, niemals erfüllen würde. Wenn sie nicht ein paar offene Freundinnen gehabt hätte, mit denen sie hatte reden können, dann hätte sich Evelyn wahrscheinlich für immer verschlossen. Aber selbst diese Ausflüge in mitteilsame Schwesterlichkeit waren im Laufe der Jahre immer seltener geworden. Hatte sie vergessen, wie man solche ganz altmodischen Frauengespräche führte? War sie einfach aus der Übung? Vielleicht konnten sich ja die hier versammelten Frauen gegenseitig dabei helfen, die Wahrheit über so wichtige Themen des Lebens wie Liebe, Beruf, Familie, Hoffnungen und Träume … ja, vielleicht sogar Gott zu entdecken.

Einen Augenblick lang herrschte Schweigen. Mae schüttelte den Kopf. „Schwestern, ich frage doch nur nach ein paar Fakten."

„Wo wir geboren sind?", fragte Andrea. „Solche Sachen?"

Mae zerdrückte einen Kuchenkrümel mit dem Finger und leckte ihn dann auf. „Ich wette, uns fällt noch was Besseres ein." Sie überlegte kurz. „Was halten Sie hiervon als Eisbrecher? Was war das Schlimmste, was Ihr Mann …" Sie nickte in Andreas Richtung. „… oder Freund jemals getan hat?"

Evelyn hob den Finger. „Aaron hatte die Angewohnheit, sich mit seinen Visitenkarten zwischen den Zähnen herumzupulen."

Mae verdrehte die Augen. „Das ist ja wohl das Erbärmlichste, was ich jemals gehört habe – und damit meine ich nicht seine schlechten Manieren. Mich interessiert auch nicht, ob jemand beim Pinkeln die Klobrille hochklappt, Schwestern. Ich meine die großen Dinge. So wie das hier …" Sie setzte sich auf ihrem Stuhl zurecht, als wolle sie damit eine gute Grundlage für ihre Geschichte schaffen. „Danny und ich hatten einmal einen Streit, als wir mit dem Auto unterwegs waren. Wir waren beide wirklich Weltmeister im Streiten. Jedenfalls wurde er so wütend, dass er anhielt, mich aus dem Wagen schubste und wegfuhr. Es war mitten in der Nacht – und es hat geregnet."

Andrea bekam ganz große Augen. „Und was haben Sie gemacht?"

„Bin per Anhalter weitergefahren. Und dann hat er sich doch tatsächlich darüber auch noch aufgeregt – hat mir gesagt, wie gefährlich das sei und ich wär ja wohl nicht ganz bei Trost." Sie schüttelte den Kopf. „Bei Danny konnte ich nie gewinnen."

Evelyn wollte gerade anfangen zu erzählen, wie Aaron einmal all ihr Geld vom Sparkonto abgehoben und es an einen Gauner überwiesen hatte, der ihnen Millionengewinne innerhalb kürzester Zeit versprochen hatte, als sie bemerkte, dass Tessa ihren Kopf rhythmisch schüttelte.

Auch Mae hatte es bemerkt. „Was ist denn mit Ihnen los, Tessie?"

„Ich werde mich nicht an dieser Männerhatz beteiligen. Das ist einfach nicht richtig."

„Na ja, eigentlich beweist es doch eher, dass die Männer nicht richtig waren", entgegnete Mae trocken.

Tessa schüttelte ein letztes Mal den Kopf. „‚Wer ohne Sünde ist, der werfe den ersten Stein.'"

„Ja, ja", sagte Mae. „Den Spruch hab ich auch schon gehört. Aber ich sage ja gar nicht, dass ich ohne Sünde bin. Ich bin nicht vollkommen – nur beinahe vollkommen."

Das darauf folgende Gelächter half, die entstandene Spannung zu lösen. Ein bisschen wenigstens.

„‚Du sollst nicht falsch Zeugnis reden wider deinen Nächsten'", sagte Tessa.

„Mein Zeugnis ist aber gar nicht falsch", entgegnete Mae. „Ich erzähle doch keine Lügen. Ich sage die reine Wahrheit. Er hat mich mitten in der Nacht einfach am Straßenrand ausgesetzt."

„Ich glaube, Tessa meint eher Klatsch und Tratsch. Wir sollen nicht tratschen", sagte Andrea. Dann schaute sie weg und fingerte am Rand ihrer Serviette herum. Evelyn hatte das sichere Gefühl, dass auch sie etwas sehr Pikantes zu berichten hatte. „Ich habe immer gedacht, dass es nichts schadet, hinter ihrem Rücken über andere Leute zu reden." Sie blickte auf. „Aber es schadet sehr wohl. Es ist verletzend."

Evelyn verstand genau, was sie meinte. Es hatte eine furchtbare Zeit in ihrem Leben gegeben, da war sie sicher gewesen, dass die Worte der anderen die Macht hatten, sie umzubringen. Evelyn schloss die Augen, während sie sich erinnerte, öffnete sie dann wieder, entschlossen, sich auf den Augenblick zu konzentrieren. „Sprechen Sie von Ihrer Schwangerschaft, Andrea?"

Andrea nickte. „Die Leute waren empört und haben gemeine Dinge gesagt."

„Das wundert mich“, sagte Mae. „Ist das denn heutzutage immer noch so? Ich dachte, die Zeiten, in denen ledige Mütter geächtet und fortgeschickt wurden, um ihre Babys irgendwo in der Fremde zu bekommen, wären vorbei.“

„Nein“, warf Tessa ein. „Heutzutage verschließen wir nur unsere Augen und tun so, als wäre es in Ordnung.“ Sie nickte in Andreas Richtung. „Sie wissen doch, dass das, was Sie getan haben, falsch war, oder? Das geben Sie doch zu, oder?“

Mae schleuderte ihre Serviette auf den Tisch. „Na, das war aber mal nett, Tessa. Wer wirft denn jetzt den ersten Stein?“

„*Ich* habe schließlich kein uneheliches Kind.“

„Und woher sollen wir wissen, dass das stimmt?“

Tessa legte sich eine Hand auf die Brust. „Also, ich würde doch nicht, ich könnte doch niemals ...“

„Halt!“ Evelyn merkte, dass sie aufgestanden war, konnte sich aber nicht mehr erinnern, wie sie von Punkt A nach Punkt B gelangt war. Alle Blicke waren auf sie gerichtet – eine Situation, die sie verabscheute. Aber dieses Gerede über Klatsch und Tratsch und darüber, dass es falsch war, andere zu verurteilen ... das war ihr zu viel. „Ich möchte über gar nichts reden, wenn daraus ein ‚Ich habe Recht und du hast Unrecht‘-Streit wird. Auch wenn wir Andreas Situation möglicherweise nicht gutheißen, können wir –“

Andrea schob ihren Stuhl zurück und stand ebenfalls auf. „Mir ist egal, ob irgendeine von Ihnen meine Situation gutheißt oder nicht.“

„Vielleicht sollten wir dann aufhören, über –“

Andrea schüttelte den Kopf. „Nein, Evelyn, es ist ganz gut, dass es ans Licht kommt. Das ist ja das Schlimme an Klatsch, dass er heimlich geschieht. Mir wäre es viel lieber, wenn Sie mich ganz offen angreifen würden, anstatt –“

„Wir greifen Sie doch gar nicht an, Andrea“, sagte Mae.

Andrea nickte zu Tessa hin. „Aber sie tut es.“

Tessa öffnete und schloss immer wieder ihren obersten Blusenknopf.

Mae legte Andrea eine Hand auf den Arm und drängte sie, sich wieder zu setzen. „Und wenn sie sich entschuldigt ...“ Sie warf einen auffordernden Blick in Tessas Richtung.

Evelyn war erleichtert, als Tessa dieser Aufforderung nachkam.

„Also gut, um des lieben Hausfriedens willen entschuldige ich mich dafür, dass ich abwertende Bemerkungen gemacht habe, die Andrea verletzt haben könnten. Aber die Wahrheit ist, dass Geschlechtsverkehr außerhalb der Ehe –"

„Eine Entscheidung ist, die jeder für sich selbst treffen muss", beendete Mae den Satz.

„Das ist eine Lüge, Mae Fitzpatrick", entgegnete Tessa. „Und das wissen Sie ganz genau. In der Bibel steht –"

„‚Liebe deinen Nächsten wie dich selbst'", beendete Evelyn den Satz.

Mae schlug mit der flachen Hand auf den Tisch. „Da haben wir es wieder. Zweimal in einer Woche. Dagegen können noch nicht einmal wir argumentieren, oder, Schwestern?" Mae nahm Andreas Hand und zog sie sanft nach unten. „Setzen Sie sich doch bitte, Andrea. Es hat doch nie jemand behauptet, Frauengespräche wären einfach. Das ist doch das Tolle daran. Frauen können unterschiedlicher Meinung sein und dann weitermachen, indem sie über das wunderschöne Paar Schuhe reden, das sie im Schlussverkauf erstanden haben, während Männer in der gleichen Situation explodieren würden."

„Genau", sagte Tessa. „Wir mögen zwar in Bezug auf Muskelkraft das schwache Geschlecht sein, aber ich bin schon immer davon überzeugt gewesen, dass im Umgang mit schwierigen Situationen Frauen stärker sind als Männer. Wir können uns einfach gut anpassen." Sie blickte in die Runde. „Ich könnte Ihnen da Beispiele aus Dutzenden von Biografien nennen."

Das Telefon klingelte und Evelyn ging hin. Es war eine Freundin, die ihr noch einmal ihr Beileid aussprechen wollte. Sie hatte der Freundin das gesagt, was sie hatte hören wollen, und war schon nach weniger als einer Minute wieder bei den anderen.

„Das ging aber schnell", sagte Mae.

Evelyn nahm wieder Platz. „Das war eine Freundin, die sich erkundigen wollte, wie es mir geht. Ich glaube, sie war richtig enttäuscht, dass ich mich nicht schwach und weinerlich anhöre." Sie seufzte. „Anscheinend wollen die Leute mich am liebsten die ganze Zeit in Tränen aufgelöst sehen. Sie glauben, dass ich nichts fühle, nur weil ich nicht jedes Mal einen Zusammenbruch habe, wenn sie anrufen." Sie schaute in die Runde. „Aber ich fühle sehr wohl etwas. Es schmerzt und tut so weh. Aber das bedeutet doch nicht, dass ich es auch alle Welt sehen lassen muss." Sie erinnerte sich an den Zwischenfall mit Aarons Kleingeld. Sie schaute zu Andrea, die dankenswerterweise dazu schwieg. Und trotz allem ... Es war in der Tat seltsam, dass sie im einen Augenblick gefasst und beherrscht sein konnte und im nächsten schluchzend zu Boden sank. Aber sie war schon immer so gewesen.

„Ich könnte jedes Mal beim Anblick einer Pilzcremesuppe weinen", sagte Tessa. „Mein Alfred liebte die Aufläufe, die ich damit gemacht habe. Ich konnte stundenlang in einem Zimmer voller Freunde sitzen und von ihm erzählen, ohne eine Träne zu vergießen, aber sobald ich eine Dose mit dieser Suppe sah ..." Sie schüttelte den Kopf. „Ich habe schließlich alle Dosen aus der Speisekammer meiner Tochter geräumt, sie auf dem Küchentisch aufgereiht und mich der Sache gestellt. Ich habe so lange geweint, bis keine Tränen mehr kamen und ich nicht mehr konnte. Danach ging es mir gut."

Mae lachte. „Das ist aber wirklich eine interessante Methode. Was mich angeht, ich habe nie so geweint, als ich Danny verloren habe. Natürlich ist Danny noch am Leben – soweit ich weiß jedenfalls. *Verloren* kann viel heißen."

Andrea aß einen Bissen von dem Kuchen, den Summer hatte stehen lassen. „Ich habe nicht geweint, als Luke mich verlassen hat. Es war eine einvernehmliche Trennung. Eine Ehe mit ihm wäre eine Katastrophe geworden."

Mae nickte. „An der Stelle haben Sie wohl eine bessere Entscheidung getroffen als ich. Ich wurde schwanger und habe den Typen geheiratet, obwohl ich genau wusste, dass er nicht der Richtige für mich war. Und das endete dann irgendwann mit der Scheidung. Das ist Ihnen jedenfalls erspart geblieben."

„Gott hasst Scheidung", sagte Tessa.

Mae verdrehte wieder die Augen. „Oh bitte ..." Sie tankte auf, indem sie einmal tief Luft holte. „Tessa, ich glaube, dass Sie, wenn wir in diesem Haus miteinander auskommen wollen, Ihren richtenden Gott ein bisschen zügeln müssen. Ich persönlich habe für heute eigentlich genug von ihm."

„Aber er ist ein liebender Gott", widersprach Tessa.

„Nicht nach dem, was Sie von sich geben."

Obwohl Evelyn keine Expertin in Sachen Gott war, hatte sie

doch das Gefühl, dass er *wirklich* liebevoller war, als Tessa ihn an diesem Abend erscheinen ließ. Jedenfalls hoffte sie das. „Wissen Sie was?“, meinte sie. „Mein Vater hat immer gesagt, dass es unhöflich ist, beim Essen über Politik und Religion zu diskutieren.“

„Das klingt vernünftig, finde ich“, sagte Mae.

„Sie brauchen die Diskussion nicht meinetwegen zu zensieren“, sagte Andrea jetzt. „Ich bin kein Weichei. Ich werde schon fertig mit dem, was Sie mir auftischen.“

„Da bin ich sicher“, sagte Evelyn. „Aber vielleicht –“

Tessa schüttelte den Kopf. „Da bin ich anderer Meinung. Wenn wir zusammen im selben Haus leben, wenn wir einander kennen lernen und Teil des Lebens der anderen werden, wie die meisten von Ihnen das ja gerne möchten, dann glaube ich, müssen wir auch die Freiheit haben, offen zu sagen, was wir denken.“ Sie nickte in Richtung Mae. „Auch wenn wir anderer Meinung sind.“

„Genau, genau. Dazu kann ich nur Amen sagen“, entgegnete Mae. „Ich bin stolz auf Sie.“

Evelyn fühlte sich töricht, weil sie die Diskussion so abgewürgt hatte. Obwohl sie selbst gern den Konflikt vermieden hätte, waren die anderen Frauen allem Anschein nach gar nicht so schüchtern.

„Da stimme ich auch zu. Alles ist möglich“

Mae wandte sich an Evelyn. „Das macht drei Stimmen für die Wahrheit. Was sagen Sie, Mrs Greenburg?“

Also, wenn Mae es so formulierte ... Evelyn gab ihre Stimme ab. „Für die Wahrheit.“

Das konnte ja interessant werden.

Kapitel 5

Evelyn wurde durch ein leises Klopfen an ihrer Schlafzimmertür geweckt.

„Evelyn?“

Es war Tessas Stimme. Evelyn schlüpfte aus dem Bett, öffnete die Tür und versuchte, sich in ihrem verschlafenen Zustand so gut es ging zu konzentrieren.

„Was ist denn los?"

„Ich habe mich gefragt, ob Sie vielleicht heute Morgen mit mir in die Kirche kommen möchten."

Jetzt erst bemerkte Evelyn, dass Tessa bereits ausgehfertig angezogen war. Sogar einen kleinen Hut mit einer Feder hatte sie aufgesetzt.

„Wie spät ist es denn?"

„Sieben. Ich gehe immer gern in den Frühgottesdienst um halb acht. Danach ist dann Bibelstunde und normalerweise gehe ich hinterher mit Freunden noch Mittag essen. Haben Sie vielleicht Lust mitzukommen?"

Das Bett rief nach ihr. *Komm zurück zu mir! Heute ist Ruhetag.*

„Ich glaube nicht, Tessa. Ich habe heute Morgen noch einiges zu tun."

„Ach, wirklich." Das war keine Frage und darüber hinaus in äußerst abfälligem Ton gesagt.

„Aber danke, dass Sie an mich gedacht haben."

Tessas Augen blitzten kurz auf, als sie zur Treppe ging.

Evelyn ging wieder ins Bett und drückte ihr Kissen fest an sich. Peppers sprang auf die Decke, aber statt sich an ihren üblichen Platz in Evelyns Kniekehlen zu begeben, stand sie vorwurfsvoll vor ihrem Gesicht. *Ich dachte, du warst schon auf.*

Evelyn versuchte, die Augen zu schließen, aber als Peppers mit der Nase ihren Arm anstupste, kapitulierte sie schließlich und stand auf.

Das war die Strafe.

Evelyn goss sich eine Tasse Kaffee ein und nahm die Titelseite der Sonntagszeitung zur Hand. Das war das ganze Ausmaß ihrer Pläne für diesen Morgen. *So viel also zum Thema ‚viel zu tun'.*

Sie hielt sich die Tasse unters Kinn und ließ sich vom Dampf ihr Gesicht liebkosen. *Warum bin ich nicht mit Tessa gegangen? Was hätte es geschadet?* Tessas Gesichtsausdruck war verurteilend gewesen und gleichzeitig resigniert.

Ein „Ach, so wird das jetzt wohl immer sein"-Blick.

Konnte Evelyn denn etwas dafür, dass sie ein Gewohnheitsmensch war? Sie und Aaron hatten sonntags immer bis neun geschlafen, dann hatte sie einen Kuchen nach dem Rezept von Tante Betty gebacken, und beim Zeitungslesen hatten sie dann gemeinsam Kaffee getrunken. Wenn es draußen schön gewesen war, hatten sie auf der Veranda in der Sonne gesessen, bei kaltem Wetter in der Küche. Evelyn hatte sich an diesem Morgen für die Küche entschieden, weil ... weil sie es konnte.

Ihre gemeinsamen Frühstücke waren etwas gewesen, das Evelyn geliebt hatte, auch wenn ihr das erst nach Aarons Tod bewusst geworden war. Nun war sie jedoch mit der Tatsache konfrontiert, dass sie die restlichen Sonntage ihres Lebens ohne ihn würde verbringen müssen ... und lieber würde sie sterben, als diese über dreißig Jahre alte Tradition aufzugeben, vor allem nicht wegen ein paar Frauen, die sie erst seit ein paar Wochen kannte.

Sie hörte Schritte auf der Treppe, und weil keine Kinderschritte dabei waren, ging sie davon aus, dass es Mae war. Sie hatte Recht.

Maes mintfarbener Chenillebademantel erinnerte Evelyn an ihre Kindheit. Wenn sie auch noch Puschelschläppchen getragen hätte, wäre die Erinnerung perfekt gewesen. Aber Mae war barfüßig.

„Morgen", sagte sie. „Is' heißes Wasser da?"

Evelyn nickte und war froh, dass sie einen Kessel Wasser für Maes Tee aufgesetzt hatte. „Kuchen ist schon im Ofen."

„Ach, das ist es, was so gut duftet." Mae zog sich einen Stuhl heran und ließ sich draufplumpsen. Ihre Augen waren kaum geöffnet, und sie gähnte mit weit aufgerissenem Mund, sodass man eine Unmenge silberner Zahnfüllungen sehen konnte. „Wieso sind Sie am Sonntagmorgen schon so früh auf?"

„Ich stehe immer so früh auf", sagte Evelyn, aber in dem Augenblick, als die Worte heraus waren, hätte sie sie am liebsten zurückgeholt. Das war nämlich nicht nur eine Lüge – und erst am Abend zuvor hatten sie sich doch versprochen, einander die Wahrheit zu sagen –, sondern sie schaffte damit einen Präzedenzfall, den sie nicht aufrechterhalten wollte.

„Sie werden ja rot", sagte Mae.

Evelyn legte sich die Hände auf die Wangen und spürte die Wärme. „Ich hasse mein Gesicht."

„Wieso denn?"

„Weil es mich immer verrät. Ich kann einfach nicht lügen, ohne dass man es merkt."

Mae zog erstaunt die Augenbrauen hoch. „Sie haben gelogen?"

Evelyn nickte. „Normalerweise schlafe ich sonntags, wenn möglich, bis neun. Ich bin kein Morgenmensch. Der einzige Grund, weshalb ich schon auf bin, ist der, dass Tessa um sieben bei mir an die Tür geklopft hat, um mich einzuladen, mit ihr in die Kirche zu gehen."

„Ich gehe mal davon aus, dass Sie Nein gesagt haben."

„Ich habe Nein gesagt." Evelyn seufzte. „Aber ich hätte Ja sagen sollen. Das wäre doch höflicher gewesen, oder?"

Mae stand auf, um sich ihren Tee zu machen. „Höflich bestimmt, aber ich bin mir nicht so sicher, ob das das richtige Motiv für einen Gottesdienstbesuch ist. Ich gehöre ganz bestimmt nicht zu den Superfrommen, aber ich habe immer schon gedacht, dass, wenn ich in einen Gottesdienst gehe, ich das lieber deshalb tue, weil ich es will, als aus reiner Höflichkeit."

„Da haben Sie wahrscheinlich Recht. Sie haben eigentlich ziemlich oft Recht."

Mae machte eine großzügig abwiegelnde Geste. „Vielen Dank. Ich gebe mein Bestes, um mir über möglichst alles eine Meinung zu bilden." Sie tunkte einen Teebeutel in einen Becher mit heißem Wasser. „Sie dagegen, Evie, scheinen nicht gerade der Typ zu sein, der seine Meinung laut herausposaunt. Liegt das daran, dass Sie keine Meinung haben, oder sind Sie einfach nur zu schüchtern, um sie zu äußern?"

Das war für die frühe Stunde eine viel zu tiefgründige Frage. „Ich weiß es ehrlich gesagt nicht."

Mae zögerte einen Moment und brach dann in schallendes Gelächter aus. „Gute Güte, Evie. Sie haben nicht einmal eine Meinung darüber, ob Sie eine Meinung haben?"

Darüber musste sie jetzt auch selbst lachen. „Ich nehme mal an, genau so ist es."

Mae kehrte an ihren Platz zurück. „Also gut, dann werde ich mich mal darum kümmern, mir ein paar zusätzliche Meinungen für Sie einfallen zu lassen, damit diese müde Vorstellung hier ein Ende hat. Wir können doch unmöglich ein Haushalt mit fünf Frauen sein ohne fünf unterschiedliche Meinungen."

Der Kuchenduft wurde intensiver und Evelyn sah zum Ofen hinüber. Ein paar Minuten hatten sie noch Zeit. „Wo wir gerade beim Haushalt sind … Was meinen Sie, wie es mit uns fünfen gehen wird? Glauben Sie, dass unser Gespräch gestern Abend gut war?"

„Natürlich war es gut. Reden ist immer gut." Mae beugte sich vor, sodass sie Evelyn ganz nahe kam. „Aber beim Reden bin ich natürlich auch ganz in meinem Element und deshalb bin ich da sicher etwas voreingenommen." Sie lehnte sich wieder zurück. „Aber ich glaube, es ist ganz wichtig, dass die Dinge auch weiterhin auf den Tisch kommen."

Evelyn musste sofort an Tessa denken. Sie schien die Dampfwalze unter ihren Mieterinnen zu –

„Tessa ist eine ganz Scharfe, das steht fest", sagte Mae. „Und ich sehe da ein paar gewaltige Auseinandersetzungen auf uns zukommen."

„Ach du liebe Güte."

„Ach nein, das ist doch völlig in Ordnung. Mae Fitzpatrick ist noch nie vor einer kleinen lebhaften Diskussion zurückgeschreckt, auch wenn ich es ganz und gar nicht leiden kann, wenn Leute sauer auf mich sind, da können Sie sicher sein. Sie können wirklich in allem anderer Meinung sein – solange sie diese Meinung äußern und ich sie erfahre –, aber Leute, die wegen irgendetwas, das ich ihrer Meinung nach falsch gemacht habe, Groll hegen oder ganz still werden und schweigen oder schmollen …" Sie schüttelte den Kopf so heftig, dass ihr vom Schlaf noch zerzaustes Haar in Wallung geriet. „Sagen Sie es mir lieber ins Gesicht, damit wir es klären können – oder auch nicht. Es sind die schleichenden, stillen Konflikte, die ich nicht aushalten kann, Konflikte, die unter den Teppich gekehrt werden, damit nicht das kleinste bisschen Licht in ihre Nähe kommt. Es ist besser, Konflikte hervorzuholen und ans Licht zu bringen, damit sie ein für alle Mal geklärt werden können."

Evelyn lächelte und tat so, als schriebe sie etwas auf. „Daran werde ich denken. Keine schleichenden, stillen Konflikte mit Mae."

Mae tippte mit einem Finger auf Evelyns imaginäre Liste. „Und keine Schuldzuweisungsspielchen. Das haben wir doch auch so beschlossen, oder?"

Was auch immer geschieht.

Evelyn war gerade dabei, Großmutter Nelsons Porzellan wieder in den Schrank zu räumen, als es an der Tür klingelte. Sie ging hin, um zu öffnen. Eine hübsche Frau um die dreißig stand vor ihr. Diese hatte kinnlanges, ein ganz klein wenig gewelltes braunes Haar, allerdings nicht besonders gestylt, als wäre ihr ihre Frisur ganz und gar nicht wichtig. Eine Strähne wurde von einer Windböe hochgeblasen. Ihr Haar war jedenfalls nicht ihre starke Seite. Das traf eher auf ihr Lächeln zu.

„Hallo. Ich bin Piper Wellington. Ich möchte zu –"

„Hallo, Piper!" Andrea kam die Treppe heruntergestürmt, direkt gefolgt von Summer. „Wurde auch langsam Zeit, dass du uns mal besuchst. Komm rein und sieh dir unsere neue Bleibe an."

Evelyn ließ Piper herein und wollte sich gerade vorstellen, als Summer die junge Frau mit ihrer Umarmung beinah umriss.

„Hallo, du kleine Piepmaus. Ich habe dich in der Kirche vermisst und auch beim Essen danach. Aber mach dir keine Sorgen, ich habe die Lieder besonders laut gesungen und dir zu Ehren eine Extraportion Pommes gegessen."

Summer blickte erschrocken zu ihrer Mutter auf. „Mama! Warum sind wir nicht gegangen?"

Piper sah zu Andrea. „Ja, Mama, wieso seid ihr nicht gegangen?"

Andreas Gesichtsausdruck glich dem eines kleinen Tieres, das von allen Seiten umzingelt war. Es gab kein Entrinnen. Wenigstens war Evelyn heute nicht die Einzige, die Schuldgefühle hatte.

Plötzlich hakte sich Andrea bei Evelyn unter. „Piper, das hier ist unsere Vermieterin Evelyn Greenburg. Evelyn, das hier ist Piper Wellington, meine ehemals beste Freundin."

Piper schüttelte Evelyn die Hand. „Beste Freundin, Schuldverschieberin. Ich bin eine Frau mit vielen Talenten."

Evelyn mochte sie sofort. Ihr war gleich aufgefallen, wie Piper im Unterschied zu Tessa mit Andreas Entscheidung, nicht zum Gottesdienst zu gehen, umging.

Summer zog an Pipers Hand. „Komm, ich zeig dir mein Zimmer."

„Unser Zimmer", korrigierte Andrea sie. Sie ging als Erste die Treppe hinauf.

„Freut mich, Sie kennen zu lernen, Mrs Greenburg", sagte Piper noch im Weggehen.

„Evelyn. Sagen Sie doch bitte ‚Evelyn'."

„Vielen Dank, Evelyn."

Nettes Mädchen. Wirklich sehr nett.

Zehn Minuten später kamen Andrea, Summer und Piper wieder nach unten. Andrea trug einen kleinen Karton. „Evelyn? Ich habe gesehen, dass Sie im Wohnzimmer einen CD-Player haben. Es wäre unsinnig, meine CDs alle oben in meinem Zimmer zu horten. Ich stelle sie gern hier unten allen zur Verfügung, wenn genügend Platz da ist."

„Und genügend Toleranz", fügte Piper hinzu.

„Hey, jetzt aber mal ganz vorsichtig", sagte Andrea. „Die ‚Nylons' sind 'ne echt coole Band."

„Wie du meinst."

Evelyn stellte das letzte Wasserglas aus Kristall weg und schloss die Tür der Vitrine. „Es findet sich bestimmt ein Platz dafür." Sie ging voraus ins Wohnzimmer, wo die Musikanlage stand. Aaron hatte Musik geliebt und darauf bestanden, technisch immer auf dem neuesten Stand zu sein, was die Anlage anging. Sie öffnete den Schrank.

„Wie ich es mir gedacht hatte. Hier ist noch reichlich Platz."

Piper setzte sich aufs Sofa, und Summer saß auch schon auf ihrem Schoß, bevor sie auch nur Gelegenheit gehabt hätte, die Beine übereinander zu schlagen. Sie setze Summer so zurecht, dass sie in ihre Armbeuge gekuschelt war, und rubbelte ihr mit einer Hand über den Bauch, als würde sie ein Kissen aufschütteln. Summer kicherte. „Legen Sie doch etwas auf, Evelyn. Aber bitte etwas aus Ihrer Sammlung."

Evelyn konnte sich nicht mehr erinnern, wann sie zum letzten Mal Musik abgespielt hatte. Sie war sich nicht einmal sicher, welche Musik sie da hatte. Andrea wollte ihr gerade vor dem CD-Regal Platz machen, aber Evelyn hielt sie auf. „Nein, da sind Sie genau richtig. Die meiste Musik ist hier drin." Sie öffnete einen anderen Schrank, in dem bestimmt an die hundert Schallplatten waren.

„Wow", sagte Andrea, „Sie haben noch echte Schallplatten?"

Summer blickte zu Piper auf. „Was sind denn Schallplatten?"

Evelyn seufzte. „Da zeigt sich, wie alt ich schon bin."

Andrea zog eine Schallplatte heraus. „Na, das hier ist doch fabelhaft." Sie hielt ihrer Tochter ein Album von den *Beach Boys* hin. „Eine Schallplatte, das ist auch Musik, Schätzchen. So was wie eine große CD." Dann wandte sie sich Evelyn zu. „Spielen Sie doch bitte die hier."

Surfin' Safari. „Sie mögen die ‚Beach Boys'?"

„Mag die nicht jeder?", fragte Piper.

„Genau", meinte Andrea. „Ist das hier ein Original?"

„Ich weiß es nicht genau, aber ich nehme es an."

Andrea sah sich die Rückseite der Plattenhülle an. „Evelyn, es ist wirklich ein Original. Die Platte ist von 1963. Wissen Sie eigentlich, wie viel die wert ist?"

„Ich habe keine Ahnung."

„Sie ist gar nichts wert, wenn ich sie nicht zu hören bekomme", sagte Piper jetzt. „Hört auf zu quasseln und legt die Scheibe auf."

Evelyn legte die Schallplatte auf einen alten Plattenspieler und schaltete ihn ein. Der Titelsong erfüllte den Raum. Innerhalb von Sekunden war Piper auf den Füßen, hielt Summer bei den Händen und tanzte wild mit ihr herum. Andrea machte ebenfalls sofort mit, und ehe sie sich versah, tanzte auch Evelyn mit. Sie erinnerte sich plötzlich, wie gern sie früher getanzt hatte. Es war, als hätte jemand den „Start"-Knopf gedrückt.

Andrea drehte die Lautstärke so weit auf, dass es sich anhörte, als spielten die *Beach Boys* live in einer Zimmerecke.

Mae erschien am Fuße der Treppe und kam dann bereits tanzend ebenfalls ins Wohnzimmer. Alle tanzten gelöst und selbstvergessen, lachend und schrecklich falsch singend – und sie hatten dabei unglaublichen Spaß. Evelyn erinnerte sich nicht, wann sie sich das letzte Mal so amüsiert hatte. Jedenfalls war es sehr, sehr lange her.

Die Haustür ging auf und Tessa kam herein. Ihr Gesichtsausdruck hätte ein Abbild von schockiertem Grauen sein können.

„Hallo, Tessie, kommen Sie doch rein zu uns."

Die drei anderen tanzten einfach weiter, den Eindringling in ihrer Mitte gar nicht wahrnehmend, aber das brachte Evelyn nicht fertig. Sie ging zu dem Plattenspieler und hob den Tonarm von der Platte. „Tut uns Leid, dass es so laut ist, Tessa … Wir haben uns ein wenig vergessen."

„Das haben Sie in der Tat."

„Hey, Tessie, gegen solche Klassiker ist doch nichts einzuwenden, oder? Kommen Sie und machen Sie mit."

„Daran würde ich ja nicht mal im Traum denken."

Evelyns Magen krampfte sich zusammen und bereitete sich auf einen weiteren Streit vor. „Ich glaube, für heute reicht es auch, meine Damen."

Tessa hob eine Hand. „Ich habe gesagt, ich dächte gar nicht daran, mit Ihnen zusammen zu einer so … lächerlichen Musik zu tanzen." Sie drohte mit dem Zeigefinger. „Wenn Sie allerdings auch etwas von Glenn Miller da haben, bin ich sofort dabei."

Die anderen standen alle völlig verdutzt und sprachlos da.

„Und? Haben Sie was von ihm da? ‚Little Brown Jug' ist jedenfalls mein Lieblingstitel."

Evelyn hatte sich wieder gefasst und sagte: „Ich glaube, dass etwas von ihm dabei ist."

Und wirklich, sie holte eine Schallplatte heraus und fand sogar „Little Brown Jug". Beim zweiten Titel hatte Tessa Klein bereits ihre Handtasche abgelegt, ihre Schuhe ausgezogen und tanzte sie alle in Grund und Boden.

Diese Tessa hatte wirklich Ahnung vom Tanzen.

Tessa hievte sich in ihr Bett. Es erforderte doch ein wenig Mühe, die Beine vom Boden hochzubekommen. So lange und heftig hatte sie nicht mehr getanzt, seit Glenn Miller kein *Golden Oldie* mehr war.

Sie schloss die Augen und legte sich den Handrücken auf die Stirn. Sie versuchte, tief zu atmen, aber schon bei dem Versuch bekam sie Herzstiche. Diesmal fühlte sich der Schmerz allerdings anders an. So als ob die Klauen, die sich um ihr Herz legten, Fausthandschuhe anhätten. Gedämpft. Erträglich. Und es war die Sache wert gewesen.

Sie hatte mit ihren Mitbewohnerinnen getanzt, mit ihren Freundinnen …

Waren es ihre Freundinnen? Ihre Freunde waren ja eigentlich die Figuren in den Büchern, die sie las, und die historischen Gestalten, die alle so ein faszinierendes Leben führten – ein Leben, das es wert war, dass darüber geschrieben wurde. Was war an ihrem Leben schon besonders oder gar wertvoll? Was hatte sie schon getan, das es wert gewesen wäre, niedergeschrieben und in einem Buch veröffentlicht zu werden, damit möglichst viele Leute davon erfuhren? Und dann auch noch etwas, was sie bereit war, anderen mitzuteilen?

Da gab es nichts. Absolut gar nichts.

Diese Tatsache tat ihr sehr weh und bereitete ihrem Herzen eine ganz andere Art von Schmerz.

Evelyn blieb vor dem Spiegel über dem Eingangstischchen stehen und legte ihre Ohrringe an. Sie konnte Andrea, Piper, Gillie und Summer in der Küche hören, die für sich etwas zu essen machten. Ihr Lachen tat dem Haus so gut, zog in die trockenen, hungrigen Risse ein wie Zitronenöl in Holz. Es war noch nicht einmal zwei Wochen her, dass Andrea und Summer eingezogen waren, aber sie – und Piper und Gillie – schienen schon ein wesentlicher Bestandteil des Hauses geworden zu sein. Wenn dieses Essen bei Russell nicht schon vereinbart gewesen wäre, hätte sie sich den anderen nur zu gern angeschlossen.

Mae kam in ihrem einzigartigen Eins-zwei-drei-eins-zwei-drei-Rhythmus die Treppe herunter. Auch sie hatte sich schick gemacht. Sie trug einen Rock mit Volants, der zu ihrer schulterfreien Bluse passte, und sie hatte mal wieder ein anderes Paar Sandalen an – diesmal mit gelben Blümchen darauf.

„Sie sehen ja todschick aus, Evie. Haben Sie auch ein Date?

„Oh nein … ich –"

Mae gesellte sich vor dem Spiegel zu ihr und wuschelte noch ein wenig in ihrem ohnehin schon zerzausten Haar herum.

„Sagen Sie das doch nicht so, als wäre es eine Sünde, Schwester. Sie sind wieder Single. Es wäre erlaubt, wenn Sie gewogen wären und einen Mann fänden, der Ihnen gewogen wäre."

„Es ist heute erst sieben Wochen her."

Mae hörte auf zu wuscheln und starrte Evelyns Spiegelbild an. „Sechs Wochen, sechs Tage, vier Stunden, zehn Minuten und dreiundzwanzig Sekunden?"

Evelyn fischte ihre Autoschlüssel aus ihrer Handtasche. „Ich zähle nicht nach, jedenfalls nicht so genau."

„Da bin ich aber froh. Ich für mein Teil halte mich darüber, wie lange Danny schon weg ist, auf dem Laufenden, indem ich feiere. So wie heute Abend. Ich gehe heute mit dem bestaussehenden Mann überhaupt aus, und zwar mit Harry von ‚Harrys Klempnershop'. Hat er schon mal für Sie gearbeitet?"

„Nein, ich –"

„Also für mich schon … Für Klempnerarbeiten *und* Sonstiges." Sie lachte über ihren eigenen Witz und drehte sich dann zur Küche um, von wo wieder Gelächter zu hören war. „Wer ist denn heute zum Essen da?"

„Die beiden Mädchen, Gillie und Piper. Tessa hat ein Gemeinschaftsessen in ihrer Gemeinde."

„War doch irgendwie zu erwarten, oder? Die Frau verbringt ja mehr Zeit in der Kirche als Gott."

„Aber sie ist trotzdem eine gute Tänzerin, nicht wahr?", sagte Evelyn und erinnerte sich an den vergangenen Sonntag.

„Kann man wohl sagen. Ich war total von den Socken."

„Wir haben eine Seite von Tessa zu sehen bekommen, die nicht so –"

„Vertrocknet ist wie eine Rosine? Jawohl. Es war nett. Hoffe, es geht so weiter." Sie fuhr mit dem Finger am Rand ihrer Lippen herum und wischte ein wenig übergemalten pinkfarbenen Lippenstift weg. „Sie haben gar nicht gesagt, was Sie vorhaben. Wenn es kein Date ist, für wen haben Sie sich dann so aufgebrezelt?"

„Russell."

„Oh. Das ist aber nett." Sie sah enttäuscht aus. „Führt er Sie aus oder kocht er zu Hause für Sie?"

„Er kocht selbst. Er ist ein sehr guter Koch."

Mae warf entschlossen den Kopf in den Nacken. „Und Sie sagen, er ist Single? Und Banker?"

„Mae! Er ist erst dreißig und Sie sind doch schon … Sie sind …"

„Viel zu viel für ihn, egal, wie alt er ist und wie alt ich bin." Sie drehte sich auf dem Absatz um und machte mit flatterndem Rock einen Abgang. „Ta-ta. Ich bin jetzt weg, um die Welt in Erstaunen zu versetzen. Warten Sie nicht auf mich."

Auf die Idee wäre Evelyn nie gekommen.

Russell begrüßte Evelyn an der Tür. „Hübsch siehst du aus, Mutter."

„Danke, mein Schatz." Evelyn war Russell dankbar, dass er seit Aarons Tod großzügiger mit Komplimenten ihr gegenüber geworden war. Er nahm ihr die Strickjacke und die Handtasche ab und legte beides auf den Tisch im Flur. „Ist das ein neuer Rock?"

„Den habe ich doch schon seit Jahren."

„Neue Frisur?"

„Russell ..."

„Also irgendwas an dir ist anders. Du ... strahlst irgendwie."

Sie lachte. „Das muss an meinen neuen Mitbewohnerinnen liegen. Du glaubst gar nicht, wozu die mich bis jetzt schon alles gebracht haben. Am letzten Sonntag hatten wir ein kleines Tanzfest. Mit den ‚Beach Boys' und Glenn Miller."

„Und wo hat das stattgefunden?"

„Im Wohnzimmer."

„In unserem Haus?"

„*Meinem* Haus. Ja. Es war ziemlich ..." Sie suchte nach dem passenden Wort.

„Würdelos?"

„Du klingst wie dein Vater. Eigentlich war es ziemlich fröhlich. Ich tanze schrecklich gern."

„Seit wann denn das?"

„Schon immer. Als ich klein war, bin ich nach meiner eigenen Musik ums Haus herum getanzt. Deine Großmutter hat immer behauptet, ich hätte ein Radio im Kopf." Evelyn bemerkte plötzlich, wie sie sich hin und her wiegte. Als sie merkte, dass Russell es bereits mitbekommen hatte, hörte sie sofort damit auf.

„Hat Vater dich denn jemals zum Tanzen ausgeführt?"

„Einmal. Als wir erst ganz kurz miteinander gingen. Er war nicht so besonders gut darin."

„Hat dir das denn etwas ausgemacht?"

„Nein, mir nicht. Ich habe ihm einmal vorgeschlagen, Tanzstunden zu nehmen, aber du kennst ja deinen Vater." Sie bemerkte selbst die Bitterkeit in ihrer Stimme. Schnell schüttelte sie sie ab. Bitterkeit schadete nur dem Appetit.

Russell holte eine Platte mit Rippchen aus der Küche. Evelyn beugte sich darüber, atmete tief den Duft ein und sagte: „Das riecht ja köstlich."

„Die heißen Waimanola-Rippchen. Ich habe außerdem einen Himbeer-Mandarinen-Salat, Schnee-Erbsen mit Papaya-Relish, selbst gemachte Buttermilchplätzchen und Käsekuchen mit Kirschen und Schokoladenglasur zum Nachtisch."

Sie tätschelte ihm die Hand. „Du wirst irgendwann mal ein wunderbarer Ehemann sein."

„Mutter ..."

Sie legte sich drei Rippchen auf. „Ich habe heute vor Mae mit dir angegeben, und sie hat angeboten, mal mit dir auszugehen."

„Welche von den dreien ist es denn?"

„Die Hippiefrau mit dem langen grauen Haar. Sie erinnert mich irgendwie an Tante Meg aus diesem Tornadofilm ‚Twister'. Du weißt schon, diese Metallkünstlerin."

„Und die will mit mir ausgehen?"

Evelyn verschob die Antwort, um den ersten Bissen zu genießen. Es war scharf, aber süß. „Hmmm, lecker. Also, ich glaube, dass bei Mae lediglich zwei Kriterien für ein Date erfüllt sein müssen: Es muss mit einem Mann sein und der muss atmen."

„Und du bist ganz sicher, dass du diese Art Frau bei dir im Haus haben möchtest?"

„Ach, mein Junge ... ich übertreibe. Ich bin sicher, dass Mae eine ganz anständige Dame ist, und ich mag sie sehr. Es ist so, als wäre sie die Hauptfigur in einem großartigen Film, der nie zu Ende geht, und sie gibt darin eine oscarreife Vorstellung."

„Klingt nach einer theatralischen Exzentrikerin."

Sie zuckte mit den Schultern. „Ein wenig vielleicht."

„Erzähl mir von deinen anderen Mieterinnen."

„Tessa Klein hast du ja auch schon kennen gelernt. Sie ist –"

„Die Dame, die zu mir gesagt hat, ich solle nicht dumm herumstehen und Maulaffen feilhalten?"

Evelyn überlegte kurz und erinnerte sich dann. „Ja, genau, das hat sie gesagt. Tessa ist wirklich ein bisschen dogmatisch, aber ich glaube, sie hat ein gutes Herz. Sie ist es nur einfach gewohnt, immer ihren Willen zu bekommen – und hält auch nicht damit hinterm Berg, was sie will."

„Das klingt ja nicht gerade pflegeleicht."

Sie trank einen kleinen Schluck Wasser. „Hübsche Gläser, mein Junge. Sind die neu?"

„Das ist Waterford-Kristall. Ich habe sie im Internet gefunden, in einem ..." Er räusperte sich. „Du wolltest mir von Tessie erzählen."

„Tessa. Obwohl Mae sie hartnäckig Tessie nennt. Ich glaube, Mae tut das absichtlich – es ist ein ständiges Machtgerangel. Mich nennt sie immer Evie, aber irgendwie gefällt es mir."

„Und wie nennt Tessa Mae?"

Ihr Löffel blieb auf halbem Weg zum Mund stehen. „Sie nennt sie Mae. Tessa ist sehr förmlich. Ich würde wetten, dass sie eine ziemlich strenge Mutter gewesen ist. Und sie scheint Summer nur so eben gerade zu dulden."

„Wer ist denn Summer?"

„Andreas kleine Tochter."

„Du hast doch nur drei Zimmer, Mutter, aber ich habe jetzt schon vier Namen gehört."

„Das liegt daran, dass Andrea und Summer sich ein Zimmer teilen. Ich habe dir doch schon von ihnen erzählt."

„Du hast also zwei Frauen da, die sich ein Zimmer teilen?"

„Jetzt mach dich aber mal nicht lächerlich. Andrea ist Summers Mutter und Summer ist fünf Jahre alt."

„Ach ja, das hast du mir ja erzählt. Und wie ist es so? Ich meine, wieder ein Kind im Haus zu haben?"

„Sie ist ein sehr braves Mädchen. Sehr höflich. Will immer helfen. Ich habe ihre Spielzeugkiste ins Wohnzimmer gestellt, damit sie mehr Platz zum Spielen hat."

Russell führte ein Rippchen zum Mund. Er wollte gerade abbeißen, legte es dann aber noch einmal auf den Teller zurück. „Und wo ist ihr Vater?"

„Na ja, Andrea war nie verheiratet."

„Diese Andrea ist also eine ledige Mutter?"

Sie legte ihre Gabel weg und starrte ihn entgeistert an. „Ich habe dich noch nie so moralisierend erlebt, Russell. Andrea hat eine wunderbare selbstlose Entscheidung getroffen, indem sie das Kind bekommen hat. Und nach allem, was ich so sehe, ist sie eine gute Mutter. Solche Dinge passieren nun mal, und ein Mädchen muss damit fertig werden, so gut es eben –"

„Also bei dir im Haus wohnen jetzt eine in die Jahre gekommene Hippiefrau, eine ledige Mutter mit ihrem unehelichen Kind und eine moralinsaure, besserwisserische Großmutter. Klingt wirklich toll."

„Mir gefällt dein Ton nicht."

„Und mir gefällt nicht, was du von deiner Hausgemeinschaft erzählst. Du hast anscheinend direkt die erstbesten Leute aufgenommen, die bei dir vorbeigeschaut haben. Du kannst mir doch nicht erzählen, dass von all den Leuten, mit denen du Vorstellungsgespräche geführt hast, diese die besten waren."

Sie trank noch einmal einen kleinen Schluck Wasser.

„Du hast gar keine Gespräche mit anderen Interessenten geführt, stimmt's?"

Sie stellte ihr Glas ab. „Das war gar nicht nötig. Diese Frauen sind gekommen und schienen genau die Richtigen zu sein, und ich habe mich einfach … auf mein Gefühl verlassen."

Er schnaubte verächtlich, bremste sich dann aber gerade noch. „Tut mir Leid. Das wollte ich nicht."

Sie rückte die Serviette auf ihrem Schoß zurecht. „Du hast dich eben genau wie dein Vater angehört."

Er reichte ihr über den Tisch hinweg die Hand und wartete, bis sie ihre hineingelegt hatte. „Ich glaube, das hat etwas mit Erfahrung zu tun, Mutter. Vater hat dir ja kaum je eine Chance gegeben, auf irgendeinem Gebiet Erfahrungen zu sammeln."

„Na, dann bekomme ich eben jetzt die Gelegenheit dazu. Jetzt muss ich es selbst schaffen. Und ich glaube, dass ich es ganz gut mache. Vielleicht funktioniert es nicht perfekt. Na, und? Damit werde ich mich dann auseinander setzen, wenn es nötig sein sollte."

„Ach, das Scarlett-O'Hara-Syndrom: ‚Morgen ist auch noch ein Tag', oder?"

„Auch Scarlett hatte ihre guten Seiten. Sie war ausgesprochen hartnäckig. Und das bin ich auch."

„Hartnäckig und stur."

„Und das bin ich auch?"

„Du hast da so deine Momente, Mutter."

Sie nickte kurz. „Da kannst du sicher sein. Also gewöhn dich lieber daran."

Evelyn packte die beiden Waterford-Kristall-Wassergläser aus, die Russell ihr geschenkt hatte, und stellte sie in die Vitrine.

Trotz seiner Zweifel an ihren neuen Mieterinnen hatte sie das Essen mit ihrem Sohn sehr genossen. Bei Russell zu essen war zu Aarons Lebzeiten ein seltenes Ereignis gewesen – aus keinem anderen Grund eigentlich als dem, dass sie es nie einfach getan hatten. Aber jetzt hatten sie schon zweimal innerhalb eines Monats zusammen gegessen. Evelyn nahm an, dass Russell sich für sie verantwortlich fühlte. Wirkte sie wirklich so bedürftig?

Als sie die oberste Treppenstufe erreicht hatte, öffnete Tessa ihre Tür einen Spalt breit und die alte Dame winkte sie zu sich. „Pssst."

„Was –" Bevor Evelyn ihre Frage beenden konnte, hörte sie das Lachen eines Mannes – es kam aus Maes Zimmer.

Tessa verschränkte die Arme und nickte. „Ich habe auf Sie gewartet. Sie hat einen Mann bei sich auf dem Zimmer." Sie schaute auf die Uhr. „Und er ist jetzt schon seit zweiundvierzig Minuten bei ihr. Wir müssen unbedingt etwas dagegen unternehmen."

Evelyn war irritiert – zum einen, weil sie nicht wusste, wie sie jetzt vorgehen sollte, und zum anderen über die Situation an sich.

„Also?"

Evelyn holte Luft, um etwas zu sagen, ließ es dann aber doch. „Ich bin müde. Ich gehe ins Bett. Gute Nacht." Dann huschte sie in ihr Schlafzimmer und schloss die Tür.

Feigling.

Kapitel 6

Andrea tanzte im Walzerschritt zur Küche herein und machte eine Drehung. „Wie sehe ich aus?"

„Sehr hübsch", sagte Evelyn.

Summer redete mit dem Mund voller Haferflocken. „Hübsch, Mama."

„Man redet nicht mit vollem Mund, Schätzchen."

Mae reichte ihr eine Tasse Tee. „Zeigen Sie's ihnen, Schwester."

„Ich bin schon zufrieden, wenn ich die Kassenschublade nicht fallen lasse."

Tessa stand am Küchentresen und schenkte sich eine Tasse Kaffee ein.

„Anscheinend habe ich irgendetwas nicht mitbekommen. Wieso haben Sie sich so herausgeputzt?"

Mae antwortete an Andreas Stelle. „Sie hat heute ihren ersten Arbeitstag bei der Bank, Tessie. Sie müssen informationstechnisch immer am Ball bleiben."

„Ich muss doch sehr bi-"

Evelyn versuchte, die Situation zu entschärfen. „Sie arbeitet bei meinem Sohn. Jedenfalls in derselben Bank." Sie nickte Andrea zu. „Sie melden sich auch wirklich bei ihm, ja? Stellen Sie sich einfach vor und grüßen Sie ihn von mir."

Andrea bezweifelte, dass eine einfache Kassenangestellte Kontakt mit dem stellvertretenden Bankdirektor haben sollte. „Ich werde sehen, was sich machen lässt." Sie saß am Tisch. In diesem Augenblick rutschte Summer, die auf ihrem Stuhl kniete, von dessen Rand, wobei sie ihre Müslischale umstieß. Andrea konnte gerade noch ihr Kind und die Schale festhalten. „Vorsicht, Schätzchen!"

Evelyn sprang von ihrem Platz auf. „Das war nicht deine Schuld, Süße. Du solltest beim Essen auch nicht auf dem Stuhl knien müssen, um hoch genug zu sitzen. Ich habe mir auch schon eine Lösung für dieses Problem überlegt." Sie holte die kleine Trittleiter, die sie benutzte, um an die hohen Regale und Schränke in der Küche zu kommen, und stellte sie an den Tisch. „Wie wäre es hiermit? Mit einem ganz besonderen Spezialstuhl extra für dich?"

Summer rutschte von dem großen Stuhl herunter, drehte sich um und setzte sich auf den Tritthocker. Er war wie für sie maßangefertigt. Stolz rutschte sie darauf hin und her. „Ich habe jetzt meinen eigenen ganz besonderen Stuhl."

Die Frauen lachten und Andrea warf Evelyn einen dankbaren Blick zu. Ihre Vermieterin war wirklich eine freundliche Frau, die offenbar ein Gespür dafür hatte, was Menschen empfanden, und die dadurch auch die Wünsche und Bedürfnisse anderer erahnte und dann auf eine Weise erfüllte, dass sich niemand unwohl dabei fühlte.

Mae streute sich Zucker über ihre Cornflakes. „Das gefällt mir wirklich gut, wenn wir alle fünf hier zum Frühstück zusammenkommen."

„Genau wie eine Familie", bemerkte Evelyn.

„Eine Familie von lauter Frauen", sagte Andrea.

Mae hob ihren Teebecher. „Vive les femmes! Vive la famille!"

„Ja, ja, ist ja schon gut", meinte Tessa. „Aber neulich nachts waren hier nicht nur Frauen." Sie warf Mae einen Blick zu, sodass Andrea sich fragte, was denn jetzt los war. „Sie gehen mir seitdem aus dem Weg, Mae Fitzpatrick."

Mae starrte Tessa über ihren Becher hinweg wütend an. „Ach, warum um alles in der Welt sollte ich denn das wohl tun?"

„Das wissen Sie ganz genau. Weil Sie ein schlechtes Gewissen haben."

„Und weshalb sollte ich das wohl haben?"

„Weil Sie einen ... Sie wissen schon ... in Ihrem Zimmer hatten."

Mae verdrehte die Augen. „Ach, das meinen Sie. Haben wir Sie gestört, Tessie?"

Evelyns Blick wechselte von der einen zur anderen, als ob sie sich ein Tischtennisspiel anschaute.

„Meine Damen –"

„Was ist denn eigentlich los?", fragte Andrea.

Tessa sah zu Summer hinüber und Andrea verstand den Wink. „Schätzchen, würdest du wohl schnell nach oben laufen und mir meine Perlenohrringe holen? Sie sind in dem Schmuckkästchen auf der Kommode. Kommst du da schon ran?" Eilfertig, wie Summer war, nickte sie nur und machte sich auf den Weg.

„Worum geht es denn hier eigentlich?", fragte Andrea.

Mae tunkte ihre Cornflakes mit dem Löffel in der Milch unter. „Tessie regt sich auf, weil ich neulich mal über Nacht einen Mann mit auf dem Zimmer hatte."

„Ach, wirklich?" Andrea hatte eigentlich gar nicht so ungläubig klingen wollen.

„Es gibt ein Leben jenseits der Vierzig, Schätzchen."

Evelyn lächelte. „Vierzig?"

Mae zuckte mit den Schultern. „Na gut, dann eben Fünfzig. Der springende Punkt ist doch, dass das, was ich in meinen eigenen vier Wänden treibe, außer mir niemanden etwas angeht."

Tessa klopfte mit einem Teelöffel auf den Rand des Marmeladenglases. „Da bin ich aber ganz anderer Meinung. Es muss Grenzen geben, auch um unser aller Sicherheit willen und –"

„Sicherheit?", fragte Mae. „Harry Mathison ist kaum eine Bedrohung für –"

„Harry der Klempner?", fragte Andrea. „Den kenne ich. Er hat mal Pipers Dusche repariert."

„Ein richtiger Hingucker, oder?"

Andrea zuckte mit den Schultern in Erinnerung an einen Mann mit beginnender Glatze, dessen Arbeitshemd mit der gestickten Aufschrift „Harry" über seinem gewaltigen Bauch spannte. „Sicher. Na ja, ich meine, ich nehme an –"

Tessa legte ihren immer noch unberührten Toast wieder auf den Teller zurück. „Ob Harry der Klempner aussieht wie Robert Goulet oder Bob Hope, spielt gar keine Rolle. Es sollte einfach nicht –"

„Von Bob Hope habe ich schon gehört, aber wer ist dieser Robert – wie war das noch gleich?", fragte Andrea.

Tessa gab einen übertrieben verzweifelten Seufzer von sich. „Robert Goulet hat zufälligerweise eine Stimme, die Metall zum Schmelzen bringen kann. Im Vergleich zu ihm hören sich die Sänger von heute an, als würden sie sich permanent räuspern."

Evelyn seufzte. „Robert Goulet als Lancelot." Sie fing an zu singen. „‚If ever I would leave you …'"

Mae stimmte ein. „‚It wouldn't be in springtime …'"

Andrea war völlig verblüfft, als alle drei Damen den Vers mit Inbrunst beendeten und dabei völlig vergessen zu haben schienen, dass sie sich mitten in einer hitzigen Auseinandersetzung befanden.

Als sie fertig gesungen hatten, erschauderte Mae vor Wonne. „Er war traumhaft. Er ist immer noch traumhaft."

„Ja, da stimme ich zu", sagte Evelyn. „Aber wo wir gerade bei traumhaft sind – es gibt keinen wie Frank."

„Sinatra?", fragte Tessa.

Evelyn sah beleidigt aus. „Natürlich Sinatra. Gibt es etwa sonst noch einen Frank?"

Tessa schüttelte den Kopf. „Der war zu klein. Ich mag lieber große Männer."

Mae lachte. „Als ob Frank Sie bitten würde, mit ihm auszugehen.

Außerdem sind Sie zu winzig. Die Größe sollte für Sie wirklich nicht so von Bedeutung sein. Wenn Sie jemals das Vergnügen gehabt hätten, auch nur neben Frank zu stehen, dann hätten Sie ihm doch gerade einmal bis zur Schulter gereicht."

Tessa richtete sich auf. „Ich war früher mal größer."

„Und wann soll das gewesen sein, wenn ich fragen darf? Wenn Sie sich auf einen Stuhl gestellt haben?"

Andrea konnte kaum glauben, in welche Richtung das Gespräch inzwischen abdriftete. Sie schaute zur Küchentür, in der jeden Augenblick Summer auftauchen konnte. „Meine Damen? Haben wir nicht eine Frage zu klären?"

Die drei älteren Damen zwinkerten sich in die Gegenwart zurück. Mae sprach als Erste. „Der springende Punkt ist, dass mein Privatleben meine Angelegenheit ist, und ich werde nicht zulassen –"

„Sie geben also zu, dass Sie mit ihm intim gewesen sind?", fragte Tessa nach.

„Gar nichts gebe ich zu", entgegnete Mae. Sie strich sich eine dicke Schicht Erdnussbutter aufs Brot. „Wir haben einfach nur geredet, und ich würde nicht einmal daran denken, mit Harry intim zu werden." Sie kicherte. „Ich meine, er ist ein netter Kerl und so, aber ich bitte Sie …"

Andrea hob eine Hand, um dazu etwas zu sagen, merkte dann aber, dass das gar nicht nötig war, und nahm sie wieder herunter. „Vielleicht sollten wir unsere Männerkontakte auf die öffentlichen Bereiche des Hauses beschränken. Ich habe ja gar nichts gegen eine kleine Romanze, aber wir müssen auch an Summer denken. Und auch wenn sonst niemand Harrys Anwesenheit letzte Nacht bemerkt hat, möchte ich nicht, dass Summer Dinge sieht, die sie eigentlich nicht sehen soll." Sie hoffte, dass sie nicht zu heftig gewesen war. Sie war hier zwar eine gleichberechtigte Mieterin, aber doch einiges jünger als die anderen.

„Ich glaube, das ist machbar", sagte Evelyn. Sie sah die anderen an.

„Um Summers willen, nicht wahr?"

Mae nickte. „Ich glaube aber immer noch nicht, dass ich etwas Falsches getan habe."

„Aber Sie –"

Andrea unterbrach Tessa, bevor sie sich wieder in Rage reden konnte. „Vielen Dank, meine Damen. Ich weiß das zu schätzen." Dann schaute sie auf ihre Armbanduhr. Sie wollte an ihrem ersten Arbeitstag etwas früher in der Bank sein, um einen guten Eindruck zu machen. Sie schob ihren Stuhl zurück, um aufzustehen. Genau in dem Augenblick kam Summer mit den Ohrringen zurück – und mit noch etwas.

„Was hast du denn da, Schätzchen?"

Summer hielt ihr fünf Zwanzigdollarscheine entgegen.

„Woher hast du denn die?"

„Die waren in dem Schmuckkästchen unter diesem kleinen Tablett-Ding."

„Da habe ich noch nie Geld aufbewahrt. Dort würde ich es nie hin-" Dann wusste sie plötzlich, woher es kam.

„Sie wissen, woher es ist?", fragte Mae.

Andrea nickte und faltete die Scheine in der Mitte. „Ich habe jedenfalls eine Vermutung. Das Geld muss von Gillie sein. Sie schenkt mir andauernd etwas und macht sich Gedanken um meine Finanzen. Das hier würde ihr auf jeden Fall ähnlich sehen."

„Meine Güte", sagte Mae. „Ich werde von jetzt an besonders nett zu ihr sein."

Andrea legte ihre Ohrringe an. „So, wir müssen jetzt los."

„Wohin bringen Sie denn das Mädchen?", fragte Tessa.

Andrea hasste es, dass Tessa sie immer so nannte. „Ich bringe Summer zu einer Tagesmutter, die drüben in der Cosgrove Street wohnt." Sie zog Summers Kopf nah zu sich heran. „Das ist also auch ihr erster Tag."

„Habt beide einen schönen Tag", sagte Evelyn. „Sind Sie zum Abendessen da? Ich wollte Hühnchen mit Reis machen."

Andrea fühlte sich schlecht. Sie hatten jeder fünfzig Dollar die Woche für Essen eingezahlt und vereinbart, sich mit dem Kochen abzuwechseln. Andrea hatte sich bereit erklärt, einen Wochenplan zu erstellen, das aber noch nicht erledigt. Sie hatte es völlig vergessen. „Evelyn, es tut mir wirklich Leid. Jetzt kochen Sie schon wieder. Ich hätte eigentlich einen Plan machen sollen und habe es nicht getan."

Evelyn zerstreute Andreas schlechtes Gewissen. „Kein Problem."

Andrea trat an ihre Seite und legte ihr eine Hand auf die Schulter. „Es ist sehr wohl ein Problem. Ich habe gesagt, ich würde es machen, und hab's vergessen."

„Ach du liebe Güte, Andrea", sagte Mae. „So eine Riesensache ist das ja nun auch wieder nicht."

„Für mich schon." Andrea war eigentlich stolz auf ihre organisatorischen Fähigkeiten. Pläne und Listen lagen ihr einfach, und es machte ihr Spaß, aus Chaos Ordnung zu zaubern.

Tessa sagte gar nichts, sondern nickte nur zustimmend. Zumindest gab es eine weitere Mieterin, die sich verantwortlich fühlte.

Es blieb abzuwarten, ob das ein Segen oder ein Fluch war.

Obwohl Andrea die Tagesmutter vorher besucht hatte, gleich nachdem sie und Summer in Haus Greenburg eingezogen waren, sah das Haus an diesem Tag noch schäbiger aus, als sie es in Erinnerung hatte, und die Tagesmutter Rollanda Sims machte einen noch ungepflegteren Eindruck. Und hatte es im Haus auch nach Zigarettenrauch gerochen, als sie es besichtigt hatte? Offenbar hatte sie es so eilig gehabt, ihr neues Leben zu beginnen, dass sie nicht genügend auf die Qualität dieses Lebens geachtet hatte.

„Wir werden es toll haben miteinander, nicht wahr, Sunny?", sagte Rollanda. Ein etwa drei Jahre alter Junge schaute verschüchtert hinter ihrem mehr als breiten Rücken hervor. Es war offensichtlich, dass ihm dringend die Nase geputzt werden musste.

„Ihr Name ist –"

„Ich heiße Summer."

Gut, dass du für dich selbst eintrittst, Schätzchen.

„Ach so, Summer. Das ist aber ein hübscher Name für so ein hübsches Mädchen."

Irgendwie kam ihr dieses Kompliment – das Andrea im Übrigen schon Dutzende Male gehört hatte – falsch und süßlich vor. Im Nebenzimmer schrie ein Säugling. Der Art des Schreiens war zu entnehmen, dass das Baby noch sehr klein sein musste.

Rollanda schaute nicht einmal in die entsprechende Richtung.

„Sollten Sie nicht lieber nach dem Baby schauen?", fragte Andrea.

„Ach, der geht's gut. Muss wahrscheinlich nur frisch gewickelt werden."

In diesem Augenblick war aus der Küche ein Scheppern zu hören, und mindestens zwei Kinder fingen gleichzeitig an, lauthals zu streiten.

„Ruhe da hinten!" Rollanda wandte sich wieder Andrea zu. Ihre Zähne waren eindeutig gelb. „Diese Kinder. Wenn ich sie nicht ständig im Blick habe, legen sie mir noch das gesamte Haus in Schutt und Asche."

Wenn diese Äußerung dazu dienen sollte, Andrea zu beruhigen, so hatte sie ihren Zweck verfehlt. Und was das In-Schutt-und-Asche-Legen des Hauses betraf … Andrea bemerkte einen großen Fleck auf dem Teppichboden vor den Schlafzimmern und die Armlehnen des Sofas waren zerschlissen, die Zierborte am Rand ausgefranst und zerrissen.

Andrea merkte, wie Summer sich an sie drückte und sich mit einer Hand an ihrem Gürtel festhielt. Es war ganz klar, dass sie nicht bleiben wollte, aber die Zeit verstrich, und Andrea musste sich unbedingt auf den Weg zur Arbeit machen, um noch pünktlich dort zu sein.

Rollanda streckte ihre Hand zu Summer hin aus. „Nun komm schon, Mädchen. Wir holen ein paar Gummibärchen. Wie wäre das?"

Andrea spürte, wie Summer den Kopf schüttelte.

Rollanda zog die Augenbrauen hoch, wobei sich auf ihrer Stirn tiefe Falten bildeten. „Nun komm schon. Du bist nicht das einzige Kind hier."

Das war's. Andrea packte Summer bei der Hand, floh nach draußen und rannte zum Auto.

„Hey!", schrie Rollanda ihnen von der Veranda aus nach. „Was machen Sie denn?"

„Wir haben unsere Meinung geändert."

„Aber ich habe Ihnen extra einen Platz freigehalten. Sie müssen mindestens für eine Woche bezahlen. Ich –"

Andrea schlug Summers Autotür zu und drehte sich dann noch einmal zu Rollanda um. „Ich schulde Ihnen gar nichts, Lady. Ich weiß gar nicht, was ich mir dabei gedacht habe. Und wenn ich Sie wäre, würde ich schnellstens ins Haus zurückgehen, um mich um die armen Kinder zu kümmern, die auf Liebe und Fürsorge angewiesen sind."

„Urteilen Sie nicht über –"

Andrea stürmte zur Fahrertür. „Sorgen Sie dafür, dass Ihr Haus in Schuss kommt, oder ich schalte die Behörden ein."

Mit quietschenden Reifen fuhr sie davon.

„Und was jetzt, Mama?", fragte Summer.

Andrea schlug das Herz bis zum Hals. Sie warf einen Blick auf den Tacho und nahm den Fuß vom Gas. „Keine Ahnung." Die Uhr auf dem Armaturenbrett zeigte 7:45 Uhr. Ihre Arbeitszeit begann um acht. So viel also zum Thema „früher kommen".

„Ich will nach Hause, Mama."

„Aber ich muss zur Arbeit."

„Tante Evelyn kann doch auf mich aufpassen."

Andrea sah nach hinten auf den Rücksitz. „Tante? Woher hast du denn das?"

Summer zuckte nur mit den Schultern und sah aus dem Fenster.

Andrea musste lächeln. „Aber wir wissen nicht, ob Tante Evelyn bereit ist, auf dich aufzupassen."

„Wir können sie doch fragen, oder?"

Das konnten sie natürlich tun.

Evelyn stand mit hinter dem Rücken verschränkten Händen im Wohnzimmer wie ein Offizier in einer leeren Kaserne. Die Uhr auf dem Kaminsims schien immer einen halben Tick langsamer zu gehen als ihr Herzschlag. Ein anderes Geräusch war nicht zu hören. Noch vor einem Augenblick war die Küche voller Leben gewesen. Stimmen waren zu hören gewesen und Geschirrgeklapper, und dann war es plötzlich ganz still geworden. Alle waren sie gegangen und nur sie war zurückgeblieben. Wieder einmal allein.

Sie wusste, dass sie den Zustand eigentlich genießen sollte. Ihr war klar, dass in einem Haus voller Frauen solche Augenblicke selten waren und man sie deshalb genießen sollte.

War sie nicht während der ersten Woche genau aus dem Grund in den Lebensmittelladen geflüchtet? Hatte sie sich schon so sehr daran gewöhnt – und war jetzt abhängig davon –, Menschen um sich zu haben? Fühlte sie sich deshalb wie ein leerer Karton, der gefüllt werden wollte?

Die Wahrheit war, dass sie nie wirklich allein gewesen war. Obwohl Aaron auch hin und wieder außer Haus tätig gewesen war, hatte er doch meistens zu Hause gearbeitet, und zwar mit der Entschuldigung, dass er dann mehr Zeit habe, an seinen eigenen Projekten zu arbeiten. Und so war er eigentlich die meiste Zeit bei ihr zu Hause gewesen. Das musste aber doch nicht heißen, dass sie gar nicht mehr allein sein konnte, oder?

Oder?

„Du bist wirklich erbärmlich, Evelyn. Nun lass es aber mal gut sein."

Das leere Haus war Realität. Und was diesen konkreten Tag betraf, so waren sowohl Andrea als auch Mae bei der Arbeit und Summer war bei der Tagesmutter. Tessa hatte irgendwelche Fortbildungskurse belegt und darüber hinaus diverse Verpflichtungen in kirchlichen Gruppen und Organisationen. Wenn Evelyn sich Gesellschaft wünschte, dann konnte sie ja auch wieder in den Komitees aktiv werden, in denen sie auch vor Aarons Tod schon mitgearbeitet hatte.

Das Problem dabei war nur, dass ihr absolut nicht danach war. Sie schienen alle so oberflächlich und trivial zu sein. Was machte es denn für einen Unterschied, ob im Park zwölf Bäume mehr gepflanzt wurden oder ob der Partyservice beim Bibliotheksdinner Pastete oder Nachos servierte? Änderte sich die Welt durch solche Dinge?

So, nun ist aber Schluss, Evelyn. Mach dir mal keine Gedanken über die Welt. Du hast selbst genug, womit du fertig werden musst.

Völlig unerwartet traten ihr Tränen in die Augen, die sie jedoch ganz schnell und beinahe verschämt wegwischte. Das war doch lächerlich. Im einen Augenblick war sie gefühlsduselig, weil sie plötzlich allein war, und im nächsten Augenblick deshalb, weil sie an Dinge dachte wie –

Die Haustür ging auf, und Summer kam hereingestürmt, Andrea direkt hinter ihr. Evelyn wischte sich noch einmal über die Augen und räusperte sich. „Was machen Sie denn hier zu Hause? Ich dachte –"

„Ja, das dachte ich auch", sagte Andrea. Summer war schon bei ihrer Spielzeugkiste. „Räum gar nicht erst aus, Schätzchen. Erst wenn wir wissen, ob du … ob du …“

Summer erstarrte und sah dann Evelyn erwartungsvoll an.

„Ob sie … was?“

„Ob ich bleiben kann und ob du auf mich aufpasst“, sagte Summer. Sie stand auf und nahm Evelyns Hand. „Meine Tagesmutter war ekelig. Kann ich hier bei dir bleiben?“

Evelyn schaute von Summer zu Andrea hinüber.

„Das stimmt, Evelyn. Die Tagesmutter war mehr als ekelig. Ich habe es einfach nicht fertig gebracht, Summer dort zu lassen. Und ich muss jetzt wirklich, wirklich auf der Stelle zur Arbeit. Wir haben uns gefragt – na ja, eigentlich war es ja Summers Idee –, ob Tante Evelyn auf sie aufpassen könnte.“

Evelyn spürte, wie ihr Herz einen Satz machte. „Tante Evelyn?“

Summer nickte mit feierlichem Ernst.

Andrea machte einen Schritt in Richtung Tür. „Das soll auch keine Dauerlösung sein. Nur bis ich einen Hortplatz oder eine Tagesmutter gefunden habe, bei der man keine Angst haben muss, dass jeden Augenblick das Jugendamt kommt.“

„So schlimm?“

„Ja, ziemlich.“ Andrea blickte flehentlich von unten durch ihre langen Wimpern. „Haben wir die Situation dringlich genug dargestellt?“

Evelyn lachte und traf auf der Stelle ihre Entscheidung. Eigentlich gab es da gar keine große Entscheidung zu treffen. Sie wurde gebraucht. Wie konnte sie denn da Nein sagen? Es hatte in den vergangenen drei Wochen Spaß gemacht, Summer um sich zu haben. Was sollte da schon anders sein, wenn sie sich um das Kind kümmerte, solange die Mutter arbeiten war?

„Es wäre mir eine Freude, mich um Summer zu kümmern.“

Andreas Aufatmen sagte mehr als tausend Worte. Binnen Sekunden war sie an der Haustür. „Danke, Evelyn. Ich schulde Ihnen etwas.“ Sie warf Summer einen Handkuss zu. „Bis nachher, Schätzchen. Viel Spaß mit Tante Evelyn. Mach keinen Unsinn und hör auf sie.“

Die Haustür fiel ins Schloss, und einen Augenblick lang herrschte völlige Stille, während der Evelyn und Summer sich gegenseitig taxierten.

Es war fünfundzwanzig Jahre her, seit Evelyn mit einem fünfjährigen Kind allein gewesen war. Dann hatte sie eine Idee …

„Hättest du Lust, ein bisschen zu tanzen?“

„Jaaa!“

Kurz darauf tanzten sie Boogie-Woogie zu „Barbara Ann“.

Es war so schön, gebraucht zu werden.

Gillie musterte Andrea einmal von oben bis unten. Sie sah richtig gut aus für ihren ersten Arbeitstag. Ihr Hosenanzug war schick und saß gut, obwohl er an Andrea auch irgendwie ungewohnt aussah. Gillie kannte sie eigentlich nur in Jeans und Sweatshirt. Aber abgesehen von dem Anzug war Gillie enttäuscht darüber, dass Andrea nicht das Tuch trug, das sie ihr geschenkt hatte. Es hätte perfekt dazu gepasst.

Und wieso hatte ihre Freundin gar nicht das Geld erwähnt, das sie ihr ins Schmuckkästchen gelegt hatte? Mit keinem Wort. Sie musste es doch eigentlich inzwischen gefunden haben.

Gillie sah genauer hin. Vielleicht ja auch nicht … Andrea trug keinen Schmuck außer einer Armbanduhr und Perlenohrringen. Vielleicht lag das Geld immer noch unentdeckt an seinem Platz.

Na ja, Gillie konnte nur die Geschenke machen; es lag nicht bei ihr zu bestimmen, was die Leute damit machten.

Leider.

Andrea wusste nicht so genau, wie sie mit dem Problem mit den hundert Dollar umgehen sollte. Sie wollte Gillie nicht verletzen, aber sie wollte auch nicht, dass ihre Freundin die Rolle der großzügigen Gönnerin übernahm.

Jetzt standen jedoch erst mal die Kunden und die Anweisungen und Instruktionen für den ersten Arbeitstag an. Irgendwann zwischendurch, als gerade ein wenig Ruhe eingekehrt war, holte Andrea die gefalteten Scheine aus ihrer Handtasche und rief ihrer Freundin über die Trennscheibe zwischen den Kassenschaltern zu: „Gil?“

Gillie blickte auf. „Hmmm?“

Andrea hielt ihr die Scheine über die Abtrennung hinweg hin. „Hier.“

Gillie hatte das Geld in der Hand, bevor sie genau wusste, was es war, und versuchte dann, es zurückzureichen. „Es ist deins. Damit kannst du dir den Fernseher kaufen, über den wir geredet haben."

Andrea schüttelte den Kopf. „Ich will dein Geld nicht."

„Aber ich möchte es dir geben. ‚Einem geschenkten Gaul schaut man nicht ins …' Oder wie heißt das Sprichwort noch mal gleich?"

Andrea blieb bei ihrem Standpunkt und versuchte, stärker und entschlossener auszusehen, als sie sich eigentlich fühlte. „Du hast uns doch schon die Puppe und das Tuch geschenkt." Sie griff an ihren Hals, und ihr wurde plötzlich klar, was sie nicht trug. Vielleicht hatte Gillie es ja gar nicht bemerkt. „Zu meiner Selbstständigkeit gehört auch, dass ich mich selbst mit allem versorge – oder eben mit so viel, wie ich mir leisten kann. Nicht du und auch nicht meine Eltern. Niemand. Verstehst du das?"

„Ich habe es nur gut gemeint." Gillie sah richtig verletzt aus.

„Ich weiß und ich will auch nicht undankbar sein."

„Ich soll dir also nichts mehr schenken, auch wenn es mir solchen Spaß macht?"

Meine Güte. Andrea merkte, wie ihre Entschlossenheit schwächelte. Seit Gillies Scheidung gab es im Leben ihrer Freundin nichts mehr, worauf sie ihre Familiengefühle konzentrieren konnte. Sie und Jerry hatten keine Kinder. Was bildete Andrea sich eigentlich ein, dass sie sie daran hinderte zu schenken, wenn ihr danach war? War ihre Weigerung nicht auch eine Form von Egoismus?

Andrea stieß einen tiefen Seufzer aus. „Okay. Ich sag dir was. Du kannst uns *vernünftige* Geschenke machen, wenn es dich dazu drängt, aber kein Geld mehr. Verstanden?"

Gillie nahm die Geldscheine in eine Faust und ließ sie darin verschwinden. „Kein Bargeld. Alles klar."

Eine Freundin, die *zu* großzügig war? Na, wenn man sonst keine Probleme hatte.

Andrea erschrak, als Gillie plötzlich ausrief: „Mr Greenburg!"

Ein Mann mit Adlernase und stark ausgeprägtem Unterkiefer schwenkte von seinem ursprünglichen Kurs ab und kam auf Gillie zu. Er warf kurz einen Blick auf Andrea und nickte ihr zu. Er hatte sanfte Augen, die aufleuchteten, wenn er lächelte.

Gillie ergriff die Initiative. „Mr Greenburg, ich möchte Ihnen unsere neue Angestellte vorstellen, Ms Taylor. Andrea, das hier ist Mr Greenburg, einer der stellvertretenden Direktoren."

„Sie sind Evelyns Sohn, nicht wahr?"

„Und Sie sind die Andrea, eine der –"

„Mieterinnen Ihrer Mutter. Ja, genau."

Gillie strahlte. „Das ist ja nett. Ihr beiden kennt euch schon."

„Eigentlich nicht", sagte Russell. Er schien sofort zu merken, dass diese Antwort womöglich grob geklungen hatte, denn er fügte schnell hinzu: „Aber wir haben schon voneinander gehört."

„Na, das ist doch schon mal ein Anfang, oder?", sagte Gillie.

Andrea streckte ihm ihre Hand hin. „Es freut mich, Sie kennen zu lernen, Mr Greenburg. Ich werde mich bemühen, zu Ihrer Zufriedenheit zu arbeiten."

Er hielt ihre Hand einen Augenblick zu lange, bemerkte das dann aber und ließ sie los. Wurde er wirklich rot? „Ja ... also .. schön, Sie kennen zu lernen, Ms Taylor."

Dann floh er.

Gillie beugte sich zu Andrea hin und flüsterte: „Er interessiert sich für dich."

„Ich bin sicher, dass er sich für alle neuen Angestellten interessiert."

„Na, mehr als das. Hast du denn gar nicht gemerkt, dass du ihn zu Tode erschreckt hast?"

„Nein, habe ich nicht."

Gillie wischte über den Tresen. „Glaub, was du willst, aber ich weiß genau, was ich gerade gesehen habe."

Andrea sah, wie Russell Greenburg sich in eines der Büros verdrückte. Er warf noch einen Blick über die Schulter zu ihr herüber, schaute dann aber schnell wieder weg.

„Übrigens – er ist reich."

Andrea bedachte Gillie mit einem verärgerten Blick. „Das ist mir doch egal."

Gillie verdrehte die Augen. „Nun lass aber mal gut sein. Vielleicht ist es dir ja egal, aber wenn du zwei gleich wundervolle Männer kennen lernst – dann wählst du dir doch lieber den reichen aus, oder?"

„Bring mich erst mal in genau so eine Situation, dann werde ich darüber weiter nachdenken und mich sicher auch entscheiden." Dann sagte Andrea sehr viel leiser: „Sollten wir uns nicht langsam wieder an die Arbeit machen?"

„Spielverderber."

„Ich hole das Gelee." Evelyn beobachtete Summer, wie sie sich eine Scheibe Brot mit Erdnussbutter bestrich. Sie ging dabei so akribisch vor, als würde sie eine weiße Wand karamellfarben anstreichen.

Sie war hoch konzentriert und biss sich dabei fast auf die Zunge. Summer war schon etwas ganz Besonderes. Sie wollte immer helfen. Nach ihrer Tanzerei hatte Evelyn vorgeschlagen, etwas Spielzeug nach draußen zu bringen, sodass Summer spielen konnte, während Evelyn im Garten hinter dem Haus Fleißige Lieschen und Goldlack pflanzte, aber das hatte Summer nicht gewollt, sondern sie stattdessen gefragt, ob sie nicht helfen dürfe. Als es dann Mittag geworden war, hatte Summer ihren Spezialhocker an den Tresen gezogen und schon auf der untersten Stufe gestanden, bevor Evelyn auch nur das Brot aus der Speisekammer hatte holen können. Es war, als wäre Helfen Summers Lieblingsspiel. Evelyn hatte wohl beobachtet, wie diszipliniert Andrea war und dass sie viel von ihrer Tochter erwartete, also lag ein Teil von Summers Eifer bestimmt in ihrem Wunsch begründet, ein braves Mädchen zu sein und die Erwartungen ihrer Mutter zu erfüllen. Aber es schien noch mehr dahinterzustecken als das. Ihr machte es offenbar Freude zu helfen.

„Magst du Erdbeermarmelade?", fragte Evelyn und stellte das Glas in Summers Reichweite.

„Ich mag gerne Marmelade. Honig auch."

„Honig auf Erdnussbutter?"

Summer zögerte ein bisschen mit der Antwort, während sie mit unglaublicher Sorgfalt das Messer ins Marmeladenglas tauchte und einen dicken Klecks mitten auf ihre Brotscheibe fallen ließ. Als das geschafft war, antwortete sie: „Jap. Das hat mir meine Großmutter beigebracht. Warmer Honig."

Das hörte sich in der Tat gut an.

Evelyn griff die Erwähnung von Summers Großmutter auf. Vielleicht war das ja eine Chance, etwas mehr über Andrea zu erfahren.

„Deine Großmutter mit dem Honig, ist das die Großmutter, bei der du gewohnt hast, bis ihr hier eingezogen seid?"

Summer leckte sich Marmelade vom Daumen ab und fing an, Evelyns Sandwich zuzubereiten. „Großmutter Nellie."

„Habt ihr bei ihr gewohnt?"

„Wir haben Kekse gebacken."

„Und gab es da auch einen Großvater?"

Summer nickte. „Großvater Howard. Er hat immer Bücher über Mui gelesen."

„Mui?"

„Das ist ein Ort auf Hawaii."

Evelyn lächelte. „Ach – Maui."

„Ja, genau."

„Haben deine Großeltern eine Reise nach Hawaii gemacht?"

„Großmutter wollte da nicht hin, weil sie auf mich aufpassen wollte, wenn Mama im College war, aber Großvater hat gesagt, das wäre keine Entschuldigung – Mama wäre eine erwachsene Frau, und es würde langsam Zeit, dass sie allein zurechtkommt."

„Allein zurechtkommt?", fragte Evelyn.

Summer reichte Evelyn das Messer. „Du schneidest sie, okay? Ich darf noch nicht mit so einem Messer schneiden. Ich habe mal Großmutters Arbeitsplatten zerkratzt dabei."

Evelyn zerschnitt die Sandwiches in Dreiecke, wobei sie in Gedanken ganz bei den Problemen eines Mehrgenerationenhaushaltes war. Ob ihre Eltern wohl auch so verständnisvoll gewesen wären? Wann wohl deren Grenze erreicht gewesen wäre?

Sie würde es nie erfahren.

„In Dreiecken mag ich das Brot am liebsten", sagte Summer, rutschte von ihrem Hocker herunter und zog ihn zu dem Schrank, in dem die Teller standen. „Ich mag es, die Ecken abzubeißen."

Dieses Kind war eine echte Freude. Aber Evelyn dachte auch daran, dass sie Summer ja erst seit etwa vier Stunden betreute. Ob sie wohl auch in der Lage sein würde, diese Aufgabe tagtäglich zu bewältigen? Würde Summers Bedürfnis zu helfen vielleicht irgendwann zur Last werden, weil Evelyn dadurch gezwungen wäre, sich immer neue Aufgaben für sie auszudenken? Ganz offensichtlich war sie nicht der Typ, der einfach vor einem Disney-Video zu „parken" war.

Es klingelte, und schon war Summer auf und davon, um zu öffnen. Evelyn musste fast rennen, um sie noch rechtzeitig einzuholen. „Nein, Schätzchen, du darfst die Tür nicht aufmachen, wenn ich nicht dabei bin." Evelyn öffnete, und vor der Tür stand Piper, die ihre Aufmerksamkeit sofort auf Summer richtete.

„Hey, kleine Piepmaus. Was machst du denn hier?"

„Tante Evelyn passt auf mich auf. Ich habe Sandwiches gemacht. Willst du mal sehen?" Und schon war sie wieder unterwegs in die Küche, die beiden Frauen weit hinter sich lassend.

Piper holte ein mit einer großen Schleife verziertes gerahmtes Bild hervor. „Ich bin nur schnell vorbeigekommen, um Andrea dieses Bild für ihr Zimmer zu bringen. Es hing in meinem Wohnzimmer, und es hat ihr immer so sehr gefallen, dass ich mir gedacht habe, es wäre vielleicht ein schönes Einweihungsgeschenk." Auf dem Bild war ein Blumenstand an einer Straße in irgendeiner europäischen Stadt abgebildet. Sehr erfrischend und heiter.

Summer stieß die Küchentür auf. „Piper! Nun komm schon und guck dir meine Sandwiches an."

„Jawohl, Madam!"

„Essen Sie doch etwas mit uns. Natürlich nur, wenn Sie Erdnussbutter mit Erdbeermarmelade mögen."

„Ich könnte gar nicht ohne leben."

Die beiden Frauen gossen sich etwas zu trinken ein und wuschen ein paar Äpfel ab, während Summer auch ein Sandwich für Piper machte. Langsam, aber ordentlich.

Schließlich saßen sie alle am Esstisch. Evelyn griff gerade nach ihrem Sandwich, als Piper eine Hand mit der Handfläche nach oben nach ihr ausstreckte und die andere in Summers Richtung. „Soll ich noch ein Tischgebet sprechen?"

„Klar", sagte Evelyn. Sie hatte noch nie gehört, dass man auch bei einem kleinen Imbiss ein Tischgebet sprach, aber wenn Piper es gern wollte, warum nicht?

Piper nahm die Hände der beiden anderen und Evelyn reichte Summer ihre Hand quer über den Tisch. Als der Kreis geschlossen war, senkte Piper den Kopf. „Herr, wir danken dir für dieses leckere Essen und für die Freunde, mit denen wir es teilen. Sei bei uns und hilf uns, deinen Willen zu tun. Amen."

„Amen!", sagte Summer.

Evelyn hatte das Gefühl, Gott hätte das Wort „köstlich" dem

eher lockeren „lecker“ vorgezogen, aber das wollte sie jetzt nicht zum Thema machen. „So“, sagte sie, ihr Sandwich zur Hand nehmend. „Ich habe vergessen … Wo arbeiten Sie, dass Sie sich dort einfach zwischendurch davonschleichen können?“

„Ich bin Vertrauenslehrerin an der Highschool und habe gerade Mittagspause. Deshalb habe ich auch nicht besonders viel Zeit, und ich wollte eigentlich, dass das Bild an seinem Platz hängt, wenn Andrea von ihrem ersten Arbeitstag nach Hause kommt.“

„Ich wollte schon die ganze Zeit fragen … Wo haben Sie sie eigentlich kennen gelernt?“

„Andrea war mal meine Schülerin.“

Evelyn hatte Mühe, den Bissen, den sie gerade im Mund hatte, herunterzuschlucken, um etwas sagen zu können. „Sie waren ihre Vertrauenslehrerin?“

Piper schaute zu Summer hinüber und nickte fast unmerklich.

Summer ließ die eine Hälfte ihres Sandwiches über ihren Teller spazieren und sich vor der anderen, kleineren Hälfte verbeugen.

„Sie sehen gar nicht so viel älter aus als Andrea“, sagte Evelyn. „Und sie ist erst –“

„Sie ist dreiundzwanzig. Aber ich bin ziemlich alt. Schon dreiunddreißig.“

Evelyn blieb der Mund offen stehen. „Das glaube ich nicht.“

„Stimmt aber.“ Sie stieß einen tiefen Seufzer aus. „Tja, irgendwie habe ich die dritte Null schon hinter mir gelassen.“

„Dann sind Sie also verheiratet?“

Piper lachte, und Evelyn bemerkte, dass sie gerade ein vorschnelles Urteil gefällt hatte. „Ich wollte damit nicht sagen, dass man verheiratet sein muss, wenn man über dreißig ist, aber –“

„Aber das ist die Norm, ich weiß.“

„Wären Sie denn gerne verheiratet?“

Piper biss von ihrem Brot ab und sagte erst einmal nichts, bis sie fertig gekaut und einen Schluck Tee getrunken hatte. „Früher schon. Ich bin ziemlich altmodisch erzogen worden. Ein Mädchen heiratet, bekommt dann Babys und lebt glücklich bis an ihr seliges Ende. Ich habe mir wirklich alle Mühe gegeben.“

„Das tun wir wohl alle.“ Evelyn merkte, dass ihre Bemerkung seltsam klingen musste, und fügte deshalb schnell hinzu: „Waren Sie mal verlobt?“

„Einmal, aber er hat dann einen Rückzieher gemacht."

„Das tut mir Leid."

„Das braucht es nicht. Alles in allem war es sicher das Beste so. Es hat lange wehgetan, aber ich glaube, das hatte mehr mit der Demütigung zu tun als mit dem Verlust seiner Liebe. Ich glaube, dass ich einem Traum hinterhergejagt bin, statt den Plan zu leben, den Gott für mich hat."

„Welchen Plan denn? Wenn es einen großen Plan gibt, dann muss ich etwas darüber erfahren. Erzählen Sie mir doch bitte Einzelheiten. Ich schwimme nämlich selbst im Augenblick ein bisschen."

„Das ist nicht nur ein Plan, ein Plan für uns alle", sagte Piper. „Es gibt für jeden von uns einen ganz eigenen, individuellen Plan. Gott hat uns einzigartig gemacht und für jeden von uns besondere Aufgaben, die wir übernehmen sollen."

Evelyn lachte. „Bis jetzt habe ich den Teil mit dem Besonderen offenbar verpasst."

Piper betrachtete sie eine Weile, und es kostete Evelyn viel Kraft, nicht wegzuschauen. „Ich meine ‚besonders' nicht im Sinne von etwas Weltbewegendem oder Spektakulärem. Aber Gott hat für jeden von uns einen einzigartigen Plan. Er möchte, dass das, was Sie mit Ihrem Leben tun, etwas anderes ist als das, was ich tun soll, und manchmal ist das sogar etwas anderes, als wir selbst uns vorstellen."

„Das kommt mir aber nicht richtig vor."

Piper zuckte mit den Schultern. „Manchmal kommen wir vom Kurs ab und glauben nur, dass wir das tun, was wir tun sollen. Vielleicht meinen wir sogar, dass es das Richtige für uns ist. So wie es bei mir und dem Heiraten war. Tatsache ist jedoch, dass ich, seit ich inneren Frieden habe, nicht mehr einer Ehe hinterherjage. Und für mich bedeutet das, dass ich auf dem richtigen Weg bin."

„Wenn man also inneren Frieden hat, dann ist man auf dem richtigen Weg?"

„Sicher." Piper wischte sich mit der Serviette den Mund ab. „Ich habe mir einen Bibelvers ausgesucht, nach dem ich lebe. Er hilft mir, mich daran zu erinnern, wonach ich streben soll. Möchten Sie ihn hören?"

„Ich nehme alle Hilfe an, die ich bekommen kann."

Piper räusperte sich. „Er steht in Johannes 14, Vers 27. Jesus sagt da: ‚Auch wenn ich nicht bei euch bleibe, sollt ihr doch Frieden haben. Es ist mein Friede, den ich euch gebe; ein Friede, den sonst keiner geben kann. Seid deshalb ohne Sorge und Furcht!'"

Sorge und Furcht – mit diesen beiden Begriffen konnte Evelyn etwas anfangen. Piper sah sie in Erwartung einer Reaktion an. „Das ist schön."

Pipers Schultern hoben sich beim Seufzen und senkten sich danach wieder. „Wenn ich wegen irgendetwas aufgewühlt und unruhig bin, dann normalerweise deshalb, weil ich irgendwie vom Weg abgekommen bin und einen Umweg mache, oder ich bocke an einer Abzweigung, von der ich weiß, dass ich sie eigentlich nehmen sollte."

„Und was tun Sie dann?" Evelyn musste zugeben, dass dieses Thema für sie Neuland war, aber sie fand es ausgesprochen faszinierend – genauso faszinierend wie die junge Frau, die so offen mit ihr sprach.

„Beten", antwortete Piper. „Ganz einfach."

„Und dann haben Sie wieder Ihren Frieden?" Konnte es wirklich so einfach sein?

„Nein, nicht immer sofort. Aber ich versuche, Gott genauso viel zuzuhören, wie ich mit ihm rede. Und er antwortet immer."

„Immer?"

Piper lachte. „Nicht immer sofort und nicht immer so, wie ich möchte, aber er antwortet. Ja, nein, noch nicht …"

Evelyn wollte gern etwas sagen, aber sie war es nicht gewohnt, mit anderen Menschen über ihren Glauben zu sprechen. Piper redete jedoch so offen und locker über ihren Glauben, sogar über Zeiten, in denen sie darin versagt hatte.

Vielleicht konnte sie es ja wagen zu –

„Sie sehen so aus, als würden Sie gern etwas sagen, hätten aber Angst, es zu tun."

„Angst nicht, aber …"

„Hey, ich bin kein Guru, der alle richtigen Antworten kennt. Und mir ist klar, dass wir uns noch nicht besonders gut kennen. Aber ich höre gern zu, was immer es sein mag, das die tiefe Falte an Ihrer Nasenwurzel hervorruft."

Evelyn legte den Zeigefinger zwischen die Augen und fühlte eine tiefe Furche, die sich bereits nachhaltig in ihre Haut gegraben hatte.

Piper deutete auf ihr Gesicht. „Ich bekomme auch so eine. Tiefe Gedanken machen tiefe Falten. Eine Markierung auf der Karte des Lebens."

Evelyn lächelte und legte ihre Hand auf ihr Sandwich, nahm es aber nicht vom Teller. „Es scheint so, als wäre meine Karte so häufig gefaltet worden, dass sie sich jetzt nicht mehr anders falten lässt."

„Sie sind gefangen in einem Knick?"

Evelyn musste über diese originelle Metapher lachen. „Ja, so war es, bis mein Mann gestorben ist. Jetzt ist es, als läge die Karte völlig ausgebreitet da. Und ehrlich gesagt macht mir das Angst."

Piper nickte. „Waren Sie und Ihr Mann glücklich?"

„Natürlich."

Piper reagierte darauf nicht, sah sie aber weiter an.

„So glücklich wie wahrscheinlich die meisten anderen auch."

„Das klingt aber nicht gerade begeistert."

Evelyn beobachtete, wie Summer von ihrem Hocker aufstand und ihr Glas und den Teller in den Geschirrspüler stellte. Dann ging sie ins Wohnzimmer spielen. Ob das kleine Mädchen ging, weil das Gespräch es langweilte, oder deshalb, weil es spürte, dass die Frauen lieber allein sein wollten, wusste Evelyn nicht. Aber sie war dankbar, dass Summer nicht dabei war.

Waren sie und Aaron glücklich gewesen? „Ich habe ihn geliebt."

„Das ist gut."

„Er hat mich geliebt."

„Das ist doppelt gut. Und trotzdem schwebt über all dem ein Aber."

Evelyn seufzte, während sie sich innerlich darauf vorbereitete, das auszusprechen, was wahrscheinlich sehr unloyal klingen würde: „Ich habe ihn geliebt, aber oft habe ich ihn nicht gemocht."

„Warum denn nicht?"

Gute Frage. Evelyn rückte ihren Stuhl zurück. „Möchten Sie noch etwas Tee?"

„Nein, und Sie weichen gerade aus."

Evelyn füllte sich selbst Tee nach und kam dann zu ihrem Platz zurück. Sie konnte selbst nicht glauben, dass sie dieses Gespräch hier führte. Dennoch fühlte sie sich mit Piper irgendwie wohler, als sie sich seit langer Zeit mit irgendjemandem sonst gefühlt hatte. Es fühlte sich einfach gut an, über diese Dinge zu reden – auch wenn dadurch nicht alles wieder gut werden würde. Aaron war tot. Sie brauchte sich mit dem Versagen ihres Mannes nicht mehr zu beschäftigen – oder mit ihrem eigenen Versagen als Ehefrau.

Oder vielleicht doch?

Sie wagte es: „Aaron hat mir kein gutes Gefühl mir selbst gegenüber vermittelt. Ich habe neulich mit meinem Sohn darüber gesprochen, und er sagte, er habe sehr wohl bemerkt, wie mein Mann mich häufig eingeengt hat. Er hat vorgeschlagen, ich solle mir doch jetzt mal erlauben, den Käfig zu verlassen und selbst zu fliegen." Sie lächelte. „Ich und fliegen ... mit sechsundfünfzig Jahren?" Ihr Lächeln verflog. „Dazu ist es doch wohl inzwischen ein wenig zu spät."

Piper legte eine Hand auf Evelyns Unterarm und rüttelte leicht an ihm.

„Ein ‚Zu Spät' gibt es nicht. Das ist großer Unsinn. Mose ist erst aufgebrochen, als er schon achtzig war, und Abraham war sogar einhundertund-"

Evelyn wusste nicht im Detail, was diese Männer getan hatten, aber sie erinnerte sich doch so weit, dass sie die Namen wieder erkannte. Sie hob eine Hand. „Aber ich bin weder Mose noch Abraham."

„Woher wissen Sie denn das?"

Der Dialog erstarb.

Piper lächelte und tätschelte Evelyns Unterarm. „Ich wollte Sie nicht überrumpeln, Evelyn. Ich wollte nur sagen, dass es auf der Baustelle Gottes keine Arbeitslosigkeit gibt. Und auch keine Unterschiede. Wenn Sie Ja zu ihm sagen, dann setzt er Sie ein, wie er es für richtig hält. Sagen Sie aber Nein, findet er jemand anderen, der die Aufgabe übernimmt – allerdings erst, nachdem er Ihnen etliche weitere Chancen gegeben hat, doch noch Ja zu sagen. Er ist hartnäckig. Und geduldig."

„Sie reden so, als ob er Menschen tatsächlich Fragen stellen würde."

„Er hat Sie doch gefragt, ob Sie diese Pension hier eröffnen wollen, oder?

„Was?"

Piper machte eine ausholende Geste. „Sie haben doch diese Pension ins Leben gerufen und dadurch drei Frauen in Not ein Zuhause gegeben – und einem kleinen Mädchen. Das ist doch eine gute Sache, finden Sie nicht?“

„Doch, schon – das finde ich schon, aber –“

„Nichts aber. Gott hat Ihnen eine Frage gestellt und Sie haben Ja gesagt.“ Piper schüttelte den Kopf. „Mehr ist nicht nötig, Evelyn. Er sorgt für die Motivation und die Gelegenheiten und tritt dann zurück, während wir eine Entscheidung für oder gegen ihn treffen.“

„Ich habe mich doch nicht für Gott entschieden, als ich beschlossen habe –“

„Vielleicht wissen Sie noch nicht so genau, wie er diesen Ort hier gebrauchen will, aber Sie können ganz sicher sein, dass er auf jeden Fall vorhat, ihn zu gebrauchen.“ Sie ballte ihre rechte Hand zur Faust und legte sie sich auf ihr Herz. „Ich weiß es. Ich spüre es.“

„Wirklich?“

„Und ich wette, dass Sie es auch spüren, wenn Sie es zulassen. Habe ich Recht?“

Evelyns Herz fing an, ein wenig schneller zu schlagen. Ihre Kehle wurde enger, und bevor sie es sich recht versah, fing sie an zu weinen.

Piper war sofort an ihrer Seite und legte ihr einen Arm um die Schulter. „Ach, meine Liebe, Sie wissen es schon, nicht wahr?“

Evelyn konnte nur wortlos nicken.

Piper gab ihr einen Kuss auf den Kopf. „Willommen unterwegs, Evelyn. Er hat Sie genau da, wo er Sie haben will.“

Das war eine Wahrheit, die Evelyn zwar nicht verstand, die sie aber auch nicht leugnen konnte. Und das Gefühl war Furcht einflößend.

Die Idee kam Tessa mitten in ihrem Donnerstagmorgen-Geschichtskurs über das elisabethanische Zeitalter. Tessa wusste nicht so genau, wieso ihr gerade bei einer Intrige am englischen Königshof des sechzehnten Jahrhunderts die Idee gekommen war, ein paar der anderen Kursteilnehmer ins Haus Greenburg einzuladen, aber sie tat es einfach. Mindestens drei Kurskollegen wollten um sieben auf ein Dessert vorbeikommen, um miteinander zu diskutieren.

Es war schön, einen Ort zu haben, an den man alte Freunde einladen konnte.

Mae hängte ihr „Bin gleich zurück"-Schild an die Tür ihres Ladens und ging in Richtung „Ruby's Diner". Sie aß dort seit sechs Jahren jeden Werktag zu Mittag, zusammen mit drei anderen Frauen, die in der Innenstadt arbeiteten. Sie hatten sich schon viele Male durch die Speisekarte gegessen, und sie hatten ein Gelöbnis abgelegt, nie das Gleiche zu bestellen wie eine andere Person am Tisch.

Die anderen Frauen hatten bereits Platz genommen und es standen drei Gläser Eistee und eine Cola auf dem Tisch.

„Hallo, Mae. Wie ist die neue Bude? Oder sollte ich vielleicht besser sagen ‚die alte'? Du wohnst inzwischen ja schon seit fast einem Monat da, oder?"

In diesem Augenblick kam ihr die Idee. „Wie wär's, wenn ihr es euch selbst anschaut? Kommt doch heute Abend um sieben zu mir rüber. Wir könnten doch Karten spielen."

„Ich bringe Chips und Salsa mit."

„Ich bringe Sirupkekse mit."

„Und ich Himbeereistee."

Es war schön, einen Ort zu haben, an den man alte Freunde einladen konnte.

Andrea gefiel ihr Job. Mit Zahlen umzugehen hatte etwas Befriedigendes. Eins plus eins ergab immer zwei. Sie konnte kaum glauben, dass sie morgen schon seit einer ganzen Woche hier arbeitete.

Um das zu feiern, hatte sie für den Abend Gillie eingeladen. Sie konnten sich ja vielleicht in der Videothek einen Film ausleihen. Und sie würde auch noch Piper anrufen.

Es war so schön, einen Ort zu haben, an den man alte Freunde einladen konnte.

Summer stand am Küchentresen und verknetete in einer Schüssel Hackfleisch, Semmelmehl und Gewürze – mit den Händen. Peppers saß zu ihren Füßen und wartete darauf, dass etwas herunterfiel.

„Das fühlt sich aber ekelig an."

„Aber es schmeckt nachher bestimmt ganz lecker", entgegnete Evelyn. Sie bereitete ein Backblech vor, um die schwedischen Hackbällchen darauf zu setzen. „Mit Pilzsoße schmecken die bestimmt köstlich."

„Und jetzt?", fragte Summer, das Hackfleisch ein letztes Mal durchknetend.

„Jetzt formen wir aus dem Hackfleisch kleine Bällchen." Evelyn machte das erste und legte es auf das Blech. „So groß, siehst du?"

Summer nickte und machte sich an die Arbeit.

Tessa betrat die Küche mit einer großen Tüte von Dalton's Supermarkt. Sie stellte die Tüte ab, blickte den beiden anderen über die Schulter und sagte: „Fleischbällchen, eine gute Wahl."

„Und wir haben richtig Spaß beim Zubereiten, nicht wahr, Schätzchen?"

Summer hielt ein Hackbällchen zur Begutachtung hoch. „Ist das richtig so?"

„Hervorragend."

Tessa deutete auf Summer. „Wie ich sehe, ist das Mädchen immer noch hier."

Evelyn fiel auf, dass Tessa Summer nie direkt oder mit ihrem Namen ansprach. Sie sprach immer nur von dem „Mädchen".

„Tante Evelyn ist jetzt meine Tagesmutter."

Tessa zog eine Augenbraue hoch. „Soll das etwa eine Dauerlösung sein?"

„Das weiß ich noch nicht", antwortete Evelyn.

Tessa war jetzt wieder mit ihrer Einkaufstüte beschäftigt und holte ein Schälchen Erdbeeren heraus, das sie aber gleich wieder zurückstellte. Sie schüttelte den Kopf. „Ich an Ihrer Stelle wäre da sehr vorsichtig, Evelyn. Sie schränken sich doch durch diese Kinderbetreuung sehr ein und haben dann kaum Gelegenheit, sich weiterzubilden und weiterzuentwickeln."

„Mich was?"

„Sich weiterzuentwickeln. Na, zum Beispiel Kurse zu besuchen zwecks Erweiterung des eigenen Horizonts." Tessa warf einen Blick auf Summer, als wäre sie ein Fleck auf einem makellos sauberen Fußboden. „Das können Sie natürlich nicht, wenn Sie Ihre Zeit mit ‚Backe-backe-Kuchen' und ‚Sesamstraße' vertun."

Summer drehte sich zu Tessa um und sagte: „Für die ‚Sesamstraße' bin ich schon zu groß. Ich kann das ABC. Nächstes Jahr komme ich in die Vorschule. Ich kann schon ganz viele Wörter buchstabieren." Sie schaute über den Tresen hinüber. „Zum Beispiel ‚Herd'. H-E-R–"

Wieder ignorierte Tessa Summer und sprach stattdessen weiter mit Evelyn: „Sie verstehen meine Sorge um Sie sehr wohl, Evelyn. Ich verabscheue vertane Zeit."

Evelyn beobachtete Summers Miene. Das Kind betrachtete Tessas Profil, als wäre es auf der Suche nach Gold. Als sie aber keinen Hinweis auf einen Schatz feststellen konnte, machte sie sich wieder an ihre Hackbällchen. Arme Kleine. Alles, was sie wollte, war, einfach nur beachtet zu werden. Warum brachte Tessa das nicht über sich? Es war ja nicht so, dass sie noch nie Kontakt zu Kindern gehabt hatte. Von einer Tochter hatte sie Evelyn erzählt und von einem Enkel.

Aber was hatte Tessa eigentlich über ihn erzählt? In erster Linie waren es Klagen gewesen – wegen seiner Computerspiele, des Lärms, der Streitereien. Keine Worte der Zuneigung, keine Anekdoten aus gemeinsam verbrachter Zeit. Eigentlich hatte Tessa eher den Eindruck vermittelt, dass sie die meiste Zeit damit verbracht hatte, dem Jungen aus dem Weg zu gehen.

Ganz plötzlich empfand Evelyn Mitleid mit der Frau. Was würde sie darum geben, wenn Russell verheiratet wäre und eine Familie hätte! Sie würde ihre Enkelkinder mit Liebe überschütten. In Form von frisch gebackenen Schokoladenkeksen, Eishörnchen vom Eismann, Ausflügen in den Zoo.

Aber jetzt hatte sie erst mal Summer um sich.

Evelyn bedachte das Mädchen mit einem strahlenden Lächeln, das als Bestätigung gedacht war und die reine Freude widerspiegelte. Summer schien ein bisschen überrascht zu sein, erwiderte es aber dennoch. Auf ihrem Gesicht lag ein „Was ist hier eigentlich los"-Ausdruck.

Ja, was *war* hier eigentlich los?

Es dauerte nur ein paar wenige Sekunden, und Evelyn wurde klar, weshalb sie gelächelt hatte und was ihr Herz mit lauter Vorfreude erfüllt hatte. „Darüber machen Sie sich mal keine Sorgen, Tessa. Ich werde meine Zeit schon nicht vertun. Ich glaube, die beste Art, wie ich mich zurzeit weiterentwickeln kann, besteht darin, mich um Summer zu kümmern und sie zu betreuen."

Summer strahlte.

„Würde dir das gefallen, Schätzchen?"

Summer streckte von ihrem Hocker aus unbeholfen die Arme nach Evelyn aus, um sie zu umarmen.

„Passen Sie auf! Das Mädchen hat ja ganz fettige Hände", sagte Tessa und trat einen Schritt zurück.

Evelyn ignorierte sie jetzt völlig und nahm die Umarmung an, mit fettigen Händen und allem Drum und Dran.

Tessa räumte ihre Einkäufe auf die andere Seite der Küche. Evelyn war ja so töricht. Sich um das Kind zu kümmern bedeutete automatisch, sich mit Mittelmaß zufrieden zu geben. Wenn man nicht ständig daran arbeitete, sich weiterzuentwickeln, das eigene Denken zu verbessern, wozu lebte man denn dann überhaupt? Entweder man nutzte seinen Geist oder er ging einem langsam, aber sicher verloren.

Tessa räumte die Erdbeeren, Kiwis und die Schlagsahne aus der Einkaufstüte.

Evelyn sah es. „Hmmm, das sieht aber gut aus. Ich liebe Erdbeeren. Du auch, Summer?"

„Jaaa, am besten schmecken sie, wenn man sie in Zuck-"

„Sie sind aber nicht für dich. Und auch nicht für Sie." Tessa registrierte den verblüfften Gesichtsausdruck der beiden anderen, und ihr war klar, dass sie zu barsch geklungen hatte. „Ich habe für heute Abend drei Teilnehmer aus meinem Geschichtskurs zu einem Dessert eingeladen. Ich will Sahnebaisers mit Obst servieren." Jetzt hatte Evelyn einen absolut fassungslosen Gesichtsausdruck. „Vielleicht ist ja hinterher noch etwas übrig … wenn sie gegangen sind."

Evelyn wandte Tessa den Rücken zu, sodass sie Schulter an Schulter mit Summer stand. „Das ist schon in Ordnung. Wir machen uns ein eigenes Dessert, nicht wahr?"

Tessa betrachtete ihre Erdbeeren. Vielleicht hatte sie jetzt doch einen Fauxpas begangen. Vielleicht war es ja wirklich unhöflich und gedankenlos von ihr, dass sie ihre Mitbewohnerinnen nicht mit eingeplant hatte. Wahrscheinlich war ohnehin genug da, aber die Tatsache, dass sie absolut nicht daran gedacht hatte, dass sie nicht so viel eingekauft hatte, um auch mit Sicherheit genug für alle zu haben …

Oh Herr, das hier ist nicht gut. Ich verstehe, was du mir sagen willst. Ich bin egoistisch. Bitte, hilf mir, das wieder in Ordnung zu bringen.

Sie wandte sich wieder den beiden anderen zu, aber deren Rücken bildeten eine undurchdringliche Mauer. Sie kicherten gemeinsam über irgendetwas, und das entfachte Tessas Zorn. Auch gut … sollten sie doch. Auch gut. Sie brauchte sie nicht.

Evelyn war gerade dabei, gemeinsam mit Summer Salat zu schneiden, als sie sah, wie Mae versuchte, mit der Schulter die Küchentür aufzustoßen. Mae blieb hinter Tessa stehen und sah zu, wie diese Baisermasse mit der Spritztüte auf ein mit Backpapier ausgelegtes Blech spritzte. „Super, Schwestern. Das sieht ja ganz nach einem Fest aus. Wenn ich nicht aufpasse, gibt es bald zu viel Mae." Sie hielt ihre Einkaufstüte hoch. „Ich habe auch ein paar Knabbereien als Beitrag zum Ganzen. Kleine Möhrchen, Sellerie, Paprika und Spinatdip." Sie wuchtete die Tüte auf den Küchentisch. „Aber ehrlich gesagt habe ich dabei auch einen Hintergedanken. Ich hoffe, Sie haben nichts dagegen, dass ich für heute Abend drei Freundinnen zum Kartenspielen eingeladen habe, Evelyn, und diese Leckereien hier sind für sie. Ihr dürft aber alle auch gern zulangen, Leute. Es ist genug für alle da."

Tessa machte ein empörtes Gesicht, wobei sie in der einen Hand die Spritztüte hielt und die andere darunter, damit keine Baisermasse auf den Boden tropfte. „Aber Sie können heute Abend keinen Besuch haben, weil *ich* nämlich schon Gäste erwarte."

„Ach, und wann wurde dieses Arrangement getroffen, wenn ich fragen darf?"

„Heute Nachmittag in meinem Kurs. Wir haben über elisabethanische Geschichte diskutiert, und wie Walsingham –"

„Walsing… wer?"

Tessa richtete sich kerzengerade auf. „Sir Francis Walsingham. Er war Außenminister unter Königin Elisabeth I. und hat eine Art Geheimdienst eingerichtet, der die Feinde der Königin ausmerzen sollte. Sehr brutal, aber auch loyal."

„Hört sich ja an, als wär's 'n lustiger Typ gewesen."

Tessa spitzte missbilligend die Lippen. „Ein interessanter Mann, so könnte man vielleicht sagen. Deshalb habe ich ja auch die drei Kursteilnehmer eingeladen, um mit ihnen die Diskussion aus dem Kurs fortzusetzen." Sie nickte in Richtung der Baisermasse. „Ich mache Sahnebaiser mit Obst."

Jetzt meldete sich Summer über ihre Schulter hinweg zu Wort: „Aber wir kriegen nix davon ab."

Tessa warf dem Kind einen Blick zu, der Evelyn erschütterte. Summer nahm ihn jedoch mit Fassung entgegen und wandte sich wieder ihrer Arbeit zu.

„Also", sagte Mae. „Von meinem Essensbeitrag kann jeder so viel haben, wie er möchte." Sie ging zur Spüle, um dort ihren Staudensellerie zu waschen.

Tessa hatte sich nicht vom Fleck gerührt und inzwischen drohte wirklich Baisermasse aus der Spritztüte auf den Boden zu tropfen. „Aber verstehen Sie denn nicht? Das geht doch nicht! Wir können doch nicht beide gleichzeitig Leute hierher einladen!"

„Haben Sie Angst, dass wir Ihre Diskussion verderben könnten, Tessie? Dass wir vielleicht irgendeinen rebellischen irischen Fitzpatrick-Einfluss verbreiten könnten?"

Evelyn spürte, wie ihre innere Anspannung zunahm, als Tessa eine Vierteldrehung in ihre Richtung machte.

„Und? Was beabsichtigen Sie, in Bezug auf diese Situation zu tun?"

Mae ihrerseits machte nun ebenfalls eine entsprechende Vierteldrehung in Evelyns Richtung, lächelte allerdings dabei und sagte: „Ja, Evelyn, wie wollen Sie mit dieser Situation umgehen?"

„Ich … also ich weiß wirklich nicht, was –"

Jetzt kam Andrea zur Tür herein und hielt nach ihrer Tochter Ausschau. Als sie sie entdeckt hatte, fragte sie: „Hallo, Schätzchen. Hattest du einen schönen Tag?"

„Es war ganz toll, Mama. Wir haben gekocht und geputzt –"

Evelyn war froh, das Thema wechseln zu können. „Wie war die Arbeit?"

Andrea umarmte Summer von hinten. „Oh, es war –"

„Entschuldigen Sie bitte", unterbrach Tessa sie. „Aber wir haben hier gerade ein Krisengespräch."

Andrea sah sich nacheinander die Gesichter der Anwesenden an. „Was ist denn los?"

Mae übernahm die Erklärungen. „Es scheint so, als befänden Tessie und ich uns in einem Kampf um das Wohnzimmer. Sie hat drei von ihren hochnäsigen Gelehrtenkollegen eingeladen, um sich mit denen über irgendwelche toten Leute zu unterhalten, und ich habe drei von meinen tollen, liebenswerten Freundinnen zum Kartenspielen eingeladen und –"

Andrea schlug sich eine Hand vor den Mund. „Und ich habe Gillie und Piper zu einem Videoabend eingeladen."

„Das …" Tessa durchbohrte die Luft einmal mit der Spritztüte, wobei jetzt tatsächlich ein dicker Klecks Baisermasse auf dem Fußboden landete. Ihre Hand nahm daraufhin sofort wieder die alte Position unter der Tüte ein. „So geht das aber nicht."

Evelyn wäre am liebsten geflüchtet. „Ach du liebe Güte."

Mae trat in die Mitte der Küche und hob beide Hände.

„Jede in ihre Ecke, Schwestern. Wir werden das hier ganz bestimmt lösen."

„Ich wüsste nicht, wie."

Mae zeigte mit dem Finger auf Tessa. „Würden Sie sich mit Ihrer Gruppe auch im Wintergarten wohl fühlen?"

Tessa schaute in Richtung Wintergarten, der auf der Rückseite des Hauses lag. Er war ziemlich weit entfernt von der Küche und ganz sicher nicht ihre erste Wahl. „Ich hatte gehofft, wir könnten im Wohnzimmer sitzen. Schließlich ist das der eleganteste –"

„Da würde ich Ihnen nicht widersprechen, aber meine Freundinnen und ich brauchen einen Tisch. Wenn wir das Esszimmer nehmen, kann Andrea mit ihren Leutchen im Wohnzimmer einen Film schauen, weil da nämlich der Fernseher steht." Mae sah Tessa an in Erwartung ihrer Reaktion. „Natürlich nur, wenn es Ihren Freunden nichts ausmacht, den Lärmpegel eines lebhaften Kartenspiels im Nebenraum zu ertragen."

Tessa machte den Mund auf, schloss ihn dann wieder und machte ihn wieder auf. „Mir bleibt ja wohl nichts anderes übrig."

Mae zuckte mit den Schultern. „Also gut."

Tessa schüttelte sich und sagte dann: „Ich möchte eine Wahl haben."

Mae blieb der Mund offen stehen. „Sie möchten …? Aber Sie

haben eine Wahl. Sie können sich entweder am Kartenspiel im Esszimmer beteiligen oder im Wohnzimmer einen Film anschauen. Oder Sie können sich in der relativen Ruhe des Wintergartens mit Ihren Freunden unterhalten. Suchen Sie sich was aus."

Tessas Augen funkelten wütend. „Was ist bloß aus der Demokratie in Haus Greenburg geworden? Seit wann kann denn eine Mieterin allein bestimmen, wie –"

„Aber Sie waren es doch, die bestimmen wollte."

Tessa schaute überrascht drein. „Ich?"

Mae machte einen Schritt auf Tessa zu und wedelte drohend mit einem Selleriestängel. „Wer hat sich denn hier vom ersten Augenblick an als Hausdiktator aufgeführt?

„Das habe ich nie –"

Andrea trat zwischen die beiden. „Meine Damen!"

Mae ließ den Sellerie ein wenig sinken. „Sie muss immer ihren Willen bekommen."

„Doch nur, weil meine Vorschläge und Ideen am besten sind." Tessa blickte sie wütend an.

Mae schnaubte verächtlich. „Wir haben unseren eigenen kleinen Napoleon. Was haben wir doch für ein Glück!"

„Genau genommen war Napoleon aber gar kein Diktator. Er war ein Kaiser und –"

Mae hob ihren Arm in einer gespielt noblen Verbeugung. „Oh Kaiserin Tessie, wie kann ich Ihnen zu Diensten sein?"

Andrea zog eine von Maes Händen herunter. „Nun kommen Sie schon, Sie beiden. Wir werden uns doch wohl irgendwie einigen können."

„Ohne mich!", sagte Mae. Sie begann zu grinsen und nahm eine Fechterposition ein mit der Selleriestange als Schwert. „Ich sage: En garde!"

Als Tessa daraufhin einen Löffel zur Hand nahm, um sich zu bewaffnen, floh Evelyn aus der Küche. Das war doch absolut lächerlich. Sie begab sich in die entspannte Ruhe der Veranda. Als ihr niemand folgte, um sich zu entschuldigen, nahm ihr Zorn noch zu. Offenbar hatten sie gar nicht kapiert, worum es eigentlich ging – nämlich darum, dass nicht eine Einzige von ihnen sie um Erlaubnis gebeten hatte, an diesem Abend einen der besagten Räume zu nutzen. Und schließlich war das hier immer noch *ihr* Haus.

Sie sah in Richtung Küche, von wo immer noch laute Stimmen zu hören waren.

Jedenfalls war es bisher ihr Haus gewesen.

Evelyn hatte eigentlich vorgehabt, ihr Schmollen den ganzen Abend beizubehalten, aber das war schwer durchzuhalten, da all ihre Mieterinnen offenbar keine Ahnung hatten, weshalb sie schmollte. Weil sie sich nicht in die Eingangshalle stellen und dort eine offizielle Ansage machen wollte, musste ihr Ärger eben bis zu einem anderen Tag mit einer anderen Schlacht warten. Und außerdem war es ja auch durchaus möglich, dass sie überreagierte. Es war irgendwie auch nett zu erleben, wie ihr Haus so voller Leben war.

Gegen halb acht dann war Haus Greenburg brechend voll. Mae und ihre Freundinnen hatten sich mit einem Kartenspiel, Knabbereien und gekühlten Getränken um den Esstisch herum niedergelassen. Mae stellte Evelyn ihre Freundinnen vor, aber Evelyn versuchte gar nicht erst, sich die Namen einzuprägen, und verließ deshalb das Esszimmer genauso unwissend, wie sie es betreten hatte. Außerdem fragte sie sich beim Verlassen des Raumes verwundert, wie es die Frauen schafften, alle gleichzeitig zu reden und trotzdem irgendwie ein Gespräch zu führen.

Tessa und ihre Kurskollegen – zwei Männer und eine Frau – hatten sich in den Wintergarten zurückgezogen und die Flügeltür geschlossen. Tessa hatte gefragt, ob sie Großmutter Nelsons Porzellan benutzen dürfe, und Evelyn hatte es ihr großzügig erlaubt. Deshalb wurden die Obstbaisers mit Tee aus den Rosenknospenteetassen serviert. *Gut, dass ich Summer hier noch habe staubwischen lassen.*

Andrea, Gillie und Piper waren im Wohnzimmer und sahen sich einen von Evelyns Lieblingsfilmen an, während Summer sich ausgiebig mit ihrer Spielzeugkiste beschäftigte.

Und dann war da noch Evelyn. Wieder einmal allein. Nachdem sie eine Runde durch die geselligen Zimmer gemacht hatte, wich ihr Zorn einer tiefen Traurigkeit. Alle hatten jemanden – nur sie nicht.

Eine neue Welle des Schmollens zog heran, also ging Evelyn – mit Peppers auf den Fersen – die Treppe hinauf, schloss ihre Zimmertür hinter sich und sperrte den Lärm des Hauses einfach aus.

Die plötzlich gedämpften Geräusche in der Stille ihres Zimmers waren ein bisschen unheimlich.

Sie lehnte sich gegen die Tür und betrachtete ihr Schlafzimmer – das Zimmer, das bis vor ein paar Wochen dreißig Jahre lang sie und Aaron beherbergt hatte. Trotzdem war es kein Zimmer, in dem sie viel Zeit verbracht hatte. Aber was machte das schon? Schließlich war es ja auch ein *Schlaf*zimmer.

Wenn sie morgens erst einmal aufgestanden war, kehrte sie ganz selten tagsüber noch einmal dorthin zurück.

Sie schüttelte diese seltsamen Gedanken ab. Es war noch viel zu früh, um ins Bett zu gehen. Vielleicht konnte sie noch ein wenig lesen. In einer Ecke des Zimmers stand ein Sessel, der dazu einlud. Ein ziemlich unbenutzter Sessel. Weder sie noch Aaron hatten viel darin gesessen. Meistens war es nur Peppers Schlafplatz gewesen – so wie jetzt gerade – oder Aaron hatte abends seine schmutzigen Sachen darauf geworfen. Der Sessel war immer noch in tadellosem Zustand, mit grünem Chintz mit Efeurankenmuster bezogen. Sie hatte ihn für einen Dollar und neunundvierzig Cent bei einem Räumungsverkauf erstanden, damals im Jahr … im Jahr …

Sie sah zur Decke hinauf und versuchte sich zu erinnern, in welchem Jahr sie das Zimmer renoviert hatten. Es war das Jahr gewesen, in dem Aarons Eltern gestorben waren. War es 1976 gewesen? Sie rechnete nach. Dann musste der Bezugsstoff ja schon siebenundzwanzig Jahre alt sein.

Nein, das ist unmöglich. So lange sieht das Zimmer schon so aus?

Aber als sie dann ihren Blick über den gesamten Raum schweifen ließ, stellte Evelyn fest, dass es stimmte. Der Quilt von Großmutter Greenburg bedeckte immer noch das Bett, so wie damals, als die alte Frau hier mit Großvater Greenburg gelebt hatte. Weiße Spitzengardinen hingen vor den Fenstern – dieselben, die auch damals schon dort gehangen hatten, als Aaron und sie das Zimmer bezogen hatten. Die Walnussholzkommode mit den vier Schubladen und die dazu passenden Nachtschränkchen sowie eine Frisierkommode mit Spiegel standen noch an exakt genau den Stellen wie schon seit Jahrzehnten. Ja, der einzige Grund, weshalb Evelyn den Sessel hatte neu beziehen lassen, war der, dass der ursprüngliche Bezug und auch die Polsterung völlig verschlissen gewesen waren – damals 1976.

Tatsache war, dass es eigentlich nie wirklich ihr Zimmer gewesen war.

Wieso hatte sie das Zimmer nicht so umgestaltet und verändert, wie auch sie selbst sich verändert hatte? Trotz des Umstandes, dass sie in dieser Hinsicht nicht sonderlich begabt war, war sie ganz sicher nicht mehr die Frau, die hier damals als junge Ehefrau und Mutter eines kleinen Kindes eingezogen war. Bestimmt hatte sie es sich nach all den Jahren verdient, das Elternschlafzimmer von Haus Greenburg nach ihrem eigenen Geschmack und ihrer Persönlichkeit entsprechend umzugestalten.

Wieso hatte sie eigentlich überhaupt immer solche Hemmungen gehabt, Dinge zu verändern? Wieso hatte es Jahre gedauert, bis sie selbst das Gefühl gehabt hatte, dass Haus Greenburg nicht nur das Haus der Familie Greenburg, sondern auch ihr Zuhause war? Welche Ironie, dass ausgerechnet jetzt, wo es ganz und gar ihr Haus war, sie es nicht mehr für sich allein hatte, sondern es das Zuhause von Menschen war, die nicht einmal zu ihrer Familie gehörten.

Sie lauschte auf die gedämpften Geräusche von unten. Maes Lachen war unter all den vielen Stimmen herauszuhören. Sie hörte Summer kichern. Ihr Zorn von vorhin war einfach absurd. Es war kleinlich von ihr gewesen, darauf zu bestehen, dass sie um Erlaubnis gebeten wurde. Sie wollte doch, dass sie sich hier alle zu Hause fühlten, oder? Und es hatte sich doch alles geklärt – auch ohne ihre Hilfe.

Evelyn griff nach einem Buch, das auf dem Nachttischchen lag, stupste Peppers beiseite und setzte sich in den Sessel. Peppers kuschelte sich in eine neue Position und schlief zufrieden schnurrend weiter.

Zufriedenheit. Davon hätte Evelyn durchaus ein wenig mehr gebrauchen können. *Wenn die Aufteilung für den Abend zu regeln war und sich alles geklärt hat, wieso bin ich dann allein hier oben und die anderen haben unten ihren Spaß zusammen?*

„Keiner hat mich gefragt", sagte sie laut. Der Schmerz und die Verletztheit nahmen zu.

Evelyn schlug ihr Buch auf, fest entschlossen, an etwas anderes zu denken, aber sie warf nicht einmal einen Blick auf die aufgeschlagene Seite. Aus dieser neuen Perspektive, von dem Sessel aus, betrachtete sie den Raum wie eine Fremde – und ihr gefiel nicht, was sie sah. Er war durchdrungen von dem Alter und der Muffigkeit vieler Jahrzehnte, was besonders durch die verblichenen Farben deutlich wurde, die den Raum wirken ließen, als wäre alles darin in einen Todesschlaf gefallen.

Na, dann ändere es doch!

Plötzlich fand Evelyn sich bei der hohen Kommode wieder und betrachtete die Dinge, die seit Jahren darauf standen: eine kleine Lampe mit Porzellanfuß in Form einer Frau, die einen weiten rosa Rock trug, eine kleine Kristallschale, in der Gummibänder lagen, zwei volle Flaschen Rasierwasser und ein Schmuckkasten aus Eichenholz, den Aaron einmal von seiner Mutter zu Weihnachten bekommen hatte. Aaron und Schmuck, das war wirklich eine Verbindung zum Lachen, so als würde man einen Dobermann mit einer Schleife dekorieren.

Aber wofür hat er den Kasten dann benutzt?

Evelyn war schockiert, als ihr klar wurde, dass sie den Kasten noch nie geöffnet hatte – oder wenn doch, dann musste es schon so lange her sein, dass sie vergessen hatte, was darin gewesen war. Sie hatte oft genug den Staub davon abgewischt, aber warum hatte sie ihn nie aus Neugier geöffnet?

Das holte sie jetzt nach, und sie rechnete damit, ein paar Manschettenknöpfe, etwas Kleingeld oder vielleicht sogar einen Stapel altmodischer Stofftaschentücher zu finden. Vielleicht noch einen Schlüsselbund oder so etwas.

Aber der Kasten war voll gestopft mit Grußkarten.

Evelyn glitt auf das Bett und stellte sich den Kasten auf den Schoß. Sie erkannte die Karte, die zuoberst lag, wieder. Es war eine Karte zum Valentinstag, die sie Aaron vor gerade einmal zwei Monaten gegeben hatte. Es stellte sich heraus, dass auch alle anderen Karten in dem Kasten Valentinskarten waren, die sie ihm geschrieben hatte. Sie holte die unterste heraus und war jetzt dankbar, dass sie immer das betreffende Jahr auf die Karten geschrieben hatte.

Die unterste stammte aus dem Jahr 1972. Das war ihr erster Valentinstag als Ehepaar gewesen. Sie betrachtete ihre geschwungene Handschrift. So jung. So voller Hoffnung. Und so voller Gefühl: *Ich werde dich immer und ewig lieben. Evelyn.*

Er hatte sie alle behalten. Der etwas kauzige Aaron Greenburg hatte sie alle aufbewahrt.

Das passte so gar nicht zu dem Mann, den sie gekannt hatte, dem Mann, der sich kaum jemals an ihren Hochzeitstag erinnert hatte oder der sie an ihrem Geburtstag oft mit den nebenbei hingeworfenen Worten „Hier sind zwanzig Dollar – geh und kauf dir was Schönes" „beschenkt" hatte.

Und was Valentinskarten von ihm an sie betraf – Fehlanzeige. Sie hatte deshalb viele Tränen vergossen – auch wenn das in den vergangenen Jahren etwas nachgelassen hatte. Was nützte es denn? Er war eben, wie er war, und offenbar gelang es ihr ja nicht, ihn zu ändern.

Evelyn durchblätterte die Karten noch einmal und war fasziniert, wie altmodisch manche von ihnen waren. Man dachte nie darüber nach, dass auch Grußkarten einer Mode unterworfen waren. Manche waren romantisch, andere gefühlvoll und wieder andere fast sachlich kühl – wie Valentinstagkarten eben so waren. Sie nahm eine aus dem Stapel heraus, auf der ein rotes Herz auf blauem Grund abgebildet war. „Ich liebe dich", stand darin. Das war alles. Keine blumigen Worte oder Verse von wegen „für immer und ewig". Sie konnte sich noch daran erinnern, wie sie diese Karte ausgesucht hatte. Es war ein schlechtes Jahr für sie beide gewesen, ein Jahr, in dem sie viel gestritten hatten. Sie konnte sich an keinen konkreten Konflikt mehr erinnern, nur an die Unzufriedenheit und den Frust darüber, dass die Ehe, die sie tagtäglich lebten, nicht die Ehe war, die sie sich gewünscht hatte.

Sie hatte länger für das Aussuchen dieser Karte gebraucht als in Jahren, in denen ihre Ehe gut gelaufen war. All die schwülstigen Sinnsprüche und Verse waren ihr absolut falsch und geheuchelt vorgekommen. Zu der Zeit hatte sie sich nicht gewünscht, ihn ewig zu lieben, und ganz sicher war sie nicht der Ansicht gewesen, er sei das Beste, was ihr jemals widerfahren war. Und was die Vorstellung betraf, ohne den anderen nicht sein zu können – wenn sie an diesem konkreten Valentinstag jemand zur Haustür hinausgestupst hätte, wäre sie für immer weg gewesen. Als sie also an jenem Tag in dem Laden gestanden hatte, war auf fast jeder Karte von einer Liebe die Rede gewesen, die sie nicht empfand. Sie hatte schließlich eine ausgesucht, auf der lediglich stand: „Ich liebe dich." Aber selbst das war ihr eigentlich schon übertrieben vorgekommen.

Evelyn presste sich den Stapel Karten an die Brust, und ganz plötzlich wusste sie, dass es in diesem Augenblick ihres Lebens entweder etwas durchaus Gutes sein konnte, dass sie die Karten gefunden hatte – oder aber etwas sehr Schlimmes. Denn Aaron war nicht mehr bei ihr. „Für immer und ewig“ war nur die romantische Leidenschaft einer frisch gebackenen Ehefrau, die sich nicht vorstellen konnte, dass es Tage geben würde, an denen sie sich nicht mögen würden, geschweige denn, dass sie eines Tages allein gelassen werden würde. Und in diesem Augenblick konnten jene Worte und die Erinnerungen an ihre hohen Erwartungen, die sich nie erfüllt hatten, Evelyn entweder herunterziehen und sie zur Verzweiflung bringen oder ...

Evelyn stand auf und begann, die Karten in chronologischer Reihenfolge auf dem Bett auszubreiten, von Jahr 1 bis 31. Und mit jeder weiteren Karte, die dort lag, fühlte sie sich stärker. Ein Jahr ums andere kam hinzu. Zwei durch Liebe verbundene Leben – nicht makellos, aber konstant. Tausende von Tagen. Zehntausende von Stunden. War ihre gemeinsame Zeit vollkommen gewesen? Nein, absolut nicht. War es eine glückliche Zeit gewesen? Genau wie die Gespräche und das Gelächter im Erdgeschoss, das sie von hier oben hören konnte, das anschwoll und wieder abebbte, so veränderte sich auch das Leben ständig, war angefüllt mit allen möglichen Arten von Emotionen und Erlebnissen. Das Leben war keine langweilige gerade Linie – egal, ob diese Linie das Maß für Glück oder Kummer darstellte.

Das Leben war wie eine Welle. Und das als solches war schon gut.

Als Evelyn alle Karten ausgebreitet hatte, trat sie einen Schritt vom Bett zurück und bewunderte ihr Werk. Farbkleckse in Form von roten und pinkfarbenen Herzen bedeckten das Bett, und obwohl noch Platz für ein paar mehr gewesen wäre, sollten keine mehr dazukommen.

Evelyn wusste, dass sie nicht auf die Jahre schauen sollte, die *fehlten*, sondern auf die vielen, die es gegeben hatte. Sie und Aaron waren gesegnet gewesen mit einer langen gemeinsamen Zeit – mehr als vielen anderen Paaren vergönnt war.

Jetzt hatte eine andere Zeit begonnen. Es war Zeit weiterzugehen. Allein, aber nicht –

Es klopfte an der Tür. „Evie?“

Als Evelyn die Tür öffnete, stand Mae davor.

„Ich bin gekommen, um Sie einzusammeln."

„Mich einzusammeln?"

Mae nahm sie bei der Hand. „Andrea, Summer, Gillie und Piper haben beschlossen, bei uns eine Runde ‚Uno' mitzuspielen. Deshalb ist Ihre Anwesenheit im Esszimmer erforderlich. Je mehr Spieler, desto mehr Spaß macht es."

„Aber ich kenne das Spiel gar ni-"

„Meine Güte, Evie. Ich rede von ‚Uno' und nicht von ‚Bridge'. Kommen Sie und spielen Sie mit."

Evelyn warf einen Blick zurück auf die Valentinskarten. Sie spürte, wie Mae über ihre Schulter ins Zimmer schaute.

„Das ist ja eine ziemliche Ansammlung von Liebesbotschaften, die Sie da haben", sagte Mae.

„Aaron hat sie alle behalten. Von einunddreißig Jahren. Ich wusste nicht, dass er sie aufbewahrt hat. Ich hatte keine Ahnung, dass sie ihm überhaupt etwas bedeutet haben. Ich wusste nicht ..." Sie war schockiert, als ihr klar wurde, wie sie den angefangenen Satz beenden wollte. *Woher kommt das?*

„Sie wussten nicht, dass Ihre Liebe ihm so viel bedeutet hat?"

Mae hatte es erfasst.

„Es macht mich ... verrückt."

„Dass er sie alle behalten hat, ohne dass Sie es wussten?"

Evelyn schüttelte den Kopf. Es war mehr. „Dass er mich nicht genug geliebt hat, um ... um ..." Um was? Sie ließ ihren Blick über die Karten gleiten und versuchte, den Kern ihres Gedankens zu erfassen.

Mae legte ihr eine Hand auf die Schulter. „Wenn er Sie nicht geliebt hätte, dann hätte er die Karten nicht aufbewahrt. Es ist der Beweis seiner Liebe."

Genau das war es. Evelyn hatte den Wunsch so lange unterdrückt, dass sie ihn gar nicht mehr aus der Versenkung hervorholen konnte. Was sie sich wirklich von Aaron gewünscht hatte, was sie sich wirklich gewünscht hätte, abgesehen von ein paar aufbewahrten weggelegten Karten in einem Kasten, war ... „Ich habe mir die Worte gewünscht, Mae. Drei kleine Worte." Den Tränen nahe, sah sie die Freundin an. „Ich habe mich so sehr danach gesehnt, es zu hören. Warum konnte er es mir nicht sagen? Warum bin ich so viel trauriger über all das, was ich hätte haben können, als über das, was ich verloren habe?"

Evelyn ging zurück zum Bett. Mae folgte ihr ins Zimmer und legte ihr den Arm um die Schulter. Gemeinsam schauten sie sich jetzt die Karten an. Schließlich drückte Mae sie ein bisschen. „Ich habe keine Entschuldigung für Ihren Mann. Er hätte Sie wissen lassen müssen, wie sehr er Sie geliebt hat. Aber durch die Karten wissen Sie jetzt wenigstens etwas mehr als vorher. Und das ist doch gut. Das ist doch wenigstens etwas, oder? Auch wenn es reichlich spät kommt."

Sie hatte Recht. Genau in dem Augenblick, als Evelyn sich einsam gefühlt hatte, hatten ihr die Karten ein bisschen Trost geschenkt – gepaart mit etwas Schmerz. Aber abgesehen davon hatten sie ihr auch Mut gemacht, ihre Verbindung zur Vergangenheit zu lösen. Die enge Schnur, die sie seit Aarons Tod um sich spürte, hatte sich gelockert, sodass ihr das Atmen jetzt leichter fiel. Es war ein weiterer Schritt in Richtung unabhängigere Zukunft.

„Und, Evie, kommen Sie jetzt mit?"

„Ja, sofort."

„Möchten Sie etwas trinken? Doris hat einen wunderbaren Himbeertee mitgebracht."

„Das wäre schön."

Mae ließ sie allein. Evelyn betrachtete die Karten, die quer von einer Seite zur anderen über dem Bett ausgebreitet lagen – ein unmissverständliches Zeichen für zwei von Gott zusammengefügte Leben.

Sie lächelte. Aus Gründen, die sie nicht verstand, existierte Mrs Aaron Greenburg nicht mehr. Evelyn Greenburg dagegen gab es sehr wohl noch.

Als sie die Karten in den Kasten zurücklegte und ihn mit einem befriedigenden Klick schloss, da wusste sie, dass – was immer sie in ihrem bisherigen Leben erreicht hatte oder eben nicht – das erst der Anfang von etwas gewesen war. Von etwas Besserem vielleicht?

Sie musste noch einmal an Pipers Worte denken: „Willkommen unterwegs, Evelyn. Er hat Sie genau da, wo er Sie haben will."

Sie wandte sich zur Tür, um nach unten zu gehen und sich zu den anderen zu gesellen.

Macht euch bereit, ich komme.

Kapitel 7

Tessa kam als Letzte in die Küche. Alle anderen saßen bereits am Frühstückstisch und plauderten munter darüber, wie viel Spaß sie am Abend zuvor gehabt hatten, aber dem angespannten Ausdruck auf Tessas Gesicht entnahm Evelyn, dass ihr das Gelächter ganz und gar nicht gefallen hatte.

Als die anderen ihr Eintreten – und ihr verkniffenes Gesicht – bemerkten, wurde es ganz still. Evelyn war schnell zur Stelle, um das verlegene Schweigen zu brechen. „Guten Morgen, Tessa. Der Kaffee ist schon fertig."

Tessa schenkte sich eine Tasse voll ein und wischte den Tresen sauber, auf dem irgendjemand etwas verschüttet hatte.

„Hat Ihnen der vergangene Abend nicht gefallen, Tessie?", fragte Mae. „Ich wusste, dass sich alles regeln lassen würde, wenn –"

„Nein, mir hat es *nicht* gefallen." Sie schob eine Brotscheibe in den Toaster und mied den Blickkontakt mit den anderen. „Es war viel zu laut. Meine Freunde und ich konnten ja kaum unser eigenes Wort verstehen bei dem Radau, der beim Kartenspielen herrschte."

„Wir haben Sie doch gefragt, ob Sie mitmachen wollen", sagte Mae. „Es hätte sogar ganz gut gepasst. Ich habe gehört, dass auch Heinrich der Achte ein begeisterter Kartenspieler war – in den Zeiten zwischen den Enthauptungen seiner Frauen."

Tessa tat sich Margarine aufs Messer. „Ob ich gern Karten spiele oder nicht ist doch gar nicht das Thema. Das Thema ist, dass Haus Greenburg gestern Abend eher ein Haus der Ausschweifung war als eine anständige Pension."

Evelyn hob eine Hand, um zu sagen, dass sie persönlich jeden Aufschrei, alles Gekicher und Johlen genossen hätte, aber Andrea kam ihr zuvor.

„Ich finde, dass Sie übertreiben. Es war für mich einer der schönsten Abende der vergangenen Monate. Wir hatten einfach ein bisschen Spaß."

„Und Sie können doch nicht wirklich etwas gegen Spaß haben, oder Tessie?“, fügte Mae hinzu.

„Ich mag Spaß, solange die anderen Pers-“

„Dann wäre das ja geklärt. Es wird also weiter unvermindert Spaß geben.“ Mae tunkte einen Teebeutel in ihren Becher und sah dabei mit herausforderndem Blick zu Tessa hinüber. „Trinken Sie jetzt lieber Ihren Kaffee, Tessie, er wird sonst kalt.“

Evelyn stand in der Tür zu ihrem Zimmer und betrachtete das Gesamtbild noch einmal bei Tageslicht.

Summer war ihr gefolgt und schaute ebenfalls ins Zimmer. „Was guckst du denn da?“

Bevor Evelyn ihr antworten konnte, erschien Andrea, hektisch in ihrer Handtasche kramend. Als sie die beiden anderen erreicht hatte, blieb sie stehen. „Was ist denn hier los?“

„Wir gucken uns Tante Evelyns Zimmer an.“

In Evelyns Ohren klang das seltsam – als wäre ihr Zimmer eine Touristenattraktion.

„Ich hatte gestern Abend die Idee, es zu renovieren. Es ist schon seit Jahrzehnten völlig unverändert.“

Auch Andrea warf einen Blick in das Zimmer. Evelyn konnte ihrer Reaktion nicht entnehmen, ob die gegenwärtige Einrichtung und der Stil Andrea gefielen oder nicht. Kurz darauf kam dann Mae aus ihrem Zimmer und gesellte sich ebenfalls zu ihnen.

„Was gibt's denn da Interessantes?“

„Tante Evelyn will renovieren.“

Plötzlich kam Evelyn der erschreckende Gedanke, dass die anderen vielleicht auch ihre Zimmer renoviert haben wollten, wenn sie ihres jetzt in Angriff nahm. Dafür jedoch reichte ihr Geld auf gar keinen Fall.

„Was wollen Sie denn verändern?“

„Ach, genau das ist der Punkt“, sagte Evelyn. „Ich weiß es nicht. Ich bin nicht so gut im Renovieren und Einrichten – bin nicht besonders kreativ.“

Mae machte sich auf den Weg nach unten. „Ich für meinen Teil trage meine Kreativität am Körper. Was das Einrichten angeht, so kenne ich noch nicht mal den Unterschied zwischen Chintz und

Samt." Unten angekommen, rief sie von der Haustür aus den anderen noch zu: „Ta-ta, Schwestern. Einen schönen Tag allerseits."

Andrea kramte ihre Schlüssel aus den Tiefen ihrer Handtasche hervor. „Wenn Sie Hilfe brauchen, Piper hat für so was ein echtes Händchen."

„Und Sie glauben, sie wäre bereit, mir zu helfen?"

„Wenn Sie die Chance bekommt, anderer Leute Geld auszugeben. Sie liebt es, Zimmer umzugestalten und einzurichten."

„Aber genau das ist ja das Problem. Ich habe eben nicht viel –"

Andrea gab Summer einen Abschiedskuss und ging zur Treppe. „Machen Sie sich darüber mal keine Gedanken. Ich habe noch nie erlebt, dass Piper nicht mindestens vierzig Prozent Preisnachlass auf was auch immer bekommen hat. Einen schönen Tag euch beiden."

Jetzt war Evelyn mit Summer, die pflichtbewusst neben ihr stehen blieb und das Zimmer betrachtete, allein. „Was meinst du?"

„Mir gefällt Gelb am besten."

Evelyn legte den Kopf ein wenig zur Seite und versuchte, sich gelbe Wände vorzustellen. Das war schon mal eine gute Idee.

Tessa saß auf ihrem Bett und lauschte den Schritten von Evelyn und Summer, wie sie die Treppe hinuntergingen. Die Diskussion der Mieter beim Frühstück hatte sie so in Rage gebracht, dass es sich anfühlte, als ob alle Atome ihres Körpers gegeneinander stießen. War es denn wirklich zu viel verlangt, dass ein paar der gemeinsam beschlossenen Regeln auch eingehalten wurden? Sie hatte ihren Standpunkt dargelegt, nur um selbigen von Andrea und Mae – besonders von Mae – zerpflücken zu lassen. Und Evelyn … Ihre Effizienz als Vermieterin und damit Autoritätsperson war vergleichbar mit der Wirkung eines einzelnen Regentropfens, der auf den Ozean traf.

Und jetzt beteiligte sich der gesamte Haushalt auch noch an Evelyns Diskussion über die Umgestaltung ihres Zimmers. Alle außer Tessa. Ob sie bewusst ausgeschlossen wurde? Hatten sie denn überhaupt einen Versuch unternommen, sie zu beteiligen?

Hast du denn selbst etwas dafür getan, beteiligt zu werden? Wieso bist du in deinem Zimmer geblieben, als du die anderen hast reden hören? Es ist nicht ihre Schuld, sondern deine.

Tessa schloss die Augen, um die verräterischen Gedanken auszublenden, und holte einmal tief Luft, wie um innerlich mit sich ins Reine zu kommen, aber es nützte nichts. Es war *nicht* ihre Schuld. Nein, war es nicht. Es gab nun einmal bestimmte Grundsätze, die einfach nötig waren, um zivilisiert leben zu können. Und wenn manche Leute – wie beispielsweise Mae – darauf bestanden, diese Grundlagen ins Wanken zu bringen, dann war es ihre Verantwortung, ihnen die Wahrheit zu sagen und sie wieder auf Kurs zu bringen.

Tessa presste sich die eine Hand auf die Brust und versuchte, irgendwie ihr Herzrasen in den Griff zu bekommen. Es war eine solche Last, rechtschaffen zu sein.

Sie dachte an Evelyn und Summer, die beide unten waren, wahrscheinlich plauderten und lachten oder – schlimmer noch – vielleicht tanzten. Und obwohl Tessa erst gegen Mittag bei ihrer Bibelstunde sein musste, hatte sie das dringende Bedürfnis, hier so schnell wie möglich wegzukommen. Sie prüfte noch einmal im Spiegel, ob ihre Frisur saß, nahm ihre Handtasche und ging nach unten, um in die Welt ihrer Kurse und der Gemeinde zu entfliehen, wo es Menschen gab, die sie verstanden und zu schätzten wussten.

Evelyn blickte vom Esstisch auf, wo sie und Summer gerade alles vorbereiteten, um zu puzzeln. Tessa stand in der Tür. „Ich gehe dann jetzt."

„Wohin denn?"

Tessa ging zur Haustür und legte eine Hand an den Türknauf. Ihre Lippen waren zusammengekniffen, als hätte sie gerade saure Gurken gegessen. „Ich habe noch Besorgungen zu machen, und danach gehe ich in die Bibelstunde, die ich schon seit sieben Jahren leite."

Evelyn kippte die Puzzleteile aus der Schachtel auf den Tisch. Summer hatte es ausgesucht – ein Kätzchen, das sich in einem gelben Wollknäuel verheddert hatte. Es war eine schwarze Katze, keine gescheckte wie Peppers. „Sind Sie heute zum Mittagessen da?"

„Das haben wir doch schon alles besprochen. Die Bibelstunde findet in der Mittagszeit statt, damit berufstätige Leute in ihrer Mittagspause daran teilnehmen können." Tessa hielt eine Tüte hoch. „Jeder bringt sein eigenes Lunchpaket mit." Sie hielt ein zweites Mal inne. „Sonst noch was?"

„Nein … außer dass ich Ihnen einen schönen Tag wünsche."

Tessa nickte nur kurz und steif und ging.

Die Atmosphäre im Haus war besser, wenn sie nicht da war.

Summer kniete sich auf ihrem Stuhl hin und half, die Puzzleteile richtig herum zu drehen. „Sie ist nicht besonders glücklich, was?"

Evelyn hielt beim Umdrehen inne. „Wie kommst du darauf?"

„Sie mag uns nicht. Keinen von uns, besonders aber mich."

„Ach, mein Schätzchen, ich glaube gar nicht, dass sie uns nicht mag; es ist nur, dass sie … sie ist …" Evelyn zuckte mit den Schultern und seufzte. „Ich bin jedenfalls froh, dass du ein glückliches Mädchen bist."

Summer fand die beiden Teile, die die Nase des Kätzchens bildeten, und steckte sie zusammen. „Glücklich zu sein ist am allerbesten."

„Das glaube ich auch."

Summer hielt inne und Evelyn spürte ihren Blick auf sich. Sie sah sie an. „Was?"

„Bist du denn glücklich?"

„Na ja, ich –"

„Tessa ist es nämlich nicht. Aber Tante Mae ist glücklich, und ich frage mich, ob du auch glücklich bist."

„Warum sagst du denn zu Tessa nicht Tante Tessa?"

Summer biss sich auf die Unterlippe. „Weiß ich nicht."

Evelyn konnte dazu nur nicken. Es gab so vieles, was Menschen taten, ohne zu wissen, warum – sie selbst eingeschlossen.

„Also … bist du nun glücklich oder nicht?"

Evelyn blickte über Summers rechte Schulter hinweg, wobei ihr das Bild von Aaron urplötzlich in den Sinn kam. Wieso kam die Erinnerung an ihn, wenn von Glück die Rede war? Und wie konnte eine so simple Frage so schwer zu beantworten sein? Einige Momente später zwinkerte sie und ihr gelang sogar ein Lächeln. „Also, eigentlich glaube ich, dass ich glücklich bin. Zumindest fange ich an, glücklich zu sein." Sie griff mit der Hand über den Tisch und berührte Summers Wange. „Und du bist ein großer Teil meines Glücks, meine Kleine. Ich bin so froh, dass deine Tagesmutter ekelig war."

„Ich auch."

Ja, wirklich, manchmal war ekelig gut.

Es läutete an der Haustür und kurz darauf war auch noch ein Klopfen zu hören. Da war offenbar jemand sehr ungeduldig.

Summer rannte los, um zu öffnen, und Evelyn musste sich sputen, um vor ihr an der Tür zu sein. „Hör mal, Schätzchen. Erinnerst du dich noch an die Abmachung? Nur ich öffne die Tür."

Summer bremste und ließ Evelyn öffnen. Es war der Nachbar von gegenüber, Collin Ames. Seine grauen buschigen Augenbrauen waren beinahe zusammengewachsen.

Evelyn öffnete die Fliegentür und stellte ein Bein so in den Spalt, dass Peppers nicht nach draußen entwischen konnte. Summer eilte ihr zur Hilfe, indem sie Peppers auf den Arm nahm.

„Hallo, Collin. Sie habe ich ja seit …" Sie hatte sagen wollen: „seit der Beerdigung nicht mehr gesehen", aber sie wollte nicht, dass er sich schlecht fühlte, wo er sich offenbar nur nach ihrem Befinden erkundigen wollte. „Sie habe ich ja schon eine ganze Weile nicht gesehen."

„Und ich habe Sie auch länger nicht gesehen. *Sie* habe ich nicht gesehen, aber dafür wahre Autoschlangen vor Ihrem Haus und diverse Frauen."

So, wie er das sagte, klang es, als betriebe sie ein Bordell. „Das sind meine Mieterinnen, Collin."

Er drehte sich um und deutete mit dem Zeigefinger auf das Schild: „Ja, das habe ich wohl gesehen. Glauben Sie wirklich, es wäre Aaron recht gewesen, dass sie aus dem Haus seiner Eltern ein … ein …"

Wieder legte seine Art sich auszudrücken den Gedanken an ein Bordell nahe. „Eine Pension?"

Collin scharrte mit einem Schuh auf dem Verandaboden und schüttelte den geneigten Kopf, sodass Evelyn die kahle Stelle darauf sehen konnte. „Aaron hätte das ganz sicher nicht gutgeheißen!"

Evelyns Herzschlag beschleunigte sich. Collin hatte kein Recht, sie zu kritisieren. Und woher wollte er denn wissen, was Aaron recht gewesen wäre und was nicht? Obwohl Aaron und Collin sich gelegentlich unterhalten hatten, so hatte Evelyn selbst nicht mehr Kontakt mit ihm gehabt, als dass sie sich gelegentlich über die Straße zugewinkt hatten, wenn sie sich sahen.

Sie spürte Summer neben sich, die nach wie vor Peppers auf dem Arm hielt. Sie zog die Kleine nah an sich heran. „Es tut mir Leid, dass Sie das so sehen, Collin, aber es ist für mich eine finanzielle Notwendigkeit, Zimmer zu vermieten."

Sein Blick wanderte zu Summer. „Ist sie das einzige Kind hier?"

„Bis jetzt schon."

„Tante Evelyn ist meine Tagesmutter, weil die andere eklig war."

Collin zog eine Augenbraue hoch. „Ich hoffe, Sie haben nicht vor, noch mehr Tageskinder aufzunehmen."

Das war ja eine interessante Idee. „Vielleicht."

Er schüttelte wieder den Kopf. „Ich bin sicher, dass ich da nicht mitmachen werde, Evelyn."

„Nicht sicher, dass *Sie* da –"

Er machte eine ausholende Geste. „Das hier ist eine nette, ruhige Straße mit lauter Einfamilienhäusern. Wir möchten nicht, dass hier Mietskasernen entstehen. Und ganz bestimmt wollen wir hier keine Horden spielender und lärmender Kinder."

„Oh, Gott bewahre, nein!"

Er wurde rot. „Sie wissen genau, was ich meine."

„Eigentlich nicht." *Woher nehme ich eigentlich diese Entschlossenheit?*

Er stieß einen tiefen Seufzer aus, so wie ein Vater, der seinem Kind zum zwanzigsten Mal sagt, was er von ihm erwartet. „Ehrlich gesagt, Evelyn, ich bin mir nicht so sicher, ob das, was Sie da machen, überhaupt legal ist. Es muss doch Regeln geben. Nutzungsbestimmungen, Genehmigungspflichten."

Evelyns Magen krampfte sich kurz zusammen. *Darum wollte Mae sich doch kümmern … Was, wenn das alles hier für die Katz ist? Was, wenn Haus Greenburg als Pension wegen irgendwelcher gesetzlichen Bestimmungen schließen muss?*

Evelyn schob die Tür ein wenig weiter zu in dem dringenden Bedürfnis, den Nachbarn loszuwerden. „Ich kann Ihnen versichern, Collin, dass alles seine Ordnung hat."

„Sie haben also eine Genehmigung? Sie haben sich bei der Stadt erkundigt und einen Antrag gestellt, und –"

„Einen schönen Tag noch, Collin, es war nett, mit Ihnen zu plaudern." Damit schloss sie die Tür. Erst nach einer halben Minute hörte sie, dass sich seine Schritte entfernten. Sie atmete endlich aus, nachdem sie eine ganze Weile die Luft angehalten hatte.

Summer blickte zu ihr auf. Sie hielt Peppers ganz nah an Evelyns Ohr, so als wäre das Schnurren der Katze ein Trost. „Haben wir Probleme?"

„Ich hoffe nicht, Schätzchen. Ich hoffe nicht."

Tessa saß am Kopfende des Tisches in dem Raum, in dem sonst die Sonntagsschule stattfand, und bereitete ihre Unterlagen für die Bibelstunde vor. Ein Thunfischsandwich und ein paar Apfelspalten lagen ordentlich angeordnet auf einer Serviette vor ihr auf dem Tisch. Die Gruppe umfasste meist zwischen fünf und acht Personen – normalerweise alles Frauen. Alle regelmäßigen Teilnehmerinnen waren schon da, außer Marla. Aber Marla kam fast immer zu spät und strapazierte damit die Geduld der anderen.

Tessa hörte, wie die Tür aufging. Sie blickte auf und rechnete mit Marla, aber ihr Blick fiel auf eine Neue – eine, die ihr irgendwie bekannt vorkam. Es war Andreas Freundin. Wie hieß sie noch gleich?

Marla stand am Rand des Tisches. „Ich habe heute einen Gast mitgebracht. Ich versuche schon seit ewigen Zeiten, sie irgendwie mit hierherzubekommen. Sie ist Vertrauenslehrerin an der Schule. Darf ich vorstellen? Das hier ist Piper Wellington. Piper, das ist die Bande, von der ich dir erzählt habe."

Man begrüßte sich, während Lunchpakete ausgepackt wurden. Piper nickte Tessa noch einmal extra zu. „Wie geht es Ihnen, Tessa?"

„Gut." Die Antwort klang barsch und kurz und Tessa blickte dabei nach unten. Pipers Anwesenheit beunruhigte sie, obwohl Tessa nicht ganz genau sagen konnte, weshalb. Sie stärkte sich mit einem Bissen von ihrem Sandwich und klopfte dann mit einer Hand auf ihre Bibel. „Wollen wir jetzt anfangen?"

Tessa war ganz in ihrem Element. Nirgends und nie fühlte sie sich lebendiger als in einer Umgebung, in der gelernt wurde, und noch besser ging es ihr, wenn sie selbst unterrichtete und die Leitung hatte. „Lassen Sie uns heute die Bibel bei Johannes 4 aufschlagen. Wir wollen uns mit der bekannten Geschichte von Jesus und der Samariterin am Brunnen beschäftigen."

„Dieser schlimmen, schlimmen Frau", sagte Helen mit einem Augenzwinkern.

Obwohl Tessa gar nicht vorgehabt hatte, mit dem Ruf der Frau zu beginnen, griff sie Helens Bemerkung auf. Irgendwie war es ja auch normal, dass Leute sich als Erstes auf alles Skandalöse stürzten. „Helen, da Sie damit angefangen haben, inwiefern war sie denn so ‚schlimm', wie Sie es bezeichnen?"

„Na ja, sie hatte fünf Männer und lebte jetzt wieder mit einem anderen zusammen – ohne mit ihm verheiratet zu sein." Helen schaute in die Runde, so als wollte sie abschätzen, wie die anderen Frauen darauf reagierten. „Deshalb war sie auch am Mittag, also zur heißesten Tageszeit, am Brunnen. Die anderen Frauen kamen nämlich entweder morgens oder abends, wenn es kühler war, aber das wagte sie nicht."

Helen genoss die Sünde der Frau viel zu sehr. „Aber das war nur ein Teil des Problems, richtig?", fragte Tessa. „Der Grund, weshalb es ungewöhnlich war, dass Jesus – oder überhaupt ein Mann – mit ihr sprach, war der, dass –"

Marla unterbrach sie. „Sie war eine Art Mischling – eine Samariterin und nur halb Jüdin. Und sie war allein am Brunnen. Kein geachteter Jude hätte eine Frau angesprochen, die sich zu dieser Zeit allein am Brunnen aufhielt."

„Aber Jesus hat sie doch trotzdem angesprochen", sagte Piper, „was beweist …" Sie verstummte, als sich alle Blicke auf sie richteten. „Entschuldigung. Darf ich dazu nichts sagen?"

Marla legte ihre Hand auf die von Piper. „Natürlich darfst du das. Deswegen habe ich dich doch gebeten mitzukommen." Marla wandte sich jetzt an die gesamte Gruppe. „Piper ist die beste Bibelkennerin, der ich je begegnet bin. Sie weiß Dinge, auf die ich nie kommen würde."

Jetzt reicht's aber mit dem Piper-Fanclub-Getue. Tessa räusperte sich. „Lassen Sie uns wieder zum eigentlichen Thema zurückkehren."

„Entschuldigung", sagte Piper. „Ich wollte nicht für Unruhe sorgen."

„Also weiter jetzt –"

Josie zeigte mit einer Ecke ihres Sandwiches auf Piper. „Also, ich würde eigentlich gern noch den Rest von dem hören, was Sie sagen wollten."

Jetzt reichte es Tessa. Sie verlor die Kontrolle über die Gruppe. „Lassen Sie uns wieder zum Thema zurückkehren. Ich finde es so interessant, dass Jesus dieser Frau absolut nichts durchgehen lässt. Er ist es, der ihre Vergangenheit zur Sprache bringt und sie zur Rede stellt, und als sie versucht, das Thema zu wechseln, kommt Jesus trotzdem wieder darauf zurück und pocht auf die Tatsache, dass sie eine Sünderin ist."

Piper hob etwas zögerlich die Hand. „Ich glaube nicht, dass Jesus auf irgendetwas ‚gepocht' hat. Die Frau leugnet doch gar nicht, dass sie schlimme Dinge getan hat. Sie möchte nur einfach nicht darüber reden. Es ist ihr peinlich. Aber ist das nicht einfach nur menschlich?"

Helen lachte. „Wenn man anfängt, über meine Fehler zu reden, fange ich schneller an, übers Wetter zu reden, als ihr bis drei zählen könnt."

„Aber der springende Punkt ist doch", sagte Tessa jetzt mit einer etwas lauteren Stimme, die Autorität signalisieren sollte, „dass Jesus alles über die Sünden dieser Frau wusste, und er war nicht bereit, ihr etwas durchgehen zu lassen. Er verurteilte sie, wie es jeder tun würde."

Einen Augenblick lang herrschte Schweigen. Piper und Helen schauten wieder in ihre Bibeln. Der Rest der Gruppe warf Tessa seltsame Blicke zu. *Was ist? Verstehen sie denn nicht, dass –*

Piper sprach als Erste. „Entschuldigung, aber ich glaube, da irren Sie sich, Tessa."

Erschrockenes Luftholen war zu hören, als die Gruppe registrierte, was geschah. *Ganz recht. Wie kann sie es wagen, hier hereinzuschneien und meine Fähigkeiten, mein Wissen und mein Können infrage zu stellen?*

Piper hielt ihre aufgeschlagene Bibel hoch, wobei sie mit einer Hand den Buchrücken stützte. „Ich kann in diesen Versen keine Verurteilung erkennen. Die Frau fragt Jesus, wie er Wasser aus dem Brunnen schöpfen kann, obwohl er kein Gefäß dabei hat, und er sagt zu ihr, dass er das *lebendige Wasser* ist. Er sagt ihr, dass er der Messias ist, von dem sie gehört hat. Er gibt diese wunderbare Botschaft an sie weiter – an eine Samariterin und eine Frau, die für ihre Sünden geächtet wird. Das alles hat einen Grund, der allerdings nichts mit Verurteilung oder gar Verdammung zu tun hat."

Josie folgte mit ihrem Finger dem Vers in ihrer Bibel. Dann blickte sie auf. „Ich glaube, Piper hat Recht, Tessa. Ich finde nirgends, dass Jesus sie niedergemacht hat – weder im übertragenen Sinne noch ganz direkt. Er überbringt ihr nur eine wunderbare Botschaft –"

Helen unterbrach sie. „Was – wenn man bedenkt, wer sie ist – bedeutet, dass die Gute Nachricht von Jesus für jeden gedacht ist und nicht nur für ganz besondere Leute."

Piper lachte und klatschte. „Das ist wundervoll. Absolut wundervoll."

Tessa schüttelte den Kopf. „Ich kann wirklich nicht erkennen, was daran wundervoll sein soll. Wir sind weit vom Thema abgeschweift. Ich wollte noch darauf hinweisen, dass, wo die Frau das Gefäß zum Schöpfen erwähnt, dort im griechischen Original das Wort *antlema* steht. Dieses Wort taucht im gesamten Neuen Testament nur ein einziges Mal auf – und zwar an dieser Stelle. Damals waren allerdings die Gefäße zum Schöpfen anders als unsere Eimer heute, denn wahrscheinlich waren sie aus –"

„Das ist ja alles sehr interessant, Tessa", sagte Josie, „aber das, worüber wir gerade geredet haben, scheint mir doch irgendwie ..." Sie schaute zur Decke, als suche sie dort nach dem richtigen Wort „... entscheidender. Das bedeutet es doch, die Bibel auf unser heutiges und persönliches Leben anzuwenden. Und ist das nicht einer der Gründe, weshalb wir hier überhaupt zusammenkommen und uns mit der Bibel beschäftigen?"

Tessa schüttelte den Kopf. „Ich halte gar nichts von dieser Einstellung, die ständig fragt: ‚Was bringt es mir persönlich?' Es geht hier auch um Wissen, und zwar um wichtiges Wissen."

Piper erwiderte: „Aber was nützt denn Wissen, wenn es sich auf Fakten beschränkt, die wir herunterrasseln können wie die Namen der amerikanischen Bundesstaaten?"

Marla kicherte. „Und wen interessieren schon Schöpfgefäße, wenn Jesus davon spricht, eine ganz andere Art von Wasser zu schöpfen – nämlich lebendiges Wasser?"

Piper strich über die aufgeschlagene Bibelseite. „Hier ist sehr viel mehr als Wissen – nämlich Weisheit." Sie warf einen Blick in die Runde, schaute jeder Teilnehmerin kurz in die Augen. „Wussten Sie, dass Weisheit das Einzige ist, was Gott immer jedem gibt, der darum bittet?"

Ha! Jetzt hab ich dich! Tessa schüttelte den Kopf. „Ich glaube nicht, dass das stimmt, Piper. Ich erinnere mich nicht, so etwas jemals gelesen zu –"

Piper blätterte in der Bibel. „Hier im Jakobusbrief 1, Verse 5 bis 6 steht: ‚Falls jemand von euch nicht weiß, was der Wille Gottes in einer bestimmten Sache ist, soll er um Weisheit bitten. Ihr wisst doch, wie reich Gott jeden beschenkt und wie gern er allen hilft.

Also wird er auch euer Gebet erhören. Betet aber in großer Zuversicht, und zweifelt nicht; denn wer zweifelt, gleicht den Wellen im Meer, die vom Sturm hin- und hergetrieben werden.'"

„Oh klasse", sagte Helen. „Wenn man also um Weisheit bittet und glaubt, dann bekommt man sie. Ist ja echt supercool."

Tessa war völlig schockiert. Sie konnte sich nicht erinnern, jemals das Wort „cool" in einer Bibelstunde gehört zu haben. Das war wirklich unangebracht.

„Absolut cool", sagte Piper. „Genau das hat Gott der Frau am Brunnen geschenkt. Die Weisheit zu erkennen, wie er ihr Leben verändern konnte, Weisheit darüber, wer er ist."

Josie rutschte unruhig auf ihrem Stuhl herum, als würden die Worte gleich aus hier herausplatzen, wenn sie sie nicht sofort sagen konnte. „Und dann war die Frau so aufgeregt, dass sie in die Stadt gehen und dort allen erzählen musste, sie müssten ihn kennen lernen und hören, was er zu sagen hätte."

„Und das zeigt doch, dass die Gute Nachricht wirklich für jeden ist, der sie hören möchte, nicht nur für ein paar wenige Auserwählte."

Das gefiel Tessa alles überhaupt nicht. Wirklich kein bisschen. „Auch hier kann ich Ihnen wieder nicht zustimmen. Ein Mensch muss arbeiten, muss etwas tun und sich bemühen, um gerettet zu werden." Sie beschloss, dass es wahrscheinlich am effektivsten wäre, jetzt auch über eigene Schwächen zu reden. „Ich weiß jedenfalls, dass *ich* daran hart arbeiten muss."

Piper öffnete den Mund, um etwas zu erwidern, schloss ihn aber wieder. Dann holte sie tief Luft und sagte doch: „Also, Tessa … es tut mir wirklich Leid, aber da irren Sie sich ebenfalls. Das ist nämlich ganz, ganz falsch."

Tessa verschränkte die Arme vor der Brust. „Ich irre mich nicht." Wie konnte Piper es wagen, ihr vorzuwerfen, dass sie sich irrte? Wenn es etwas gab, das Tessa sich wirklich und absolut weigerte zu tun, dann sich zu irren. „Gott schenkt etwas so Wundervolles wie den Himmel ganz bestimmt nicht Leuten, die es sich nicht verdient –"

Piper beugte sich vor. Ihre Stimme war leise, aber voller Gefühl. „Sie können sich den Himmel nicht verdienen. Er ist ein Geschenk. Der Apostel Paulus sagt: ‚Denn darin sind die Menschen gleich: Alle sind Sünder und haben nichts aufzuweisen, was Gott gefallen könnte.' Aber was sich keiner verdienen kann, schenkt Gott in seiner Güte: Er nimmt uns an, weil Jesus Christus uns erlöst hat.' Das steht im Römerbrief Kapitel 3, Verse 23 und 24. Außerdem verdienen wir es auch gar nicht. Wenn wir das bekämen, was wir verdient haben, wenn wir die entsprechende Strafe für all das bekämen, was wir tagtäglich falsch machen, dann –"

„Würden wir am Kreuz hängen, so wie Jesus es getan hat", sagte Helen und bekräftigte ihre Aussage mit einem Nicken.

„Jesus hat die Strafe für uns alle auf sich genommen. Er hat bekommen, was *wir* eigentlich verdient hätten. Alles, was Gott als Voraussetzung dafür, dass wir in den Himmel kommen, verlangt, ist, dass wir ihn annehmen und uns von ihm vergeben lassen. Was wir selbst tun, ist nicht so wichtig, wie unseren Glauben in das zu setzen, was *Gott* getan hat – und bereit ist zu tun – für uns."

Tessas Herz raste, und einen Augenblick lang erinnerte sie sich selbst daran, dass sie sich beruhigen musste, damit die Schmerzen nicht wiederkamen. Aber wie sollte sie sich beruhigen? Dieser … dieser Eindringling hatte sich in ihre Bibelstunde, die sie bereits seit sieben Jahren leitete, eingeschlichen und darin breit gemacht und hatte ihre Macht und Autorität an sich gerissen. Das war einfach nicht richtig und sie würde nicht … würde nicht …

Ohne realisiert zu haben, dass sie eine Entscheidung getroffen hatte, schob Tessa ihren Stuhl zurück, stand auf und schlug mit einem Knall ihre Bibel zu. Dann packte sie die Bibel und ihre Notizen zusammen und verließ den Raum. Wenn sie sie nicht zu schätzen wussten, dann würden sie ja wohl auch ohne sie zurechtkommen.

Tessa war schon bei ihrem Auto angelangt, als –

„Tessa!"

Sie drehte sich um und sah, dass Marla ihr hinterhergeeilt war. Tessa lehnte sich mit dem Rücken an die Autotür, setzte eine entrüstete Miene auf und wartete auf die fällige Entschuldigung.

Marla war völlig außer Atem. „Wieso sind Sie gegangen?"

„Ich werde da drinnen doch ganz offensichtlich nicht mehr gebraucht."

„Das ist doch lächerlich. Natürlich werden Sie gebraucht. Warum sagen Sie denn so etwas?"

„Sie haben sich doch alle auf Pipers Seite geschlagen. Sie haben ihr Recht gegeben, sogar noch, als sie nicht einverstanden war mit dem, was ich gesagt habe."

Marla biss sich auf die Unterlippe. „Tessa … Sie sind doch eine kluge Frau. Ich kenne niemanden, der mehr Fakten und Definitionen und Erklärungen weiß und –"

Tessa zeigte in Richtung Kirche. „Und was nützt das? Wen interessiert es? Laut Piper ist Wissen doch unwichtig." *Und deshalb bin auch ich unwichtig.*

„Jetzt übertreiben Sie aber ziemlich, oder?"

Tessa hob das Kinn ein wenig höher. „Sie und die anderen lassen es zu, dass diese Fremde in unseren gut eingespielten Kurs kommt, dass sie alles an sich reißt, und folgen ihr dann auch noch wie einem Rattenfänger –"

Marlas Augen blitzten auf. „Wie bitte?"

„Wenn Sie mich zurückhaben wollen, verlange ich, dass Sie sich bei mir entschuldigen."

„*Wir* sollen uns entschuldigen?"

„Natürlich würde ich es vorziehen, wenn sich jede einzeln bei mir entschuldigt, aber ich wäre auch schon zufrieden, wenn eine Sprecherin des Kurses das stellvertretend für alle übernimmt."

Marla trat einen Schritt zurück und lachte, wobei sie ungläubig den Kopf schüttelte. „Sie sind wirklich ein hartes Stück Arbeit, Tessa Klein. Sie sind so gefangen in der Vorstellung, dass nur Sie allein Recht haben. Aber dann will ich Ihnen jetzt mal etwas sagen. Sie haben auch nicht immer Recht. Dies ist nicht das erste Mal, dass Sie uns bei einer Bibelarbeit in die Irre geführt haben. Wir haben schon öfter nach dem Kurs alles noch einmal durchgesprochen und versucht, den Schaden wieder zu kitten, den Sie durch Ihr arrogantes, hartnäckiges Insistieren, dass nur Sie allein wissen –"

„Schaden? Den *ich* angerichtet haben soll?"

Marla ging zu dem Gebäude zurück. „Auf Wiedersehen, Tessa. Ich hoffe, wir sehen uns Freitag bei *unserer* Bibelstunde wieder."

Tessa wusste nicht, ob sie in ihrem Zustand selbst Auto fahren sollte, aber es war ihr gleichgültig. Noch nie in ihrem Leben war sie so wütend gewesen. Sie war wütend auf Marla. Auf Piper.

Auf Gott.

Ich versuche, hier deine Arbeit zu tun, Herr. Du hast mir die Gabe des Lehrens gegeben, und ich versuche, sie einzusetzen.

Als sie an der Methodistenkirche vorbeikam, musste sie wegen des starken Verkehrs abbremsen. Auf dem Schild vor dem Gebäude standen außer den Gottesdienstzeiten die Worte: *Liebe deinen Nächsten wie dich selbst.*

Als sie weiterfuhr, zeigte Tessa wütend mit dem Finger auf diese Worte. „Genau das versuche ich doch zu tun. Ich liebe es, sie zu unterrichten und etwas an sie weiterzugeben."

Aber dich selbst liebst du mehr.

Sie schüttelte den Gedanken ab. Sie versuchte, die Frauen zu lieben, die sie gerade verlassen hatte, und jetzt sah sie doch, was der Dank dafür war. Abgesetzt als Leiterin ihrer eigenen Bibelgruppe. Das war nicht fair.

Sie schlug mit dem Handballen aufs Lenkrad. „Ich werde mir das nicht gefallen lassen. Ich werde zu Pastor Bill gehen und ihn auffordern, diese undankbaren Frauen zu zwingen, mir den Kurs zurückzugeben."

An der nächsten Ecke wendete sie und fuhr zur Kirche zurück. Zu ihrer Rechten ragte eine große Plakatwand auf. Es war eines von diesen originellen Gott-Plakaten. Ein schwarzer Hintergrund mit einer ganz einfachen Botschaft, unterzeichnet ganz schlicht mit GOTT. Normalerweise gefielen ihr diese Plakate, und sie fand sie richtig clever, aber heute dröhnte ihr die Botschaft unangenehm in den Ohren.

Pass auf, dass ich nicht da runterkomme …

Im selben Augenblick hörte in dem christlichen Radiosender, den sie eingeschaltet hatte, ein Lied auf und der Moderator fing an zu sprechen: „Unser Bibelvers für heute steht in Sprüche 16, Vers 18: ‚Der Stolze wird gestürzt: Ja, Hochmut kommt vor dem Fall!'"

Tessa trat so heftig auf die Bremse, dass der Wagen hinter ihr hupte und ausweichen musste, um nicht aufzufahren.

Sie fuhr an den Bordstein und machte den Wagen aus. Sie schloss die Augen, sodass sich die Worte, die sie noch Augenblicke zuvor wie eine Welle überrollt hatten, wie Glühwürmchen bei Licht verflüchtigten. Liebe und Stolz. Wasser und Öl. Lebendiges Wasser. Jesus.

Ihre Gedanken waren plötzlich kummer- und reuevoll.

Das war schon mal ein guter Anfang.

Gillie stupste Andrea in die Seite und beugte sich zu ihr hinüber. „Er ist wieder da."

Andrea blickte auf und sah, wie Russell Greenburg nur mit einem einzelnen Blatt Papier in der Hand durch die Schalterhalle ging. Er sah zu ihr herüber. Gillie winkte ihm kokett zu.

Andrea gab ihr einen Klaps auf den Arm. „Lass das!"

„Ich bin doch nur freundlich." Sie schob ein Gummiband über ein Bündel Zwanziger. „Wenn Blicke ein Morsecode wären, dann hätte dieser Mann dir die ganze Woche SOS gesendet."

„Was?"

„SOS. Die Frage ist, ob du empfängst, was er sendet."

Andrea strich ein Bündel Zehner glatt. „Vielleicht."

Gillie verdrehte die Augen. „Als Singlefrau, die nichts gegen die Aufmerksamkeit eines Mannes hat, der gut aussieht, Hirn hat und mehr als fünfzig Dollar sein Eigen nennt, würde ich langsam anfangen, etwas zurückzusenden. Und zwar so schnell wie möglich." Sie trommelte ungeduldig mit den Fingernägeln auf dem Tresen.

Sie sahen Russell von seinem Gang zurückkommen. Statt jedoch den normalen und direkten Weg zurück in sein Büro zu nehmen, schwenkte er in ihre Richtung ab. Bevor sie wegging, stupste Gillie Andrea noch einmal kurz an und flüsterte: „SOS!"

Andreas Herz schlug jetzt in einem Stakkato. Ihre Blicke trafen sich. Er schaute nach unten. Sie sah ebenfalls zu Boden, aber als sie dann wieder aufblickte, stellte sie fest, dass er sie ansah. *Das ist doch lächerlich. Ich benehme mich wie ein Schulmädchen. Er ist mein Chef – nicht mal mein unmittelbarer Vorgesetzter, sondern noch viel weiter oben. Wahrscheinlich will er nur sehen, wie ich zurechtkomme.*

„Ms Taylor."

„Mr …" Sie merkte, dass sie sich räuspern musste. „Mr Greenburg."

„Läuft alles gut?"

„Ja."

„Würden Sie mit mir essen gehen?"

Wenn es eine Überleitung vom Chef zum Freund gegeben hatte, dann hatte sie diesen Punkt irgendwie nicht mitbekommen.

„Ich weiß nicht so recht."

Er schaute sich in der Halle um, ebenso wie Andrea. Es ruhten viel zu viele Blicke auf ihnen. Manche Kollegen schauten demonstrativ weg. Andere beobachteten das Geschehen mit offener Neugier.

Jetzt musste er sich räuspern. Er verlagerte das Gewicht auf den anderen Fuß. „Ich weiß – das ist vielleicht ein bisschen ungewöhnlich, aber …" Er beugte sich ein ganz klein wenig zu ihr vor. „Ich würde Sie gern besser kennen lernen."

„Danke."

Er lächelte, als hätte er einen Sieg errungen. „Also Abendessen? Um sieben?"

„Sie meinen heute Abend?"

„Essen Sie heute Abend nicht?" Dann winkte er ab wegen seiner eigenen lockeren Bemerkung. „Ich weiß, das ist ein bisschen kurzfristig, aber wenn Sie noch nichts vorhaben –"

„Nein, habe ich nicht. Es wäre großartig."

Er strahlte und wippte zweimal auf den Zehenspitzen. „Wunderbar. Soll ich Sie ab-" Er hielt inne. Zwischen seinen Augenbrauen wurde eine Falte sichtbar, die dann aber wieder verschwand. „Wenn es Ihnen recht ist, wäre es mir lieber, wenn meine Mutter nicht erführe, dass wir miteinander ausgehen. Noch nicht jedenfalls."

Sie war sich nicht so sicher, ob sie das als gutes oder schlechtes Zeichen werten sollte, aber bevor sie unsicher wurde, fügte er noch hinzu: „Sie wünscht sich mehr als alles auf der Welt, dass ich endlich heirate, und ich fürchte, dass sie, wenn sie von unserem Date erfahren würde, noch mehr drängeln würde als ohnehin schon."

„Kein Problem", sagte Andrea. „Dann treffen wir uns eben im Restaurant. In welchem?"

„Im ‚Chez Garsaud'."

Sie musste ein Gesicht geschnitten haben, denn er lachte. „Sie sehen aus, als hätte ich den Mond als Treffpunkt genannt."

„Ja, das wäre für mich ähnlich exotisch. Meine Chance, jemals im ‚Chez Garsaud' zu essen, war bisher ähnlich groß wie die, auf den Mond zu fliegen."

Er sah zufrieden aus. „Umso besser. Ich liebe es, Menschen etwas zu geben, was sie noch nie zuvor bekommen haben."

„Dann bin ich dabei."

„Hervorragend. Dann sehe ich Sie also um sieben."

Als Russel wegging, kam Gillie zu ihr. „Wow, Andrea. ‚Chez Garsaud'."

Andrea zuckte mit den Schultern, aber ihr war eigentlich danach, eine Faust in die Höhe zu jagen. „Es war nichts."

Es war sehr wohl etwas.

Gillie war froh, dass auf der Toilette sonst niemand war. Sie trat vor einen der Spiegel und sah sich an. *Ich bin eine hübsche Frau. Wieso finde ich keinen Mann wie Russell Greenburg?*

Sie tippte mit einem Fingernagel gegen den Spiegel. „Weil er sich nicht zu dir, der Gillie, die mit ihren Unterhaltszahlungen protzt, hingezogen fühlt, sondern zu der bescheidenen, natürlichen, ledigen Mutter Andrea."

Sie seufzte und beobachtete im Spiegel, wie sich dabei ihre Schultern erst hoben und dann wieder senkten. *Sei's drum.* Sie bemerkte eine widerspenstige Haarsträhne und hielt die Finger unter den Wasserstrahl, um sie anzufeuchten und die Haare zu bändigen, dann fuhr sie mit dem Finger am Haar und weiter an der Kinnlinie entlang. Sie war noch immer sehr schön straff, auch mit fünfunddreißig.

Jerry hat mir auch immer tief in die Augen geschaut und mir gesagt, dass er mich liebt. Sie schüttelte diese Erinnerungen ab. Jerry war weg. Er hatte eine jüngere Ausgabe von ihr geheiratet.

Obwohl sie Jerry gern zu hundert Prozent die Schuld gegeben hätte, konnte sie das leider einfach nicht tun. Ihr gemeinsames Leben war eine Beziehung gewesen, in der jeder ganz und gar und ausschließlich mit sich selbst beschäftigt gewesen war. Sie hatten keine Kinder gehabt, weil sie die Einschränkungen und Umstände gescheut hatten. Sie hatten sich die schönsten Dinge gekauft und das beste Leben genossen, das man für Geld kaufen konnte. Bei all der Konzentration darauf, immer das Beste vom Besten zu bekommen, war es fast unvermeidbar gewesen, dass Jerrys Blick irgendwann auch auf eine bessere, jüngere Frau gefallen war. Für Jerry war der Vorgang, Gillie gegen ein neues und verbessertes Modell auszutauschen, vergleichbar mit dem Austausch eines Jeeps gegen einen Lexus, die logische Weiterentwicklung eines Lebensstils eben.

„Wie gut, dass ich ihn los bin", sagte Gillie zum Spiegel.

Sie musste wegschauen, weil es ihren Augen nicht gelang, sich der Lüge zu stellen. Was für ein Quatsch. Jerry fehlte ihr, auch wenn er ein makelbehaftetes Exemplar seiner Gattung war, aber eine Zeit lang hatten sie etwas ganz Besonderes miteinander gehabt. Bevor sie zugelassen hatten, dass ihr „Lifestyle" sie auffraß und sie das Leben als solches gar nicht mehr wahrnehmen konnten, hatten sie mehr Hingabe füreinander empfunden als für Dinge.

Wo war nur die Liebe geblieben? Sie hatte sich wie Nebel in der Sonne verflüchtigt.

Gillie straffte die Schultern und machte ein entschlossenes Gesicht.

Was passiert ist, ist passiert. Wer braucht schon einen Ehemann, wenn man das Geld des Ehemanns hat?

Sie spürte, dass sich eine Kaufwut anbahnte.

„Ich bin wieder da!"

Bevor Mae die Haustür schließen konnte, war Evelyn schon bei ihr und packte sie am Arm. „Mae, ich mache mir solche Sorgen."

„Immer langsam, Evie, lassen Sie mich erst mal ganz hereinkommen, bevor Sie sich auf mich stürzen."

Evelyn ließ sie los und trat einen Schritt zurück. „Oh, tut mir Leid."

Mae schob sich den Riemen ihrer Schultertasche über den Kopf. „Kein Problem. Allerdings glaube ich, an Ihrem Verhalten erkennen zu können, dass es sehr wohl ein Problem gibt. Was ist denn los?"

Evelyn ging ins Wohnzimmer. „Setzen wir uns doch."

„So schlimm?"

„Vielleicht. Möglicherweise."

Mae versuchte, sich etwas vorzustellen, was Evelyn dermaßen aus der Bahn werfen konnte, aber ihr fiel absolut nichts ein.

Sie saßen beide auf dem Sofa. Evelyn setzte sich in einem stumpfen Winkel zu Mae. „Wir hatten heute Besuch. Collin Ames von gegenüber war da."

„Wenn ich das richtig sehe, hat das nichts Gutes zu bedeuten."

Evelyn zuckte mit den Schultern. „Ehrlich gesagt, habe ich mir nie viele Gedanken über ihn gemacht."

„Bis jetzt."

„Er hat sich darüber beschwert, dass ich eine Pension eröffnet habe, dass ich Mieter habe. Zusätzliche Leute in diesem Block. Er hat mich gefragt, ob ich eine Genehmigung habe oder so was und –"

Evelyn rang die Hände. „Haben Sie im Rathaus die Genehmigung beantragt, wie Sie es versprochen hatten?"

Jetzt erinnerte Mae sich wieder. Sie hatte wirklich am ersten Tag versprochen, sich darum zu kümmern. „Oh nein. Das habe ich nicht. Ich hab es völlig vergessen."

Evelyn stand erst einfach da und fing dann an, auf und ab zu gehen. „Aber was ist, wenn Collin als Erster dort vorspricht und sich beschwert und die dann beschließen, dass ich keine Genehmigung bekommen kann, und jemanden schicken, der das Haus inspiziert und dann beschließt, dass die Flure nicht breit genug sind oder dass zu wenig Toiletten vorhanden sind oder das Dach irgendwie nicht den Vorschriften entspricht und deshalb verändert werden muss oder dass die Brandschutzbestimmungen nicht eingehalten werden." Sie blieb direkt vor Mae stehen. „Was ist, wenn sie diese Pension hier schließen?"

Mae berührte sachte Evelyns Arm. „Sie werden nicht –"

„Aber was, wenn sie es doch tun?" Ihr Blick war unruhig. „Ich brauche die Einnahmen unbedingt zum Leben. Das hat sich alles so gut und richtig angefühlt. Und Sie alle sind für mich eine solche Freude, und jetzt, wo ich mich auch noch um Summer kümmere, ..."

Mae stand auf, nahm Evelyns Hände in ihre und wartete dann, bis Evelyn sie ansah. „Ich kümmere mich gleich am Montag darum, Evie. Das verspreche ich Ihnen."

Evelyn nickte.

„So, und jetzt atmen Sie einmal ganz tief durch."

Evelyn folgte der Anweisung und schaute dann zur Haustür, als durchlebe sie die Situation vom Vormittag noch einmal. „Aber was ist, wenn Collin wiederkommt?"

„Dann laden Sie ihn zu einem ‚Uno'-Spiel oder einer Tasse Tee ein."

„Ich kann mir nicht vorstellen, dass er Tee mag."

Meine Güte ... „Evelyn, das war ein Scherz. Machen Sie sich wegen ihm keine Sorgen. Im schlimmsten Falle kümmere ich mich dann schon um Collin Ames."

Evelyn lächelte. „Er wird nicht wissen, wie ihm geschieht."

„Genau." Mae ging zur Treppe. „Sie denken doch daran, dass ich heute Abend nicht da bin? Abendessen und Kino. Ich werde also zum Essen nicht da sein."

„Ja, ich habe daran gedacht", antwortete Evelyn. „Andrea hat auch angerufen. Sie hat heute Abend ein Date."

„Wirklich? Wie schön für sie."

„Und Piper holt Summer ab. Sie wollen zu ‚McDonald's'. Heute Abend sind dann wohl nur Tessa und ich da."

Piper stand in der Tür zu Evelyns Zimmer.

„Was halten Sie davon?", fragte Evelyn. „Andrea hat gesagt, Sie wären gut im Einrichten und Dekorieren."

„Ja, das stimmt."

Evelyn lachte. „Ich mag selbstbewusste Frauen."

Piper sah sich die Möbel etwas genauer an. „Ach, das ist mal so, mal so. Sie haben mich heute an einem guten Tag erwischt, was das Selbstbewusstsein angeht." Sie strich über die Oberfläche der Kommode. „Hübsche Antiquitäten haben Sie hier."

Evelyn lachte. „Seltsam, ich habe die Sachen nie als Antiquitäten gesehen. Als Aaron und ich hier eingezogen sind, haben wir sie als Gebrauchtmöbel übernommen und auch als solche betrachtet – für uns war das Wichtigste daran, dass sie nichts kosteten."

Piper fuhr mit der Hand an dem Bettgestell entlang. „Die sind mehr als gebraucht; das hier ist wunderschön und die Kommode auch."

Sie sahen beide die Frisierkommode mit dem Spiegel an. „Und die?", fragte Evelyn.

„Weniger schön."

„Ich weiß, sie passt nicht zu den anderen Sachen."

„Ach, es muss ja nicht unbedingt alles passen, aber sie ist zu ..." Piper schüttelte die eine Hand, so als suche sie nach einem bestimmten Wort.

„Zu hässlich?", schlug Evelyn vor.

„Ich wollte eigentlich sagen: zu klobig."

„Aber *hässlich* träfe es auch?"

„Ich wollte nur nett sein."

Evelyn setzte sich aufs Bett, während Piper sich weiter umsah. „Ich möchte nicht, dass Sie nett sind, Piper. Ich möchte, dass Sie tun, was erforderlich ist, um diesen Raum zu verschönern."

„Das ist aber ziemlich vage."

Evelyn zuckte mit den Schultern. „Ich vertraue Ihnen."

Piper knipste die komische kleine Lampe an, deren Fuß die Frau mit dem weiten Rock war. Dann schaltete sie die Lampe wieder aus. „Das freut mich, aber ich kann diesen Auftrag nur übernehmen, wenn Sie und ich zusammen einen Einkaufsbummel machen. So kann ich am besten herausfinden, welcher Stil Ihnen gefällt."

Evelyn ließ den Kopf hängen. „Oh, nein, nein … einkaufen …"

„Also, was ist nun?"

Evelyn lächelte. „Wenn Sie mich so fragen, dann natürlich gern."

Piper war erleichtert. Sie fuhr mit der Hand über den Quilt auf dem Bett und berührte jeden der sieben Sterne in einem der Quadrate kurz mit dem Finger.

„Also, dieser Quilt, der gefällt mir wirklich gut. Hat der eine Geschichte? Quilts haben häufig eine Geschichte."

„Er hat Großmutter Greenburg gehört. Ich weiß nur, dass das Muster ‚sieben Schwestern' heißt. Wenn ich mich recht erinnere, hat sie ihn von ihren Schwestern zur Hochzeit bekommen. In der Greenburg-Familie gab es tatsächlich sieben Schwestern."

Die Zahl sieben blieb bei Piper hängen und sie rechnete schnell nach. „Und jetzt sind wir sieben Frauen, die hier Leben ins Haus bringen. Interessant, oder?"

„Sieben –?"

Piper zählte an den Fingern ab. „Da sind zunächst mal Sie, dann Mae, Tessa, Summer und Andrea. Und Gillie und ich sind ja auch ständig hier. Sieben Frauen also."

Evelyn nickte. „Sieben Schwestern. Das gefällt mir."

Piper warf noch einmal einen Blick in den Raum. „Vielleicht sollte der Quilt bleiben, weil er noch eine Bedeutung hat."

Evelyn strich mit der Hand über den Stoff, als sähe sie ihn mit ganz neuen Augen. „Sie glauben also, dass es gar nicht so schlecht wäre, ihn zu behalten? Eigentlich wollte ich doch versuchen, ganz neu anzufangen, wollte etwas ganz Neues hier hereinbringen."

Piper machte sich noch einmal einen Gesamteindruck von dem Zimmer. „Wir können auf andere Weise dafür sorgen, dass der Raum ganz neu wirkt. Aber ich habe viele –"

Urplötzlich tauchte Summer mit einem Satz in der Tür auf. „Ich bin fertig!"

Piper streckte ihr ihre Hand entgegen. „Chicken Nuggets oder einen Hamburger?"

„Einen Cheeseburger mit ganz, ganz viel Pommes."

„Du bist ganz mein Mädchen, Piepmaus."

Andrea kam dazu – in einem pinkfarbenen Kleid, das ihr dunkles Haar und die Augen besonders schön zur Geltung brachte.

„Wow!", sagte Piper.

„Danke", entgegnete Andrea und huschte zur Treppe. „Das war genau die Reaktion, die ich erhofft hatte."

Sie gingen jetzt alle hinter ihr her nach unten.

„Und wer ist der Glückliche?", fragte Evelyn.

„Ach, jemand, den ich erst vor kurzem kennen gelernt habe."

Unten angekommen, sah Piper zwischen Andrea und Evelyn hin und her. Andrea hatte ihr anvertraut, dass sie mit Russell ausgehen würde und dass sie sich einverstanden erklärt hatte, darüber erst einmal nicht zu reden. Die Frage war, ob das *möglich* war.

„Wie heißt er denn?", fragte Evelyn.

Piper sah, wie Andreas Gesichtsausdruck kurz panisch wurde. Sie mochte nicht lügen – das war eines der Dinge, die Piper an ihr so mochte. Aber wie konnte sie sich jetzt herausreden?

Andrea kontrollierte noch einmal ihre Frisur vor dem Spiegel im Eingang. „Ich verrate die Namen meiner Dates nie, bevor wir nicht mindestens dreimal miteinander aus waren. Wenn ich da an meine bisherigen Erfahrungen denke, bedeutet das, dass Sie niemals den Namen von irgendeinem Date erfahren werden."

„Dann dauern Ihre Beziehungen also nie sehr lange?"

„Äh … nein."

„Wie schade. Dabei sind Sie so ein hübsches Mädchen und –"

„Und sehr wählerisch", sagte Piper und öffnete die Haustür.

„Und das mit Recht", meinte Andrea.

„Aber, hey, was weiß denn ich? Ich kann mich gar nicht mehr an den letzten Mann erinnern, mit dem ich aus war und der mich noch zu einem zweiten Date verlocken konnte."

„Genau." Andrea gab Summer noch einen Kuss und gemeinsam verließen sie das Haus.

Evelyn stand in der Tür. „Holt er Sie denn gar nicht hier ab? Ein echter Gentleman holt die Dame doch immer zu Hause –"

„Das ist schon in Ordnung so, Evelyn. Bis später."

Als Evelyn ins Haus ging, blieb Piper noch kurz neben Andreas Auto stehen.

„Das war knapp."

Andrea stieg ein und sagte: „Wie gesagt, wenn meine Erfahrungen stimmen, dann wird das kein zweites Mal nötig sein."

Irgendwie schien es nicht richtig – oder möglich – bei *McDonald's* Salat zu essen. Der Geruch von Pommes Frites war wie der Gesang der Sirenen, die Odysseus in den Tod gelockt hatten – oder Piper zu einem zusätzlichen Pfund auf den Hüften. „Das Maxi-Menü, bitte."

Piper saß mit Summer in der Spielecke des Restaurants. Das kleine Mädchen zog eine Pommes durch eine Ketchuppfütze, biss ein Stück davon ab und tunkte den Rest dann wieder ein. Dann schob sie sich den Rest in den Mund und schmatzte dramatisch.

„Mach mal lieber den Mund zu beim Kauen."

Summers Lippen schlossen sich augenblicklich, sodass Piper lächeln musste. Summer brachte sie immer zum Lachen.

Zu Pipers größtem Bedauern hatte sie keine Kinder. Denn natürlich brauchte man dazu einen Ehemann. Eigentlich brauchte man zwar keinen – wie Andrea unter Beweis gestellt hatte –, aber das kam für Piper nicht infrage. Erst heiraten, dann Kinder.

Wenn sie es wie in der Gesellschaft üblich, gehandhabt hätte, dann hätte sie schon mit einem Dutzend Männern geschlafen, oder sie hätte sich einer künstlichen Befruchtung unterzogen in der vollen Absicht, ihr Kind allein großzuziehen. Aber sie zog keine dieser Möglichkeiten ernsthaft in Erwägung.

Piper war immer noch Jungfrau, eine Tatsache, die die Schüler, die zu ihr in die Beratung kamen, entweder zum Brüllen oder einfach nur abstoßend fanden. Ja, ein paar Mal war es um ein Haar passiert. Mit ihrem Verlobten Jason beispielsweise. Und mit Barry Minion. Er war damals am College ein Kandidat gewesen, aber seine Vorstellung von einem moralischen Lebenswandel hatte wenig mit dem zu tun, was Gott wollte, dafür umso mehr mit dem, was Barry Minion gern wollte. Piper hatte versucht, ihm von Gott und Jesus zu erzählen. Aber Barry hatte sie nur ausgelacht und als „fromme Helene" bezeichnet. Zuerst zwar nur scherzhaft, aber dann hatte er angefangen, sie mit diesem Namen zu betiteln, wenn sie Meinungsverschiedenheiten hatten und sie mit etwas, das er tat, nicht einverstanden gewesen war. Also: Bye-bye, Barry.

So am Leben von Andrea und Summer teilzuhaben, war immer eine Erinnerung an das, was hätte sein können. Es war gar nicht so, dass sie Gott nicht um einen Partner gebeten hätte, aber bisher hatte er Nein gesagt. Jetzt, mit dreiunddreißig Jahren, fragte sich Piper immer häufiger, ob das vielleicht seine endgültige Antwort war. Sie war mit diesem Gedanken zwar noch nicht ganz versöhnt, aber sie vertraute darauf, dass ihr liebender himmlischer Vater immer das Beste für sie im Sinn hatte.

„Warum guckst du mich denn so komisch an?“, fragte Summer.

Piper hatte gar nicht gemerkt, dass sie die Kleine anstarrte. Sie lächelte. „Du hast die wunderschönen Augen deiner Mutter.“

„Danke.“ Summer steckte sich ein weiteres Stück Pommes in den Mund und betrachtete Pipers Gesicht. „Und wessen Augen hast du?“

Sie war etwas überrumpelt von der Frage. „Also, na ja … Das weiß ich gar nicht so genau.“

„Wer hat grüne Augen, deine Mama oder dein Papa?“

Eigentlich keiner von beiden. Piper dachte an die blauen Augen beider Eltern, an deren blondes Haar und die zierliche Statur. Sie erinnerte sich an Zeiten in ihrem Leben, als die Leute Bemerkungen gemacht hatten über das große brünette, braunäugige Mädchen mit den kleinen blonden, blauäugigen Eltern.

Summer wartete auf eine Antwort.

„Ich bin nämlich adoptiert. Ich weiß nicht, welche Augenfarbe meine leiblichen Eltern haben.“

Summer nickte und kaute. „Mandy Rice ist auch adoptiert. Sie hat neben Großmutter und Großvater gewohnt. Sie sagt, sie wäre etwas ganz Besonderes, weil ihre Eltern sie ausgesucht hätten.“

„Alle Kinder sind etwas Besonderes.“

„Aber Mama hat mich nicht ausgesucht. Sie musste mich bekommen.“

Piper wusste nicht so genau, was Summer damit meinte, war aber sicher, dass es nichts damit zu tun hatte, dass Andrea eine Abtreibung in Erwägung gezogen hatte, als sie erfahren hatte, dass sie schwanger war.

Piper tunkte ebenfalls eine Fritte in Ketchup. „Deine Mama musste dich bekommen, weil sie wusste, was für ein tolles kleines Mädchen du werden würdest.“

„Woher konnte sie das denn wissen?“

Piper zögerte einen Augenblick. „Weil Gott dich gemacht hat. Und es gibt niemanden, der so ist wie du."

Summer überlegte kurz. „Wow. Cool."

„Das kann man wohl sagen."

Evelyn schaute auf ihre Uhr. Halb sieben. Die Regel besagte, dass es um sechs Uhr Abendessen gab, es sei denn, es war etwas anderes vereinbart worden. Tessa hatte aber nichts anderes abgesprochen und sie war eine eiserne Regelbefolgerin. Daher machte Evelyn sich Sorgen. Sie rief in der Kirche an, aber dort meldete sich niemand.

Sie ging in die Eingangshalle und schaute zum Fenster hinaus, das nach vorn zur Straße ging, und zwar bis zwei Autos vorbeigefahren waren, die beide nicht Tessa gehörten. Sie trat auf die Veranda hinaus und setzte sich in den Korbsessel. Und wartete.

Bitte, Gott, bewahre sie.

Russell wartete bereits auf sie.

Andrea parkte auf dem Parkplatz des *Chez Garsaud*. Aber noch bevor sie die Autotür öffnen konnte, hatte Russel das bereits getan.

„Hallo", sagte er und reichte ihr die Hand, um ihr beim Aussteigen behilflich zu sein.

Sie ergriff die Hand und stieg aus. „Was für ein Service. Ich bin beeindruckt."

„Das ist doch das Mindeste, was ich für eine schöne Frau tun kann." Er bot ihr den Arm an und sie gingen in Richtung Eingang.

Andrea war durch sein Benehmen und die Schmeicheleien ein wenig eingeschüchtert. Sie hatte nie mit Männern zu tun gehabt, die richtige Komplimente machten, geschweige denn die Tür öffneten.

Als sie dann durch die große Doppelschwingtür gingen, wurden Andreas Sinne in ein Wunderland aus Messing, Leder und Nussbaumholz katapultiert.

„Guten Abend", begrüßte sie der Maître. Er sah aus wie ein Model aus einer Zeitschrift. Andrea war froh, dass sie das pinkfarbene Kleid angezogen hatte statt des champagnerfarbenen Rockes.

„Ich habe einen Tisch reserviert", sagte Russell. „Auf den Namen Greenburg."

Mit einem kurzen Blick auf sein Pult nahm der Mann zwei Speisekarten und schenkte ihnen ein strahlendes Lächeln. „Ja, Mr Greenburg. Miss. Hier entlang bitte."

Der Stuhl wurde ihr zurechtgerückt und man legte ihr die in Leder gebundene Speisekarte vor. Es wurden mit Eiswasser gefüllte Kristallgläser gebracht, in denen Zitronenscheiben schwammen, frische Blumen standen auf dem Tisch, ein Streichquartett spielte auf, und es duftete so köstlich nach Essen, dass sie am liebsten gesagt hätte: „Ach, bringen Sie mir doch bitte von allem etwas."

Russell blickte von seiner Speisekarte auf. „Lassen Sie sich bloß nicht einschüchtern von den französischen Bezeichnungen. Das einzige Französisch, das ich kenne, ist das Speisekartenfranzösisch von meinen Besuchen hier."

„So oft sind Sie also hier?"

Russell zuckte mit den Schultern. „Das kommt durch die Bank. Wir laden oft wichtige Großkunden hierher ein."

„Ich nehme an, mit ‚groß' meinen Sie, dass man mehr auf dem Girokonto hat als neunundachtzig zweiundfünfzig."

„Also, ich glaube, hundert Dollar sind das Minimum."

Er klappte die Speisekarte zu und legte sie beiseite. Dann griff er über die obere Kante von ihrer hinweg und zeigte auf einen Menüpunkt. „Das Rinderfilet ist vorzüglich. Ansonsten würde ich den Lachs empfehlen." Er setzte sich wieder zurück. „Gab es außer der Notwendigkeit, einen Job zu bekommen, etwas, was Sie zur Bank gezogen hat?"

Andrea entschied sich für den Lachs und schloss ebenfalls die Speisekarte. „Ich habe schon immer Zahlen gemocht. Darin bin ich gut. Wussten Sie, dass zwei plus zwei vier sind?"

„Was Sie nicht sagen."

Sie nickte. Der Ober brachte ein Körbchen mit Brot, das mit einer bordeauxfarbenen Serviette zugedeckt war. Er nahm ihre Bestellung auf und ging dann wieder.

„Was für eine Ausbildung haben Sie?", fragte Russell. „Haben Sie einen Hochschulabschluss?"

„Ich dachte eigentlich, ich hätte den Job schon."

Er errötete. Dann deckte er das Brot auf und bot ihr eins an, bevor er selbst eins nahm und dann die restlichen Scheiben wieder zudeckte. „Ich will nicht neugierig sein, aber es interessiert mich einfach."

„Interessieren Sie sich für all Ihre Angestellten so oder …" Sie hatte den Satz angefangen, hatte aber plötzlich nicht mehr den Mut, ihn zu beenden.

„Oder speziell für Sie?"

Sie zerteilte ihr Brot und strich etwas Butter darauf. Sie war froh, etwas zu tun zu haben. „Ja, so ähnlich."

Er griff über den Tisch und berührte ganz sachte ihre Hand, bevor er sie schnell wieder zurückzog. „Ich versichere Ihnen, Andrea, es ist nicht meine Angewohnheit, mich mit weiblichen Bankangestellten zu verabreden. Ehrlich gesagt habe ich das noch nie zuvor getan."

„Sich verabredet? Oder sich mit einer Angestellten verabredet?"

Die Tatsache, dass er lächelte, war für sie sehr wichtig. Sie hatte sich mit genügend Typen verabredet, die schnell beleidigt waren oder die nicht mit ihrer leicht ironischen Art zurechtkamen.

„Mit Ihnen hat man keinen Augenblick Ruhe, nicht wahr?", sagte er.

Sie biss von ihrem Brot ab. Es war warm und zerging ihr auf der Zunge. „Ist es das, was Sie wollen? Wollen Sie lieber eine leichte Konversation? Damit Sie Ihre Ruhe haben?"

Er zog die Augenbrauen hoch und legte sein Brot und das Messer hin. „Nein, eigentlich nicht. Ehrlich gesagt langweilt mich leichte Konversation, die genau da endet, wo sie auch angefangen hat."

„Sie lieben also die Herausforderung."

„Jetzt, wo Sie's sagen …"

Sie seufzte. „Also sprechen wir über den Weltfrieden, über Aktien oder darüber, wie man ein Erdnussbuttersandwich mit Marmelade am besten zubereitet? Darin ist meine Tochter Spezialistin."

„In Sachen Weltfrieden?"

Sie hatte mit *ihm* keinen Augenblick Ruhe. Das war gut. Sehr, sehr gut.

„Sie haben eine Tochter?"

„Ich dachte, das wüssten Sie."

„Ja, das wusste ich. Meine Mutter hat es erwähnt. Vielleicht hätte ich die Frage anders formulieren sollen. Erzählen Sie mir von Ihrer Tochter."

Andrea war überrascht von seinem Interesse. Ein fünfjähriges Kind zu haben war normalerweise der Date-Killer schlechthin.

Und vielleicht war Russell ja auch nur höflich. Er war offenbar in dieser Hinsicht ein echter Knüller.

„Sie war ein Fehler, der allerdings zur Freude meines Lebens wurde."

„Ja?"

Andrea spürte jetzt, wie stolz sie war. „Wollen Sie all die glorreichen Einzelheiten hören? Vorehelicher Sex, ledige Mutter, abwesender Vater. Ich habe bisher bei meinen Eltern ge-"

„Wie heißt sie denn?"

Andrea war so geschockt – und ernüchtert –, dass sie schwieg. Summer war keine Sache, die man wie eine Trophäe hochhalten konnte, aber auch keine Last, die man zeigte, um damit Sympathien zu wecken. Andrea reagierte ziemlich übertrieben.

Sie rückte ihre Serviette auf ihrem Schoß zurecht. „Sie heißt Summer nach meiner Lieblingsjahreszeit." Sie blickte auf. „Eigentlich ist die Zeit, die ich mit ihr verbringe, meine Lieblingsjahreszeit. Ich bin schrecklich gern Mutter."

Russell nickte. „Was ist denn Summers Lieblingsbeschäftigung?"

Mich glücklich zu machen. Andrea formulierte es weniger persönlich. „Helfen."

„Zum Beispiel?"

„Zum Beispiel versucht sie immer herauszufinden, was gerade getan werden muss, und kümmert sich dann darum. Ob es darum geht, mir eine Serviette zu holen, meine Parfümflaschen zu sortieren oder genau im richtigen Augenblick auf meinen Schoß zu klettern."

„Wie alt ist sie?"

„Sie ist gerade fünf geworden."

„Und ist sie schon immer so gewesen?"

„Immer. Es ist, als wäre sie schon so geboren worden."

„Vielleicht ist das ja auch wirklich so."

„Was meinen Sie?"

Russell verstrich sorgfältig die Butter auf seinem Brot. „Ich glaube, dass Menschen mit bestimmten Fähigkeiten, Wesenszügen oder Gaben geboren werden. Ich bin mir nicht so sicher, wie ich sie nennen soll, aber anscheinend sind wir von Geburt an sehr unterschiedlich, und zwar nicht, weil wir es uns so ausgesucht hätten. Es ist einfach so."

„Meine Freundin Piper würde sagen, dass Gott es so gemacht hat."

„Dass Gott uns diese Fähigkeiten gegeben hat?"

Andrea nickte. Ihr gefiel dieser Gedanke, und sie hoffte, dass es wirklich so war. „Sie könnte Ihnen wahrscheinlich auch einen Bibelvers nennen, um ihre These zu untermauern, aber ich habe sie schon so oft sagen hören, dass jeder Mensch einen einzigartigen Zweck und einzigartige Gaben hat, und dass es bei uns liegt herauszufinden, welche Gaben das sind, und dazu Ja zu sagen."

„Ja wozu?"

„Nicht wozu, sondern zu wem."

„Also gut. Zu wem?"

„Gott."

Während er nickte, war in seinem Gesicht eine ganz leichte Anspannung zu erkennen. Andreas erster Impuls war es, den Rückzug anzutreten und Gott von jetzt an aus dem Spiel zu lassen. Schließlich war sie selbst ja noch ein absoluter Neuling in Glaubensdingen. Aber irgendetwas in ihr ließ alle Zurückhaltung vergehen und sie verspürte plötzlich eine Art Kühnheit.

Die Salate kamen, und es wäre der perfekte Zeitpunkt gewesen, das Thema zu wechseln, aber sie konnte es einfach nicht und sie tat es dann auch nicht. „Glauben Sie an Gott?"

Russell verschluckte sich an dem Bissen, den er gerade in den Mund gesteckt hatte, und das meiste davon landete wieder im Salatschälchen. Er tupfte sich das Kinn ab. „Sie haben den Smalltalk ja wohl ganz und gar verbannt, was?"

„Sie wollten doch die Herausforderung."

Er nickte. „Die Antwort auf Ihre direkte Frage ist: Ja, ich glaube an Gott."

„Meinen Sie mit ‚glauben' wirklich, dass Sie davon überzeugt sind?"

„Wenn Sie damit fragen wollen, ob ich an Straßenecken stehe und ‚Preiset den Herrn' schreie –"

„Nein, nein, so meine ich das nicht." Andrea sprach ein schnelles Gebet, in dem sie um die richtigen Worte bat. Das war alles so neu für sie ... „Bis ich schwanger wurde, war ich auch eine Namenschristin. Ich habe gebetet. Manchmal. Meistens aber nicht. Piper hat mir schließlich klargemacht, dass mehr dahinter steckt."

„Und wer ist Piper? Ist das ein Mann oder eine Frau?"

„Eine Frau. Sie war meine Vertrauenslehrerin, als ich noch zur Schule ging und schwanger wurde. Aber dann wurde viel mehr daraus. Inzwischen sind wir beste Freundinnen."

„Und sie hat Sie mit Gott in Verbindung gebracht?"

Andrea nickte. Sie konnte nicht antworten, weil sie den Mund voll hatte. Schließlich sagte sie: „Es ist ein solcher Unterschied, nur ein Mitläufer zu sein und in die Kirche zu gehen oder wirklich mit ihm in Beziehung zu treten und zu erfahren, dass er real ist, dass er einfach immer da ist." Sie legte eine Hand auf ihr Herz. „Das ist ein solcher Trost."

„Wahrscheinlich. Wenn Sie Trost nötig haben."

Diese eine Bemerkung warf ihn in ihren Augen drei Stufen zurück. „Das klingt aber reichlich überheblich."

Er zwinkerte zweimal schnell hintereinander. „So sollte es gar nicht klingen. Aber es ist doch eine bekannte Tatsache, dass Menschen sich meistens dann an Gott wenden, wenn es ihnen schlecht geht. Das werden Sie doch sicher nicht leugnen."

„Und wenn die Schwierigkeiten dann vorüber sind, vergessen viele Leute ihn wieder. Ich habe das in meinem Leben schon sehr häufig selbst so gemacht. Aber mit Pipers Hilfe ist mir klar geworden, dass, wenn ich von ihm erwarte, mir in schlechten Zeiten zu helfen, ich ihm auch in guten Zeiten meine Aufmerksamkeit schuldig bin. Wir können keine Schlechtwetterchristen sein."

Russel hielt den Kopf ein wenig schräg und nickte. „Das klingt logisch."

Sie spürte, wie sie sich innerlich entspannte. Vielleicht war das hier eine Art Sieg. Vielleicht war das hier alles, was bei ihrem ersten Gespräch über Gott erreicht werden sollte – bei ihrem ersten Gespräch überhaupt. Bei diesem ersten Date.

Andrea war plötzlich erstaunt, wie weit sie über das übliche Maß an Konversation hinausgegangen waren. Und dabei waren sie noch nicht einmal beim Hauptgericht angelangt.

Das erste Date? Sie freute sich schon jetzt auf das zweite.

Als Tessa in die Einfahrt bog, sah sie, dass Evelyn auf der Veranda saß, sich aber erhob, als sie sie ebenfalls erkannte.

„Tessa! Wo sind Sie denn bloß gewesen? Ich habe mir solche Sorgen gemacht!“

Tessa schaute auf ihre Uhr. Fünf nach sieben. Sie war über eine Stunde zu spät zum Abendessen. Wo war nur die Zeit geblieben? Sie hatte ewig im Auto gesessen und war dann hinüber zum Park gefahren, wo sie ihre Selbstbetrachtung fortgesetzt hatte.

Sie versuchte, sich gerade aufzurichten und in die Offensive zu gehen, stellte dann aber fest, dass ihr das schwer fiel. „Tut mir Leid“, sagte sie und kam die Verandastufen herauf. Sie hielt sich am Geländer fest. „Irgendwie ist mir die Zeit davongelaufen.“

Sie ging ins Haus und in Richtung Küche. Evelyn folgte ihr auf dem Fuße. „Ist Ihre Bibelstunde nicht schon seit Stunden vorbei?“

Erwähnen Sie bloß nicht die Bibelstunde. Bitte erwähnen Sie sie nicht. „Ich hoffe, das Abendessen ist nicht ruiniert.“

„Nein, nein. Es ist nur Gulasch. Bei Gulasch kann man eigentlich nichts ruinieren. Aber –“

Tessa drehte sich abrupt um, sodass Evelyn ganz schnell stehen bleiben musste, um Tessa nicht umzurennen. „Evelyn, ich hatte einen harten Tag, und mir ist nicht danach, darüber zu reden. Ich wäre Ihnen dankbar, wenn Sie meine Privatsphäre respektieren und mich in Ruhe lassen würden.“

„Gut, natürlich … Ich wollte nicht aufdringlich sein. Ich habe mir nur Sorgen gemacht, dass Ihnen etwas passiert sein könnte.“

Tessa wusch sich die Hände. „Ich hätte anrufen sollen. Dafür entschuldige ich mich. Es wird nicht wieder vorkommen. Okay?“

Evelyn sah alles andere als sicher aus. „Wie Sie meinen.“ Sie fühlte sich mit Tessa *im* Haus einsamer, als sie sich gefühlt hatte, als Tessa nicht da gewesen war. Tessa sagte während des gesamten Essens kein Wort und auch hinterher nicht und zog sich dann auf ihr Zimmer zurück mit der Bitte, nicht gestört zu werden.

Was war nur passiert?

Während Evelyn die Küche aufräumte, merkte sie, dass sie betete. Das war alles, was ihr einfiel.

Evelyn schoss in dem Augenblick, in dem Mae zur Tür hereinkam, von ihrem Stuhl hoch.

„Mae!“

Mae schlug sich mit der Hand auf die Brust und schnappte nach Luft. „Jetzt machen Sie das heute schon zum zweiten Mal, Evie. Sie brauchen ein Glöckchen um den Hals oder so was, damit ich weiß, wann Sie mir auflauern." Sie holte noch einmal Luft. „Der neugierige Nachbar hat Sie doch nicht schon wieder belästigt, oder?"

„Nein, nein." Mit einem Blick nach oben zog Evelyn Mae ins Wohnzimmer. „Es geht um Tessa."

„Was ist denn los mit ihr?"

„Sie ist eine Stunde zu spät zum Abendessen erschienen und war völlig aufgelöst. Sie hat beim Essen kein Wort gesprochen. Dann ist sie hoch in ihr Zimmer gegangen und hat gesagt, dass sie nicht gestört werden will."

„Tessa hat kein Wort gesprochen? Dann muss es wirklich etwas Ernstes sein."

Evelyn nickte. „Ich mache mir wirklich Sorgen."

„Hat Sie Ihnen denn irgendwelche Hinweise gegeben?"

„Nur, dass sie einen schweren Tag gehabt hat. Ich weiß, dass sie heute Mittag ihre Bibelstunde hatte, aber die kann sie doch nicht dermaßen aufgeregt haben."

Sie drehten sich beide in Richtung Veranda, wo Piper und Summer zu hören waren. Evelyn lief zur Tür, um ihnen zu sagen, sie sollten leise sein. „Schsch!"

Piper schloss leise die Tür. „Was –?"

Mae zog die beiden Neuankömmlinge ins Wohnzimmer. „Tessa ist völlig aufgebracht. Hat sich in ihrem Zimmer eingeschlossen."

Pipers Miene zeigte Interesse, Sorge und schließlich Einsicht. „Ich frage mich ..."

„Wissen Sie etwas?"

„Ich war heute in Tessas Bibelstunde."

„*Sie* waren da? Warum denn das?"

„Ich bin mit einer Freundin hingegangen. Außerdem dachte ich, es wäre nett, weil Tessa hier wohnt und –"

„Ist denn irgendetwas passiert?"

„Sie ist einfach gegangen und hat die Gruppe zurückgelassen."

Mae hob einen Finger. „Ich dachte, sie wäre die Leiterin."

„Das war sie auch." Piper sah wie durch die anderen beiden Frauen hindurch. Offensichtlich war sie tief in Gedanken. „Ach du liebe Güte ... Es ist meine Schuld."

„Was haben Sie denn getan?"

„Ich habe ihr widersprochen. Jemand hat eine Frage gestellt und Tessa hat falsch geantwortet. Deshalb habe ich sie korrigiert –"

Mae wedelte mit den Händen in der Luft, als wolle sie Böses abwehren. „Na klar, das kann die allwissende Tessa doch nicht auf sich sitzen lassen."

„Das ist die Erklärung", sagte Evelyn.

Piper machte einen Schritt auf die Treppe zu. „Sollte ich mich vielleicht lieber bei ihr entschuldigen oder so?"

Mae zog sie zurück. „Heute Abend nicht mehr. Vielleicht sollten wir lieber das tiefer liegende Problem unter die Lupe nehmen."

„Das da wäre?"

Sie schauten sich alle gegenseitig an, als wagte es keine von ihnen zu sprechen. Mae holte tief Luft. „Dann werde ich eben sagen, was wir doch sowieso alle wissen. Tessa ist eine arrogante Besserwisserin. Es war höchste Zeit, dass jemand sie von ihrem Sockel geschubst hat. Sie kann ja jederzeit wieder hinaufsteigen."

„Glauben Sie?", fragte Evelyn. „Meist gibt sie sich ja stark, aber heute Abend … Ich habe sie noch nie so angeschlagen gesehen."

„Ich kenne das." Mae lehnte sich jetzt zu Summer hinüber, die das Ganze mitbekommen hatte. „Wie war's bei ‚McDonald's'?"

Evelyn ließ zu, dass der Raum mit dem Geplauder der anderen erfüllt wurde. Aber so sehr sie sich auch bemühte, sie konnte nicht aufhören, nach oben zu blicken.

Bevor sie ins Bett ging, klopfte Evelyn an Tessas Tür. Ein schwaches „Ja?" war zu hören.

„Ist alles in Ordnung, Tessa?"

„Mir geht's gut."

„Brauchen Sie noch etwas?"

„Nein."

Evelyn hatte sich selten so hilflos gefühlt. „Dann also gute Nacht."

Es kam kein „Gute Nacht" von Tessa.

Und keine gute Nacht *für* Tessa?

Kapitel 8

Als Mae am Montagmorgen die Küche betrat, um zu frühstücken, fiel ihr sofort auf, wie still es dort war. Andrea, Summer und Evelyn saßen um den Tisch herum und aßen und sogar Peppers lag ruhig zu Evelyns Füßen. Niemand sagte ein Wort und Tessa war gar nicht da. Bei genauerem Überlegen konnte sie sich nicht erinnern, Tessa am Wochenende überhaupt gesehen zu haben.

Mae war selbst entsetzt über die Erleichterung, die sie dabei empfand. Sie ging übertrieben auf Zehenspitzen, um sich einen Becher für ihren Tee zu holen.

„Was machen Sie denn da?", fragte Andrea.

„Ich versuche, die Stille nicht zu stören." Sie legte den Zeigefinger auf die Lippen. „Psssst."

Summer kicherte.

„Ist es so schlimm?", fragte Evelyn.

„Angenehm drückend." Mae goss jetzt heißes Wasser in ihren Becher und machte dabei absichtlich so viel Lärm wie möglich. „Wir sollten uns nicht nach ihren Launen richten, Schwestern. Das ist weder für die Hausgemeinschaft noch für Tessie selbst gut."

„Aber sie ist richtig außer sich", sagte Andrea.

„Das habe ich schon begriffen, aber es bringt doch nichts, wenn wir hier wie auf Eiern herumschleichen, während sie oben schmollt."

„Aber sie redet kein Wort", sagte Evelyn. „Ich habe es das ganze Wochenende versucht, aber sie kommt nicht aus ihrem Zimmer."

Mae tunkte den Teebeutel ins Wasser. „Sie hat die Wahl. Wir müssen ihr signalisieren, dass wir für sie da sind, aber dann müssen wir uns auch wieder um unser eigenes Leben kümmern."

Andrea nickte zustimmend. „Wenn wir etwas anderes tun, bestärken wir sie nur in ihrem Verhalten. Ich habe so etwas auch schon über Alkoholiker und andere Süchtige gehört. Wir ermöglichen es Tessa dadurch nur, in ihren Problemen stecken zu bleiben, statt –"

„Und? Was wollen wir jetzt tun?“ Mae stand jetzt am Tisch und sah die anderen erwartungsvoll an. „Hochgehen?“

„Jetzt sofort?“, fragte Andrea erschrocken.

„Wenn wir es jetzt nicht tun, dann müssen wir es nach der Arbeit erledigen, und ich für mein Teil möchte nicht, dass Tessa einen weiteren Tag ihres Lebens mit Schmollen vertut.“

Sie legte Evelyn eine Hand auf die Schulter. „Und es gibt noch einen Grund, es jetzt gleich zu tun. Evie und Summer. Sie müssen schließlich den ganzen Tag mit ihr zusammen sein, egal, ob der Tag heiter oder stürmisch ist.“

Andrea lachte. „Ich bin mir nicht sicher, ob man Tessas Stimmung überhaupt jemals als heiter bezeichnen kann.“

Evelyn schob ihren Stuhl zurück. „Ich bin jedenfalls dabei.“

„Das nenne ich die richtige Einstellung. Und Sie, Andrea?“

Andrea schob sich den letzten Bissen ihres Toasts in den Mund und stand auf. „Warum nicht? Ich bin immer dafür, schon am frühen Morgen einen Aufstand zu verhindern.“

„Kann ich auch mitkommen?“, fragte Summer.

Mae wuschelte ihr durchs Haar. „Du hältst hier die Stellung, Puppengesicht. Wenn du Schreie hörst, ruf die Küstenwache.“

Summers Stirn legte sich in Falten. „Was?“

Andrea zeigte auf ihr Müsli. „Iss dein Frühstück, Schätzchen. Wir sind gleich wieder da.“

Evelyn rang die Hände. „Ich glaube, da sind Sie vielleicht doch zu optimistisch.“

Als sie hintereinander die Treppe hinaufgingen, war Mae ziemlich überrascht darüber, dass sie sich alle geeinigt hatten … das zu tun, was sie im Begriff waren zu tun – was auch immer jetzt passieren würde. Und wieder einmal zu spät wurde ihr klar, dass es ihre Schuld war. Wieder einmal hatte ihr lockerer Umgang mit Worten etwas in Gang gesetzt, das weit über ihre ursprüngliche Absicht hinaus ging. *Warum mache ich so was? Warum spreche ich, bevor ich denke?*

Aber für solche Gedanken war es jetzt ohnehin zu spät. Sie ging den anderen voran nach oben, wo sie sich vor Tessas Tür sammelten.

„Und jetzt?“, flüsterte Evelyn.

Rückzug wäre eine gute Idee gewesen; ihr Tee wurde kalt.

„Sollten wir nicht anklopfen oder so?“, fragte Andrea.

Sie sah Mae an. Die holte tief Luft und sagte: „Tessa?“

Stille.

Sie klopfte noch einmal.

Nichts.

Mae drehte sich zu Evelyn um. „Rufen Sie sie doch einmal. Sie mag Sie am liebsten.“

Evelyn räusperte sich, als ob sie gebeten worden wäre, eine Rede zu halten. Sie trat vor und klopfte an die Tür. Allerdings sehr viel zarter als Mae, die ziemlich energisch gepocht hatte. Aber konnte ein Klopfen überhaupt freundlich sein?

„Tessa? Wir sind's. Das Frühstück ist fertig. Haben Sie verschlafen?“

Mae zeigte Evelyn, dass dies ein guter Versuch war, indem sie den Daumen nach oben streckte. Es war klug, jetzt nicht gleich Tessas Probleme zu erwähnen oder zu sagen, dass sie sich Sorgen um sie machten. Das würde ihre miese Stimmung nur noch verstärken.

„Ich habe Ihnen eine Tasse Kaffee eingeschenkt, Tessa, und der wird langsam kalt. Ich wollte außerdem Eier machen. Möchten Sie eins oder zwei?“

Mae hob eine Hand, um zu signalisieren, dass sich auf der anderen Seite der Tür etwas rührte. Es waren Schritte zu hören. Sie traten alle einen Schritt zurück. Dann ging die Tür auf.

Tessa sah schrecklich aus, ihr Haar war vom Schlafen noch völlig zerzaust, ihre Haut fleckig und der Kragen ihres Bademantels war halb nach innen geschlagen. Sie betrachtete die Meute vor ihrer Tür. „Sie alle sind also hier oben, um mir mitzuteilen, dass das Frühstück fertig ist?“

Andrea trat ein wenig von den anderen weg, so als wäre sie nur zufällig gerade bei den anderen und eigentlich auf dem Weg in ihr Zimmer gewesen. „Ich wollte mir nur noch einen Gürtel –“

Mae tat so, als bände sie sich gerade ihre Armbanduhr ums Handgelenk. „Und ich kann es einfach nicht leiden, wenn jemand länger schläft als ich, deshalb bin ich hochgekommen.“

Evelyn schüttelte den Kopf. „Die beiden lügen.“ Mae und Andrea starrten sie betreten an. Evelyn fuhr fort: „Wir sind nicht nur zufällig gerade an Ihrem Zimmer vorbeigekommen; wir sind extra gekommen, um nachzuschauen, wie es Ihnen geht. Sie sind jetzt schon viel zu lange allein auf Ihrem Zimmer.“

„Ja, Sie haben die gesetzlich zulässige Zeit längst überschritten", sagte Mae und tippte auf das Ziffernblatt ihrer Uhr. „Es wird Zeit, dass Sie wieder zu uns stoßen."

Tessa sah sie nacheinander an, den Mund zu einem Schmollen verzogen.

Nun mach schon, Tessa, zieh die Mundwinkel hoch und lächle. Du siehst aus wie ein Jagdhund, wenn du uns so finster anschaust.

„Wenn Sie wegen irgendetwas böse sind, dann müssen Sie es uns doch einfach nur sagen. Dazu sind wir doch da. Sie fehlen uns", meinte Andrea.

Da war sich Mae allerdings gar nicht so sicher ...

„Wir sind doch wie eine Familie und sollten in der Lage sein, die guten und die schlechten Zeiten gemeinsam durchzustehen", sagte Evelyn.

„Piper hat uns erzählt, was passiert ist und –"

Tessas Augen funkelten wütend. „Sie hat es Ihnen auch noch erzählt? Wie kann sie es wagen, es Ihnen zu erzählen?"

Andrea beeilte sich, den Fehler zu korrigieren. „Sie hat nichts Böses gesagt. Und wir wissen auch gar keine Einzelheiten. Sie hat nur gesagt, dass Sie sich in der Bibelstunde aufgeregt haben und gegangen sind."

„Ob ich gegangen bin oder nicht, das geht Sie gar nichts an. Und was Piper angeht, die es Ihnen auch noch erzählt hat ..." Sie legte ihre faltige Hand auf ihre Brust, die sich heftig hob und senkte. „Das ist schlicht und ergreifend Tratsch."

„Piper ist keine Klatschtante", sagte Andrea. „Sie hatte nicht die Absicht, etwas Abwertendes zu sagen. Sie ist nur besorgt – so wie wir auch. Wir möchten Sie gern verstehen. Wir möchten –"

Tessa trat einen Schritt zurück in ihr Zimmer und hielt sich am Türknauf fest. „Ich brauche Ihr Verständnis und Ihre Hilfe nicht. Was ich brauche, ist meine Ruhe!"

Sie knallte die Tür mit einer solchen Wucht zu, dass die Frauen vor der Tür einander ungläubig anstarrten. Mae hätte niemals gedacht, dass dies das Ergebnis ihrer freundlichen, gut gemeinten Intervention sein würde. Sie spürte, wie Ärger in ihr aufwallte.

Evelyn nahm sie beim Arm. „Wir lassen sie jetzt lieber in Ruhe."

Mae schüttelte ihre Hand ab. „Das soll also der Dank dafür sein, dass wir so nett waren?"

„Sie ist einfach nur aufgebracht", sagte Andrea, die in Richtung Treppe ging.

„Also, das bin ich auch." Mae stellte sich direkt vor Tessas Tür. Ihr kamen unzählige unfreundliche Worte in den Sinn. Sie überlegte – allerdings nur kurz –, dass sie sie nicht aussprechen konnte, aber schließlich siegte ihre Empörung über den gesunden Menschenverstand. „Hey, Tessie! Apropos Familie ... Sind Sie sicher, dass Sie nicht hier sind, weil Ihre Familie Sie vor die Tür gesetzt hat?"

Evelyn schnappte nach Luft. „Mae!"

Andrea meldete sich von der Treppe aus zu Wort. „Mae, lassen Sie das doch. Sie machen alles nur noch schlimmer."

Sie wusste, dass die beiden Recht hatten, aber so schnell verrauchte ihr Zorn nun einmal nicht. Sie machte auf dem Absatz kehrt und ging – an Andrea vorbei – die Treppe hinunter. Mit jeder Stufe legte sich Reue über ihren Zorn wie eine Decke über ein Feuer. Leider war noch nicht abzusehen, wer wen verzehren würde.

Und ehrlich gesagt war das Mae in diesem Augenblick auch völlig gleichgültig.

Tessa starrte die geschlossene Tür an. Ihre Freundinnen waren nun fort. Sie hatte gehört, wie sich ihre Schritte entfernt hatten, und dann waren die Stimmen aus der Küche zu hören gewesen. So, wie sie sich anstellte, würden sie wahrscheinlich nicht mehr lange ihre Freundinnen sein.

Sind Sie sicher, dass Sie nicht hier sind, weil Ihre Familie Sie vor die Tür gesetzt hat?

Maes Worte hatten gesessen. Nein, so war es nicht. Trotzdem enthielt das Gesagte genügend Wahrheit, um zu bohren. Ihre Familie hatte sie nicht vor die Tür gesetzt, aber sie hatte ihr bestimmt genügend Anlass gegeben, genau das zu tun. Sie war in das Haus ihrer Tochter gezogen wie ein Diktator auf Eroberungszug. Sie hatte auf ihrem Stil bestanden, auf ihrem Zeitplan, darauf, dass auf ihre Vorlieben und Abneigungen Rücksicht genommen wurde. Sie hatte von ihrer Familie erwartet, sich ihr anzupassen, während sie in ihrem Zimmer gesessen und sie herumkommandiert hatte wie Sklaven. Aber es war sogar noch schlimmer gewesen. Denn selbst der furchtbarste Sklavenhalter versorgte seine Sklaven. Sie bekamen Nahrung und hatten ein Dach über dem Kopf. Das war sicher das Minimum, aber es war wenigstens etwas. Tessa dagegen hatte zum Haushalt ihrer Tochter nichts beigetragen. Weder hatte sie sich finanziell beteiligt noch ihre Hilfe im Haushalt oder bei sonstigen Aufgaben angeboten. Und das Schlimmste: Sie hatte kein freundliches Wort fallen gelassen. Kein Interesse gezeigt. Niemals ein „Wie war dein Tag?" zur Tochter, dem Schwiegersohn oder dem Enkel.

Sie hatte ihre Küsse und Umarmungen entgegengenommen, als hätte sie darauf ein Anrecht, hatte aber nie einen von ihnen als Zeichen der Zuneigung oder Verbundenheit auch nur berührt.

Tessa trat zurück an ihr Bett und ließ sich darauf fallen, als könnten ihre Beine die Last ihrer schweren Fehler nicht mehr tragen. Sie hob das Gesicht zum Himmel und die Tränen liefen ihr die Wangen hinunter aufs Kissen.

„Was stimmt mit mir nicht, Herr? Aus mir ist eine harte, unliebenswerte Xanthippe geworden. Ich benehme mich, als wäre ich etwas ganz Besonderes; als wäre ich der Inbegriff einer guten Christin, aber davon bin ich in Wirklichkeit weit entfernt."

Eine Stunde später stand Tessa an ihrer Frisierkommode und bürstete sich das Haar. Jeden Bürstenstrich musste sie ganz bewusst tun und es kostete sie unendlich viel Kraft. Es war, als bewegte sie sich in Zeitlupe, um damit die Hektik der Gedanken wettzumachen, die in ihrem Kopf herumwirbelten. Sie konnte entweder schnell denken oder sich schnell bewegen, aber nicht beides zusammen.

Es klopfte an ihrer Zimmertür. War das schon wieder Evelyn?

„Ja?"

„Tessa?"

Es war das Mädchen. Tessa öffnete die Tür.

Summer hielt einen Teller hoch, auf dem ein Sandwich lag. „Das hab ich für dich gemacht. Du hast ja das Frühstück verpasst."

Das Gedankenbombardement hörte auf und Tessa presste sich eine Hand aufs Herz. Dieses Mal aus gutem Grund. Es war kein Schmerz – jedenfalls nicht der, den sie normalerweise verspürte –, aber ihr Herz zog sich in der Tat zusammen.

„Komm herein, Mädchen."

Summer betrat vorsichtig um sich blickend das Zimmer, so als wäre es Feindesland. Tessa nahm das Sandwich und hob die obere Brotscheibe etwas hoch, um zu sehen, was darauf war. Erdnussbutter mit Marmelade. Sie verabscheute Erdnussbutter.

Eine innere Stimme ermahnte sie. *Tessa* ... Sie gab der Stimme mit einem Nicken nach und fragte: „Hast du das ganz allein gemacht?"

Das Mädchen nickte. „Ich habe Tante Evelyn gesagt, es wäre für mich, weil ich heute Morgen ganz viel Hunger habe."

„Und wo ist *Tante* Evelyn jetzt?"

„Sie gießt hinten im Garten die Blumen." Sie zeigte auf das Sandwich. „Beiß doch mal ab. Es ist gut. Wirklich."

Tessa wappnete sich für den furchtbaren Geschmack. Sie biss ein ganz klein wenig ab und kaute. So schlimm war es eigentlich gar nicht.

„Magst du es?"

„Ja, es ist sehr lecker."

Das Mädchen strahlte. „Eigentlich wollte ich auch noch Milch mitbringen, aber ich hatte Angst, dass ich sie auf der Treppe verschütte, und Kaffee ist zu heiß. Da würde ich bestimmt Ärger kriegen."

Die unschuldige Klugheit des Mädchens rührte sie. Dieses außergewöhnliche Kind war gekommen, um eine alte, verbitterte Frau zu trösten. Tessa ließ sich erweichen. „Das war eine kluge Entscheidung", sagte sie. „Was hältst du davon, wenn ich mit dir herunterkomme und das hier in der Küche zu Ende esse? Dann können wir auch beide ein Glas Milch trinken."

„Das finde ich gut", sagte das Mädchen. Dann nahm sie Tessa bei der Hand, und Tessa war verblüfft und gerührt darüber, wie klein und weich, aber auch wie kraftvoll diese Kinderhand in ihrer war. Kleine hellhäutige Finger schlangen sich um ihre alten verschrumpelten dunkelbraunen. Das Mädchen blickte zu ihr auf und lächelte. „Ich freu mich, dass es dir jetzt besser geht, Tante Tessa."

Tante Tessa. Die Worte waren wie ein Beruhigungsmittel. „Ich auch ... Summer."

Piper stieg gerade aus ihrem Auto auf dem Schulparkplatz, als ihr Handy klingelte. Es war Andrea. „Guten Morgen, Andrea. Was gibt's denn?"

„Tessa ist immer noch völlig außer sich."

Piper schlug die Wagentür zu und lehnte sich gegen die Kühlerhaube. „Das ist alles meine Schuld."

Einen Augenblick lang herrschte drückendes Schweigen, bevor Andrea dann sagte, was von einer Freundin in einem solchen Moment erwartet wird: „Ich bin sicher, dass du nichts Falsches getan hast. Tessa reagiert so oft, praktisch auf fast alles zu heftig."

„Das mag ja stimmen, aber ich … ich bin einfach zu weit gegangen mit dem, was ich gesagt habe."

„Jetzt mach dich deswegen doch nicht selbst fertig. Du bist eine kluge Frau. Du weißt sehr viel über Gott und die Bibel. Ohne dich wüsste ich absolut gar nichts. Was du gesagt hast, war doch die Wahrheit, oder?"

„Also, eigentlich schon."

„Dann mach dir mal keine Gedanken. Ich glaube, Tessa muss sich mit Problemen auseinander setzen, die viel tiefer liegen."

„Zum Beispiel?"

„Das weiß ich nicht so genau. Aber eine Frau wird nicht einfach so und ohne Grund bitter und verurteilend."

„Was bedeuten würde, dass sie unsere Hilfe jetzt mehr denn je braucht."

„Ich wollte dir nicht den Tag vermiesen, aber ich dachte, du solltest es einfach wissen. Und ich habe mir gedacht: Wenn jemand weiß, wie wir weiter vorgehen können, dann bist du das."

„Ich werde mit ihr reden."

„Ich hatte gehofft, dass du das sagst. Und wann?"

Piper schaute auf ihre Uhr. Es war kurz vor Unterrichtsbeginn. Sie musste zwar mit Tessa reden, aber das würde noch warten müssen. „Ich versuche es um die Mittagszeit."

„Ich hoffe, dass sie bis dahin aus ihrem Zimmer gekommen ist."

Ich auch.

Piper schloss ihre Bürotür, setzte sich an ihren Schreibtisch und senkte den Kopf. *Herr, es tut mir Leid, wenn ich Tessa – oder dich – verletzt habe. Ich habe lange gedacht, dass du mir die Gabe der Erkenntnis geschenkt hast, aber bin ich jetzt zu weit gegangen? Muss ich die Gabe des Taktes erlernen?*

Es klopfte an der Tür. Ein weiterer Tag mit Erziehungsarbeit begann.

Für sie alle.

Evelyn ging wieder ins Haus und fragte sich, was Summer so lange machte und wo sie blieb. Das kleine Mädchen hatte ein Sandwich essen wollen, aber es war schon viel zu viel Zeit vergangen, als dass –

Evelyn blieb in der Tür stehen und war baff, Tessa und Summer zusammen am Küchentisch vorzufinden. Peppers schleckte Milch aus einem Schälchen.

Tessa hob gerade ein Glas Milch zum Mund. „Haben Sie Lust, sich zu uns zu gesellen?"

„Ja, also ... Na klar!" Evelyn holte sich ebenfalls ein Glas und setzte sich zu ihnen an den Tisch. Sie beobachtete fasziniert, wie Summer Tessa angrinste und Tessa Summer, so als hätten sie ein Geheimnis miteinander. „Habe ich da irgendetwas nicht mitbekommen?"

Tessa füllte ihr Glas. „Also, eigentlich ziemlich viel", sagte sie. „Ich habe eine Katharsis erlebt."

Evelyn kam sich ein wenig dumm vor, weil dieses Wort nicht zu ihrem Vokabular gehörte. Tessa musste ihr Zögern gespürt haben. „Eine läuternde Reinigung." Sie zuckte mit den Schultern. „Es tut mir Leid, dass ich so eine Last für Sie alle war."

„Sie sind gar keine –"

„Bin ich doch. Auf mehr als nur eine Weise. Und ich weiß das selbst genau." Sie stieß mit ihrem Milchglas mit Summer an. „Und ich bin entschlossen, mich zu ändern – mit Gottes Hilfe."

Evelyn war jetzt völlig verwirrt. Als sie Tessa das letzte Mal gesehen hatte, hatte diese ihr wutentbrannt die Tür vor der Nase zugeknallt. Sie sah Summer an und versuchte, wortlos zu fragen: *Was ist passiert?* Aber Summer lächelte nur und wischte sich den Milchbart von der Oberlippe. Was auch immer diese Veränderung bei Tessa bewirkt hatte, Evelyn war auf jeden Fall damit einverstanden.

Evelyn nahm ihre Handtasche und ging zur Haustür. „Sind Sie sicher, dass es in Ordnung ist?"

Tessa hatte sich ein Buch ins Wohnzimmer geholt und ließ sich damit auf dem Sofa nieder. Summer spielte bei ihrer Spielzeugkiste und holte alle Bauernhof-Figuren heraus. „Wir kommen schon zurecht. Sie sollten unbedingt mit Ihren alten Freundinnen in Kontakt bleiben. Ich bin auch Witwe, und ich weiß, was das bedeutet."

Evelyn nickte. Als Yvonne Freidricks angerufen und sie gefragt hatte, ob sie sich nicht zum Mittagessen treffen wollten, hatte Evelyn verneint. Sie müsse sich um Summer kümmern. Yvonne hatte zwar großzügig gesagt: „Dann bring sie doch einfach mit", aber Evelyn wusste genau, dass das eine Höflichkeitsfloskel gewesen und nicht wirklich ernst gemeint war. Nach allem, was Evelyn mitbekommen hatte, wusste sie, dass Yvonne Kinder ungefähr genauso sehr mochte wie Tessa.

Aber im zweiten Falle war jetzt vielleicht die Vergangenheitsform angebracht. Evelyn beobachtete nämlich gerade, wie Summer neben Tessa aufs Sofa kletterte und ein Bilderbuch aufschlug, sodass sie gemeinsam hineinschauen konnten. *Es geschehen wirklich noch Zeichen und Wunder.*

Und auf Grund dieses konkreten Wunders hatte Evelyn Yvonne noch einmal zurückgerufen und jetzt wollten sie sich zum Essen treffen. Die Tatsache, dass auch Yvonne erst seit kurzer Zeit verwitwet war, war dabei der entscheidende Punkt. Yvonnes Mann Harry war vor acht Monaten ganz plötzlich an einem Herzinfarkt gestorben, und Evelyn konnte ein wenig Ermutigung gut gebrauchen und vielleicht auch ein paar Tipps und Hinweise, wie man auch längerfristig mit dem Verlust umgehen konnte.

Das *Drake's* war ein Restaurant der mittleren Preisklasse und ein wenig abseits vom Stadtzentrum gelegen. Es gab dort alles von Rippchen bis hin zum Salat mit Hähnchenbrust. Aaron hatte hier immer besonders gern Steak mit viel Soße gegessen. Gleich beim Betreten des Lokals entdeckte sie Yvonne, die ihr von einer Fensternische aus zuwinkte. Der Ober hatte bereits die Wassergläser gefüllt und auch die Speisekarten lagen schon da. Yvonne kam auf sie zugeschossen und umarmte Evelyn sehr lange und sehr fest.

„Oooh, meine arme Freundin." Dann ließ sie Evelyn los und sah ihr in die Augen. „Und? Wie geht es dir?"

Yvonne stand Evelyn auch als Freundin nicht so nah, dass sie ihr die ganze Wahrheit erzählt hätte, deshalb mogelte sie ein wenig und sagte das eine Wort, von dem aus sie dann gleich zum Essen übergehen konnten: „Gut."

Sie saßen sich gegenüber. Yvonne zupfte an ihrem Blazer herum und strich ihn dann glatt. „Ich weiß, dass du mit deinem ‚Gut' lügst, aber das ist in Ordnung. Ich habe festgestellt, dass einer der positiven Aspekte des Witwendaseins darin besteht, dass wir lügen dürfen." Sie beugte sich über den Tisch vor und legte eine Hand auf Evelyns Hand. „Ja, es wird sogar von einem verlangt." Sie zwinkerte.

Evelyn war so irritiert über Yvonnes Vorschlag, dass sie wegschauen musste. Sie blickte nach unten. Und sah Yvonnes Hand. Und dann auch Yvonnes Ring. Es war ein großer Saphir mit einem Kranz von Brillanten darum. Sie nahm die Hand in ihre und hob sie, um den Ring genauer betrachten zu können. „Gute Güte, Yvonne, wann hast du denn den bekommen?"

Yvonne bewegte die Hand hin und her, sodass die Steine im Licht funkelten. „Ach, nur eine Kleinigkeit, die ich mir vergangene Woche gegönnt habe."

„Warum?" Die Frage war ihr einfach so herausgerutscht. „Ich meine –"

„Ich weiß, was du meinst, und die Antwort lautet: Weil ich es mir leisten kann. Weil ich schon immer gern schönen Schmuck gehabt hätte. Aber als Harry noch lebte, war das nicht möglich – oder nicht erlaubt."

Den Teil mit dem *möglich* verstand Evelyn. „Erlaubt?"

Yvonne zuckte mit den Schultern. „Du weißt doch, wie das ist. Nach vierzig Jahren Ehe geht doch andauernd irgendetwas kaputt. Der Wäschetrockner, der Gefrierschrank. Ich fand es schon ziemlich ärgerlich, dass die elektrischen Geräte im Haushalt genauso einem Alterungsprozess unterworfen sind wie wir selbst." Ihre Miene verdüsterte sich. „Aber wenigstens ließen sie sich ersetzen." Sie lenkte dann jedoch ganz schnell wieder auf das eigentliche Thema, indem sie den Ring an ihrem Finger zurechtrückte. „Jedenfalls war nie Geld für Schmuck übrig, so viel ich auch mit dem Zaunpfahl gewunken habe und so oft ich auch Schmuckkataloge wie zufällig habe herumliegen lassen. Ich mache Harry deshalb keinen Vorwurf. Er war ein wundervoller Mann und hat immer gut für alles gesorgt. Aber mit Romantik hatte er einfach nichts am Hut." Sie seufzte. „Jedes Mal, wenn ich angedeutet oder auch ziemlich deutlich signalisiert habe, dass ich mir ein Schmuckstück wünsche, wusste ich im Grunde schon vorher, dass das gar nicht infrage kam, aber ..." Sie seufzte erneut und bewegte die Hand mit dem Ring noch einmal im Licht hin und her. „Man darf doch träumen, oder?"

„Also, wenn es dir nichts ausmacht, dass ich danach frage – woher hast du denn jetzt das Geld, um ihn dir zu kaufen?"

„Von der Versicherung. Wir haben vielleicht nicht gerade üppig gelebt, als Harry noch war, aber er hat dafür gesorgt, dass es mir jetzt nach seinem Tod an nichts fehlt. Nein, wirklich an nichts."

Evelyn wollte die nächste Frage stellen; sie *musste* sie einfach stellen, auch wenn sie sich danach wahrscheinlich noch schlechter fühlen würde, als sie es ohnehin schon tat. „Wie viel hat er dir denn hinterlassen?"

„Eine Viertelmillion."

Evelyn ließ sich gegen die Rückwand der Nische fallen.

„Meine Güte, Evelyn. Mach den Mund zu. Ich hätte nicht gedacht, dass dich das dermaßen umhauen würde. Besonders nicht, weil du doch jetzt wissen müsstest, wovon ich rede."

Evelyn versuchte, etwas zu sagen, versuchte, sich irgendetwas Passendes einfallen zu lassen. Sie versuchte, nicht wütend zu sein auf Yvonne, auf Harry, auf Aaron ...

„Und wie viel hat Aaron dir hinterlassen?"

Evelyn schüttelte den Kopf. Das würde sie auf gar keinen Fall preisgeben.

„Ach, komm schon, Evelyn. Es macht doch nichts, wenn es etwas weniger ist. Es gibt doch keinen festen Betrag."

Evelyn trank einen kleinen Schluck Wasser und räusperte sich. „Sagen wir mal so: Der größte Ring, den ich mir leisten könnte, wäre einer aus dem Kaugummiautomaten."

Jetzt war es an Yvonne, sich verblüfft zurückfallen zu lassen. „Nein! Er hat dir gar nichts hinterlassen?"

Evelyns Entschluss, nichts preiszugeben, löste sich in diesem Augenblick in Wohlgefallen auf. „Zehntausend. Und nach den Ausgaben für die Beerdigung ..."

Yvonnes Ring glitzerte, als sie vor Entsetzen die Hände vor den Mund schlug. „Das ist ja furchtbar! Was hat er sich denn dabei bloß gedacht?"

Obwohl Evelyn der Appetit inzwischen vergangen war, griff sie nach der Speisekarte. Dahinter konnte man sich wunderbar verstecken.

Tessa legte ihr Buch über Elisabeth die Erste beiseite, nahm die Lesebrille ab und rieb sich die Augen. Sie konnte nicht mehr so lange an einem Stück lesen wie früher.

Am anderen Ende des Sofas hörte Summer jetzt auf, ihre Puppe zu füttern und schaute sich den Umschlag von Tessas Buch an. „Die sieht aber schön aus."

Tessa setzte die Brille wieder auf, um zu sehen, was Summer meinte. Das kleine Mädchen zeigte auf das Porträt der Königin auf dem Umschlag. Sie trug die königlichen Insignien, einschließlich einer mit Edelsteinen besetzten Krone und einem Kleid mit übertriebenen Rüschen.

„Sie war vor langer, langer Zeit einmal Königin von England."

Summer fuhr mit dem Finger über das Bild, als versuche sie, den Schmuck und die ganz Pracht zu berühren. „Die hat aber viel Schmuck gehabt. Mama hat auch ein bisschen Schmuck."

„Aber keinen wie diesen. Der hier ist nämlich echt."

„Echt?"

Tessa merkte, dass Summer nichts von Diamanten, Rubinen und Smaragden verstand. Ihr fiel ein Buch über die Kronjuwelen ein, das sie oben in ihrem Zimmer hatte. Sie stand auf und hielt Summer ihre Hand hin. „Komm mal mit, ich zeig dir was."

Oben in Tessas Zimmer breiteten sie den riesigen Bildband auf dem Bett aus und blätterten ihn durch. Tessa konnte die Geschichte jeder Tiara, jedes Zepters und jedes Rings erzählen. Summer reagierte mit entsprechenden *Ooohs* und *Aaahs* und sie stellte sogar ein paar Fragen.

Es fühlte sich gut an, wieder Lehrerin zu sein – und eine so bereitwillige und gelehrige Schülerin zu haben.

„Und ich hätte wirklich gern ein paar von diesen Schnörkels da am Rand", sagte Gillie.

Mae blinzelte sie fragend an. „Was?" Die junge Frau hatte in dem Silberladen vorbeigeschaut und Mae gebeten, ein Silberarmband für ihre Schwester zu entwerfen. Sie saßen nebeneinander vor einer von Maes beleuchteten Schmuckvitrinen. Mae versuchte, sich zu konzentrieren, aber ihre Gedanken schweiften immer wieder zu Tessie.

Gillie machte schon ein ganz verzweifeltes Gesicht. „Wenn Sie mir nicht zuhören, Mae, dann kann ich auch ins Einkaufszentrum gehen und da in einem Schmuckgeschäft ein Armband für meine Schwester kaufen. Aber nachdem ich Sie jetzt kennen gelernt habe, wollte ich Ihnen das Geschäft zukommen lassen."

Mae rutschte auf ihrem Stuhl hin und her und gelobte, sich auf Gillies Wünsche bezüglich des Armbandes zu konzentrieren. Sie sah sich die Skizze an, die sie während des Gesprächs gezeichnet hatte. „‚Schnörkels' haben Sie gesagt?"

„Ja, diese kleinen schnörkeligen Anhänger, die Sie auch an Ihren Ohrringen haben." Sie deutete mit dem Finger auf Maes Ohren.

Mae hob eine Hand zum Ohr, um sich in Erinnerung zu rufen, welche Ohrringe sie an diesem Tag trug. Als sie sich erinnerte, verstand sie, was Gillie meinte. „Ja, kann ich machen. Kein Problem."

Gillie setzte sich zurück, weil sie jetzt zufrieden gestellt war. „Gut. Und Sie können auch Montag in einer Woche damit fertig sein?"

„Auf jeden Fall." Mae füllte ein Auftragsformular aus, das sie von Gillie unterschreiben ließ, und bemerkte dann, dass zwischen Gillies Augen immer noch eine tiefe Falte vorhanden war. „Sie sehen aus, als hätten Sie noch ein Problem."

Gillie blickte auf und zwinkerte. „Ach, wirklich?"

Mae zeigte auf die Falte. „Ich würde sagen, das ist die Entstehung des Grand Canyon."

Gillie drückte einen Finger auf die Furche, als wolle sie sie glatt bügeln. „Ich denke in letzter Zeit viel an meinen Mann. Meinen Exmann, um genau zu sein."

„Ooh. Ich persönlich habe die Erfahrung gemacht, dass es besser ist, das nicht zu tun."

Gillie zuckte mit den Schultern. „Das passiert mir auch nicht oft, aber wenn ich ein Paar sehe, das sich gerade verliebt, so wie Russell und Andrea ..." Wieder zuckte sie mit den Schultern. „Dann möchte ich das auch haben. Dann hätte ich gern diesen Funken. Diese hoffnungsvolle Intensität."

„Das kann ich absolut verstehen", sagte Mae. „Ich bin seit Ewigkeiten geschieden, aber wenn ich romantische Augenblicke bei anderen mit ansehe, dann macht mir das immer noch schwer zu schaffen. Wie lange ist es denn bei Ihnen her?"

„Ein Jahr."

„Ach, dann sind Sie ja noch ein richtiger Grünschnabel, was das angeht."

„Aber ich fühle mich viel, viel älter als ein Grünschnabel."

„Ich glaube, das ist ganz normal."

Gillie nahm ihre Tüten. „Ich gehe jetzt besser."

„Was haben Sie denn schon erstanden auf Ihrer Shoppingtour?"

Gillies Gesicht hellte sich sofort auf. Sie stellte ihre blaue Tasche ab und holte eine wunderschön verpackte hellblaue Schachtel mit einer königsblauen Schleife daraus hervor. „Das ist für Andrea und Summer. Ein kleiner Fernseher, der auf ihre Kommode passt. Als Einweihungsgeschenk."

„Aber haben Sie ihnen nicht schon die schöne Puppe und das Hermés-Tuch geschenkt?"

Gillie verstaute das Päckchen wieder in der Tragetasche. „Ich bin ein Geschenke-Junkie, das gebe ich zu." Sie sah Mae an. „Früher habe ich unheimlich gern Sachen für mich selbst gekauft. Im Shoppen war ich olympiareif, aber es verliert inzwischen immer mehr seinen Reiz, was ich ehrlich gesagt ein wenig beunruhigend finde."

„Sie lieben es, im Luxus zu schwelgen?"

Gillie lächelte über Maes Direktheit. „Für mich war es fast schon so etwas wie eine Kunstform geworden. Ich habe es nie anders gekannt. Reiche Eltern. Reicher Mann."

„Und jetzt?"

„Jetzt stelle ich fest, dass ich lieber für andere kaufe als für mich selbst."

„Das hört sich ja nach einem richtig guten Fortschritt an. Und wenn Sie mir noch eine Frage gestatten – was hat diesen Ausbruch an Philanthropie hervorgerufen?"

Gillie sah gedankenverloren an ihr vorbei. „Also eigentlich … die Scheidung."

Mae lachte. „Normalerweise werden Frauen bei einer Scheidung doch eher habgierig. Und Sie sind großzügig geworden?"

Gillie zuckte mit den Schultern. „Der Wunsch nach immer mehr hat meine Ehe kaputtgemacht. Und jetzt brauche ich viel weniger, obwohl ich immer noch mehr als genug Geld habe. Ergibt das für Sie irgendeinen Sinn?"

„Absolut. Sie möchten jetzt mehr an andere abgeben."

„Aber für mich ist es ganz neu, andere zu beschenken. Ich glaube inzwischen sogar, dass richtiges Schenken eine Kunst für sich ist."

„Und Künstlerin zu werden erfordert immer Übung."

Gillie nickte und schaute hinunter in die Schublade mit den Stücken, die Mae ihr gezeigt hatte. „Sie sollten wissen, dass Ihre Arbeiten wunderschön und von exquisiter Qualität sind." Sie grinste. „Das können Sie mir gern glauben, denn ich kaufe immer nur vom Feinsten."

„Danke, Schwester. Vielen Dank für das Kompliment, das von einer solchen Kennerin wie Ihnen besonders viel wiegt." Mae zeigte noch einmal auf die Skizze. „Das Armband wird Ihrer Schwester gefallen, das verspreche ich Ihnen."

Gillie nahm Maes Hand und drückte sie. „Ich bin so froh, dass ich Sie und die anderen in Haus Greenburg kennen gelernt habe. Es ist, als hätte ich noch eine ganze Reihe Schwestern dazubekommen." Sie nahm jetzt ihre Tasche und die Tüte und ging. Die Klingel an der Tür verkündete, dass sie den Laden verlassen hatte.

Mae schaute eine ganze Weile auf die Zeichnung, bis sie merkte, dass sie gar nicht richtig bei der Sache war, sondern in Gedanken immer noch bei ihrer Auseinandersetzung mit Tessa an diesem Morgen.

Schwestern.

Es war eine so schöne Bezeichnung, die Mae ohne weiter darüber nachzudenken auf alle angewandt hatte. Und gleichzeitig war es eine so starke Bezeichnung, in der eine innige Verbindung, eine Verbundenheit zusammengefasst waren. Ja, der Begriff stand sogar für so etwas wie einen Pakt. Eine behagliche Nähe, in der sich die Frauen entspannt und erwünscht fühlen konnten.

Die Worte, die sie zu Tessa gesagt hatte, sprangen sie wieder an und standen ihr übergroß vor Augen: *Sind Sie sicher, dass Sie nicht hier sind, weil Ihre Familie Sie vor die Tür gesetzt hat?*

Mae legte die Skizze des Armbandes auf ihren Schreibtisch und stützte sich mit dem Ellbogen darauf ab, den Kopf in die Hände gelegt. „Wie konnte ich nur etwas so Schreckliches sagen?"

Ob es nun zutraf oder nicht, Mae hatte nicht das Recht gehabt, es laut auszusprechen, gleichgültig, wie entnervt, ärgerlich und auch frustriert –

Sie überdachte ihre innerlich geführte Liste von Tessas Fehlern, und dabei wurde ihr klar, dass es oft ebenso ihre eigenen Fehler waren. Hatte Tessa nicht einen Bibelvers zitiert, der in etwa sagte, derjenige, der noch nie gesündigt habe, solle den ersten Stein werfen?

Mae setzte sich aufrechter hin. „Ich habe mehr als nur einen Stein geworfen. Es war schon ein Felsbrocken." Eine schöne Schwester war sie! Sie war in diesen ganz besonderen Kreis von Schwestern in Haus Greenburg hineingekommen, nur um eine von ihnen so sehr zu verletzen. Sie hatte den Kreis der Schwestern, der eigentlich heil bleiben sollte, durchbrochen, sodass darin eine Lücke entstanden war.

Kreis. Schwestern.

Plötzlich hatte sie eine Idee. Sie griff nach einem Stift und einem leeren Blatt Zeichenpapier.

Mae war ein wenig nervös, als sie zum Rathaus ging, um Evelyn den Gefallen zu tun, um den diese sie gebeten hatte. Weil ihr Projekt für Tessa relativ zeitaufwändig war, würde sie gegen das unmittelbar vorhandene schlechte Gefühl angehen, indem sie sich heute Abend erst einmal bei ihr entschuldigte. Und dann würde sie sich mehr Mühe geben, eine gute Freundin zu sein. Sie war es, die die Frauen immer als „Schwestern" bezeichnete. Es wurde Zeit, dass sie sie auch so behandelte.

Und im Moment galt es, einer anderen Schwester zu helfen. Ein kurzes Gespräch im Rathaus und Evelyn wäre wirklich Pensionsbesitzerin.

Am Informationstresen war niemand. Auf einem Zettel, der an einer Glocke lehnte, stand: „Bitte klingeln." Mae drückte gleich zweimal fest auf den Knopf. Eine winzige Frau, die aussah, als wäre sie schon bei der Grundsteinlegung des alten Rathauses dabei gewesen, bahnte sich ihren Weg von einem alten grauen Metallschreibtisch zu Mae. Der Tresen, der Mae ungefähr bis zur Hüfte ging, reichte der alten Dame fast bis zu den Schultern. Sie trug ein Namensschild mit der Aufschrift „Lyndie". Der Name passte überhaupt nicht zu ihr.

„Ja?“ Ihre Aufforderung hatte etwas von einer Kriegserklärung.

„Ich brauche ein paar Informationen über Zimmervermietung und Pensionen.“

Lyndie schüttelte den Kopf. „Die gibt's hier nicht.“

„Wie bitte?“

„So was gibt's in Carson Creek nicht, seit damals Haus Greenburg geschlossen wurde im Jahr ...“ Sie schaute zur fleckigen Decke hinauf. „... 1962 oder '63. Ich kann das gern für Sie nachschlagen, wenn Sie möchten.“

„Nein, nein, das ist wirklich nicht nötig“, sagte Mae. „Und es ist sogar Haus Greenburg, von dem ich rede. Es ist wieder eröffnet worden.“

Lyndies Hals streckte sich vor wie der eines krähenden Hahnes. „Das kann nicht sein.“

„Wieso denn nicht?“

„Weil uns darüber keine Unterlagen vorliegen.“

„Das heißt also, dass es eine Pension oder sonstige Einrichtung gar nicht gibt, wenn Sie nicht über die entsprechenden Unterlagen verfügen?“

„Genau.“

„Aha.“ Was eigentlich als ein kleiner, leichtfüßiger Hüpfer durch einen Reifen geplant gewesen war, erwies sich jetzt als Sprung von einer Klippe, die man nur erreichen konnte, indem man mit einem fünfundzwanzig Kilo schweren Rucksack bei Schneesturm und barfuß einen steilen Berg hinaufstieg.

„Ich widerspreche Ihnen da ja nur sehr ungern, Lyndie, aber das kann sehr wohl sein, denn ich wohne dort.“

Hinter den dicken Brillengläsern wurden Lyndies Augen zu schmalen Schlitzen. „Na, dann werden Sie wohl umziehen müssen.“

„Wie bitte?“

„Sie können dort nicht wohnen, wenn uns hier nicht die notwendigen Unterlagen vorliegen.“

„Aber deshalb bin ich doch gerade hier. Ich möchte den Papierkram erledigen, Anträge ausfüllen und was sonst noch nötig ist. Dann wird es Haus Greenburg wieder geben – ganz offiziell.“

„Aber wenn es schon wieder eröffnet worden ist ...“ Lyndie schüttelte erneut den Kopf. „Das wäre dann alles rückwirkend. Höchst gesetzwidrig, und ich weiß nicht, ob ich das –“

Ein Mann in Poloshirt, der an Lyndies Schreibtisch vorbeikam, hatte den letzten Teil des Gespräches wohl aufgeschnappt und kam zum Tresen herüber. „Gibt es ein Problem?"

Lyndie drehte sich seitlich zu ihm um, streckte eine Hand missbilligend in Maes Richtung, so als wäre sie eine Schliere auf einem ansonsten blitzsauberen Fenster, und erklärte: „Die Frau hier sagt, dass sie in einer Pension wohnt, die allerdings unseren Unterlagen zufolge gar nicht existiert."

Mae streckte ihre Hände gestikulierend aus. „Und deshalb gibt es mich nämlich eigentlich auch nicht."

Der Mann lächelte kaum wahrnehmbar und signalisierte damit, dass er Lyndie und ihre Art kannte. Er legte der alten Frau eine Hand auf den Rücken. „Also, Lyndie, wenn es Ihnen recht ist, kümmere ich mich gern um diesen ganz speziellen Fall und Sie können wieder an Ihre Arbeit gehen."

Lyndie sah Mae und den Mann an, so als wolle sie abwägen, ob es ihren Tag negativ oder positiv beeinflussen würde, wenn sie Mae nicht selbst half. Schließlich nickte sie und kehrte an ihren Schreibtisch zurück, ohne noch ein weiteres Wort zu verlieren.

Der Mann, auf dessen Namensschildchen „Matthew" stand, drückte gegen die Schwingtür, die hinter den Tresen führte, und hielt sie für Mae auf. „Was halten Sie davon, wenn Sie mit an meinen Arbeitsplatz kommen und wir die Sache dann klären?"

„Das wäre großartig." Mae trat hinter den Tresen und nickte Lyndie im Vorbeigehen noch einmal flüchtig zu. *Und, meine Liebe, was sagen Sie jetzt? Gibt es mich oder gibt es mich nicht?*

Matthew bot ihr auf dem einzigen vorhandenen Stuhl seines Büros einen Platz an. Er war ein nett aussehender Mann mit wunderschönem welligem Haar, aber als Mae seinen Ehering entdeckte, ließ sie alle weiteren Gedanken in diese Richtung fahren.

Matthew nahm hinter dem Schreibtisch Platz. „Nun? Was kann ich für Sie tun?"

„Ich wohne in Haus Greenburg, einer Pension, die es tatsächlich gibt."

„Davon habe ich sogar schon gehört." Er blätterte in einem Stapel Papieren. „Wir haben hier nämlich eine Beschwerde vorliegen."

Mae widerstand dem Drang, ihn mit offenem Mund anzustarren. „Collin Ames?"

Matthew schaute nach. „Ja. Kennen Sie ihn?"

„Er ist der neugierige Nachbar von gegenüber." Obwohl Evelyn ihr von Collins Beschwerde erzählt hatte, beschloss sie, lieber so zu tun, als wäre die Information völlig neu für sie. „Und worüber hat er sich beschwert?"

„Ihm gefallen die zusätzlich geparkten Autos in der Straße nicht, und er sagt, das Haus wäre ziemlich – ich zitiere – ‚laut geworden' und es gäbe ‚ständig Gelächter und Gespräche in überdurchschnittlicher Lautstärke'."

Mae zog die Augenbrauchen hoch. „Wir sind ihm also zu fröhlich?"

„Offenbar."

„Wäre es ihm lieber, wenn wir abends alle herumsäßen und jammern und klagen würden? Ich bin sicher, es gibt ganz andere traurige Themen, über die wir uns viel mehr aufregen sollten: Hunger, Missbrauch von Kindern und das Aussterben irgendeiner Wasserschnepfe in den Flüssen Amerikas."

Matthew lachte. „Ich bin sicher, das ist nicht nötig. Wir sind nicht dumm, Ms … Ms …"

Sie reichte ihm quer über den Schreibtisch die Hand. „Mae Fitzpatrick."

Er fuhr fort: „Ms Fitzpatrick. Wir bekommen andauernd Beschwerden, von denen die meisten völlig unbegründet sind. Grundsätzlich gilt nämlich: Menschen mögen keine Veränderungen, besonders nicht in ihrem eigenen Umfeld."

„Aber Mrs Greenburg musste vermieten, weil sie auf das Geld angewiesen ist. Ihr Mann ist gerade erst gestorben und hat ihr praktisch keinen Cent hinterlassen. Die Zimmer zu vermieten war nicht einfach nur die Schnapsidee einer älteren Dame, die Langeweile hat. Mrs Greenburg bestreitet mit der Pension ihren Lebensunterhalt."

Matthew zog eine Schublade auf und grub sich durch diverse Akten. Dann zog er aus einem der Ordner ein Formular heraus. „Lassen Sie uns einfach das hier ausfüllen und die ganze Sache ist ruckzuck legal."

Mae überkam eine Woge der Erleichterung. „Es ist dann also in Ordnung, dass sie weiter an Pensionsgäste vermietet?"

„Wie viele Zimmer werden denn vermietet?"

Mae zählte im Geiste nach. „Drei."

„Solange es weniger als fünf Zimmer sind, gibt es keine konkreten Regelungen. Ist eine Garage vorhanden?

„Ja, eine Doppelgarage."

„Dann würde ich Ihnen raten, sie auch als Parkfläche für Ihre Autos zu benutzen. Und die Auffahrt zum Haus. Vermeiden Sie es so weit wie möglich, am Straßenrand vor Mr Ames' Haus zu parken. Und halten Sie Ihre Heiterkeitsausbrüche auf einem annehmbaren Pegel. Wenn Sie sich daran halten, kann eigentlich nichts passieren."

„Na, was für ein Glück."

Er lachte. „Wie lautet Mrs Greenburgs vollständiger Name?"

Alles würde gut werden. Haus Greenburg war jetzt auch offiziell eröffnet.

Und was Collin Ames anging – mit dem war Mae noch nicht fertig.

Piper war ziemlich unwohl bei dem Gedanken an eine Begegnung mit Tessa, aber sie wusste, dass kein Weg daran vorbeiführte. Die Notwendigkeit, sich für das Bibelstundenfiasko zu entschuldigen, hatte sie den gesamten Vormittag beschäftigt. So sehr, dass sie sich schon etwas früher auf den Weg zu Haus Greenburg gemacht hatte. Es würde sicher unangenehm werden, ihre eigenen Fehler auch vor Evelyn zu offenbaren, aber sei's drum. Es musste nun mal sein.

Als sie am Haus ankam, saßen Summer und Tessa vorn auf der Veranda. *Seit wann ist Tessa denn gern mit Kindern zusammen?*

Piper stieg aus ihrem Auto. „Hallo, Piepmaus."

Summer kam auf sie zugerannt und begrüßte sie auf dem Weg zur Haustür. „Komm und schau mal. Ich mache eine Krone."

„Dann bist du also Prinzessin Piepmaus?" Piper ließ sich die Verandatreppe hinauf und vor Tessa ziehen. Gelbes Notizpapier und Buntstifte lagen auf dem Tisch vor dem Korbsofa verstreut.

„Hallo, Tessa."

Ein kurzes Nicken. „Piper ..."

Summer griff nach einer Papierkrone, die mit aufgemalten Edelsteinen verziert war. „Wenn ich damit fertig bin, dann mache ich einen Kreis und klebe ihn hinten zusammen und dann kann ich sie aufsetzen – genau wie Königin Elizabeth."

„Die Erste", sagte Tessa.

„Sie war fünfundvierzig Jahre lang Königin von England. Sie hatte rote Haare und hat gegen Spanien Krieg geführt."

„Wow. Wo hast du denn das alles gelernt?"

„Von Tante Tessa."

Tante Tessa? Piper sah zu Tessa. Die zuckte mit den Achseln und sagte: „Sie ist eine gelehrige kleine Schülerin."

Summer hatte sich wieder ihrer Bastelarbeit zugewandt. „Dafür kriege ich eine Eins plus, oder?"

„Ja, die bekommst du."

Piper war verwirrt. Das hier sollte die völlig fertige Tessa sein, von der Andrea ihr erzählt hatte? Die Tessa, die sich in ihrem Zimmer verschanzt hatte? Die Tessa, die mit Mae ein für alle Mal fertig war?

„Was können wir für Sie tun, Piper?"

Ah. Da war er ja wieder, dieser leicht gereizte Unterton, der für Tessa so typisch war. „Ich bin nur vorbeigekommen, um mich für neulich zu entschuldigen. Ich hätte Sie in *Ihrer* Bibelstunde nicht so infrage stellen dürfen."

Tessa zögerte einen Moment lang, als habe sie eigentlich etwas Bestimmtes sagen wollen, habe sich dann aber doch entschlossen, etwas anderes zu sagen. „Entschuldigung angenommen."

Und das war's auch schon. Piper nickte und ging wieder zu ihrem Auto.

„Piper", sagte Summer jetzt. „Geh noch nicht. Wir machen uns gleich ein Brot zu Mittag." Dann wandte sie sich Tessa zu. „Kann Piper nicht mit uns zu Mittag essen?"

Piper griff ein, bevor Tessa antworten konnte. Sie *wollte* nicht mit ihnen zu Mittag essen. Nicht heute. „Nein, danke, Piepmaus. Ich muss wieder zurück in die Schule. Ich wollte nur kurz vorbeischauen und Tessa sagen, dass es mir Leid tut." Dann ging sie die Verandastufen hinunter.

Aus dem Augenwinkel sah sie, wie Tessa aufstand und ans Geländer der Veranda trat. „Piper?"

Piper blieb stehen. „Ja?"

„Mir tut es auch Leid. Es war richtig von Ihnen, die Wahrheit zu sagen, und zwar egal, zu wem, und egal, wer die Leitung hat. Die Wahrheit – das ist das, worauf es ankommt."

Piper war klar, was für ein Eingeständnis das war. Sie lächelte.

„Danke, Tessa. Bis später."

Auf dem Rückweg zur Schule gönnte sich Piper einen Big Mac und eine Ladung Pommes. Sie hatte ja auch wirklich etwas zu feiern.

Andrea hörte ein lautes Seufzen von Gillie, als sie die letzten langen Kundenschlangen vor den Kassen abgefertigt hatten. „Puuuh! Woher kamen denn diese Menschenmassen? Man hätte meinen können, heute wäre Freitag oder so."

Andrea gab ihr Recht. In der vergangenen Stunde hatten sie kaum Zeit gehabt, Atem zu holen, geschweige denn zu verschnaufen.

Andrea kam in Gillies Kassenschalter. „Ich bin ja noch nicht einmal dazu gekommen, dich zu fragen, wie dein Chef-Date am Freitag gelaufen ist." Sie zog fragend die Augenbrauen hoch.

Andrea sortierte Einzahlungsbelege. „Es war sehr nett."

Gillie sah sie verblüfft an. „Nett? Wenn man im ‚Chez Garsaud' gegessen hat, dann verdient das schon ein ‚Toll', wenn man nur kurz zur Tür hereingeschaut hat. Ich weiß das, denn Jerry und ich waren ziemlich oft da. Und bei dir kommt ja noch der Umstand dazu, dass du mit einem Mann da warst, der von dir ganz offensichtlich hingerissen ist."

„Er ist *nicht* hingerissen."

Gillie grinste. „Dass du jetzt rot wirst, deutet aber auf etwas ganz anderes hin."

Andrea beschloss, Gillie wenigstens irgendetwas zu erzählen, weil das die beste und wahrscheinlich auch einzige Möglichkeit war, dieses Gespräch zu beenden. „Wir hatten einen netten Abend. Er ist ein faszinierender Mann."

„Oooh, *faszinierend*. Das klingt ja schon viel besser als *nett*."

„Da bin ich ja froh, dass du glaubst –" Sie blickte auf und sah Russell in ihre Richtung kommen. Er strahlte sie mit einem Lächeln an und sie erwiderte es. Bevor sie ging, flüsterte Gillie ihr zu: „Kein Schlendern durch die Schalterhalle mehr, um wenigstens einen Blick von dir zu erhaschen, was?"

Nein, kein Schlendern durch die Schalterhalle mehr.

„Guten Morgen", sagte Russell.

„Guten Tag."

Er schaute auf seine Uhr. „Das ist wirklich so eine Sache mit den Sitzungen. Man verliert völlig das Zeitgefühl."

Andrea wollte sagen: *Das fällt eigentlich in meinen Zuständigkeitsbereich,* ließ es aber dann doch lieber, weil es vielleicht zu sehr nach Flirten hätte aussehen können. Es wäre eine so schöne Erwiderung gewesen – wenn sie eine andere Sorte Frau wäre.

Andrea sah, wie Kunden die Bank betraten. „So, ich mache mich mal lieber wieder an die Arbeit. Ich will ja nicht, dass der Chef meint, ich bummele hier nur herum."

Russell nickte und fügte dann schnell hinzu: „Mögen Sie Jazz?"

„Ich liebe Jazz."

„Freitagabend?"

„Das wäre großartig."

Er ging wieder und Gillie murmelte über ihre Schaltertrennwand hinweg: „Großartig?"

Definitiv großartig. Nicht *nett* und auch nicht *toll. Großartig.*

Mae war verwirrt. Morgens beim Frühstück waren sie alle wegen Tessie noch schrecklich nervös gewesen, aber am Abend desselben Tages, als sie sich zum Essen um den großen Tisch versammelt hatten, war Tessa definitiv heiter und zum Plaudern aufgelegt, erzählte dies und das von ihrem Tag, und was noch erstaunlicher war, sie half Summer dabei, ihr Hühnchenfleisch zu zerschneiden.

Das waren wieder ganz andere Schwingungen. Die Welt war irgendwie aus dem Gleichgewicht, und das gefiel Mae ganz und gar nicht. Als Tessa Summer aufforderte, den anderen mit ihr zusammen ein Lied vorzusingen, das sie im Radio gehört hatten, konnte Mae die Spannung nicht mehr aushalten.

„Okay. Es reicht jetzt. Was ist hier los?"

„Wie bitte?", fragte Tessa.

„Ich habe das Gefühl, ich bin in einen Stanley-Kubrick-Film geraten." Sie deutete mit einer Hand auf Tessa und Summer. „Das passt einfach nicht zusammen. Es ist, als hätten sich Kuba und Kansas verbündet."

„Ist es ein Verbrechen, fröhlich zu sein?" Tessa setzte augenblicklich wieder ihre griesgrämige Miene auf, woraufhin sich Mae ein wenig entspannte. Mit *griesgrämig* konnte sie umgehen.

„Sagen wir mal, meine Neugier ist aufs Heftigste geweckt."

Tessa legte eine Hand auf Summers Arm. „Summer und ich hatten heute Gelegenheit, etwas Zeit miteinander zu verbringen, während Evelyn eine Verabredung mit einer alten Freundin hatte. Es hat sich herausgestellt, dass dieses kleine Mädchen sehr klug und wissbegierig ist. Sie hat sich von mir alles über Elizabeth die Erste und das elisabethanische –"

„Sie haben also ein Opfer für Ihre Belehrungen gefunden. Also wirklich, Tessie, Sie sollten sich nicht die Kleinen als Opfer suchen. Sie sind einfach noch zu unschuldig."

Tessa nahm ihre Hand von Summers Arm. „Das war absolut überflüssig."

Mae ließ sich den Satz noch einmal durch den Kopf gehen, um festzustellen, wieso er solchen Aufruhr verursachte. „Sie ist doch noch ein Kind, Tessie."

„Ein kluges Kind, das starkes Interesse hat an –"

War die Frau eigentlich wirklich so naiv? „Sie ist einfach ein liebes Kind, das alles tun würde, damit jede von uns sich gut fühlt. Sie möchte unsere Anerkennung, möchte alles richtig machen." Sie sah Summer an. „Ist nicht bös gemeint, Püppchen." Dann wandte sie sich wieder an Tessa. „Aber Sie werten ihr freundliches Erdulden Ihrer schulmeisterlichen Bemühungen als echtes Interesse …" Sie schüttelte den Kopf. „Sie machen sich selbst was vor."

Tessa nestelte an ihrem Kragen herum.

Nun mischte Evelyn sich in das Gespräch ein. „Ich finde das jetzt nicht fair von Ihnen, Mae. Tessa hat Summer nicht gezwungen, sich dafür zu interessieren. Ihr Interesse kam wirklich von ihr selbst, und es war echt, nicht wahr, Schätzchen?"

Summer steckte sich eine grüne Bohne in den Mund und berührte das gelbe Notizpapier auf ihrem Kopf. „Wir haben mir eine Krone gebastelt."

„Sie haben ihr dabei geholfen?", fragte Mae.

Tessa richtete sich kerzengerade auf. „Ja, das habe ich in der Tat."

„Wow. Wie … normal von Ihnen." Und in dem Augenblick, als sie das gesagt hatte, war Mae klar, dass sie wieder zu weit gegangen war. In allen Gesichtern war ein unterschiedlich starkes Ausmaß an Entsetzen zu erkennen. *Was versuchst du hier eigentlich zu beweisen,*

Mae? Was ist aus den hehren Vorstellungen von der innigen Verbundenheit zwischen Schwestern geworden? Was ist aus dem Mae-Gebot „Du sollst nett sein" geworden?

Mit viel Beherrschung rückte Tessa ihren Stuhl zurück und stand auf. „Mir ist der Appetit vergangen. Wenn Sie mich bitte entschuldigen würden …"

Auch Andrea schob ihren Teller von sich weg und sagte: „Ich habe auch keinen Appetit mehr. Wenn Sie mich ebenfalls entschuldigen …"

Evelyn beobachtete sie und stand dann ebenfalls auf, tiefe Furchen auf der Stirn. „Ich gehe lieber …" Auch sie ging.

Nur noch Summer und Mae blieben am Tisch zurück. Summer schaute erst Mae an und sah dann hinüber zur Küchentür. Sie rutschte von ihrem Hocker herunter und folgte den anderen.

„Wohin gehst du denn, Puppengesicht?"

„Sie müssen alle mal gedrückt werden."

Dann war Mae allein. Eine Umarmung – das klang gut, war aber für sie im Augenblick nicht zu haben.

Mae hatte die Küche fertig aufgeräumt und stellte sorgfältig die Essensreste weg, damit die anderen sie sich später aufwärmen konnten. Sie hatte eigentlich erwartet, dass wenigstens eine von ihnen noch einmal in die Küche zurückgekommen wäre, aber da hatte sie sich getäuscht. Es war niemand gekommen. Ihr Kommentar war doch eigentlich nur eine Kleinigkeit gewesen. Ein Witz.

Wie normal von dir, Mae, die Grenze zu überschreiten. So sarkastisch zu sein, dass deine Worte richtig wehtun. Warum kannst du nicht einfach mal den Mund halten?

Mae verließ die Küche, um die anderen zu suchen. Sie vernahm Stimmen und schaute die Treppe nach oben, aber Andreas und Tessas Zimmertüren waren geschlossen und in den Zimmern war es still. Wieder lauschte sie. Das Gespräch kam von der Veranda.

Evelyn sprach gerade. „Es hat mich einfach geärgert, dass sie so etwas gesagt hat."

Maes Magen krampfte sich zusammen.

Dann war Andreas Stimme zu hören. „Sie hat doch nur angegeben. So ist sie wahrscheinlich, oder?"

„Ja, wahrscheinlich. Und wahrscheinlich wollte sie gar nicht verletzend sein."

„Aber sie war es trotzdem", war jetzt Tessa zu hören. „Sie war unverschämt und verletzend, egal, ob absichtlich oder nicht."

Mae spürte, wie sie innerlich in Wallung geriet. *Du musst gerade reden, Tessie. Du bist doch die Mutter der verletzenden Bemerkungen. Ich habe mir doch bloß mal erlaubt, mich wie du zu benehmen.*

„Am besten, Sie gehen ihr einfach eine Weile aus dem Weg", sagte Andrea. „Jedenfalls so lange, bis Sie sich etwas stärker fühlen."

„Und sie etwas netter wird."

So. Das reichte jetzt aber. Es war Mae unmöglich, sich weiterhin ruhig zu verhalten. Wie sollte Haus Greenburg eine solche Situation überstehen? Die Angelegenheit musste auf der Stelle geklärt werden. Selbst wenn das bedeutete, dass sie ...

Sie stürmte zur Haustür hinaus zu den anderen. „Also gut, Schwestern. Es reicht. Hiermit werfe ich mich euch zum Fraß vor, egal, in welcher Zubereitungsart – gekocht, gebraten, als Frikassee oder auch roh." Sie stand vor ihnen, das Gesicht zum Himmel erhoben, mit geschlossenen Augen, die Arme nach oben gestreckt. Ein bereitwilliges Opfer.

Als die anderen nichts sagten, öffnete sie ein Auge und blinzelte in ihre Richtung.

„Was machen Sie denn da, Mae?", fragte Andrea.

„Sie sehen wie eine Vogelscheuche aus", ergänzte Tessa.

Mae ließ die Arme sinken. „Ich bin bereit, mich selbst zum Wohle des Hauses zu opfern, und das ist der Dank dafür?"

Evelyn sah die anderen an. „Wir haben keine Ahnung, wovon Sie reden."

Mae lehnte sich gegen das Verandageländer. „Ich habe gehört, wie Evelyn sich über mich beklagt hat. Und Andrea hat gesagt, dass ich angebe, und Tessa hat noch hinzugefügt, dass ich unverschämt und verletzend bin."

„Aber –"

Mae hob eine Hand. „Und obwohl ich das alles vielleicht wirklich bin, muss ich Ihnen allen sagen, dass ich nicht möchte, dass irgendjemand von Ihnen mir aus dem Weg geht. Sagen Sie mir diese Dinge doch einfach ins Gesicht, sodass ich mich etwas bremsen kann – das kann ich nämlich, wissen Sie?"

Plötzlich brachen sie alle in schallendes Gelächter aus. Das Geräusch war nervtötend. Mae stand kerzengerade da und stemmte ihre Fäuste in ihre Hüften. „Was ist denn daran so lustig?"

Andrea wischte sich mit einem Finger eine Träne aus dem Auge. „Oh Mae, das ist wirklich zu komisch. Denn Sie glauben …"

„Wir haben gar nicht über Sie geredet", sagte Tessa.

„Wir haben über Yvonne Fredericks gesprochen", erklärte Evelyn.

„Sie ist eine alte Freundin von mir, deren Mann vor acht Monaten verstorben ist. Ich war heute mit ihr zum Mittagessen verabredet, und sie hat mir einen dicken Ring mit vielen Edelsteinen präsentiert, den sie sich von der Lebensversicherung ihres Mannes gekauft hat."

„Sie ist es, die ich gemeint habe mit *angeberisch* und *verletzend*", erklärte Tessa. „Obwohl ich zugeben muss, dass auch Sie so Ihre Augenblicke haben …"

„Es ging also gar nicht um mich?"

„Nein, diesmal nicht", bestätigte Andrea.

Mae ließ sich auf einen Schaukelstuhl plumpsen. „Ich habe also meine ganze Reue und Bußfertigkeit für nichts und wieder nichts verpulvert?"

„Oh nein, nein", widersprach Evelyn. „Wir nehmen das gern an. Wir sind ja nicht so, dass wir ein gutes Schuldbekenntnis schnöde ablehnen würden."

„Besonders dann, wenn es berechtigt ist", grinste Andrea.

„Und es war gut, nicht?", fragte Mae nach.

„Wirklich erstklassig."

Tessa nickte die ganze Zeit unablässig. „Gott mag Schuldbekenntnisse." Sie sah zu den anderen hinüber und dann auf den Boden. „Und ich glaube, jetzt ist es an der Zeit, dass ich meins ablege. Es tut mir Leid, dass ich es Ihnen allen so schwer gemacht habe. Abgesehen davon, dass ich hier im Haus alle in Aufruhr versetzt habe, weiß ich, dass auch Gott so ein Verhalten nicht gefällt. Werden Sie mir vergeben, meine Damen?"

„Aber sicher."

„Natürlich."

Tessa wandte sich Mae zu. „Und Sie? Können Sie mir auch vergeben?"

Mae war irritiert. Obwohl Tessa ihr wirklich auf die Nerven gegangen war, gab es eigentlich nichts, was sie ihr konkret zu vergeben hatte.

„Mae?", fragte Andrea. „Stimmt etwas nicht?"

„Ich habe nur gerade überlegt, dass all dieses Reden über Vergebung ein bisschen sehr streng und hart ist. ‚Es tut mir Leid' zu sagen ist eine Sache, aber um Vergebung bitten?" Sie schüttelte den Kopf. „Ist das nicht ein bisschen übertrieben?"

„Nein, ganz und gar nicht", sagte Andrea. Sie sah zu Tessa, als wolle sie um Erlaubnis bitten, für sie beide antworten zu dürfen.

Tessa streckte ihre Hand aus und drängte Andrea förmlich zu reden. Mae war froh. Was es auch immer zu sagen geben mochte, sie wollte es auf jeden Fall lieber von Andrea als von Tessa hören.

„Weil Jesus zur Vergebung aller unserer Sünden gestorben ist – denen aus der Vergangenheit, der Gegenwart und der Zukunft –, ist es unsere Aufgabe, uns gegenseitig zu vergeben."

Jetzt meldete sich Tessa zu Wort. „Und als Menschen so gut zu sein wie möglich, damit er stolz auf uns sein kann."

Jetzt trugen sie für ihren Geschmack aber doch etwas zu dick auf. Das wurde ja richtig schwülstig. Mae schüttelte den Kopf. „Aber Sünde … Tessa und ich hatten einfach nur eine kleine Meinungsverschiedenheit und haben ein paar Grobheiten ausgetauscht; das kann man doch wohl kaum als Sünde bezeichnen."

„Da bin ich aber anderer Meinung", sagte Andrea. „‚Ein weiser Mensch gibt Acht auf seine Worte, denn wer sich selbst beherrschen kann, ist vernünftig. Sogar einen Dummkopf könnte man für klug halten – wenn er sich nicht durch seine eigenen Worte verraten würde!'"

Das hatte Mae doch schon mal irgendwo gehört. Dann erinnerte sie sich. „Hat Mark Twain diesen letzten Teil nicht mal irgendwann gesagt?"

Andrea lächelte. „Ja, aber es hat davor schon in der Bibel gestanden."

Mae zog eine Augenbraue hoch. *Was weißt du denn schon?* Sie hatte nie in Betracht gezogen, dass die Bibel besondere Weisheiten – geschweige denn etwas Geistreiches – enthalten könnte.

„Sie sehen also, dass Worte, die im Zorn gesagt werden, häufig falsch sind. Und wenn man falsch liegt, ist man meistens nicht im

Recht. Das Richtige zu tun ist gut, und es ist das, was Gott von uns möchte. Deshalb ist es Sünde, Unrecht zu tun." Andrea musste über sich selbst lachen. „Das ergibt doch Sinn, oder?"

„Für mich schon", sagte Evelyn.

Tessa schlug mit den Händen auf die Knie. ‚Seid vielmehr freundlich und barmherzig, immer bereit, einander zu vergeben, so wie Gott euch durch Jesus Christus vergeben hat.' Das sagt doch alles."

Ja, das sagte wirklich ziemlich viel. Die Worte hingen in der Luft, und Mae versuchte, sie zu verdauen. All dieses Gerede über Gott war für sie völlig neu. Welch Ironie, dass ausgerechnet sie – eine Frau, die sich schon vor Jahrzehnten von Gott abgewandt hatte – in einem Haus gelandet war, in dem nicht nur eine, sondern zwei Frauen lebten, die ständig die Bibel zitierten. Und dann war da ja auch noch Piper. Sie war offenbar umzingelt.

Sie räusperte sich. Vielleicht hatte sie das Prinzip der Vergebung noch nicht ganz verstanden, aber es konnte niemand behaupten, dass Mae Fitzpatrick sich nicht entschuldigen konnte. „Mir tut es auch Leid, Tessie." Sie nickte den anderen zu und schloss sie damit ebenfalls ein. „Ich sage Ihnen allen, dass es mir Leid tut. Ich weiß, dass meine Zunge oft schneller ist als mein Hirn." Sie erinnerte sich plötzlich an das, was Andrea gerade gesagt hatte. „Und deshalb entschuldige ich mich und bitte Sie um Vergebung für meine Worte aus der Vergangenheit und der Gegenwart und leider – aber wohl unvermeidbar – auch in der Zukunft."

Die Frauen lachten. „Wir vergeben Ihnen, Mae", sagte Andrea.

„Das hätten Sie jetzt gar nicht zu tun brauchen, aber ich vergebe Ihnen natürlich auch", sagte Evelyn.

Tessa nickte einmal. „Gut gemacht."

Mae durchfuhr eine Welle von Stolz. Vielleicht war diese Vergebungsgeschichte ja auch ein Teil ihrer Schwesternverbindung.

Wirklich interessant.

Die anderen gingen ins Haus und ließen Mae auf der Veranda zurück. Es war ein ereignisreicher und vor allem auch sehr emotionaler Tag gewesen. Beziehungen waren so kompliziert. Wenn die Menschen doch nur besser miteinander auskämen.

Da bemerkte sie Collin Ames, der mit einem Besen auf seiner

Veranda stand. Allerdings war er mit sehr viel mehr beschäftigt als nur mit Fegen. Wiederholt sah er über die Straße zu ihr hinüber. Wahrscheinlich hatte er den ganzen Vorfall mitverfolgt, einschließlich ihres dramatischen Büßeraktes. Ob nun bei der Stadtverwaltung noch eine weitere Beschwerde eingehen würde?

Mae beschloss spontan, etwas zu tun. Sie schlenderte die Verandatreppe hinunter und dann in Richtung von Collin Ames' Haus. Der stellte verblüfft das Fegen ein und starrte sie an, als überlege er, ob er fliehen oder lieber mit dem Besen angreifen sollte.

„Mr Ames!"

Er trat zögerlich einen Schritt vor, wobei er den Besen diagonal vor der Brust hielt. „Ja?"

Mae überlegte kurz, ob sie sich unten am Fuß der Verandatreppe positionieren sollte, aber dann wurde ihr klar, dass sie in diesem Fall die ganze Zeit zu ihm würde aufblicken müssen. Wohl kaum eine Position der Stärke. Also setzte sie ihren Weg fort, die Verandatreppe hinauf, bis sie ihm direkt gegenüber stand. Er wich einen Schritt zurück, mit einem Blick, der deutlich machte, wie schockiert er war. Sie versuchte, ihn mit einem Lächeln und einer ausgestreckten Hand zu beruhigen. „Ich bin Mae Fitzpatrick. Ihre Nachbarin."

Er musste jetzt den Besen in die klassische Besenposition zurückbringen – Stiel oben, Borsten unten – und dann wischte er sich die Hände an seiner Hose ab. „Collin Ames."

Als dieses erste Hindernis überwunden war, stellte Mae bei genauerer Betrachtung fest, dass dieser Collin Ames ein richtig nett aussehender Mann war. Etwa ein Meter achtzig groß, um die sechzig, mit einem Gesicht, das sie an Anthony Hopkins in den Filmen erinnerte, in denen er nicht Hannibal Lecter darstellte. Und er hatte nette Augen, von denen sie sich vorstellen konnte, dass er damit zwinkerte, vorausgesetzt, er gestattete es sich.

„Was kann ich für Sie tun, Ms Fitzpatrick?"

„Nennen Sie mich doch einfach Mae." Sie deutete mit dem Kopf hinüber zur Pension. „Sie haben alles gesehen? Und gehört?"

Er nickte. „Aber nicht absichtlich."

Na klar. Es würde mich gar nicht wundern, wenn du drinnen auf der Fensterbank ein Fernglas stehen hättest.

Er fuhr fort: „Das hier ist eine ruhige Gegend, und ich kann solche häuslichen Streitigkeiten, die auch noch auf der Veranda ausgetragen werden, sodass jeder alles mitbekommt, ganz und gar nicht gutheißen."

„Sie fänden es also besser, wenn hinter verschlossenen Türen gestritten würde?"

Seine Augenbrauen gingen argwöhnisch in die Höhe, als befürchtete er, dies könne eine Fangfrage sein.

Mae hatte keineswegs vor, die Probleme von Haus Greenburg mit diesem Mann zu erörtern, so ansehnlich er auch sein mochte. Sie beschloss deshalb, die Flucht nach vorn anzutreten. „Ich habe gehört, dass Sie sich beim Ordnungsamt im Rathaus über uns beschwert haben."

Nach kurzem Zögern nickte er. „Gut, dass die sich mit Ihnen in Verbindung gesetzt haben –"

„Sie haben sich nicht mit uns in Verbindung gesetzt. Ihnen ist klar, dass Ihre Klagen eigentlich Bagatellen sind, Einmischungen eines gelangweilten Mannes, der einfach zu viel Zeit hat?"

Wieder zog er die Augenbrauen hoch. „Aber –"

Sie verhinderte seinen drohenden Redefluss mit einer Handbewegung. „Lassen Sie mich Ihnen versichern, dass Haus Greenburg eine Bereicherung für diese Gegend sein wird. Evelyn ist eine liebe Frau, die uns ihr Haus geöffnet hat, und langsam, aber sicher werden wir so etwas wie eine Familie. Und geht es darum nicht bei guter Nachbarschaft? Dass man wie eine große Familie zusammenwächst? Und obwohl ich mich gern für jedes überschwängliche Lachen und jegliche Heiterkeit entschuldige, zu der es innerhalb jener Mauern dort drüben möglicherweise kommen wird, ich – wir – werden uns weigern, uns von Ihnen in die Parade fahren zu lassen."

„Aber –"

„Wenn Sie allerdings ganz konkrete Anliegen oder Klagen haben, dann möchte ich Sie doch bitten, einfach rüberzukommen und uns ganz direkt darauf anzusprechen. Wir sind doch keine Unmenschen. Mit uns kann man reden, Mr Ames. Aber wir sind Frauen, die begeistert sind vom Leben, und wir werden uns nicht von einem streitsüchtigen Nachbarn –"

Sie bemerkte, dass er lächelte. „Sind Sie verheiratet?"

Zum ersten Mal in ihrem Leben war Mae absolut sprachlos.

Tessa verließ das Haus, um zur Chorprobe zu fahren, als sie auf der gegenüberliegenden Straßenseite Maes Lachen hörte. Sie kniff die Augen etwas zusammen, um in der Abenddämmerung besser sehen zu können. Mae stand an einen Verandapfosten gelehnt; der Nachbar, der dort wohnte, stand locker auf seinen Besen gestützt da. Sie unterhielten sich angeregt, und die Art, wie sie einander zugewandt waren und wie sie sich dabei bewegten, erinnerte Tessa an einen Balztanz.

Mae schaute jetzt in ihre Richtung und hob die Hand, um ihr zuzuwinken. Tessa erwiderte den Gruß flüchtig und eilte dann zu ihrem Auto. Sie wollte Mae in ihrem Geturtel nicht auch noch ermutigen. Diese Frau hatte einfach keine Moral. Absolut keine.

Mae kam wie auf Wolken zurück zu Haus Greenburg.

Evelyn kam ihr schon auf der Veranda entgegen. Sie sah besorgt aus. „Ich habe gesehen, wie Sie hinübergegangen sind und mit Collin geredet haben … Was ist denn passiert?"

Mae hielt sich am Geländer fest, um die Treppe hinaufzukommen. Sie schaute zurück zu Collins Haus. Er stand auf seiner Veranda und winkte. Sie hatte nicht die Kraft zurückzuwinken.

Evelyn nahm ihren Arm und half ihr die restlichen Stufen hinauf. „Gute Güte, Mae. Hat er Sie angeschrien? Hat er Sie ver-"

Mae signalisierte, dass sie ins Haus wollte, und Evelyn hielt ihr die Tür auf. Mae ging zum Sofa im Wohnzimmer und ließ sich in die Polster sinken. Sie musste sich die Antworten auf Evelyns Fragen überlegen, aber als sie das versuchte, fand sie die ganze Angelegenheit nur noch verwirrender.

Evelyn setzte sich neben sie. „Mae, Sie machen mir Angst."

Mae schüttelte den Kopf und versuchte, wenigstens ein bisschen Ordnung in ihre Gedanken zu bekommen. „Ich war heute auf dem Rathaus und habe mich um die Genehmigung gekümmert."

Es dauerte einen Moment, bis Evelyn den Themenwechsel nachvollziehen konnte. „Das ist ja großartig, aber was –"

„Collin hat sich nicht nur bei Ihnen beschwert, sondern er war auch schon beim Ordnungsamt im Rathaus."

„Oh nein …"

„Aber es ist alles in Ordnung. Ich habe mit einem netten Beamten gesprochen, der meinte, dass das alles unbedeutende Vorwürfe seien – Lachen und Parken am Bordstein und solche Sachen. Er hat allerdings geraten, dass wir so gut es geht auf dem Hausgrundstück und nicht auf der Straße parken sollen."

„Das ist doch gar kein Problem, aber das Lachen ...?"

„Ich weiß. Es ist absurd. Deshalb bin ich vorhin rübergegangen, um mit Collin zu reden, besonders nach meinem dramatischen Schuldbekenntnis in aller Öffentlichkeit. Ich fürchte, dass er alles gehört und gesehen hat. Reichlich Stoff also für Klatsch und Tratsch."

„Ach du liebe Güte. Will er sich wieder beschweren?"

Und jetzt kam der wirklich verwirrende Teil. „Nein. Jedenfalls glaube ich das nicht."

„Sie haben es ihm ausgeredet?"

„Vielleicht."

„Mae, das alles ergibt irgendwie keinen Sinn."

Genau. In den vergangenen zehn Minuten hatte nichts einen Sinn ergeben.

Evelyn beugte sich ein wenig vor und flüsterte, so als wäre Collin noch in Hörweite: „Ich glaube, dass es am besten ist, ihm so gut es geht aus dem Weg zu gehen.

„Das wird allerdings schwierig werden."

„Wieso denn das? Wir haben noch nie eine so enge Beziehung gehabt. Über ein grüßendes Winken ging unsere Bekanntschaft nie hinaus."

„Das mag für Sie ja zutreffen. Was mich angeht ..."

„Mae ..."

„Ich habe Freitagabend eine Verabredung mit ihm."

Evelyn blieb der Mund offen stehen. „Sie haben was?"

Mae stand auf und fing an, auf der Veranda auf und ab zu gehen. „Ich habe ihn richtig fertig gemacht, geschimpft wie ein Rohrspatz und dabei wirklich alles gegeben ... Da grinst er mich plötzlich an und fragt, ob ich verheiratet bin. Und das Nächste, woran ich mich erinnere, ist, dass er mich für Freitag zu einem Date einlädt."

„Aber Sie mögen den Mann doch gar nicht. Sie kennen ihn noch nicht einmal."

Mae warf ihre Hände in die Höhe. „Er hat mich in einem unbeherrschten Moment erwischt. Aus irgendeinem merkwürdigen Grund hat ihn mein Zetern und Schimpfen bezaubert, sodass er ganz charmant wurde." Sie sah hinüber zu Collins Haus und versuchte, die Wendung der Ereignisse noch einmal im Geiste Revue passieren zu lassen. „Bevor ich richtig wusste, wie mir geschah, hatte er mich schon eingeladen und ich hatte ‚Ja' gesagt. Er hat mich einfach umgehauen."

Evelyn lachte. „Na, da bin ich ja froh, dass dazu überhaupt jemand in der Lage ist."

Kapitel 9

Piper wurde bereits vor ihrer Bürotür von Heather, einer anderen Vertrauenslehrerin der Schule, abgefangen. „Wo bleiben Sie denn nur, Piper? Ich habe Ihnen doch eine Nachricht hinterlassen."

Piper dachte an das ausgeschaltete Handy in ihrer Handtasche. Und hatte sie eigentlich am vergangenen Abend den Anrufbeantworter abgehört? Wahrscheinlich nicht. Sie hatte eine Sitzung in der Gemeinde gehabt und war dann noch geblieben, um die Gemeindebücherei neu zu organisieren. Danach war sie todmüde gewesen, hatte noch ein Bad genommen und war ins Bett gefallen.

Piper merkte, dass die gesamte Belegschaft irgendwie aufgewühlt wirkte, die Leute wuselten hektisch umher. Von der sonstigen Gelassenheit war nichts zu merken.

„Was ist denn eigentlich los?"

„Bei Justin Ward zu Hause hat es gestern Nacht gebrannt. In dem Feuer ist seine sechsjährige Schwester ums Leben gekommen. Justin selbst liegt mit schweren Verbrennungen im Krankenhaus."

Justin war in der elften Klasse. Da Piper nur Beraterin für die beiden letzten Klassen war, wusste sie zwar, um wen es sich handelte, aber sie kannte ihn nicht persönlich. Als Beraterin für die zehnte und elfte Klasse würde Heather den größten Teil der Arbeit mit diesem Fall bekommen. „Gibt es irgendwas, was ich tun kann?"

„Abgesehen davon, dass Justin bei der Bewältigung des Verlustes und beim Umgang mit seinen Verletzungen Hilfe braucht, hat die Familie keinerlei Versicherung – weder eine ausreichende Krankenversicherung noch sonst etwas. Das Haus ist schwer beschädigt und unbewohnbar. Wir wollen eine Sammelaktion im Ort starten. Vielleicht in allen Geschäften Sammelbüchsen aufstellen."

In Pipers Kopf entstand bereits eine Aufgabenliste. „Ich rufe die Carlson Creek Bank an und richte dort ein Spendenkonto ein."

Die Schuldirektorin kam aus ihrem Büro und winkte Heather zu sich. Im Gehen drehte sie sich noch einmal zu Piper um und sagte: „Machen Sie das nur, Piper. Ich vertraue Ihnen vollkommen."

Andrea war überrascht, als Piper an ihrem Kassenschalter auftauchte. Sie lächelten sich an. Andrea reichte einem Kunden seinen Beleg. „Vielen Dank, Mr Beasley. Einen schönen Tag noch."

Jetzt war Piper an der Reihe.

„Ich wusste gar nicht, dass du hier ein Konto hast."

„Das habe ich auch nicht", antwortete Piper. Sie holte eine kleine Box mit einem Vorhängeschloss aus der Tasche. Auf einer Seite stand: „Sammlung für Familie Ward".

Gillie schaute vom Nachbarschalter zu ihnen herüber. „Wer sind denn diese Wards?"

Piper erzählte von der Katastrophe, die der Familie widerfahren war. „Kann ich diese Büchse hier aufstellen und auch noch ein kostenloses Spendenkonto einrichten?"

„Da musst du Russell fragen."

Piper grinste. „Oh, dann lerne ich ja endlich deinen unbekannten, geheimnisvollen Mr Greenburg kennen."

„Piper … Er ist nicht mein –"

Gillie unterbrach sie. „Das ist er ganz sicher. ‚Chez Garsaud' ist kein Ort, an den man eine Kollegin einfach so einlädt – oder höchstens wenn man möchte, dass sie mehr als eine Kollegin wird."

Piper sah Andrea forschend an. „Apropos … Du hast mir noch gar keine Einzelheiten von eurem Date erzählt."

Andrea zuckte mit den Schultern. „Ich wollte daraus auch eigentlich keine große Sache –"

Piper schaute sich in der Halle um und legte dann ihre Hand auf die von Andrea. „Mach daraus eine große Sache. Bitte, mach eine große Sache daraus. Weißt du denn nicht, dass ich mein Leben durch dich lebe?"

Andrea konnte sich nicht erinnern, wann Piper zum letzten Mal ein richtiges, ernst zu nehmendes Date gehabt hatte. Und es lag nicht daran, dass sie nicht attraktiv, intelligent oder geistreich gewesen wäre … Manchmal war die Liebe – oder das Fehlen derselben – ein einziges Rätsel. „Wenn du Romantik willst, dann hol dir am besten einen Film mit Cary Grant und Deborah Kerr."

Gillie seufzte. „Sie hat immer so luftige Kleider getragen. Mit schmaler Taille und fließenden Röcken. In dem Film ‚Die große Liebe meines Lebens' trägt sie diese wunderschönen Abendkleider –"

Andrea wurde bewusst, dass sie schon viel zu lange geplaudert hatte. „Kann die Modepolizei noch bis später warten? Ich muss wieder arbeiten."

Piper straffte die Schultern. „Du hast ja Recht, und ich muss noch mit diesem Russell darüber sprechen, ob es möglich ist, ein kostenloses Spendenkonto für größere Beträge einzurichten, die man nicht in eine Sammelbüchse stecken möchte."

Andrea sah Russell durch die Schalterhalle gehen, nahm Blickkontakt mit ihm auf und signalisierte ihm, zu ihnen herüberzukommen. „Da kommt er gerade."

Piper stellte sich zur Seite und wartete auf ihn. Ihre Miene verriet, was sie dachte. Ihr gefiel, was sie sah. Und wie hätte es auch anders sein können? Russell war schon ein beeindruckender Mann.

„Brauchen Sie etwas, Andrea?"

Andrea stellte Russell und Piper einander vor und überließ es dann Piper, ihr Anliegen vorzubringen.

„Natürlich können Sie hier eine Sammelbüchse aufstellen. Und wenn Sie mit in mein Büro kommen wollen, können wir dort gleich ein Spendenkonto einrichten."

Piper strahlte Andrea an. Er bekam auf Anhieb die vollen hundert Punkte von ihr.

Und plötzlich, wie aus heiterem Himmel, holte Gillie ihre Handtasche hervor und entnahm ihrem Portemonnaie einen Geldschein. „Ich möchte als Erste etwas hineintun", sagte sie.

Andrea fand das nett – und so typisch für Gillie –, und so griff sie ebenfalls nach ihrer Handtasche, um ein paar Dollar beizutragen. Dann sah sie, dass Gillie einen Hundertdollarschein in die

Sammelbüchse stecken wollte. Piper hielt Gillies Hand fest, die auf dem Weg zur Büchse war. „Gillie! Das sind hundert Dollar."

Gillie zuckte nur mit den Schultern und Andrea bemerkte einen rosigen Schimmer auf ihren Wangen. „Ach, das ist doch nicht der Rede wert." Sie schaute sich in der Schalterhalle um, zu den anderen Angestellten, die in ihrer Hörweite waren, und zwei Kunden, die gerade zur Tür hereinkamen. „Wir sollten alle so viel geben, wie wir nur können. Diese arme Familie braucht jetzt wirklich unsere Unterstützung."

Und dann nahm Gillie zu Andreas Entsetzen die Sammelbüchse, trat vor den Tresen in die Schalterhalle und fing an, von Schreibtisch zu Schreibtisch zu gehen und Spenden zu sammeln. Sie setzte die Leute durch diese öffentliche Aktion so unter Druck, dass sie alle spendeten. Andrea sah Russell an, um zu sehen, wie er reagierte. Er zupfte am Ärmel seines Jacketts herum. Wiederholt schaute er zu Gillie hinüber und sah dann weg, als könnte er den Anblick ihres Vorgehens kaum aushalten, brächte es aber auch nicht fertig, sich ganz abzuwenden.

Sogar Piper empfand allem Anschein nach Unbehagen. Sie lächelte zwar, hatte aber einen roten Kopf bekommen. Andrea war sicher, dass sie nicht vorgehabt hatte, so viel Aufmerksamkeit auf sich zu ziehen oder das tägliche, ganz normale Bankgeschäft zu stören. Als Gillie ihre Runde beendet hatte und nun direkt auf Russell zuging, krampfte sich Andreas Magen zusammen. Russells Finger hörten auf zu zupfen und er zog seine Brieftasche hervor. Sie setzte also sogar ihren Chef unter Druck.

Gillie blieb direkt vor ihm stehen. „So, jetzt sind Sie an der Reihe, Mr Greenburg. Was sagen Sie?"

Was er sagt? Wie wäre es mit: ‚Sie sind gefeuert, Ms Danson'?

Russel öffnete seine Brieftasche und holte ein Bündel Scheine heraus – Andrea konnte mindestens drei Zwanziger erkennen –, faltete sie in der Mitte und schob sie in den Schlitz. Ein angeberischer Einhundertdollarschein war nicht dabei.

Gillie schob die Ecke eines Geldscheins, die ein bisschen herausschaute, ganz in die Büchse. „So. Wie war das?"

Wenn sie jetzt großartige Dankbarkeitsbekundungen erwartet hatte, dann wurde sie auf jeden Fall enttäuscht. Piper murmelte: „Danke", Andrea wandte ihre Aufmerksamkeit einem Kunden zu und Russell sah Piper an und deutete mit einem Arm in Richtung seines Büros.

„Sollen wir jetzt das Konto einrichten, Ms Wellington?"

Sie verließen die Schalterhalle, und Gillie stand ganz allein da, die Sammelbüchse immer noch in der Hand. Auch die anderen schauten peinlich berührt weg. Gillie blickte ganz und gar verständnislos drein und ihre Lippen formten ein lautloses: *Was ist denn*?

Evelyn beobachtete, wie Summer in einem Zelt verschwand, das sie aus Decken gebaut hatte. Kurz darauf tauchte ihr Gesicht in der Eingangsöffnung auf. „Es ist so schön hier drin, Tante Evelyn. Das ist mein ganz eigenes Haus."

Evelyn richtete noch einmal die Stecknadeln, von denen zwei der Decken zusammengehalten wurden. „Ich habe mit Russell auch immer solche Höhlen gebaut. Einmal war das ganze Zimmer voll damit." Sie kniete nieder, um hineinzusehen.

Summer hockte zwischen zwei Esszimmerstühlen und machte eine Führung für Evelyn. „Das ist meine Küche und unter dem Stuhl hier kann das Baby schlafen." Sie kam plötzlich zum Ausgang und zwang Evelyn dadurch zurückzutreten. „Ich muss noch mein Geschirr holen. Und meine Puppensachen."

Kleine Mädchen waren so anders als Jungs. *Wenn doch nur …*

Während Summer unterwegs war, um ihre Spielsachen zu holen, ging Evelyn ins Wohnzimmer und holte von dort zwei Kissen, eine Wolldecke und ein paar Bilderbücher. In der Eingangshalle trafen sich die beiden wieder. „Hier sind noch Sachen, mit denen du dir ein Bett bauen kannst, und ein paar Bücher zum Lesen."

„Ja, im Bett lesen, genau wie Mama." Summers Tonfall machte deutlich, dass das der größte Luxus war. Sie kroch wieder in das Zelt, wobei sie die Puppensachen vor sich herschob. „Kann ich auch eine Lampe haben, so wie Mama?"

„Das wird sich wohl machen lassen." Evelyn schaute sich im Wohnzimmer um, aber die Lampen waren alle zu groß. Dann erinnerte sie sich, dass sie oben auf dem Dachboden eine gesehen hatte. „Richte du dich schon mal weiter ein, dann suche ich eine Lampe für dich."

Summer steckte ihren Kopf noch einmal heraus und wiederholte: „Es ist so schön hier, Tante Evelyn. Vielen, vielen Dank."

„Gern geschehen, Schätzchen. Ich bin gleich zurück."

Evelyn ging nach oben und knipste das Licht auf dem Dachboden an. Sie entdeckte die Lampe sofort, aber als sie an den Kisten und Truhen vorbeiging, fiel ihr noch etwas ein, das Summer für ihr Eigenheim brauchen konnte: Kleider. Sie hob einen Truhendeckel an und war wie betäubt von dem Geruch von Mottenkugeln, der daraus entwich. Sie holte ein rotes Crepekleid heraus. Es hatte eine Perlenstickerei auf den Schultern – ganz im Stil der dreißiger Jahre. Sie erinnerte sich, dass es ein Foto von Aarons Mutter gab, auf dem sie es trug.

Evelyn wühlte sich durch weitere Kleidungsstücke und fühlte sich dabei selbst wie ein kleines Mädchen. Das war das Einzige, was sie daran bedauerte, nur einen Sohn und keine Tochter zu haben: Sie hatte nie die Freude erlebt, sich gemeinsam mit einer Tochter – mit *ihrer* Tochter – auszustaffieren und schön zu machen.

Evelyns Blick schweifte zu dem Frisiertisch am anderen Ende des Raumes. Zu der Schublade, in der sich das Bild befand.

Sie legte die Kleider beiseite und ging zu dem Tisch hinüber. Sie wollte noch einmal in Verbindung treten mit dem, was hätte sein können. Denn sie hatte noch ein Baby gehabt. Ein kleines Mädchen, in eine rosa Decke gehüllt, den kleinen Mund gespitzt, als warte sie auf einen Kuss.

Ich habe sie geküsst. Immer und immer wieder, bis sie abgeholt und mir weggenommen wurde.

Evelyn zog die Schublade auf und holte das einzige Foto hervor, das sie von ihrer Tochter hatte. Es war ein Farbfoto, das eine freundliche Schwester im Krankenhaus aufgenommen hatte. Evelyn mit ihrem Baby auf dem Arm. Und sie schaute darauf das Kind so intensiv an, als wolle sie sich dieses Gesicht für immer einprägen.

Und sie hatte es nicht vergessen – keinen Augenblick lang –, aber die Erinnerungen waren in den Hintergrund gedrängt worden, denn nicht einmal Aaron hatte von dem Kind gewusst, das sie schon gehabt hatte, bevor sie sich kennen lernten. Sie hatte sich so oft gewünscht, es ihm erzählen zu können, aber mit jedem Jahr, das verstrich, hatte sie sich sicherer gefühlt – und war es ihr einfacher erschienen –, die Vergangenheit ruhen zu lassen und einen Schlussstrich darunter zu ziehen.

Das Geheimnis für sich zu behalten hatte es außerdem zu etwas ganz Besonderem gemacht. Dieses Foto hier in der Schublade, das war etwas, das nur ihr ganz allein gehörte. Evelyn und ihr kleines Mädchen. Mutter und Kind.

Evelyn küsste das Bild. Wo ihre Tochter jetzt wohl war? Ob es ihr gut ging und sie sich gut entwickelt hatte? Sie schaute noch einmal das Bild an. Wahrscheinlich war sie inzwischen selbst verheiratet und hatte Kinder. Evelyns Enkelkinder, die sie nie kennen lernen würde.

Wenn doch Russell nur heiraten und ihr Enkelkinder schenken würde. Vielleicht würden die ja ihren Schmerz etwas lindern.

„Tante Evelyn? Bist du hier oben?"

Summer. Evelyn legte das Foto rasch in die Schublade zurück. Sie musste dankbar sein und ihren Blick auf das richten, was sie alles hatte. Sie hatte doch jetzt auch ein kleines Mädchen zum Liebhaben. Nicht ihr eigen Fleisch und Blut, aber immerhin. Und sie wollte ihre Sache hier auch gut machen.

„Ich komme schon, Schätzchen."

Evelyn machte Käsetoasts und brachte dann das Tablett ins Esszimmer zu Summers Zeltstadt. Sie beugte sich hinunter zur Zeltöffnung und sagte: „Essen ist fertig. Ich dachte, du würdest dein Mittagessen vielleicht –"

Sie sah Summer auf den Kissen liegen, aber das kleine Mädchen las nicht und machte auch kein Nickerchen. Sie hatte sich in die Wolldecke gewickelt wie in einen Kokon. Schweißnasse Haarsträhnen klebten ihr auf der Stirn.

„Schätzchen!" Evelyn kroch ins Innere des Zeltes und legte ihre Hand auf Summers Stirn. „Du bist ja ganz heiß!"

Summer öffnete ein Auge. „Ich fühl mich auch gar nicht gut."

Evelyns erster Impuls war, sie hochzunehmen und fest an sich zu drücken, aber in der Enge des Zeltes war das unmöglich. Stattdessen pellte sie das Kind aus der Decke und kroch rückwärts aus der Höhle, wobei sie Summer bat, ihr zu folgen.

„Komm da mal lieber raus. Ich glaube, du musst ins Bett."

„Aber mein Zelt –"

„Du kannst weiter im Zelt spielen, wenn es dir wieder besser geht, ja?"

Sehr zögerlich folgte Summer ihr, wobei ihre mühsamen und langsamen Bewegungen an die eines sehr alten Menschen erinnerten. Als sie endlich das Zelt verlassen hatten, nahm Evelyn das kleine Mädchen auf den Arm und trug es nach oben.

In Summers und Andreas Zimmer angekommen, schlug Evelyn die Bettdecke zurück und setzte Summer auf der Matratze ab. „So, husch ins Bett, Schätzchen, und ich hole –"

Summer kuschelte sich jedoch nicht unter die Decke, sondern sprang wieder vom Bett herunter und zog fast erschrocken die Bettdecke glatt. „Mama mag es nicht, wenn die Betten tagsüber durcheinander sind." Sorgfältig steckte sie die Tagesdecke fest und strich sie glatt, so wie ein Zimmermädchen bei der Arbeit.

Was macht sie denn da?

Evelyn sah sich kurz im Zimmer um. Sie hatte es nicht mehr betreten, seit Andrea eingezogen war. Es herrschte perfekte Ordnung, beinahe war es schon *zu* ordentlich. An einem Schmuckständer hingen Halsketten der Länge nach geordnet. Stofftiere standen der Größe nach aufgereiht auf der Sitzbank im Fenster wie kleine Soldaten, die Wache standen. Ein Stapel Zeitschriften lag in der Ecke, die Rücken exakt aufeinander und wahrscheinlich waren sie auch noch nach Nummern geordnet.

Summer lehnte sich gegen sie, blickte zu ihr auf und sagte: „Kann ich nicht in deinem Zimmer liegen?"

„Aber natürlich doch, Schätzchen."

Als sie in Evelyns Zimmer gingen, fiel ihr der Unterschied zwischen den beiden Räumen besonders auf. Obwohl Evelyns Zimmer vielleicht nicht besonders hergerichtet war, hatte es doch etwas sehr Anheimelndes und Gemütliches. Dem Raum war anzusehen, dass darin gelebt wurde.

Summer legte sich sofort auf die weiche Matratze, kuschelte sich unter die Decke und fühlte sich offensichtlich wohl dort. Evelyn zog die Decke zurecht, so wie sie es auch immer bei Russell gemacht hatte. „So. Ist das besser jetzt?"

„Mmmm." Summer schloss die Augen und öffnete sie dann noch einmal kurz. „Ich mag es, wenn Sterne auf der Decke sind. Das ist hübsch."

„Die Decke nennt sich Sieben-Schwestern-Quilt. Es sind sieben Sterne in jedem Kreis – genau wie wir hier sieben Frauen sind."

Summer nickte und kuschelte sich noch tiefer unter die Decke.

„Ich hole das Fieberthermometer, damit wir deine Temperatur messen können." Summer versuchte noch zu nicken, aber bevor sie die Bewegung beenden konnte, war sie schon eingeschlafen.

Peppers sprang aufs Bett und schmiegte sich schnurrend an Summers Rücken. Evelyn verließ auf Zehenspitzen das Zimmer. Summer hatte die beste Gesellschaft und Schlaf war für sie jetzt das Beste. Es würde wahrscheinlich ohnehin eine Weile dauern, bis sie das Thermometer gefunden hatte. Als sie zu dem Bad ging, das sie sich mit Tessa teilte, machte Evelyn noch einen kleinen Umweg und stand wieder in Andreas Zimmer. Es war fast steril, richtig kalt. Zu … durchgeplant. Es herrschte darin kein Leben, sondern nur Ordnung.

Einem Impuls folgend öffnete Evelyn den begehbaren Kleiderschrank. Es bestätigte sich, was sie erwartet hatte: Die Kleider waren glatt und nach Farbschattierungen sortiert, von Blau- über Grüntöne, dann folgten die gelben Kleidungsstücke und schließlich Orange und Rot. Alles hing auf gleichen Kleiderbügeln. Ganz am Ende der Stange waren drei Kinderkleider. Auf den Regalen im Schrank standen Kästen, ebenfalls nach Farben geordnet. Alle waren mit ordentlich beschrifteten Etiketten versehen: Pullis, Handtaschen, Winterhosen. In der Schranktür hing ein Schuhregal, auf dem die einzelnen Paare ordentlich aufgereiht standen. Evelyn nahm einen schwarzen Lederschuh von dem Regal und schaute sich das Leder an. Es war gut geputzt und hatte keinerlei Kratzer oder Schrammen. Sie nahm ein Paar von Summers Schuhen aus dem Regal und stellte fest, dass sie in einem genauso makellosen Zustand waren. *Ob sie die wohl schon selbst putzen muss?*

Irgendwie war sie selbst überrascht über diese Frage, aber angesichts von Summers Verhalten schien sie gar nicht so abwegig. Obwohl Evelyn nie einen Hinweis darauf bekommen hatte, dass Summer nicht gut behandelt wurde – auch wenn Andrea sehr streng mit ihr war –, wurde jetzt doch deutlicher, warum das Kind ständig das Bedürfnis hatte zu helfen. Es wurde von ihr erwartet.

Und dennoch … Summer schien auch wirklich gern zu helfen. Es war wahrscheinlich unmöglich, genau festzustellen, was zuerst da gewesen war, die Erwartung, dass sie half, oder ihr Wunsch zu helfen. Ein Teil dieses Helfersyndroms gehörte sicher zu Summers Naturell, war also angeboren, sonst wäre Summer ein ganz anderes Kind gewesen. Rebellischer. Und sie war wirklich alles andere als das.

Plötzlich erinnerte sich Evelyn wieder an das kranke Kind im Bett. Genug jetzt mit dem Herumspionieren und Analysieren. Sie musste jetzt erst einmal ein Fieberthermometer finden. Dennoch – als sie wieder auf dem Weg in ihr Badezimmer war, musste sie unwillkürlich daran denken, dass Andrea nicht hätte suchen müssen. Sie hätte ganz genau gewusst, wo sie ihr Thermometer aufbewahrte.

„Ich komme sofort."

Evelyn beruhigte sie. „Das ist gar nicht nötig, Andrea. Es geht ihr bestimmt bald wieder besser. Sie hat nur eine Grippe und etwas über 38 Grad Fieber."

Andrea sah zum Ausgang der Bank hinüber und wäre am liebsten geflohen. „Aber ich möchte nicht, dass sie Ihnen Umstände macht."

„Unsinn. Sie sind jetzt erst seit zwei Wochen in Ihrem neuen Job. Ich habe hier alles unter Kontrolle. Versprochen. Im Augenblick liegt sie in meinem Bett und macht ein –"

„In Ihrem Bett?"

„Äh … ja. Ich habe versucht, sie in Ihr Zimmer zu bringen, aber sie wollte das Bett nicht zerwühlen. Ich habe gesagt, das würde Ihnen ganz bestimmt nichts ausmachen, aber darauf wollte sie sich nicht einlassen."

Andrea holte tief Luft, um sich zu beruhigen. Warum schaffte sie es nur nicht, ihren Ordnungsdrang ein wenig zu lockern? Wie oft hatte ihre Mutter mit ihr geschimpft und gesagt: „Andrea, sie ist doch noch ein kleines Mädchen." Andrea wusste, was sie eigentlich tun sollte, aber es fiel ihr schwer, das auch wirklich umzusetzen.

„Andrea, wenn Sie möchten und es Sie beruhigt, können Sie mich gern später noch einmal anrufen."

Andreas Schuldgefühle saßen ihr im Nacken wie eine schwere Last. „Es tut mir so Leid, Evelyn, dass ich Ihnen das alles aufhalse. Und es tut mir auch Leid … sie hätte in unserem Zimmer schlafen sollen." Das hörte sich jetzt alles genauso lahm an, wie es auch war.

„Das weiß ich doch. Aber Sie können sicher sein, dass es ihr hier bei Tante Evelyn gut geht. Wirklich."

Andrea verabschiedete sich und machte sich wieder an ihre Arbeit, wobei sie mit einem Wust von Gefühlen zu kämpfen hatte, die sie kaum definieren konnte. Und dann traf es sie wie ein Keulenschlag, und sie merkte, wie sie sich bei dieser Erkenntnis innerlich aufbäumte.

Es ging Summer wirklich gut, so schön eingekuschelt in Tante Evelyns Bett.

Vielleicht sogar besser als bei ihrer Mutter …

In der Mittagspause suchte Gillie Andrea und fand sie im Aufenthaltsraum in einer Zeitschrift blätternd. Gillie holte sich ein Stück Kuchen, den irgendjemand spendiert hatte. „Möchtest du auch ein Stück?", fragte sie.

Andrea blickte kurz auf, schüttelte den Kopf und vertiefte sich wieder in die Zeitschrift.

Gillie setzte sich ihr gegenüber.„Das ist ja wirklich nett von Piper, dass sie diese Spendenaktion für die arme Familie anleiert."

Andrea blätterte um. „Ja, das ist es."

„Russell hat gesagt, dass auch schon ein gebührenfreies Spendenkonto eingerichtet ist."

Sie blätterte wieder um. „Gut."

Gillie biss ein Stückchen von ihrem Kuchen ab und kaute. „Bist du sauer auf mich?"

Andrea sah zu ihr hinüber. „Summer ist krank. Ich bin sauer auf mich selbst, weil ich nicht da bin."

„Was hat sie denn?"

„Evelyn sagt, es ist die Grippe. Sie wird schon wieder." Andrea versuchte sich mit diesen Worten selbst zu überzeugen. „Aber ehrlich gesagt bin ich auch ein bisschen angefressen wegen dir."

„Weshalb denn das?"

Andrea rieb sich mit einer Hand das Gesicht. „Ach, ist nicht so wichtig. Ich habe einfach schlechte Laune. Ich hätte es gar nicht erwähnen sollen."

„Nein, nun sag schon, was los ist. Ich möchte es wirklich wissen." Gillie war sich nicht so ganz sicher, ob das wirklich stimmte.

Andrea holte tief Luft. „Ach, irgendwie fand ich nicht gut, wie du dich bei dieser Spendengeschichte verhalten hast."

Ich habe hundert Dollar gespendet. Was will sie denn eigentlich noch? Gillie räusperte sich. „Und was genau ist dabei das Problem? Ich habe mehr gespendet als alle anderen."

Andrea schüttelte den Kopf und rückte ihre Brille zurecht. „Es geht gar nicht um den Betrag. Das war schon sehr großzügig von dir."

„Warum guckst du mich denn dann an, als hätte ich gerade die Bank ausgeraubt?"

Andrea klappte die Zeitschrift zu. „Es war die Art, wie du es gemacht hast, Gillie. Wir sind schon so lange Freundinnen, und ich weiß, dass du es warst, die mir diesen Job hier besorgt hat." Andrea holte noch einmal Luft und fuhr dann fort: „Bitte, ich weiß, dass ich in dieser Hinsicht auch alles andere als perfekt bin, aber –"

„Andrea, wenn du jetzt noch einen einzigen Satz mit einer Beschwichtigung anfängst, dann werfe ich den restlichen Kuchen in den Mülleimer und sage, dass du es gewesen bist."

„Du hast so gespendet, dass jeder es sehen konnte."

Gillie ließ den Augenblick noch einmal Revue passieren. Sie hatte den Hundertdollarschein aus ihrer Handtasche genommen ... „Ich verstehe nicht, was du meinst."

„Wenn man so für alle sichtbar und demonstrativ spendet ... dann bekommen alle anderen Schuldgefühle, wenn sie nicht so viel geben oder geben können."

„Aber ich bin doch nicht dafür verantwortlich, wie viel andere Leute spenden. Außerdem unterstützt die Bank Spenden für alle möglichen guten Zwecke. Das ist gut fürs Geschäft."

„Und gut für deine Karriere?"

Gillie zuckte zurück. „Das ist jetzt wirklich ein Tiefschlag."

Andrea sah zu Boden. „Vergiss, dass ich überhaupt etwas gesagt habe. Ich wollte dir jedenfalls nicht weh–"

„Nein, nein – ich werde schon mit allem fertig, was du mir auftischst –"

„Gillie ..."

Gillie schob ihren Kuchen beiseite. „Wenn ich das Geld zurücknehmen könnte, dann würde ich es tun, das kannst du mir glauben. Nichts liegt mir ferner, als makelbehaftetes Geld zu spenden."

Sie dachte an den verpackten Fernseher in ihrem Auto. Sie hatte ihn Andrea schon die ganze Woche geben wollen, aber es war immer wieder etwas dazwischengekommen. Eigentlich hatte sie vorgehabt, an diesem Abend bei Andrea hereinzuschauen und ihn ihr zu geben. Aber so wie es jetzt aussah …

Andrea schob ihren Stuhl zurück. „Ich hätte einfach nichts sagen sollen. Ich gehe wieder an den Schalter. Kommst du mit?"

„Ja, gleich. Geh ruhig schon vor." Die Tür zum Pausenraum schloss sich, und Gillie saß allein in der Stille, nur in Gesellschaft ihrer fragwürdigen Motive.

Russell erwischte Andrea, als sie sich nach der Mittagspause wieder an ihrem Schalter niederließ. „Bleibt es bei heute Abend? Im ‚Grace Note' spielen sie Live-Jazz und –"

„Ach du liebe Güte … Es tut mir Leid, aber ich kann nicht. Summer ist krank geworden."

Es gefiel ihr, dass seine Miene Besorgnis zum Ausdruck brachte.

„Was hat sie denn?", fragte er.

„Ach, es ist nur eine Grippe, aber Ihre Mutter kümmert sich schon den ganzen Tag um sie und ich möchte wenigstens heute Abend da sein."

„Das verstehe ich. Was nicht heißen soll, dass ich nicht enttäuscht bin … Vielleicht morgen Abend?"

„Vielleicht. Wir werden sehen."

Piper war den ganzen Tag in der Stadt von Geschäft zu Geschäft gegangen und hatte die Inhaber gebeten, Spendenbüchsen aufstellen zu dürfen. Das war keine schwere Arbeit, aber für jemanden, der es gewohnt war, den ganzen Tag in der Schule zu verbringen, war es doch ziemlich anstrengend. Gegen Schulschluss brauchte sie deshalb dringend etwas, das Spaß machte, und für sie bedeutete das: Shoppen. Es war egal, dass sie gar nichts brauchte; sie fand es einfach nur entspannend. Außerdem – auch wenn sie für sich selbst nichts brauchte, kannte sie eine Person, auf die das überhaupt nicht zutraf.

Evelyn öffnete die Haustür, während sie auf der einen Hand ein Tablett balancierte. Sie legte den Zeigefinger auf die Lippen. „Pssst. Summer ist krank."

Pipers Blick ging sofort nach oben. „Was hat sie denn?"

„Ich glaube, es ist eine Grippe. Fieber. Gliederschmerzen." Evelyn hob das Tablett ein Stück. „Ich wollte ihr gerade Hühnersuppe bringen. Heute Mittag hatte sie keinen Hunger, aber gerade eben hat sie gesagt, dass sie gern etwas essen möchte, was ein gutes Zeichen ist."

„Kann ich kurz zu ihr?"

„Kommen Sie doch mit hoch. Tessa ist auch oben."

Piper war ein bisschen irritiert, als Evelyn, oben angekommen, an Andreas Zimmer vorbeiging.

„Sie ist in meinem Zimmer." Als Evelyn die Worte ausgesprochen hatte, blieb sie im Flur der oberen Etage stehen. „Vielleicht können Sie mir ja etwas erklären, Piper. Summer wollte nicht in ihrem Bett liegen, weil ihre Mutter es angeblich nicht mag, wenn das Bett tagsüber zerwühlt und ungemacht ist. Mir kommt das ein bisschen …" Sie schnitt ein Gesicht. „… ein bisschen zwanghaft vor."

„Das ist typisch für Andrea. Alles muss an seinem Platz sein und alles muss seine Ordnung haben."

„Ordnung ist ganz bestimmt eine Tugend", sagte Evelyn. „Aber wenn es so weit geht, dass ein Kind sich nicht ins eigene Bett traut …"

Piper versuchte, sich eine Verteidigung für Andrea zu überlegen, aber es gab keine. Es gab nur die Fakten. „Ich glaube, dass – abgesehen davon, dass es zu ihrem Wesen gehört – Andrea auch Sicherheit darin findet, so gut organisiert und geordnet zu sein. Sie musste so sein, um ihre persönliche Situation bewältigen zu können."

Evelyn nickte.

Piper zeigte auf die Suppe, die langsam kalt wurde. „Summer ist sicherlich hungrig."

Sie gingen in Evelyns Zimmer, wo Summer in Evelyns Bett Hof hielt. Tessa saß auf einem Stuhl am Bett und las ihr aus einem Buch vor: „‚Ein Fisch, zwei Fische, rote Fische, blaue Fische …'"

Summer schob sich nach hinten und lehnte sich ans Kopfteil des Bettes, während Piper ihr die Kissen aufschüttelte.

„Wann bist du denn gekommen, Piper?"

„Gerade eben erst." Sie erinnerte sich daran, weshalb sie eigentlich gekommen war, und obwohl sie nicht wusste, ob das an diesem Tag noch eine Rolle spielen konnte, beschloss sie, den Grund für ihren Besuch dennoch zu erwähnen. „Ich bin gekommen, um mit Tante Evelyn für ihre Schlafzimmerrenovierung einkaufen zu gehen. Aber wie es aussieht …"

„Gehen Sie nur", sagte Tessa und machte dabei eine Geste, als wollte sie die beiden Frauen verscheuchen. „Ich kümmere mich schon um Summer." Sie zeigte auf einen ganzen Stapel Bücher, die sie mitgebracht hatte. „Wir haben auf jeden Fall reichlich zu tun."

„Sie soll sich aber auch ausruhen", sagte Evelyn und steckte Summer unter dem Kinn eine Serviette in ihren Schlafanzug.

„Meine liebe, gute Güte noch mal, Evelyn. Ich werde das Mädchen schon nicht langweilen oder sie wach halten, wenn sie lieber schlafen möchte. So unsensibel bin ich nun auch nicht."

Evelyn lächelte. „Meine liebe, gute Güte noch mal? Alle Achtung, Sie klingen ja schon fast wie Mae."

Tessa schüttelte heftig den Kopf. „Um Himmels willen …"

„Also …?", fragte Piper. „Sollen wir uns auf den Weg machen?"

„Ist das in Ordnung für dich, Schätzchen?"

Summer nickte, während sie schlürfend einen Löffel Suppe zu sich nahm.

Tessa wachte auf und stellte fest, dass sie im Sessel eingeschlafen war. Es dauerte einen Augenblick, bis sie wieder wusste, dass sie sich in Evelyns Zimmer befand. Zusammen mit Summer. Aber Summer war nicht da. Tessa stand so schnell auf, wie sie konnte.

„Summer? Wo bist du denn, Mädchen?"

„Ich bin hier unten." Die Stimme kam unten aus der Eingangshalle.

Tessa trat auf den Flur im Obergeschoss und sah über die Brüstung.

„Was machst du denn da, Kind?"

Summer schaute nach oben: „Ich bringe das Geschirr in die Küche zurück."

„Das sehe ich. Aber warum machst du das? Du bist krank. Du sollst doch nicht –"

„Mama sagt, dass ich immer mein Geschirr wegräumen soll."

„Das stimmt zwar – unter normalen Umständen. Aber wenn du krank bist, dann machen wir das doch für dich."

Summer sah auf das Geschirr. „Ich brauche nicht –"

„Nein, das brauchst du nicht. Warte einfach da unten." Tessa hielt sich am Geländer fest und ging nach unten. Sie nahm Summer das Tablett ab und trug es in die Küche.

Als sie an der Küchentür angelangt war, sah sie zurück und stellte fest, dass Summer ihr folgte. „Geh wieder ins Bett, Summer."

„Ich kann doch helfen, es wegzustellen. Es geht mir schon wieder viel besser."

Das war lächerlich. Tessa stellte das Tablett auf den Küchentresen und zeigte nach oben. „Du machst augenblicklich kehrt und gehst zurück nach –"

Summers Schultern sanken, als hätte Tessa einen Stöpsel gezogen, sodass sie jetzt in sich zusammenfiel. Ihre Lippen zitterten.

„Was ist denn los?"

Summers Blick irrte ziellos umher, als hätte sie keine Ahnung, was sie auf die Frage antworten sollte, oder als wüsste sie zwar die Antwort, könne sie aber nicht in Worte fassen.

Tessa kniete sich neben sie. „Komm, Summer, sag es mir."

Summers Augen wurden feucht und eine dicke einzelne Träne rollte über ihre Wange und fiel zu Boden. „Ich will nicht, dass Mama böse auf mich wird."

Was? „Deine Mama wird doch nicht böse auf dich, weil du krank bist, Summer. Sie hat dich sehr, sehr lieb."

Summer schüttelte den Kopf. „Aber vielleicht wird sie trotzdem böse, wenn ich nicht helfe. Es gefällt ihr, wenn ich viel helfe."

Tessa begriff, was in dem Mädchen vor sich ging. Die Kleine glaubte, dass sie sich die Liebe ihrer Mutter verdienen musste.

Obwohl Tessa sich nicht erinnern konnte, wann sie zum letzten Mal jemanden umarmt hatte, nahm sie das Mädchen und zog es in ihre Arme, so als könnte sie diese abwegigen Gedanken wegumarmen. „Ach, Kind. Mein liebes Kind ... du kannst ganz sicher sein, dass deine Mutter dich einfach so lieb hat ... einfach weil du du bist. Ganz egal, ob du das Geschirr wegräumst oder dein Bett machst oder –"

Summer beugte sich so weit zurück, dass sie Tessas Gesicht sehen konnte. „Oder ob ich meine Kuscheltiere alle in eine gerade Reihe stelle?"

„Oder ob du deine Kuscheltiere in eine gerade Reihe stellst."

Tessa ließ das Kind los und wischte Summer mit den Daumen die Tränen von der Wange. „Mamas haben ihre Kinder einfach so lieb, einfach weil sie ihre Kinder sind. Glaubst du mir das?"

Summer nickte; dann legte sie den Kopf schräg, so als erinnerte sie sich gerade an etwas. „Jesus hat mich auch lieb."

Tessa war beeindruckt. Dass eine Fünfjährige das wusste ... Andrea musste demnach doch auch manches richtig machen.

„Mrs Berry in der Sonntagsschule sagt, dass Gott uns immer lieb hat, auch wenn wir nicht brav sind."

„Das stimmt. Und dasselbe gilt auch für Mamas."

„Und wenn ich ganz, ganz brav bin, dann komme ich in den Himmel." Sie zog die Stirn kraus. „Stimmt's?"

Tessas Gedanken gingen zurück in die Bibelstunde. Hatte sie nicht eigentlich genau das Gleiche gesagt? Und hatten Piper und die anderen ihr nicht genau darin widersprochen und gesagt, sie habe Unrecht?

„Stimmt das denn nicht, Tante Tessa?"

Tessa ließ sich aus ihrer knienden Position ganz auf den Boden sinken und setzte sich. Sie fühlte sich, als hätte ihr jemand alle Luft genommen. Vielleicht war das ja auch tatsächlich der Fall.

Hatte sie nicht gerade hautnah miterlebt, dass diese Überzeugung eine Lüge war? Summer hatte irrtümlich geglaubt, dass sie etwas leisten müsse, um sich die Liebe ihrer Mutter zu verdienen. Es war absurd. Aber nicht absurder als Tessas Überzeugung, dass sie bestimmte Dinge tun musste, um sich Gottes Liebe und den letztgültigen Lohn der Liebe Gottes zu verdienen: den Himmel. Piper und die anderen hatten also Recht gehabt.

Und ich lag daneben. So daneben.

„Ist alles in Ordnung, Tante Tessa?"

Das wusste sie nicht so genau. Sie zog Summer noch einmal zu sich heran. „Du musst gar nichts tun, damit deine Mama dich lieb hat, und du brauchst auch nichts zu tun, damit Gott dich lieb hat. Du brauchst nur an deine Mama und an Jesus zu glauben. Die Liebe ist ein Geschenk. Und wir kommen auch nicht in den Himmel, indem wir bestimmte Dinge tun. Auch das ist ein Geschenk."

„So wie ein Geburtstagsgeschenk?"

Tessa musste lächeln. „Ja. Genau so."

„Ich mag Geschenke."

„Ich auch." Tessa fühlte sich in diesem Augenblick, als hätte sie gerade ein besonders großes bekommen. „Jetzt hilf mir mal beim Aufstehen, mein Kind. Und dann wieder husch, zurück ins Bett, damit du ganz schnell gesund wirst."

„Aber es geht mir jetzt schon wieder ganz gut."

„Vielleicht fühlst du dich schon ganz gut, aber es braucht noch ein bisschen, bis du wieder ganz gesund bist."

Als sie Hand in Hand die Treppe hinaufgegangen waren, wurde Tessa klar, dass ihre letzten Worte ebenso auf sie selbst zutrafen.

Evelyn nahm den Kassenbon von dem Verkäufer entgegen und versuchte, mit der großen Tüte und all den anderen, kleineren irgendwie zu jonglieren.

„Hier, lassen Sie mich Ihnen doch etwas abnehmen", sagte Piper. Sie nahm die Tüte, in der die neuen Kissen waren. Sie verließen das Geschäft und traten auf die „Hauptstraße" des Einkaufszentrums.

„Ich kann nicht glauben, dass wir in so kurzer Zeit all die Sachen gefunden haben", sagte Evelyn. „Und dann auch noch fast alles im Sonderangebot. Sie haben ja wirklich einen echten Riecher für Schnäppchen."

„Ich bin froh, wenn ich Ihnen helfen konnte."

Evelyn fühlte sich fast übermütig. Es war so lange her, dass sie mit einer Freundin einkaufen gewesen war. Jetzt, wo sie es wieder einmal erlebt hatte, erinnerte sie sich daran, wie wundervoll es war, so etwas gemeinsam zu unternehmen. Etwas zu kaufen war dabei nicht einmal so wichtig wie die Gemeinschaft, das Aussuchen, Anprobieren und die Ooohs und Aaahs beim Anblick von schönen Sachen.

Sie sah auf ihre Uhr. Es war schon nach fünf. „Jetzt muss ich aber nach Hause und Abendessen machen."

„Wir können gehen. Aber ist mir vorhin bei Ihnen nicht der Duft von Chili in die Nase gestiegen?"

Evelyn nickte. „Ja, es ist im Römertopf."

„Dann ist doch alles unter Kontrolle und es kann gar nichts schief gehen. Seien Sie doch ein bisschen lockerer, Evelyn. Lassen Sie los."

Die Musikberieselung in dem Einkaufszentrum spielte gerade „In the Mood". *Sie möchte, dass ich loslasse?* Evelyn merkte, dass sie sich zu dem Rhythmus bewegte und vor dem Reformhaus sogar einen kleinen Doppelschritt wagte.

Piper lachte. „Weiter so, Evelyn!"

Andere Leute schauten schon zu ihnen hin, aber das machte Evelyn nichts aus. Das Lächeln der anderen offenbarte doch nur, dass sie selbst gern getanzt hätten, sich aber nicht trauten.

Und ich traue mich? Seit wann denn das?

„Sie tanzen gern, nicht wahr?"

„Ja. Ich hatte es ganz vergessen ... aber ich tanze wirklich gern."

„Dann sollten Sie Tanzstunden nehmen. Lernen Sie Foxtrott und Samba. Ich rede nicht von langweiligem Hin- und Hergeschiebe, sondern von südamerikanischem Temperament."

Evelyn schob den Gedanken an Tanzstunden erst einmal beiseite, stellte aber fest, dass ein anderer Gedanke an seine Stelle trat. „Ich habe mir immer gewünscht, mal einen Kochkurs zu machen."

„Wirklich? Zufällig besuchen meine Eltern zurzeit jeden Mittwochnachmittag einen Kochkurs. Sie könnten doch mal mit ihnen –"

„Aber ich möchte mich nicht aufdrängen, sondern nur –"

„Der Kurs gehört ja nicht meinen Eltern, Evelyn. Sie bezahlen dafür. An der Volkshochschule. Zehn Wochen für fünfundzwanzig Dollar oder so. Sie halten die Preise dort möglichst niedrig, weil die meisten Teilnehmer Rentner sind. Meine Eltern machen das schon seit einem halben Jahr und es macht ihnen viel Spaß." Sie schüttelte den Kopf und lächelte. „Sie sollten mal die Bananencreme-Pastete von meinem Vater probieren. Und seine Baisers sind himmlisch."

„Ich liebe Bananencreme-Pastete."

„Also, was halten Sie davon? Ich könnte meine Eltern anrufen und sie bitten, Sie zum nächsten Kurs abzuholen."

„Ich weiß nicht recht ..."

„Na, sicher wissen Sie." Piper stellte die Tüten auf dem Boden ab und grub ihr Handy aus der Handtasche. Sie wählte eine Nummer. „Hallo, Mama? Ich habe einen Vorschlag ..."

Schaumgebäck, ich komme.

Andrea eilte nach der Arbeit nach Hause, um nach ihrem armen kranken Baby zu schauen. Sie kam ins Haus gerauscht und ließ die Haustür krachend hinter sich ins Schloss fallen.

„Pssst!" Tessa kam die Treppe herunter. „Summer schläft gerade."

Andrea versuchte, wieder zu Atem zu kommen und sich zu beruhigen. „Wie geht es ihr denn?"

Tessa erreichte die Eingangshalle. „Besser. Das scheint so eine Vierundzwanzig-Stunden-Sache zu sein."

Andrea wickelte den langen Trageriemen ihrer Handtasche um die Tasche und stellte sie auf der Treppe ab. „Wo ist denn Evelyn?"

„Sie und Piper sind einkaufen gegangen."

Einkaufen? Sollte sie sich denn nicht eigentlich um meine Tochter kümmern …?

Tessa schien ihre Gedanken zu lesen. „Machen Sie ihr deshalb keine Vorwürfe. Ich bin sehr gut mit ihr zurechtgekommen. Summer und ich haben zusammen ein paar Bücher gelesen und …" Sie zögerte. „Können wir uns einen Augenblick setzen? Ich muss mit Ihnen reden."

Es war ziemlich untypisch für Tessa, jemanden zu bitten, sich zu setzen, um zu reden. Tessa redete sonst einfach los, ohne ihre Opfer vorzubereiten.

Andrea ging in Richtung Esszimmer, war jedoch erschlagen von dem Anblick. Alles war voller Decken. „Was ist denn das für ein Durcheinander?"

„Das haben Evelyn und Summer gebaut, bevor Summer krank geworden ist. Sie nennen es ihre Zeltstadt."

Ich nenne das eine Katastrophe. „Ich räume hier auf, sobald wir geredet haben."

„Es besteht doch gar kein Grund, es abzubauen."

„Aber so kommen wir doch gar nicht an den Tisch."

„Dann essen wir eben in der Küche."

„Aber es ist ein völliges Durcheinander."

„Ein Durcheinander liegt im Auge des Betrachters, Andrea." Tessa nahm sie beim Arm und dirigierte sie zum Wohnzimmer. „Und damit wären wir auch schon bei dem Thema."

Andrea ließ sich widerstandslos zum Sofa führen. In Gedanken graste sie alle Möglichkeiten ab, womit Summer Tessa wohl verärgert haben konnte. „Was hat Summer denn angestellt?"

Tessa zwinkerte langsam. „Wie kommen Sie denn darauf? Wieso meinen Sie denn, dass Summer etwas angestellt hat?"

Andrea presste die Finger ihrer rechten Hand auf ihre Nasenwurzel. *Ja, wieso meine ich das eigentlich?*

„Summer ist ein so braves Mädchen. Ich habe bis jetzt noch nicht erlebt, dass sie etwas falsch gemacht oder gar angestellt hätte."

Aber noch vor ein paar Tagen war Ihnen doch allein ihre Existenz ein Ärgernis. Andrea hätte beinah gekichert, konnte sich aber gerade noch bremsen. „Warum sagen Sie mir nicht einfach, was los ist?"

Tessa strich sich nervös mit den Fingern über die Stirn. „Ich möchte mit Ihnen über Summer sprechen. Aber es geht dabei gar nicht um ihr Verhalten." Sie sah auf, um ihren Blick gleich wieder nach unten zu richten. „Ich weiß nicht so recht, wie ich es sagen soll ..."

„Sagen Sie es doch einfach, Tessa."

Tessa nickte, so als hätte sie gerade einen Entschluss gefasst. Sie hörte auf, ihre Hände zu beschäftigen, und sah Andrea direkt in die Augen. „Summer glaubt, dass Ihre Liebe zu ihr an Bedingungen geknüpft ist. Sie meint, dass sie erst etwas tun muss, damit Sie sie lieb haben. Dass sie immer helfen will, hat damit zu tun, dass sie glaubt, Sie würden sie mehr lieben, je mehr sie dafür tut."

Andreas rechtes Auge zuckte. „Das ist doch lächerlich."

„Ja, das ist es, aber sie empfindet es wirklich so."

„Hat sie Ihnen das so gesagt?"

„Ich habe sie dabei ertappt, wie sie ihr Geschirr nach unten gebracht hat – obwohl sie krank war –, weil sie wusste, dass Sie es von ihr erwarten. Das Bedürfnis zu helfen ist sogar stärker als ihre Krankheit. Sie wollte, dass Sie stolz auf sie sind."

Ein kleines fünfjähriges Mädchen, das die Reste vom Teller kratzt und dann das Geschirr in den Geschirrspüler stellt ...

„Das ist auch der Grund, weshalb sie nicht in Ihrem Bett liegt. Sie wollte dort keine Unordnung machen."

Als Andrea dies jetzt zum zweiten Mal hörte, klang es noch genauso schlimm.

„Sie müssen es etwas lockerer angehen mit ihr, Andrea. Ordnung ist eine Sache, aber das krankhafte Bedürfnis danach ..." Tessa schüttelte den Kopf, als wäre Andreas Geisteszustand hoffnungslos. „Ich weiß, Sie möchten wirklich eine gute Mutter sein, aber ..."

Sie wollte wirklich eine gute Mutter sein. Tat sie angesichts der schwierigen Situation, in der sie sich befand, nicht ihr Bestes? Hatte sie nicht eher ein bisschen Mitgefühl verdient? Verdiente sie nicht –

Sie hörte mehrere unterschiedliche Stimmen und Schritte auf der Veranda. Piper und Evelyn kamen nach Hause, mit Tüten und Paketen beladen, direkt gefolgt von Mae. Als Letzte kam auch noch Gillie, die ebenfalls eine Einkaufstüte dabei hatte.

„Da sind wir", sagte Mae. „Wir sind zufälligerweise alle gleichzeitig –"

Tessa war augenblicklich bei ihnen und bedeutete ihnen, leise zu sein.

Alle vier warfen einen Blick die Treppe hinauf und gingen dann ins Wohnzimmer. Evelyn stellte ihre Tüten ab. „Wie geht es ihr?"

Andrea war sofort auf den Füßen. „Körperlich gut. Aber seelisch und geistig?" Sie warf Tessa einen wütenden Blick zu. „Laut Tessa bin ich zu streng mit meiner Tochter. Ich gebe ihr das Gefühl, dass sie sich meine Liebe verdienen muss, indem sie Aufgaben und Pflichten übernimmt."

Evelyn stellte eine Tüte, die sich gefährlich zur Seite geneigt hatte, wieder richtig hin. „Ich weiß. Ich habe das auch bemerkt –"

„Und Sie finden, dass Tessa Recht hat?"

Evelyn erstarrte und richtete sich dann langsam auf. „Also ... eigentlich ... Natürlich kann es sein, dass ich mich irre."

Mae stupste Evelyn von hinten an. „Was ist mit Ihnen, Evie? Sie sind wie ein Ping-Pong-Ball. Erst auf der einen Seite der Platte, dann auf der anderen. Sagen Sie doch einfach, was Sie denken."

Evelyn verschränkte die Arme – erst den rechten vor dem linken und dann anders herum. „Ich glaube ..."

„Nun kommen Sie schon", sagte Mae, „Sie schaffen es."

Evelyn nickte. „Ich glaube, Sie sind zu streng mit ihr. Manchmal jedenfalls."

Mae lachte. „Sie mussten es doch noch schnell abmildern, nicht wahr?"

„Ich ..."

Mae ging quer durch den Raum und legte Andrea den Arm um die Schulter. „Wir sind nicht gegen Sie, Andrea. Wir versuchen ..."

Andrea schüttelte den Arm ab. „Sie sind sehr wohl gegen mich. Sie greifen mich an, indem Sie sagen, dass ich keine gute Mutter bin." Sie fing an, auf und ab zu gehen. „Das habe ich wirklich nicht nötig. Summer hat nur einen Elternteil, und ich tue wirklich, was ich kann."

„Damit kommen wir zu einer anderen Frage … Ist ihr Vater irgendwo in der Nähe? Hat sie Kontakt zu ihm?“, fragte Tessa.

„Es ist besser, wenn sie den nicht hat.“

Tessa blieb hartnäckig. „Aber ein Kind braucht doch einen Vater.“

Mae saß im Schaukelstuhl und schaukelte heftig. „Da bin ich aber ganz anderer Meinung. Meine Kinder waren ohne Danny besser dran. Wir waren alle besser dran ohne ihn.“

„Sehen Sie?“, sagte Andrea. „Manchmal ist es das Beste, keinen Kontakt zu haben.“

„Ich kenne Summers Vater vielleicht nicht direkt“, sagte Gillie, „aber ich habe von ihm gehört. Und nach allem, was ich weiß, ist er ziemlich egoistisch und unreif. Aber vielleicht würde er sich ja ändern, wenn du ihm erlauben würdest, Summer zu sehen und Zeit mit ihr zu verbringen.“

Andrea sprang von ihrem Platz auf. „Ich benutze doch meine Tochter nicht als Versuchskaninchen, um ihrem Vater dabei zu helfen, ein besserer Mensch zu werden.“

„Vielleicht habe ich mich ja verkehrt ausgedrückt …“

Andrea fühlte sich, als hätte ihr jemand eine dicke Decke über den Kopf geworfen, sodass sie keine Luft mehr bekam. Alle glaubten, gute Ratschläge geben zu können, und hatten dabei keine Ahnung. „Ihr wisst nicht, was für ein Mensch Luke ist. Keiner von euch hat das Recht –“

„Aber ich kenne ihn doch“, sagte Piper. „Ich habe ihn kennen gelernt, als du erfahren hast, dass du schwanger bist. Ich sage nicht, dass du den Mann hättest heiraten sollen, und ich sage auch jetzt nicht, dass du ihn heiraten solltest. Aber vielleicht solltest du ihm erlauben, Kontakt zu Summer –“

„Nein!“

Den Gesichtern der Frauen war anzusehen, wie überrascht sie von Andreas Heftigkeit waren. „Wir wollten Ihnen doch nur helfen“, sagte Evelyn.

„Sie können nicht helfen. Verstehen Sie das denn nicht? Ich habe die Sache allein bewältigt, so gut ich konnte, und ich glaube, dass ich das auch ganz gut hinbekommen habe. Aber um zu überleben und irgendwie zurechtzukommen, muss ich ein paar Dinge unter Kontrolle haben, die paar Dinge, die noch unter meiner Kontrolle geblieben sind …" Sie schaute zur Eingangshalle hinüber und sah die Zeltstadt im Esszimmer. Sie ging hinüber und zerrte eine der Decken vom Tisch, sodass die Stecknadeln herausfielen und ein Zelt in sich zusammenfiel wie ein misslungenes Soufflee.

„Bitte nicht, Andrea!"

Mach mir bloß keine Vorschriften … Andrea fing an, die Decken zusammenzufalten. „Ich brauche Ordnung. Ich brauche Sauberkeit." Sie entdeckte Summers Puppengeschirr, das ordentlich aufgeräumt unter einem Stuhl stand. Unter einem anderen Stuhl war eine Puppe zum Schlafen hingelegt worden. Daneben lagen die Puppenkleider, säuberlich gefaltet und nach Farben sortiert …

Das war kein Zelt-*Spiel*. Ihre Tochter gab sich nicht völlig selbstvergessen ihrer ausufernden Fantasie hin. Sie stapelte, sie strich glatt, sie organisierte, sie war kontrolliert und wollte es recht machen, um zu gefallen. Sie war die Tochter, die Andrea sich wünschte, die sie brauchte.

Die sie *forderte*?

Ihre Stimme war nur noch ein Flüstern. „Ich hasse Durcheinander und Chaos … Mein Leben ist doch auch so schon ein einziges Chaos …" Andrea ließ die Decke fallen und bedeckte ihr Gesicht mit den Händen. Dann fing sie an zu schluchzen. Innerhalb von Sekunden waren alle fünf Frauen da, um sie zu stützen, zu streicheln, zu halten und zu trösten. Sie führten sie zu einem Sessel und sie setzte sich widerstandslos hinein.

Jemand reichte ihr ein Papiertaschentuch, das sie dankbar annahm und auch benutzte. „Sie wollen wissen, warum ich Luke nie in mein Leben gelassen habe?"

Mae streichelte ihr über den Kopf. „Warum nicht?"

„Weil er so etwas schon einmal gemacht hat. Er hat noch zwei andere uneheliche Kinder. Eins gab es schon vor Summer und das andere kam nach ihr. Von beiden habe ich beim Friseur erfahren. Ich wusste es gar nicht." Sie schüttelte den Kopf in einem regelmäßigen Rhythmus. „Ich habe es nicht gewusst." Sie blickte zu ihnen auf und schniefte. „Deshalb wollte ich ihn nicht in Summers Nähe lassen. Er ist kein guter Mann. Er lebt nur für seinen Spaß und für den Augenblick. Er hinterlässt eine Woge von Schmerz, wo immer er langgeht."

„Ach, du liebe Güte", sagte Evelyn.

Tessa streckte den Zeigefinger aus. „Ich habe Ihnen ja schon gesagt, Sie hätten nicht mit ihm schlafen sollen. Das war schlicht und ergreifend Sünde."

Die Verurteilung und der drohende Zeigefinger gaben Andrea den Rest. Mit letzter Kraft brach es aus ihr heraus: „Hören Sie endlich auf damit, Tessa! Hören Sie auf, immer Recht haben zu müssen. Ihre Rechtschaffenheit macht einen ja ganz krank. Und das ist ganz genauso Sünde wie die Tatsache, dass ich mit Luke geschlafen habe."

Tessa trat einen Schritt zurück. „Es ist doch nichts falsch daran, Recht zu haben."

„Doch, ist es wohl! Jedenfalls so, wie Sie es machen. Jeden Tag stellen Sie sich vor uns anderen so dar, als wären Sie etwas Besseres. Sie führen sich auf, als hätten Sie allein alle Antworten und wir anderen wären arme Idioten, weil wir die Dinge nicht so sehen wie Sie. Sie blicken auf uns herab, weil unser Leben nicht perfekt ist. Offen gesagt ist Ihre Selbstgerechtigkeit nervtötend und außerdem entsetzlich langweilig."

Alle Blicke waren jetzt auf Tessa gerichtet. Andrea wusste, dass sie auf den Vulkanausbruch warteten. Statt jedoch zurückzuschlagen – und Andrea wusste, dass sie es eigentlich verdient hatte –, ließ sich Tessa auf einen Stuhl sinken.

Als sie sprach, war ihre Stimme ganz schwach. „Ich habe nicht immer Recht. Bei weitem nicht. So sehr ich mich auch bemühe und es versuche. Ich werde nie die Zeit wieder gutmachen können, in der ich so ganz und gar daneben lag."

Es herrschte Schweigen. Andrea kam es so vor, als hielten die Frauen den Atem an, während sie darauf warteten, ob Tessa noch weiterreden würde. Als sie das dann wirklich tat, war ihre Stimme so leise, dass Andrea sie kaum verstehen konnte. „Es waren keine Verdauungsstörungen, es war tatsächlich sein Herz."

Ihr Mann? Wie hatte er noch gleich geheißen? „Alfred?"

Tessa sah zu ihr herüber, nickte und zog sich dann wieder in sich zurück wie ein Tier, das in Gefahr war. „Alfred war ein Hypochonder. Wenn er Halsschmerzen hatte, dann waren es immer sofort Streptokokken, jeder Kopfschmerz war ein Hirntumor und Bauchschmerzen waren immer ein Magengeschwür. Ich war es irgendwann so leid. Ich habe ihm immer gesagt, dass all diese Krankheiten nur in seinem Kopf vorhanden seien, er könne sich gedanklich davon befreien, wenn er es nur wolle. ‚Mach dich doch frei davon', habe ich immer gesagt."

Es dauerte ein Weilchen, bis die anderen Damen sich auf das neue Thema umgestellt hatten, aber Andrea sah ihren Gesichtern an, dass sie Tessa folgten.

Als Erste sprach Evelyn: „Ich weiß, dass es schwer sein kann, solche Menschen um sich zu haben. Ich hatte eine Tante, die –"

Tessa starrte vor sich hin, als hätte sie Evelyn gar nicht gehört. „Aber an diesem letzten Tag ... da tat er so, als wäre er noch kränker als sonst. Und ich hatte wirklich genug davon. Ich wollte es ihm nicht mehr durchgehen lassen, mir durch seine Paranoia mein Mitgefühl erpressen zu lassen. Nein, diesmal nicht. Auf gar keinen Fall. Ich verließ das Haus und sagte: ‚Du kannst gern weiter krank spielen, aber ohne mich. Ich werde nicht mein Leben damit vergeuden, dir beim Jammern und Stöhnen zuzuschauen.'"

Andrea ahnte, was kommen würde. Ihre Kehle war trocken, aber es gelang ihr zu schlucken. „Sie sind also gegangen?"

Ein kurzes Nicken. „Als ich später zurückkam, fand ich ihn auf dem Fußboden." Tessa schlug sich den Handrücken vors Gesicht. „Er hatte einen Herzinfarkt gehabt."

„War er tot?", fragte Mae.

„Nein. Noch nicht. Er erlangte noch einmal so lange das Bewusstsein, dass er mir vier Worte sagen konnte."

„Ich liebe dich" waren nur drei Worte ...

„Und welche waren das?", fragte Andrea.

„‚Es tut mir Leid.'" Tessas Gesicht legte sich in Falten wie eine zerknitterte Papiertüte. „Es tat ihm Leid, dass er mir Unannehmlichkeiten bereitet hatte. Während eigentlich ich es war, die ... Ich kann es nicht einmal aussprechen."

„Ihn hätte um Vergebung bitten sollen?", fragte Piper.

Tessa straffte ihren Rücken, als täte ihr jede Bewegung weh. „Deshalb führe ich mich auf wie eine unmögliche, üble, verbitterte Person – weil ich das in meinem tiefsten Inneren auch wirklich bin. Das ist mein eigentliches Wesen. Wenn ein guter Mann wie Alfred mich nicht verändern konnte, dann kann es niemand."

Evelyn legte ihr die Hand auf die Schulter. „Oh Tessa ..."

„Tut es Ihnen denn Leid?", fragte Gillie.

„Natürlich tut es mir Leid."

Pipers Stimme war ganz sanft. „Aber warum denn dann im alten Trott weitermachen? Warum nichts ändern?"

„Ich habe es ja versucht. Summer hat dabei geholfen ... Ich habe aufgehört, an mich selbst zu denken ... für eine kleine Weile jedenfalls." Die Finger ihrer einen Hand umklammerten die der anderen. „Aber diese alte Närrin hier ändert sich nicht mehr. Es ist zu spät."

„Quatsch", entgegnete Mae.

„Ich habe es ja versucht, aber es funktioniert einfach nicht. Ich hatte ja nicht einmal den Mumm, heute wieder in meine Bibelstunde zu gehen nach dem, was in der vergangenen Woche dort vorgefallen ist. Es war mir so peinlich."

„Versuchen Sie es weiter", schlug Andrea vor.

„Aber allein schaffen Sie es nicht", sagte Piper.

„Das stimmt. Wir werden Ihnen helfen", sagte Andrea.

Piper schüttelte den Kopf. „Das meine ich nicht. Wir können Sie nicht zwingen, sich zu ändern, und offensichtlich können Sie das auch selbst nicht. Also hören Sie auf, es zu versuchen."

„Aufhören, es zu versuchen?", fragte Mae. „Sagen Sie ihr doch nicht so etwas."

„Lassen Sie mich doch ausreden. Hören Sie auf, es aus eigener Kraft zu versuchen."

„Aber mit wessen Kraft –" Tessa brach mitten im Satz ab. Von ihrem Gesicht war abzulesen, dass sie verstanden hatte. „Sie sprechen von Gott, nicht wahr?"

Piper sah erst Tessa an und dann Andrea. Diese wusste, was auch immer Piper jetzt sagen würde, war an sie beide – an sie und Tessa – gerichtet. Es würde ganz bei ihr liegen, es für sich anzunehmen oder zu verwerfen und weiter vor sich hinzustolpern wie bisher.

Piper stand zwischen Tessas und Andreas Stühlen. Sie reichte beiden eine Hand und beide griffen danach. Dann ging sie in die Hocke, um mit den beiden auf Augenhöhe zu sein. „König Salomo, der weiseste Mann aller Zeiten, hat gesagt: ‚Verlass dich nicht auf deine eigene Urteilskraft, sondern vertraue voll und ganz dem Herrn! Denke bei jedem Schritt an ihn; er zeigt dir den richtigen Weg.'"

„Klingt gut", sagte Mae.

„Es *ist* gut", entgegnete Piper.

„Das steht in Sprüche 3, nicht wahr?", fragte Tessa.

Piper drückte ihre Hand. „Ja, das stimmt. Sehen Sie, Tessa? Sie wissen das alles schon. Ganz tief in Ihrem Inneren wissen Sie es – Sie müssen es nur noch herauskommen lassen und es dann umsetzen, damit es Gutes in Ihrem Leben bewirken kann."

Tessa nickte und auch Andrea nahm sich die Worte zu Herzen. Sie war nicht so bibelfest wie Tessa, und im Vergleich zu Piper war sie im Glauben noch ein absoluter Neuling, aber sie wusste, dass sie das tun konnte. Sie konnte das, was sie bisher erfahren und gelernt hatte, anwenden. Zumindest konnte sie es versuchen.

„Was ist denn mit meiner Zeltstadt passiert?" Summer stand in der Tür; das eine Bein ihrer Pyjamahose war nach oben gerutscht. Sie hatte die Miene eines Hausbesitzers, der nach Hause kommt und sein Haus von Vandalen verwüstet vorfindet.

Die Frauen sahen Andrea an. Das hier war ihre Angelegenheit. Sie hob die Decke auf, die sie zu Boden hatte fallen lassen, und hielt sie sich an die Brust. Sie überlegte kurz, die Zerstörung des Zeltes mit einer fadenscheinigen Erklärung zu begründen und dann zu versprechen, sie noch viel schöner wieder aufzubauen, aber dann wurde ihr klar, dass Summer daraus die Folgerung ziehen würde, dass ihr Zelt nicht gut genug gewesen war.

„Ich war wütend. Ich habe es kaputtgemacht. Es tut mir Leid." Andrea sammelte ein paar Stecknadeln vom Boden auf. „Es war wirklich eine ganz tolle Zeltstadt und ich habe sie ruiniert. Das war nicht richtig."

Summer half beim Einsammeln der Stecknadeln, worauf Andrea beinah panisch reagierte. „Nein, Schatz. Du brauchst nicht zu –"

Mae sammelte eine Nadel in der Nähe vom Buffet auf. „Natürlich muss sie das. Wir helfen doch auch alle mit. Und wenn wir alle sieben helfen, dann können wir die unglaublichste Zeltstadt der Welt bauen."

Und genau das taten sie dann auch.

Nachdem sie alles wieder instand gesetzt hatten, verkroch sich Summer im Zeltinneren und die anderen Frauen zerstreuten sich. Endlich hatte Gillie Andrea für sich allein. Obwohl sie ihrer Freundin zu gern vor den Augen der anderen den kleinen Fernseher überreicht hätte, war das nach der Katastrophe am Nachmittag in der Bank keine Option. Es war sogar von entscheidender Bedeutung, dass sie ihr das Geschenk unter vier Augen gab und ohne Zuschauer – und genau das fiel ihr besonders schwer.

Gillie führte Andrea ins Wohnzimmer, wo diese sich aufs Sofa plumpsen ließ und die Augen schloss. „Apropos schwerer Tag …"

Ist das eine perfekte Eröffnung oder was? Gillie nahm die blaue Schachtel und legte sie Andrea auf den Schoß, wodurch diese gezwungen war, die Augen zu öffnen.

Sie setzte sich auf, um das Gewicht des Paketes besser ausbalancieren zu können. „Oh Gillie … Du sollst aufhören, mir Geschenke zu machen."

Andreas Worte stachen wie Nadeln, und plötzlich spürte auch Gillie ihre eigene Erschöpfung wie eine schwere Last, denn auch sie hatte einen langen, harten Tag hinter sich. „Ich weiß, dass ich noch viel übers Schenken lernen muss, Andrea, aber niemand kann mir befehlen, es völlig zu lassen. Ich schenke einfach *gern*. Ich habe ein gutes Gefühl, wenn ich schenke." Sie warf Andrea einen Blick zu. „Ist das denn so schlimm?"

Andrea legte ihre Hand auf Gillies Hand. „Nein, es ist nicht schlimm. ‚Einen fröhlichen Geber hat Gott lieb.'"

Gillie nickte. „Gut. Es macht mich nämlich glücklich zu geben."

Sie klatschte sich auf die Oberschenkel. „Und so ist es nun mal. Also pack dein Geschenk aus, lächle und sag hübsch Danke."

Tessa saß im Schaukelstuhl auf der Veranda, die Füße fest auf den Boden gestellt, einen Arm auf jeder Armlehne. Sie wappnete sich gegen den Schmerz. Jetzt würde sich jeden Moment ihre Brust zusammenziehen und sie würde an ihre Zerbrechlichkeit erinnert werden.

Schaukel, schaukel, schaukel …

Kein Schmerz.

Schaukel, schaukel, schaukel …

Tessa richtete ihre Aufmerksamkeit nach innen, erkundete jeden Winkel ihres Inneren, abwägend, einschätzend, wartend … aber da war kein Schmerz. Absolut keiner. Ja, sie fühlte sich sogar erstaunlich gut.

Das ergibt doch keinen Sinn. Ich bekomme immer Herzschmerzen, wenn ich Stress habe. Immer.

„Was machen Sie denn da, Tessie?"

Tessa blickte zur Seite und sah Mae. Sie hatte nicht einmal gehört, dass die Haustür aufgegangen war.

„Warten Sie auf etwas? Sie sind in dieser Hab-Acht-Haltung."

Tessa nahm ihre Arme von den Lehnen des Schaukelstuhls, legte die Hände in den Schoß und versuchte, entspannter auszusehen.

Mae saß auf dem Zweisitzer. „Ich bin wirklich froh, dass Sie uns die Sache mit Alfred erzählt haben. Ich finde es schön, dass Sie Vertrauen zu uns haben."

„Ich sollte Gott vertrauen."

„‚... von ganzem Herzen.' Das ist ein guter Spruch. Diese Piper ist ein Schatz. Durch die Frauen hier im Haus habe ich in letzter Zeit ziemlich viel über Gott nachgedacht. Und ich habe mir überlegt, dass ich und er in den vergangenen Jahren kaum miteinander geredet haben." Mae zuckte mit den Schultern.

„Dann haben Sie also gebetet?"

„So würde ich das nicht direkt sagen. Aber ich denke darüber nach."

„Das ist doch immerhin schon ein Fortschritt."

„Irgendwo muss man ja anfangen."

„Und auch irgendwo aufhören." Tessa hatte eigentlich nicht vorgehabt, das zu sagen.

„Meinen Sie Alfred?"

Tessa nickte. „Und mich." Sie schaute Mae direkt ins Gesicht, deren Maß an Mitgefühl abschätzend, und stellte fest, dass sie so aussah, als würde es sie wirklich interessieren. Es war kein Zeichen von Argwohn in ihrem Blick zu erkennen. „Seit Alfreds Herz aufgehört hat zu schlagen, bin ich diejenige, die Herzschmerzen hat. Ich weiß nicht, wie –"

„Sympathieschmerzen, was?"

Sympathie? „Wie bitte?"

„Tut mir Leid. Ich will gar nicht abschwächen, was Sie durchmachen, aber das ist das Erste, was mir in den Sinn gekommen ist, und Sie wissen ja inzwischen, wie ich bin – wenn ich einen Gedanken erst einmal habe, dann kommt er auch sofort aus mir heraus."

Tessa holte tief Luft und versuchte, das Unbegreifliche zu begreifen.

Mae war sofort an ihrer Seite. „Ist alles in Ordnung? Haben Sie jetzt Schmerzen?"

„Nein, habe ich nicht. Und genau das ist der Grund, weshalb ich hier draußen sitze und überlege, worauf ich eigentlich warte. Wenn ich mich aufrege, bekomme ich immer Herzschmerzen. Aber heute Abend … sind sie einfach nicht gekommen."

Mae ging zu ihrem Platz zurück. „Vielleicht liegt das ja daran, dass Sie Ihren Schmerz – diesen anderen, inneren, seelischen Schmerz – herausgelassen haben."

„Ich habe meine Schuld bekannt."

„Da ist ja schon wieder dieser Ausdruck. Eigentlich bevorzuge ich ja den alten Hippie-Ausdruck ‚alles rauslassen'. Alles rauszulassen ist gut für die Seele. Sorgt für positive Schwingungen und gutes Karma."

Nun, da sie es angesprochen hatte … „Mae, glauben Sie wirklich an all diesen Karma-Hokuspokus? Und an Horoskope? Ich habe gesehen, dass Sie sie in der Zeitung lesen. Das macht mir zu schaffen."

„Aber das ist doch völlig harmlos."

„Nichts, was Sie von Gott abhält oder fernhält, ist harmlos."

„Gott hat doch mit Karma und Horoskopen gar nichts zu tun."

„Genau. Und er will damit auch nichts zu tun haben. Das heißt, wenn Sie an das eine glauben, können Sie das andere nicht haben."

Mae zwirbelte eine Haarsträhne um ihren Finger. „Dagegen gibt es wohl nicht viel zu sagen – auch wenn ich es gern täte."

„Und Sie haben doch gerade gesagt, dass Piper und wir anderen Sie ganz neu zum Nachdenken über Gott gebracht haben …"

„Und Sie haben mir jetzt wieder neuen Stoff geliefert." Sie hörte auf, die Haarsträhne zu drehen. „Ich werde darüber nachdenken, Tessie. Aber jetzt habe ich erst mal ein Date mit unserem Nachbarn." Sie stand auf und drehte sich, sodass sich ihr Rock bauschte. „Wie sehe ich aus?"

Tessa behielt ihre wahren Gedanken dazu lieber für sich. Sie und Mae würden in Bezug auf Kleidung nie auf einen Nenner kommen. „Ist das nicht der Mann, der Evelyn so viele Probleme bereitet?"

„Bereitet hat. Bis ich mit ihm geredet und die Sache geregelt habe. Überlassen Sie diese Angelegenheit nur Mae."

„Aber wie … Haben Sie etwa mit ihm geschlafen?"

„Tessie!"

Tessa schlug sich erschrocken eine Hand vor den Mund. „Tut mir

Leid. Aber was ist mit dem Mann in Ihrem Zimmer und der Art, wie Sie immer reden?"

„Eben das ist es, Tessie." Sie senkte die Stimme, sodass sie streng vertraulich klang. „Alles nur Gerede. Ich liebe Männer und ich bin gern mit ihnen zusammen. Ich flirte zwar gerne, aber ich bin nicht das Flittchen, für das Sie mich halten. Ob ich nun an Gott glaube oder nicht, ich habe doch auch meine Prinzipien." Sie zuckte mit den Schultern. „Ob es Ihnen nun gefällt oder nicht, sie haben mich gern um sich, weil ich einfach eine gute Gesellschaft bin und man mit mir viel Spaß haben kann."

Nun musste Tessa lächeln. „Ja, das sind Sie wirklich."

Mae knickste. „Vielen Dank auch, Schwester."

„Viel Spaß wünsche ich." Tessa war von ihren Worten selbst überrascht. Sie war sich ziemlich sicher, dass sie sie noch vor ein paar Tagen nicht über die Lippen gebracht hätte.

„Oh, den werde ich haben. Den habe ich immer."

Als Tessa ihr hinterhersah, wie sie die Straße überquerte, staunte sie darüber, was an diesem Tag alles passiert war – in ihrem eigenen Leben und im Leben der anderen … der anderen *Schwestern*, wie Mae sie nannte.

Das war schon mal ein Anfang. Ein sehr guter Anfang.

Kapitel 10

Tessa schlug die Augen auf. In dem Augenblick zwischen Schlaf und Wachen erinnerte sie sich. Und lächelte.

Sie war eine neue Frau. Eine Frau ohne Schmerzen – jetzt schon seit drei Tagen. Eine Frau ohne Altlasten aus der Vergangenheit. Na ja – beinahe wenigstens, denn obwohl sie hinsichtlich ihrer Schmerzen eine Offenbarung erlebt und den anderen ihre Schuld in Bezug auf Alfred gebeichtet hatte, hatte sie es dem Einen, auf den es am allermeisten ankam, noch nicht gebeichtet. Das war ihr gestern im Gottesdienst klar geworden. Und an diesem Morgen hatte sie endlich das Gefühl, dass sie dazu bereit war.

Sie schlug die Bettdecke zurück und kniete auf dem Boden neben ihrem Bett nieder, wobei ihre steifen Gelenke sie einmal mehr an ihr Alter erinnerten. Aber sie ignorierte ihr empörtes Aufbegehren. Obwohl sie selten auf Knien betete, hatte sie an diesem Morgen das Gefühl, es wäre angebracht. Wenn sie sich vor Gott demütigte, dann musste sie dabei auch äußerlich eine demütige Haltung einnehmen.

Sie klammerte sich mit den Händen an der Bettkante fest und senkte den Kopf. Sie empfand den frischen Geruch des Weichspülers, in dem die Bettwäsche gewaschen worden war, als angenehm für ihre Sinne, und der Duft passte so gut zu ihrem erklärten Ziel, ganz neu anzufangen.

„Herr, du weißt, was in den vergangenen zehn Tagen passiert ist, und ich kann dir sagen, das war schon eine ziemliche Rosskur. Du hast mich mit meiner Überheblichkeit, meiner Sturheit und meinem Stolz konfrontiert, und das war wirklich kein schöner Anblick." Sie holte tief Luft und änderte die Position ihrer Knie auf dem Fußboden ein wenig.

Ich brauche hier wirklich einen Teppich.

Sie schob diesen ablenkenden Gedanken beiseite, klammerte sich noch fester an die Bettkante und zwang sich, sich auf die bevorstehende Aufgabe zu konzentrieren. „Ich lebe jetzt schon seit einem Jahr mit dieser Last von Alfreds Tod."

Sie musste schlucken, als ihr klar wurde … „Es ist heute ganz genau ein Jahr her! Zu lange für eine sture alte Frau, um die Wahrheit zu ignorieren, dass sie kein netter Mensch ist – war."

Tessa spürte, wie ihr eine Träne die Wange hinunterrann. Sie hatte gar nicht gemerkt, dass sie weinte. „Deswegen bin ich heute Morgen auch hier, Herr, um dir zu sagen, dass es mir Leid tut. Sehr sogar. Du hast mir einen guten Mann gegeben und eine wundervolle Tochter und wie habe ich es dir gedankt? Indem ich mich benommen habe wie die böse Stiefmutter von Aschenputtel. Aber ich werde mich bessern. Ich werde mich anstrengen, so sehr ich kann." Sie wischte sich die Tränen ab und atmete ein wenig befreiter. „Wieso beschenkst du mich so mit ihnen, obwohl ich sie gar nicht verdient habe?

Weil ich dich liebe.

Tessa öffnete die Augen und wiederholte die Worte laut. „Weil du mich liebst."

Eine Woge von Dankbarkeit und Reue überrollte sie wie ein plötzlicher Regen und ließ sie auf ihre Fersen zurücksinken. Sie griff Halt suchend nach der Bettkante. „Danke, Jesus. Danke!"

Dann ließ Tessa ihren Tränen freien Lauf und weinte, und sie ließ sich trösten von dem Einen, der sie am allerbesten kannte. Und der sie trotzdem liebte.

Das Erste, was Andrea beim Aufwachen sah, war das Gesicht ihrer Tochter. Sie betrachtete ausgiebig das kleine Mädchen, von dem sie so geliebt wurde – trotz all ihrer Unzulänglichkeiten. Die große Frage war, weshalb Andrea es ihr so schwer machte. Da lag ihre Tochter neben ihr, die der Inbegriff bedingungsloser Liebe war; die immer nur gab, ohne sich darum zu kümmern, was sie zurückbekam. Und was hatte sie von Andrea bekommen?

Pflichten, kleinliche Zurechtweisungen und Druck.

Andrea hatte während der vergangenen drei Tage reichlich Zeit gehabt, über ihr Versagen nachzudenken. *Herr, bitte hilf mir, eine bessere Mutter zu werden,* betete sie – und das nicht zum ersten Mal.

Sie strich ihrem Kind mit dem Zeigefinger zart über die Wange und staunte dabei einmal mehr über die samtene Vollkommenheit der Haut. Summer blinzelte und schlug dann die Augen auf. Sie lächelte, und Andrea wurde klar, was für ein Segen das allein war – ein Kind zu haben, das schon beim Aufwachen lächelte.

„Hey, Schätzchen."

Summer streckte sich so intensiv, dass ihre Gliedmaßen zitterten. „Morgen, Mama."

Andrea küsste ihr die Stirn und stand dann auf. Summer kletterte an ihrer Seite ebenfalls aus dem Bett und zog sofort die Decke zurecht, wie sie es jeden Morgen tat. Die Tatsache, dass sie die Alltagsroutine wieder aufgenommen hatten, war einerseits eine Erleichterung, aber es war auch beunruhigend. Gab es wirklich zu viel Ordnung, zu viel Zwang?

„Mama, du musst die Decke auf deiner Seite auch glatt ziehen."

Andrea sah auf das Bett hinunter. Vielleicht war es an der Zeit für einen neuen Ablauf – oder besser gesagt für das Durchbrechen der alten Routine. „Ach, wir lassen es heute mal durcheinander und ungemacht.“

Summer ließ ihr Kissen fallen. „Wie meinst du das?“

„Wir lassen das Bett heute einfach mal so.“

„Aber Mama, du sagst doch immer –“

„Ist doch egal. Vergiss es heute einfach mal. Deshalb wird die Welt schon nicht untergehen, Schätzchen.“ Das war eine verrückte Aussage und sie kam ihr auch nur schwer über die Lippen. Und noch schwieriger war es, das auch wirklich zu meinen.

Summer starrte auf das Bett, als wäre es für sie ganz und gar unvorstellbar, es ungemacht zu lassen.

Was habe ich ihr bloß angetan?

Plötzlich hatte Andrea eine Idee. Sie nahm ihr Kissen, beugte sich quer übers Bett und schlug damit spielerisch nach Summer.

Summer blieb der Mund offen stehen. „Mami!“

Andrea tat es noch einmal.

Mit nur einem winzigen Zögern, so als hätte sie darauf schon ewig lange gewartet – ja, sich danach verzehrt –, sprang Summer auf das Bett und schlug zurück. Und schon bald waren sie mitten in einer wilden Kissen- und Kitzelschlacht.

Ein Klopfen an der Tür unterbrach sie. „Was macht ihr beiden denn da drinnen?“

Sie sahen sich gegenseitig an und formten dann gleichzeitig mit den Lippen ein stummes „Tessa“.

„Wir sind gleich unten, Tessa“, sagte Andrea. Dann hörten sie Schritte auf der Treppe.

Sie kicherten und ließen sich ins Bett zurückfallen, beide völlig atemlos und erschöpft. Und dann, während sie beide noch schwer atmeten, fühlte Andrea, wie Summers Hand nach ihrer griff und sie drückte.

Sie drückte zurück. „Ich weiß, Schätzchen. Ich dich auch. Ich dich auch.“

Schon in dem Augenblick, als Andrea an ihrem Arbeitsplatz erschien, hätte Gillie am liebsten gefragt, wie ihr der neue Fernseher gefiel. Ob sie ihn am Wochenende aufgestellt hatte und ob Summer und sie gemeinsam im Bett gelegen und ferngesehen hatten.

Aber dann drängte sich ein anderer Gedanke dazwischen. *Lass es, Gillie. Du musst lernen, Dinge auf sich beruhen zu lassen.*

Sie war entschlossen, diesem Impuls zu folgen, bis sie bemerkte, dass Andrea das Hermés-Tuch trug. Da ließ Gillie ihrer Freude freien Lauf. „Du siehst ja wunderhübsch aus heute. Du hast einen ausgezeichneten Geschmack in Sachen Kleidung."

Andrea berührte das Tuch und lachte. „Also, in Wirklichkeit habe ich eine Stylistin, die mich einkleidet. Sie hat Talent." Sie legte ihre Handtasche unter den Tresen und sah Gillie direkt an. „Und sie ist außerdem großzügig und freigebig."

Gillie wurde die Kehle eng. „Wirklich?"

„Wirklich. Und sie hat es verdient, dass ich mich bei ihr bedanke, statt sie für ihre Großzügigkeit zu kritisieren."

Gillie sah weg. „Ich hatte aber auch wirklich Kritik verdient."

„Ja, vielleicht. Aber du hast auch mehr Dank verdient, als ich dir gegeben habe." Andrea langte über den Kassenschalter hinweg. Gillie griff nach ihrer Hand. „Du bist eine wundervolle Freundin, Gillie. Du siehst ein Bedürfnis und kümmerst dich darum. Dafür solltest du nicht auch noch getadelt werden. Und es tut mir sehr Leid, dass ich dich nicht mehr wertgeschätzt habe. Vergibst du mir?"

Gillie merkte, dass sie den Tränen bedrohlich nahe war. Sie war die Ältere von beiden – zwölf Jahre älter als Andrea –, dennoch hatte sie immer wieder das Gefühl, dass Andrea ihre Mentorin war, die sie etwas über das Leben lehrte und darüber, wie es gelebt werden wollte und konnte.

„Es ist nicht nötig, dass ich dir vergebe, Andrea. Wir sind doch Freundinnen. Es ist unsere Pflicht, einander die Wahrheit zu sagen, selbst wenn das bedeutet, die andere hin und wieder umzuhauen."

„Aber nur, um uns dann gegenseitig wieder aufzuhelfen."

„Genau. Mein Leben ist mit dir besser als ohne dich, Andrea."

„Und ich bin mit dir ein besserer Mensch als ohne dich."

Sie lächelten sich gegenseitig an und nickten sich noch einmal zu, bevor die Bank ihre Schalter öffnete und die Kunden in den Kassenraum strömten. Der Tag hatte bereits gut angefangen.

Mae hatte in ihrem Laden nicht viel zu tun. Zu einem anderen Zeitpunkt hätte ihr das vielleicht etwas ausgemacht und sie beunruhigt

– weil sie womöglich ihre Rechnungen nicht würde bezahlen können und Ähnliches –, aber an diesem speziellen Tag genoss sie es in vollen Zügen. Die Ruhe ermöglichte es ihr, an ihrem Lieblingsprojekt für die Schwestern von Haus Greenburg zu arbeiten.

Das Projekt, das mit einem Stück für Tessa begonnen hatte, umfasste mittlerweile vier Stücke. Und sie überlegte, ob sie es nicht sogar auf sieben erweitern sollte, indem sie auch je eins für Piper, Gillie und sich selbst machte. Denn obwohl die beiden anderen Frauen nicht bei ihnen wohnten, gehörten sie doch zum Kreis der Schwestern. Die Verbindung zwischen Schwestern reichte offenbar über den unmittelbaren Wohnort hinaus.

Mae streckte ihre Wirbelsäule und machte dann noch einmal einen Katzenbuckel. Die Herstellung von Schmuck war so anstrengend, weil dazu absolute Konzentration erforderlich war und es Muskeln und Augen ermüdete. Eigentlich hätte sie gern eine Pause gemacht, um sich ein wenig zu lockern und zu entspannen. Die Arbeit, mit der sie gerade beschäftigt war, war immerhin keine Terminsache. Sie würde sie schon zu Ende bringen, wenn –

Mach es jetzt.

Bei diesem inneren Befehl hielt Mae die Luft an. „Woher kam das?"

Als ihr klar wurde, dass sie gerade in ihrem leeren Laden laut gesprochen hatte, war sie etwas befremdet. „Jetzt drehst du aber völlig ab, Mae."

Als sie dann jedoch die Arme über den Kopf streckte, um sich richtig zu dehnen, war der Gedanke wieder da. *Mach es jetzt.*

Mae ließ ihre Hände einen Augenblick hoch über dem Kopf ausgestreckt und fragte sich plötzlich, ob diese Stimme vielleicht von außen kam und gar nicht aus ihrem Inneren.

War es womöglich Gott?

Sie ließ die Arme sinken. „Jetzt mach dich bloß nicht lächerlich. Gott würde doch gar nicht mit mir reden. Ich habe nicht mehr an ihn gedacht seit –"

Seit Freitagabend.

Vielleicht war das ja kein Zufall. Dass Piper über Gott redete und Andrea und Tessa über Gott redeten und Mae über Gott *nachdachte,* war ja vielleicht so etwas wie eine Leiter, die sie Sprosse um Sprosse erklimmen musste zu einem guten Karma. Gute Schwing-

Mae erinnerte sich an ihr Gespräch mit Tessa. *Gott hat mit Karma und Horoskopen nichts zu tun. Darum geht es bei ihm nicht. Wenn man an das eine glaubt, kann man nicht an das andere glauben.*

Wenn also der innere Impuls „Mach es jetzt" nichts mit Karma zu tun hatte, dann könnte es, ja, dann könnte es …

Mae atmete noch einmal tief durch und nahm den Gedanken mit jeder Pore auf. „Okay, Gott. Wenn du es bist, der mir sagt, dass ich mich an die Arbeit machen soll, wer bin dann ich, dass ich dir da widerspreche? Und wenn du es nicht bist, der da redet, was kann es dann schaden, wenn die Arbeit fertig wird? Ich kann in beiden Fällen nur gewinnen."

Also machte sich Mae wieder an die Arbeit und zog Energie aus der Möglichkeit, dass vielleicht, aber nur vielleicht, Gott Interesse an ihrem Leben hatte.

Und diese Möglichkeit konnte sich als interessanter erweisen als jedes Karma oder auch jedes Horoskop.

Als Mae zum ersten Mal auf die Uhr sah, war es fast zwölf. Die Mädels warteten im *Ruby's* auf sie. Dass sie so in ihre Arbeit hatte vertieft sein können, dass sie darüber beinahe das Mittagessen verpasst hätte! Es war lange her, dass sie sich so intensiv auf etwas konzentriert hatte. Zu lange.

Obwohl es ihr normalerweise keine Probleme bereitete, Muster zu entwerfen, die sie dann in das Silber prägte, war sie bei diesem Projekt einfach ratlos. Sie hatte ein paar Muster ausprobiert, aber keines davon schien ihr das richtige zu sein. Was perfekt zu Tessa gepasst hätte, war für Evelyn unmöglich. Und obwohl sie jedes Stück anders hätte machen können, wollte sie ein gemeinsames Muster oder Motiv für alle, ein Motiv oder Muster, das sie alle verband. Einen Stil, der sie alle verband.

Sie war gerade auf dem Weg, ihre Handtasche zu holen, um in die Mittagspause zu gehen, als das Telefon läutete. „Hallo?"

„Mae, hier ist Collin. Geht es Ihnen gut heute?"

„Ich bin nicht so munter wie Sie. Was gibt's denn?"

„Ich hoffe, dass ich Sie heute sehe. Sind Sie bereit für einen weiteren Abend in meiner Gesellschaft oder habe ich Sie neulich Abend durch zu viel Konversation verschreckt?"

Mae lachte. Bei ihrem gemeinsamen Essen am Freitagabend hatten sie tatsächlich sehr viel geredet. So viel, dass die Kellner irgendwann als Wink mit dem Zaunpfahl angefangen hatten, die Stühle auf die Tische zu stellen. „Für Mae Fitzpatrick gibt es nie zu viel Konversation – das heißt, solange sie selbst mit dem Reden nicht zu kurz kommt."

„Und, habe ich Sie genug zu Wort kommen lassen?"

„Ja, haben Sie."

„Was sagen Sie also zu meinem Angebot?"

„Ich würde Sie wirklich gern sehen. Aber ich schlage vor, dass wir uns ein anderes Restaurant aussuchen. Vielleicht sieht man in dem von neulich ja nicht so gern, wenn wir wiederkommen und endlos den Tisch besetzt halten."

„Also eigentlich ... Ich wollte eigentlich gar nicht in ein Restaurant gehen."

„Kino ist auch gut."

„Ich hatte auch nicht an Kino gedacht."

„So groß ist Carson Creek nun auch wieder nicht. Woran hatten Sie denn gedacht?"

Sie hörte, wie er Luft holte. „In meiner Gemeinde, der ‚Riverview Presbyterian', findet unser traditioneller ‚Verrückter Maimittwoch' statt. Das ist ein gemeinsames Essen, zu dem jeder etwas mitbringt, und dann gibt es eine Talentshow und –"

„Oh."

„Na, das klingt ja nicht gerade begeistert."

„Gehören dazu auch die alten Damen, die auf die Bühne gehen und einen Choral singen und die kleine Molly Sue, die ihr erstes Geigenstück vorführt?"

„Ja – so in etwa."

„Oh, Collie ..."

Er lachte. „So schlimm ist es nun auch wieder nicht. Die Darbietungen kommen erst, wenn man schon viel zu viel gegessen hat. Ich habe gehört, dass unser Frauensingkreis – ‚Dallas und die Babes' – eine Überraschung geplant hat und *dann* erst spielt Molly Sue ein Übungsstück auf der Geige."

„Na, das klingt ja schon viiiel besser."

„Es ist wirklich lustig, Mae. Und Sie sind doch eine Frau, die es versteht, Spaß zu haben, oder? Jedenfalls hatte ich den Eindruck."

Wer war sie denn, dass sie urteilte? Was für den einen ein toller Spaß war, war für den anderen Folter. „Solange *ich* nicht singen muss – obwohl ich wirklich eine erheiternde Vorführung von ‚Viva Las Vegas' draufhabe."

„Das wage ich mir kaum vorzustellen. Ich hole Sie dann um sieben ab, ja?"

Mae legte den Hörer auf, schüttelte den Kopf bei dem Gedanken, dass sie, Mae Fitzpatrick, nicht nur offen gewesen war für einen Impuls von Gott, sondern auch noch für eine Einladung von einem Presbyterianer.

Nahmen die Wunder denn gar kein Ende?

Tessa hatte einen Auftrag – einen Auftrag der Versöhnung. Aber zuerst musste sie dafür ein paar hölzerne Pflanzgefäße kaufen …

Tessa war froh, Evelyn und Summer auf der Veranda zu sehen, als sie vorfuhr. Sie stieg aus und öffnete den Kofferraum. „Wer hat starke Arme?"

„Ich", piepste Summer.

„Na, dann komm mal her und hilf mir, Kind."

„Ich auch?", fragte Evelyn.

„Ich nehme alle Hilfe an, die ich bekommen kann."

Summer rannte zum Kofferraum. „Ooh, was für schöne Blumen."

„Kannst du die für mich auf die Veranda bringen?"

Summer nickte, aber Tessa zögerte einen kleinen Moment und legte ihre Hand auf Summers Stirn. Die war zwar noch warm, aber nicht mehr heiß. Sie sah zu Evelyn hinüber. „Geht es ihr heute besser? Ich möchte nicht, dass sie sich überanstrengt."

„Es geht ihr wieder gut. Sie können ihr ruhig etwas zu tragen geben."

Tessa tat, wie ihr gesagt wurde, und belud Summer mit roten Geranien, weißen Begonien und blauen Lobelien.

Evelyn warf einen Blick in den Kofferraum, und Tessa registrierte sehr wohl, dass sie sich fragte, wie sie all diese Kübelpflanzen an Haus Greenburg unterbringen sollten.

„Keine Panik, Evelyn. Ich versuche nicht, Ihre Gartenplanung zu sabotieren und den Garten für mich und meine Pflanzen zu besetzen. Das sind Geschenke für meinen Bibelkreis."

„Zu welchem Anlass denn?"

„Als Wiedergutmachung. In dem Vers, um den es bei der Auseinandersetzung ging, kam das lebendige Wasser vor. Ich habe mich dabei auf Einzelheiten über die Schöpfgefäße zur biblischen Zeit zurückgezogen und damit völlig das Thema verfehlt – bis Piper mich korrigiert hat. Deshalb ..." Sie deutete mit der Hand auf die Gefäße.

„Das ist wirklich nett von Ihnen, aber ich bin sicher, dass die Kursteilnehmer das nicht erwar-"

„Genau deshalb tue ich es ja."

Tessa und Summer fuhren vor Marlas Haus vor und Tessa parkte den Wagen. „Lieferung Nummer eins."

„Darf ich klingeln?", fragte Summer. Sie hatte gern bei der Auslieferung dabei sein wollen, was wunderbar passte, da Evelyn noch einige Besorgungen zu machen hatte.

„Ich nehme an, du ..." Tessa blieb stehen und überlegte noch einmal. Vielleicht war es doch besser, die Blumen einfach vor der Tür abzustellen und dann wegzufahren. Auf diese Weise würde es keine Peinlichkeiten geben – weder bei den Empfängern der Blumen noch bei ihr. Sie würde die Karte sprechen lassen: *„Wer dazulernen möchte, lässt sich gern sagen, was er falsch macht. Wer es hasst, auf Fehler hingewiesen zu werden, ist dumm" (Sprüche 12,1). Bitte vergebt mir. Tessa.*

Es hatte lange gedauert, bis sie genau den richtigen Bibelvers für ihre Zwecke gefunden hatte. Sich selbst als dumm zu bezeichnen war ihr zwar ungeheuer schwer gefallen, aber es war in diesem Fall wirklich gerechtfertigt. Wenn sie nach dem Zwischenfall in der Bibelstunde geistlich weiterkommen wollte, dann konnte sie den anderen gegenüber nichts beschönigen. Das hatte sie in Bezug auf andere noch nie getan und warum sollte sie sich anders verhalten, wenn es um sie selbst ging?

Was die Symbolik mit dem Gefäß anging – ob die Betroffenen sie verstanden, überließ sie ihnen. Sie hatte jedenfalls ihren Teil getan, dass sie theoretisch dazu in der Lage waren.

„Hast du Laufschuhe an, kleines Mädchen?"

Summer hob einen Fuß ein wenig, sodass Tessa ihre rosa-weißen Turnschuhe sehen konnte.

„Dann lass uns jetzt hingehen, aber ganz leise."

Tessa trug die bepflanzte Schale vor die Haustür, ging auf der Holzveranda besonders leise und flüsterte Summer zu: „Warte, bis ich wieder beim Auto bin, dann klingle an der Tür und renn zum Auto zurück. Schaffst du das?"

Summer nickte eifrig und ihre Augen glänzten vor Spannung und Erwartung. Tessa zog sich von der Veranda zurück und eilte zum Wagen, so schnell es ihre alten Knochen erlaubten. Sie öffnete die Autotür auf Summers Seite und stieg dann auf der Fahrerseite ein. Dabei fühlte sie sich, als bereite sie das Fluchtauto für einen Bankraub vor. Summer hatte ihren Finger ganz nah an der Türklingel, die Füße bereit wegzurennen.

Tessa gab ihr ein Zeichen, indem sie nickte.

Summer klingelte an der Tür und rannte zum Auto zurück. Leider hatte Tessa nicht bedacht, dass es für Summer zu schwer sein könnte, die riesige, schwere Autotür allein zu schließen. Sie musste aussteigen, noch einmal um das Auto herumgehen und die Beifahrertür zuschlagen. Inzwischen war aber Marla bereits an der Tür. Sie sah die Blumen, sah Tessa und winkte.

Tessa winkte zurück.

Gott war wirklich gut.

Evelyn schaute lieber noch einmal nach, um auch sicherzugehen, dass sie den Haustürschlüssel wirklich in die Handtasche gesteckt hatte. Jeden Augenblick würden die Wellingtons vorbeikommen, um sie zu dem Kochkurs abzuholen. Sie war gespannt, aber auch ein bisschen ängstlich. So einfach einen Kurs zu besuchen, ohne dort jemanden persönlich zu kennen …

Ein blauer Sedan fuhr vor und Evelyns Magen machte einen Satz. Ein gut aussehender Mann mit einer silbrigen Haarmähne stieg aus dem Wagen und kam über die Auffahrt zu ihr. Evelyn trat aus dem Haus, um ihm entgegenzugehen. Sie zog die Haustür hinter sich zu und kontrollierte noch einmal das Schloss.

„Sie müssen Wayne sein."

Er verbeugte sich leicht. „Hier kommt Ihre Eskorte ins Land der ‚Haute Cuisine'." Er wartete vor der Verandatreppe auf sie und gab ihr die Hand, als sie bei ihm angelangt war. Er war nicht besonders groß für einen Mann, vielleicht einen Meter siebzig. Jedenfalls war er mit Evelyn auf Augenhöhe. „Ich bin so froh, dass Piper Ihnen von dem Kurs erzählt hat. Wanda und mir macht er nämlich riesigen Spaß." Er deutete zum Wagen, wo Wanda auf dem Beifahrersitz saß und ihr zuwinkte.

Er hielt Evelyn die Tür zum Rücksitz auf und huschte dann ausgesprochen leichtfüßig um das Auto herum auf die Fahrerseite.

Wanda begrüßte sie über den Sitz nach hinten mit Handschlag. Evelyn merkte, dass auch sie sehr klein sein musste, denn die Hand, die ihre ergriff, fühlte sich an wie eine Kinderhand. Evelyn schaute zu Wayne. Wie hatten die beiden nur ein so großes Kind wie Piper zustande gebracht? Piper war beinahe einen Meter achtzig groß. Das passte irgendwie nicht zusammen.

Evelyn hatte nicht gewusst, dass Kochen so viel Spaß machen konnte. Sie hatten die gesamte Zeit damit verbracht, einen Enchilada-Auflauf zuzubereiten. Es war ein Essen, das einen so richtig zufrieden machte, das man mit geschlossenen Augen kaute und bei dem man jeden einzelnen Bissen genoss. Evelyn schaute sich noch einmal kurz ihre Notizen an, als sie zum Auto zurückgingen. „Ich frage mich, ob das meinen Damen wohl auch schmecken würde."

Wayne hielt ihr die Wagentür auf. „Mexikanisches Essen mag doch jeder."

„Mein Mann mochte es nicht. Hackbraten, Hamburger und Steaks waren seine Favoriten. Einmal habe ich es gewagt, Spagetti zu kochen, und er hat sich aufgeführt, als würde ich ihm rohen Tintenfisch servieren."

„Ach, daher kommt Ihre rosige Gesichtsfarbe und das Lächeln auf Ihren Lippen. Es hat Ihnen gefallen, ein neues kulinarisches Terrain zu erkunden. Oder ist das noch eine Untertreibung?"

„Es ist einfach unbeschreiblich."

„Ich kann mir gar nicht vorstellen, dass Sie noch nie etwas anderes gekocht haben als traditionelle Hausmannskost", sagte Wanda. „Sie sind ein Naturtalent."

„Das Aroma ..." Evelyn holte tief Luft und labte sich an der Erinnerung. „Wie kann man sich da nicht anregen lassen?"

Wayne schüttelte den Kopf. „Wie Wanda ja schon gesagt hat, Sie sind ein schlafendes Naturtalent, das durch den Duft einer Enchilada-Soße aufgeweckt wurde."

Die beiden hatten Recht. Es war, als wäre durch das kreative Kochen ein verborgener Schalter in ihr umgelegt worden und hätte den Wunsch in ihr geweckt, etwas zuzubereiten, das über reine Nahrungsaufnahme hinausging und mit Genuss zu tun hatte.

„Wie hat Ihnen denn Oskar gefallen?", fragte Wanda. Oskar war der Mann, der sich neben Evelyn gesetzt hatte.

„Er ist nett. Ein echter Gentleman."

„Was man nicht von allen Kursteilnehmern behaupten kann", warf Wayne ein. „Ich habe bemerkt, wie Reggie sich Ihnen gegenüber aufgespielt hat, um Ihnen zu imponieren."

Wanda lachte. „Bevor Ingrid ihn als ihr Eigentum in Beschlag genommen hat."

„Sie kann ihn haben", sagte Evelyn und schlug sich sogleich die Hand vor den Mund. „Entschuldigung. Das war unhöflich."

„Aber ehrlich. Mit Oskar sind Sie jedenfalls weit besser dran."

Es klang so, als würden sie Paare für Verabredungen zusammenstellen. So weit war sie aber noch nicht, und sie konnte sich auch nicht vorstellen, dazu in nächster Zeit wieder bereit zu sein. Vielleicht war es deshalb am besten, jetzt gleich ihren Standpunkt klarzustellen. „Ich bin nicht interessiert an einem Date."

„Dann ist Oscar Ihr Mann."

„Wieso denn das?"

„Er ist verheiratet."

„Und wieso ist dann seine Frau nicht –"

„Sie ist schon seit einer ganzen Weile krank. Sie hat Krebs. Eine großartige Frau. Sie besteht darauf, dass er den Kurs besucht, weil sie weiß, wie gut er ihm tut. Früher sind sie beide gekommen."

„Oh, das tut mir Leid …" Plötzlich hatte der Gentleman-Status von Oskar einen noch höheren Stellenwert.

Wanda drehte sich zu ihr um. „Das mit Ihrem Mann tut uns Leid. Piper hat es uns erzählt."

„Danke." Evelyn wurde klar, dass sie bis jetzt noch gar keine Gelegenheit gehabt hatten, miteinander zu reden. Auf der Fahrt zum Kurs hatten sie sich einander kurz vorgestellt, von da ab hatte das Kochen im Mittelpunkt gestanden. „Piper ist ein Schatz. Ich habe schon viel von ihr gelernt."

„Was denn?"

„Ach, vor allem über den Glauben. Sie weiß jedenfalls genau, was sie will und in welche Richtung sie geht."

„Ja, das stimmt. Wir haben wirklich Glück, eine solche Tochter zu haben."

„Und sie hat Glück, Eltern wie Sie zu haben."

„Danke", sagte Wayne. „Ein schöneres Kompliment hätten Sie uns gar nicht machen können. Und jetzt, meine Damen … Was halten Sie denn von einem Eiskaffee? Ich spendiere einen."

„Ich habe noch nie einen getrunken", sagte Evelyn.

„Na, dann, Evelyn, ist es mir ein Vergnügen, Ihnen ein weiteres erstes Mal in Ihrem Leben zu ermöglichen."

Na, dann mal los. In diesem Augenblick war sie zu allem bereit.

Andrea war froh, Pipers Auto vor Haus Greenburg zu sehen, als sie von der Arbeit nach Hause kam. Der vergangene Freitag mit ihrem – und Tessas – Ausbruch war so verrückt gewesen, dass Andrea gar keine Zeit gehabt hatte, mit ihrer Freundin zu reden und ihr zu erklären, weshalb sie ihr noch nie die Wahrheit über Lukes andere Kinder gestanden hatte. Sie hatte Piper unzählige Male anrufen wollen in den fünf Tagen, die seitdem vergangen waren, aber irgendwie hatte sich nie die Gelegenheit ergeben. Oder vielleicht hatte sie auch einfach nicht über etwas so Wichtiges am Telefon sprechen wollen.

Im nächsten Augenblick schon, gerade als Andrea die Haustür geöffnet hatte, kam Summer auf sie zugerannt mit einem Plüschkaninchen auf dem Arm, das eine rosa Schleife um den Hals trug. „Schau mal, was Piper mir geschenkt hat, weil ich krank war."

Piper tauchte aus der Küche auf. Sie nahm das Kaninchen an sich. „Aber wo du jetzt ja schon wieder ganz gesund bist …"

Summer schnappte es sich wieder und drückte es fest an sich. „So gesund bin ich noch gar nicht. Ich bin noch immer ein ganz klein wenig krank."

Piper gab ihr einen Kuss auf den Kopf. „Ich mach doch nur Spaß. Natürlich gehört das Häschen dir, egal, ob du gesund oder krank bist." Sie sah zu Andrea hinüber. „Und wie war dein Tag?"

„Erfreulich normal, aber auch anstrengend."

Piper nahm Andrea ihre Handtasche ab, legte sie auf die Treppe und drängte sie dann in Richtung Küche. „Komm, iss erst mal was. Evelyn hat Tacosuppe gekocht und Tessa hat Brot gebacken."

„Selbst gemachtes Brot? Kann ich es getoastet und mit Butter bekommen?"

„Wenn ich deine Hüften hätte, würde ich es auch so essen. Ich habe Tessa gesagt, dass du einen ganzen Laib für dich allein bräuchtest, aber sie hat gesagt, du würdest wohl teilen müssen."

Sie betraten die Küche, wo Tessa am Tresen stand und einen frischen Brotlaib in Scheiben schnitt.

„Das duftet ja himmlisch", sagte Andrea.

Evelyn schöpfte die Suppe aus dem großen Topf in Schälchen. „Ich bin vielleicht keine Gourmetköchin, aber ich gebe mir Mühe. Dieses Rezept habe ich heute in meinem Kochkurs bekommen." Evelyn verteilte die Schälchen und stellte einen Teller mit frischem Brot auf den Tisch. Der Küchentisch war voll besetzt, da Piper ebenfalls da war, aber niemand schien ins Esszimmer umziehen zu wollen, denn das hätte bedeutet, dass man die Zeltstadt hätte zerstören müssen.

Mae überraschte alle, indem sie den anderen die Hände zum Tischgebet reichte und verkündete: „Diesmal bete ich."

„Weiter so, Mae!", sagte Piper.

„Nun guckt doch nicht so schockiert, Schwestern, als wäre ich mit einer lila Federboa bei Tisch erschienen. Die Wahrheit ist, dass ich nachher noch zu einem Essen in der Presbyterianergemeinde gehe, aber ich kann einfach nicht widerstehen und muss auf jeden Fall erst diese leckere Suppe probieren. Weil ich also heute doppelt esse und weil ich ganz allgemein einen so tollen Tag hatte, habe ich das Bedürfnis, auch doppelt dankbar zu sein und ein kleines Tischgebet zu sprechen." Sie sah alle einmal kurz an. „Darf ich?"

„Auf jeden Fall", antwortete Andrea.

„Los!", sagte Evelyn.

Sie senkten die Köpfe und Mae fing an: „Hallo, Gott, ich wollte dir danken für diese Schwestern hier und für den produktiven Tag, an dem ich … gemacht habe, was ich eben gemacht habe. Und außerdem noch danke dafür, dass wir heute alle zusammen zu Abend essen können, mit köstlichem Essen – und danke, dass ich sogar zweimal essen darf. Bitte bewahre uns und schenke uns Weisheit und … segne uns. Amen."

„Amen."

Evelyn krümelte sich Cracker auf ihre Suppe. „Erzählen Sie uns doch mal von Ihrem produktiven Tag."

„Das geht leider nicht."

„Wieso denn das nicht?"

„Weil es ein Geheimnis ist."

Summer zeigte mit ihrem Löffel in die Luft. „Mama sagt, dass es nicht nett ist, Geheimnisse zu haben."

„Also, dann muss deine Mama eben mit diesem einen doch fertig werden, weil ich es nämlich auf keinen Fall verrate. Und jetzt … reich mir doch bitte mal das Brot."

Andrea spülte freiwillig das Geschirr und kommandierte Piper ab, ihr dabei zu helfen. Sie verscheuchte die anderen Frauen aus der Küche mit der Aufforderung, im Wintergarten ein Glas Tee zu trinken.

Piper hielt ihre Hände unter fließendes Wasser, um die Temperatur abzuschätzen. „Ich weiß nicht, ob ich die Sache mit dem freiwilligen Küchendienst so ganz verstanden habe. Sollte ich da nicht auch ein Wörtchen mitzureden haben?"

Andrea legte ihr ein Geschirrhandtuch zum Abtrocknen bereit. „Na ja, es gibt da etwas Wichtigeres als das dreckige Geschirr. Ich wollte mit dir reden, und zwar allein."

„Das freut mich zu hören. In den letzten Wochen habe ich mich von dir und deinem Leben ausgeschlossen gefühlt. Ich weiß ja, dass du viel zu tun hast mit dem neuen Job und all dem, und ich will mich auch nicht als bedürftige Person aufdrängen, aber –"

„Du und eine bedürftige Person?"

Piper spritzte ihr ein paar Schaumflocken ins Gesicht. „Kann ich da behilflich sein, indem ich sage, wie sehr ich auf unsere Freundschaft angewiesen bin und wie wichtig sie mir ist?"

Andrea rempelte sie kumpelhaft an der Schulter. „Mir auch."

„Aber …"

„Aber was?"

„Ich dachte eigentlich, dass Freunde sich gegenseitig Dinge anvertrauen."

Es hatte ihr also doch etwas ausgemacht. „Sprichst du von Luke?"

Piper drehte den Wasserhahn zu und richtete ihre gesamte Aufmerksamkeit auf Andrea. „Ja, ich spreche von Luke. Wie kommt es, dass ich nicht die ganze ‚Ein Kind in jedem Hafen'-Geschichte kenne?"

Andrea faltete das Geschirrhandtuch immer wieder auseinander und dann wieder zusammen. „Es war mir einfach peinlich. Wenn er diese Art von Mann war – und er *war* diese Art von Mann –, dann spricht ja die Tatsache, dass ich mich auf ihn eingelassen habe, nicht gerade für meine gute Menschenkenntnis und für meinen gesunden Menschenverstand."

„Oder für deinen Geschmack in Bezug auf Männer."

„Das auch."

„Aber ich verurteile dich deshalb doch nicht, und das werde ich nie, nie tun."

Andrea zuckte mit den Schultern. Sie fühlte sich dumm. „Ich hätte es dir gleich sagen sollen, als ich es selbst erfahren habe. Das ist einer der Gründe, weshalb ich diese Gelegenheit jetzt und hier gesucht habe, um mit dir zu reden. Und um mich zu entschuldigen."

Piper drehte den Wasserhahn wieder auf. „Hat Gillie das von Luke gewusst?"

„Es gibt wirklich keinen Grund, eifersüchtig auf Gillie zu sein. Nein, sie hat es auch nicht gewusst. Und ja, sie ist auch meine Freundin, aber du bist meine *beste* Freundin."

Piper drehte wieder das Wasser ab. „Bin ich das?"

Andrea legte ihr einen Arm um die Schultern und drückte sie. „Absolut."

Andrea stapelte die Tischsets.

Die Küchentür ging auf und Russell kam herein. „Guten Abend."

Die Sets rutschten auseinander. „Woher kommen Sie denn?", fragte sie. Der Schreck, ihn hier zu sehen, ließen ihre Worte sehr hart klingen.

Piper blickte auf. Sie war gerade dabei, den Tisch und die Arbeitsflächen zu wischen. „Nette Begrüßung, Andrea."

Andrea merkte, wie sie rot wurde. „Ich –"

Russell reichte ihr das letzte Set. „Soll ich noch mal rausgehen und dann wieder reinkommen?"

„Ist nicht nötig", entgegnete Andrea. „Tut mir Leid, dass ich so gereizt bin. Sie haben mich gerade auf dem falschen Fuß erwischt."

„Das hier scheint mir ein gefährlicher Aufenthaltsort zu sein", bemerkte Piper.

Russell legte die Sets in die Schublade, in die sie gehörten. „Ich habe mich gefragt, ob Sie und Summer vielleicht gern Eis essen und in den Park gehen würden. Ich habe in der Zeitung gelesen, dass es dort auf dem Spielplatz eine neue Schaukel gibt, eine mit acht Sitzen." Er sah schnell zu Piper hinüber. „Sie können natürlich auch gerne mitkommen, wenn Sie möchten."

„Nein, vielen Dank, vielleicht ein anderes Mal." Dann nahm sie die Suppenterrine und sagte: „Wenn Sie mich jetzt entschuldigen würden, ich muss die hier ins Esszimmer bringen."

„Ich liebe Schaukeln", sagte Andrea in die Stille hinein.

„Also, ich bin eher ein Wippen-Typ, früher mochte ich aber auch gern Rutschen, bis ich mal von einer heruntergefallen bin. Natürlich bin ich damals immer auf der Rutschfläche von unten nach oben geklettert."

„Immer gegen den Strom schwimmen, was?"

„Ja, manchmal schon."

Evelyn und Summer erschienen in der Tür zwischen Küche und Wintergarten.

„Mutter."

„Hallo, Russell, das ist ja nett, dass du uns mal besuchst."

Andrea sah, wie er rot wurde. Sie bedachte ihn mit einem fragenden Blick und überlegte, wie er jetzt wohl mit der Situation umgehen würde. War er schon so weit, seiner Mutter zu sagen, dass sie befreundet waren?

In diesem Augenblick kam Piper in die Küche zurück und sagte schon vor dem Betreten der Küche: „Ein Eis-essen-Date. Wie altmo-" Dann entdeckte sie Evelyn. „Ups."

„Was ‚ups'?", fragte Evelyn. „Was ist hier eigentlich los?"

Andrea griff nach Summers Hand und ging in Richtung Küchentür. „Wenn Sie uns jetzt bitte entschuldigen würden, Summer und ich holen schon mal unsere Jacken."

„Ich helfe euch", sagte Piper und verließ mit ihnen zusammen die Küche.

Russell wartete, bis die Tür geschlossen war. „Ich –"

Evelyn fing an zu reden, merkte aber, dass ihre Stimme seltsam klang. „Gibt es etwas, das du mir sagen möchtest?"

Russell seufzte. „Andrea und ich sind befreundet. Das heißt, wir sind bis jetzt einmal zusammen aus gewesen –"

„Aber ihr habt euch doch erst vor zwei Wochen kennen gelernt." Sie verschränkte die Arme. „Ich wusste gar nicht, dass du einer von der schnellen Truppe bist."

Er zuckte mit den Schultern und schaute in Richtung Tür. „Ich kann nicht für Andrea sprechen, aber was mich angeht ... so ist sie wirklich ein Volltreffer."

„Offensichtlich."

Er betrachtete ihr Gesicht. „Bist du damit einverstanden oder hast du etwas dagegen? Ich weiß deine Reaktion nicht ganz einzuschätzen."

„Ich bin mit deiner Wahl einverstanden, aber ich habe etwas dagegen, dass du es mir verheimlichst. Wessen Idee war denn das?"

Er scharrte mit der Fußspitze auf dem Fußboden. „Meine."

„Ach, Russell ... warum wolltest du es mir denn nicht sagen?"

Die Antwort kam mit verblüffender, drastischer Ehrlichkeit. „Weil ich nicht wollte, dass du uns schon nach dem ersten Date verheiratest."

„Das ist doch absurd."

Er zog eine Augenbraue hoch.

„Okay, ist ja gut ... Ich neige dazu, etwas übereifrig zu sein, was das angeht."

„Wie wäre es mit *hysterisch*?"

Sie schüttelte den Kopf. „Wie wäre es mit *sehr engagiert*?"

Die Tür ging wieder auf und Andrea und Summer kamen herein. „Alles bereit?"

„Ich möchte ein Zitroneneis."

„Frag bitte höflich, Summer", ermahnte Andrea sie.

Summer schaute zu Russell hoch. „Kann ich ein Zitroneneis haben? Bitte?"

„Würden zwei Kugeln reichen?"

„Jaaaa!"

Als sie gingen, drehte sich Russell noch einmal zu seiner Mutter um, und sie konnte sehen, wie dringend er ihre Zustimmung brauchte. Sie lächelte ihn an.

Das war das Mindeste, was sie tun konnte.

„Okay, Evelyn. Spucken Sie es aus", sagte Piper. „Was halten Sie wirklich davon, dass Ihr Sohn mit Andrea zusammen ist?"

Evelyn sah zur Haustür hinüber und lauschte dem Geräusch von Russells anfahrendem Auto. Warum hatte sie nach all den großen Worten darüber, dass er sich doch endlich binden solle, jetzt den Wunsch, hinter ihm herzurennen und zu schreien: „Komm zurück, komm zurück! Du bist doch mein kleiner Junge!"?

„Evelyn?"

Sie blinzelte die Vorstellung weg. „Ich könnte mir kein netteres Mädchen vorstellen."

„Aber sie hat vor einigen Jahren einen großen Fehler gemacht …"

Evelyn drehte sich mit einem Ruck um, damit sie Piper ins Gesicht sehen konnte: „Wagen Sie es nicht noch einmal, Summer als Fehler zu bezeichnen!"

Piper trat einen Schritt zurück. „Tut mir Leid. Ich liebe Summer, als wäre sie mein eigenes Kind. Es ist auch nichts gegen die beiden persönlich. Ich meine nur, dass Sie als Mutter doch wahrscheinlich für Russell einen bestimmten Frauentyp im Sinn haben."

Evelyn musste zweimal tief durchatmen, um sich zu beruhigen. *Gute Güte, was war denn da los?* Aber sie wusste genau, wodurch ihr Ausbruch ausgelöst worden war: Es war das Bild von dem winzigen Baby, das sie oben auf dem Dachboden versteckt hatte.

Und Piper hatte Recht. Andrea war nicht die gebildete Klassefrau, die sich Evelyn für Russell vorgestellt hatte. Aber sie war aufrichtig, fleißig, ehrlich und süß. Was konnte eine Mutter sich sonst noch wünschen?

Piper wartete immer noch.

„Ob Andrea gut genug ist für Russell? Ich hoffe, dass Russell gut genug ist für sie."

Piper legte einen Arm um Evelyns Schultern. „Sie sind eine gute Frau, Evelyn Greenburg. Es ist mir eine Ehre, Sie zu kennen."

Piper schleuderte ihre Wohnungsschlüssel auf den Küchentresen und schlüpfte gleichzeitig aus ihren Schuhen. Dann stellte sie sich der leeren Wohnung. Ein weiterer Abend, den sie allein verbringen würde.

Evelyn hatte sie zwar eingeladen, den Abend mit ihr und Tessa zu verbringen, aber Piper hatte dankend abgelehnt. Auf dem Heimweg hatte sie das vor sich selbst gerechtfertigt, indem sie sich gesagt hatte, dass es für eine Dreiunddreißigjährige nicht normal sei, den Abend mit zwei alten Frauen zu verbringen, aber das war eine faule Ausrede gewesen.

Die Wahrheit war, dass Piper den Abend nicht mit Tessa und Evelyn verbringen mochte, weil sie in Selbstmitleid schwelgen wollte, und das war in guter Gesellschaft ausgesprochen schwierig. Außerdem war da auch noch Eifersucht im Spiel. Andrea hatte einen Freund; Mae hatte einen Freund; Evelyn erkundete ihr neues Dasein als Witwe, indem sie einen Kochkurs besuchte, und Tessa … Tessa konnte man in dieser Hinsicht vernachlässigen. Das Leben der Damen aus Haus Greenburg wurde langsam zu einer Art Disneyland und im Vergleich dazu war ihres eher ein Kleinstadtjahrmarkt.

Ihr Leben war nicht übel, aber es war so … vorhersehbar und immer gleich. Ein Tag floss in den anderen. Arbeit, Zuhause, Arbeit, Zuhause. Gelegentlich ein Ausflug oder eine Unternehmung mit Freundinnen. Aber selbst das war schwierig, weil die meisten ihrer Freundinnen verheiratet waren und Kinder hatten. Sie trottete durchs Leben als ungerade Zahl – als Dritte neben einem Paar, als Fünfte am Vierertisch …

Es klopfte an der Tür. Piper schaute durchs Guckloch in der Wohnungstür und sah, dass Gillie davor stand. Sie öffnete die Tür.

Gillie hob eine Tüte hoch. „Ich habe Schokolade mitgebracht."

Piper trat zur Seite. „Kommen Sie erst einmal herein." Pipers Gedanken überschlugen sich auf der Suche nach einem möglichen Grund, weshalb Gillie an ihrer Tür geklingelt haben könnte. Sie kannten sich zwar über Andrea, aber sonst …

Gillie schaute sich in der Wohnung um. „Nett haben Sie es." Sie ging zu einem Möbelstück im Essbereich. „Ist das ein Eastlake-Büfett?"

„Ja, ich habe es für fünfundsiebzig Dollar bei einer Versteigerung erstanden."

Gillie strich über das rötliche Holz. „Mein größtes Antiquitätenschnäppchen war ein Satz Sterling-Silberbesteck, das ich bei einer Haushaltsauflösung für hundert Dollar erstanden habe. Es hat sich herausgestellt, dass es um neunzehnhundert hergestellt wurde."

Piper erinnerte sich an das Silberkörbchen, das sie auf einem Flohmarkt gefunden hatte, und holte es hervor, um es zu zeigen. Dabei fiel ihr auf, dass Gillie immer noch nicht gesagt hatte, weshalb sie eigentlich gekommen war. Sie deutete auf die Tüte. „Haben Sie nicht was von Schokolade gesagt?"

„Äh ja ..." Gillie holte eine große Dose Vanilleeis aus der Tüte.

Piper war enttäuscht. „Vanille?"

„Ich bin ja noch nicht fertig." Es folgte noch eine Flasche mit Schokoladensauce und eine Packung Oreo-Kekse aus der Tüte. „Mir war nach ein bisschen Schokoholiker-Droge, und ich dachte mir, dass es Ihnen vielleicht auch so gehen könnte. Habe ich mich geirrt?"

„Nein. Ich bin nur ein bisschen neugierig, sonst nichts. Wir haben ja sonst noch nicht viel miteinander zu tun gehabt."

Gillie ging in Richtung Küche. „Ich weiß. Aber nach Andreas und Tessas Krise letzte Woche ..." Sie entfernte den Deckel von der Eisdose.

„Sie haben sich so klug verhalten dabei – beeindruckend."

Piper holte zwei Schälchen, zwei Löffel und einen Eisportionierer. „Das war nicht meine eigene Weisheit, die ich da weitergegeben habe. Das kam alles von Gott."

Gillie fuhr mit dem Finger an der Innenseite des Eisdeckels entlang und leckte sich den Finger dann ab.

„Mir hat dieser Vers mit dem Vertrauen gefallen." Sie zuckte mit den Schultern. „Da ist mir klar geworden, dass ich Sie gern näher kennen lernen würde. Und hier bin ich." Sie beugte sich zu Piper vor. „Die Sache mit der Schokoholikerin habe ich einfach mal angenommen."

„Sie haben mich gut eingeschätzt."

Gillie füllte die Schälchen randvoll mit Eis. Dann riss sie die Keksschachtel auf und zerbröselte jeweils drei Kekse über dem Eiscremeberg in jedem Schälchen.

Piper lachte. „Es scheint fast so, als würden Sie das hier nicht zum ersten Mal machen."

Gillie rieb sich die krümeligen Hände über der Spüle. „Ein-, zweimal. Was glauben Sie, wie ich meine Scheidung durchgestanden habe?"

„Andrea hat mir davon erzählt. Es tut mir wirklich Leid, dass es nicht geklappt hat."

„Mir auch." Sie öffnete den Deckel der Soßenflasche mit einem Plopp. „Die nehmen wir jetzt auch noch."

Das war definitiv eine großartige Idee.

Es war nur noch ein Keks übrig und Piper und Gillie erspähten ihn gleichzeitig. Als sie es merkten, mussten beide kichern. Piper nahm den Keks, brach ihn in der Mitte durch und gab die eine Hälfte ihrer neuen Freundin.

Gillie stopfte sie sich in den Mund. „Wieso fühlt es sich an, als hätten wir gerade Blutsbrüderschaft geschlossen, indem wir den letzten Keks geteilt haben?"

Das war eine passende Analogie. „Die Blutsbrüderschaft zwischen zwei Schwestern, besiegelt mit Schokolade. Viel weniger umständlich und vor allem nicht so schmerzhaft, wie es die Männer in der Regel handhaben."

Gillie leckte sich geräuschvoll die Finger ab. „Dazu kann ich nur Amen sagen." Sie lehnte sich auf dem Sofa zurück und klopfte sich auf den Bauch. „Es war wunderbar, bei dir durchatmen zu können. Zwei Singlefrauen, die ihren Weg durch die Welt der Paare machen. Ich habe das Gefühl, dass ich jetzt eine wirkliche Mitstreiterin habe."

„Ja, das hast du." Piper stellte die leeren Schälchen ineinander. „Ehrlich gesagt hatte ich einen leichten Anfall von Selbstmitleid, bevor du gekommen bist. Obwohl ich eigentlich ganz gern allein bin, kann ich es manchmal auch nicht mehr ausstehen."

„So geht es mir auch." Gillie stand auf und brachte die Schälchen in die Küche. Piper folgte ihr und genoss die Tatsache, dass Gillie sich bei ihr so zu Hause fühlte, dass sie sich frei in der Wohnung bewegte. „Weißt du, was ich an dem heutigen Abend so wunderbar finde?"

Piper stellte die Schälchen in den Geschirrspüler. „Die Tatsache, dass wir jemanden gefunden haben, der Fressanfälle auf einem ähnlichen Niveau wie wir selbst hat?"

„Und darüber hinaus, dass Schokolade immer und in jedem Fall ein Festmahl ist.“ Sie lehnte sich gegen den Küchentresen. „Dadurch, dass ich dich jetzt besser kennen gelernt habe, habe ich das Gefühl, eine zusätzliche Versicherungspolice gegen Einsamkeit zu haben. Nicht, dass ich jetzt jeden Tag bei dir vor der Tür stehe oder dich mit Anrufen bombardiere.“ Gillie legte sich eine Hand aufs Herz. „Und vielleicht beruht das ja auch gar nicht auf Gegenseitigkeit, weil ich einfach zu viel hineininterpretiere –“

„Nein“, sagte Piper. „Ich empfinde das genauso. Es ist wundervoll, noch eine Freundin zu haben, an die man sich wenden kann.“

„Freunde kann man nie genug haben.“

„Nein, das kann man wirklich nicht.“ Piper empfand eine Zufriedenheit, die weit über Schokolade hinaus ging.

Mae hielt Collins Auflaufform, während er fuhr. Sie hob die Form kurz an, um ihre Beine zu erlösen. „Das ist heiß.“ Sie atmete den Duft ein. „Und es riecht einfach köstlich.“

„Es ist ein Auberginenauflauf mit Feta.“

„Mannometer, Collie. Wie *gourmet* von Ihnen.“

„Sie sind überrascht, dass ich ein guter Koch bin?“

„*Begeistert* trifft es besser. Ich esse nämlich für mein Leben gern. Im Moment bereue ich daher die Tacosuppe, die ich bereits zu Hause mit den Frauen zu mir genommen habe.“ Sie klopfte sich leicht auf den Bauch. „Ich hätte gern noch mehr Platz, um Ihren Auflauf zu probieren.“

Er riskierte einen Blick. „Laden Sie sich etwa zum Essen ein?“

Die Kirche lag jetzt zu ihrer Rechten. Der Parkplatz war schon voll. „Lassen Sie mich erst diesen Wahnsinn hier überstehen.“

„Versuchen Sie's einfach.“

Sie beobachtete die Menschenmenge, die ins Gebäude strömte. „Wieso habe ich das Gefühl, ich hätte meine Asbestschuhe anziehen sollen?“

Mae hatte Bauchschmerzen – und das nicht nur, weil sie zu viel gegessen hatte. Wer hätte gedacht, dass man mit einem Haufen Presbyterianer so viel Spaß haben konnte?

Und ja, die kleine Annie Dover hatte Geige gespielt, allerdings überraschend gut. Andere Highlights waren unter anderem Seth Green mit seinem Banjo, eine Gruppe, die einen Holzschuhtanz vorführte, und eine sehr füllige Dame, die in eine Art Duschvorhang gehüllt irgendeine Opernarie gesungen hatte, gewesen. Ernst und Spaß hatten sich perfekt abgewechselt. Und jetzt war es fast vorbei.

Collin aß seinen letzten Bissen Erdbeerkuchen und legte die Gabel aus der Hand. Er wandte sich an Mae. „Und? Was halten Sie nun von unserer kleinen Gemeinde?"

„Sie ist gar nicht so heilig, wie ich gedacht habe." Sie holte Luft. „Tut mir Leid, so sollte das nicht herauskommen."

„Ist schon in Ordnung. Ich verstehe, was Sie meinen. Sie hatten gedacht, wir wären verstaubt und ernst."

„Ja, so ähnlich. Das ist einer der Gründe, weshalb ich seit so langer Zeit nichts mehr mit Gott zu tun habe. Er war mir oft einfach zu ernst und zu streng." Sie hatte das Gefühl, zu viel gesagt zu haben. Sie kannte Collin ja noch kaum. „Sie verstehen das sicher nicht."

„Aber natürlich verstehe ich es." Er machte eine ausladende Geste mit der Hand, die den ganzen Raum umfasste. „Wir alle hier verstehen das, Mae. Unsere Schwierigkeiten unterscheiden sich vielleicht, aber eines haben wir alle gemeinsam."

„Verdauungsprobleme?"

Er lächelte. „Wir haben alle ein *Ja* gefunden."

„Zu noch mehr Kuchen?"

Er nahm ihre Hand, und sie sah, dass es ihm ernst war. „An einem bestimmten Punkt in unserem Leben sind wir alle hier – alle von uns, die an Jesus glauben – mit der Frage konfrontiert worden, die er uns gestellt hat."

„Und welche Frage ist das?"

„‚Willst du es mich für dich tun lassen?'"

„Was tun lassen?"

„Leben."

Mae schüttelte den Kopf. „Ich bin ganz gut in der Lage, mein Leben selbst zu leben, vielen Dank auch."

Seine Reaktion blieb ihr erspart, weil ein Klaviertusch die Aufmerksamkeit aller Anwesenden forderte. Collin zeigte auf das Programm. „Es sind nur noch zwei Lieder, aber das nächste wird Ihnen bestimmt gefallen. ‚Dallas und die Babes' singen ziemlich oft auch in den Gottesdiensten. Mir ist aber zu Ohren gekommen, dass sie für heute Abend eine Überraschung geplant haben."

„Der Name der Gruppe klingt aber nicht besonders ehrfürchtig. Drucken sie das wirklich im Gottesdienstprogramm so ab?"

„Nee. Dafür haben sie einen anderen Namen. Sehr anständig und seriös, aber tief in unserem Inneren wissen wir alle, dass sie immer ‚Dallas und die Babes' sein werden." Er zeigte zur Bühne. „Hier kommen ..." Er hörte auf zu kauen und starrte nur noch in Richtung Bühne. „Was um alles ..."

Ein Mann, von dem Mae annahm, dass es Dallas war, kam auf die Bühne. Er trug ein rot-weiß gestreiftes Jackett und einen roten Gummihandschuh auf dem Kopf. Er verbeugte sich. „Wir möchten Ihnen gern unsere Version der ‚Ouvertüre 1812' vortragen." Er zeigte mit einer Hand zum Bühnenaufgang. „Hühnchen? Bitte sehr!"

Acht Frauen reihten sich auf der Bühne auf, alle ebenfalls mit Gummihandschuhen auf dem Kopf, die Daumen in die Achselhöhlen geklemmt, um Flügel anzudeuten. Es wurde die erhebende Playbackversion des klassischen Musikstückes gespielt, während die Hühnchen zu der Musik gackerten und tänzelten. Für den Kanonendonner am Ende des Stückes benutzten sie Pfropfengewehre, mit denen sie aufeinander schossen, sodass das Lied mit acht toten Hühnchen auf dem Boden und einem triumphierend über ihnen stehenden Dallas endete.

Nach dem allerletzten Krächzen folgte ein Beifallssturm. Mae hörte sich selbst sagen: „Da möchte ich auch mitmachen."

Sie spürte Collins Blick auf sich. „Das lässt sich bestimmt einrichten. Dallas kann immer neue Babes gebrauchen."

Was dachte sie sich eigentlich dabei? Sie ging gar nicht in eine Kirche, geschweige denn in eine Singgruppe, selbst wenn diese mit Künstlernamen „Dallas und die Babes" hieß. Sie trank einen Schluck Tee. „Nageln Sie mich da nicht fest. Ich habe mich einfach hinreißen lassen in einem Anfall von Hühnchen-Hysterie."

Collin grinste, als kaufe er ihr diesen Rückzug nicht ganz ab. „Ich wusste, dass Mae sich bei einer Veranstaltung namens ‚Verrückter *Mai*' wohl fühlen würde. Das ging gar nicht anders."

„Ich weiß nicht so recht, ob es mir gefällt, dass Sie mich so leicht durchschauen."

Er tätschelte ihre Hand. „Das ist doch etwas Gutes. Sie haben nichts Künstliches an sich, sind durch und durch echt."

„Ich bin genau das, was Sie sehen."

Seine Stimme wurde sehr sanft. „Und mir gefällt, was ich sehe."

Mae spürte einen Kloß im Hals. *Okay, wie sind wir eigentlich von den gackernden Hühnchen in die Sphären der Romantik gelangt?* Collin wollte gerade noch etwas sagen, aber sie deutete zur Bühne hin. „Pssst. Die nächste Nummer fängt an."

„Jetzt ziehen Sie sich aber aus der Affäre, oder?"

Sie beugte sich zu ihm hinüber und sagte sehr leise: „Stimmt."

Der Mann am Mikrofon war Pastor Joe, der auch das Anfangsgebet gesprochen hatte. „Ich möchte allen für die Teilnahme heute Abend danken, egal, ob als Darsteller oder als Zuschauer im Publikum. Ich möchte gern mit einem gemeinsamen Lied schließen, das Tausenden von Menschen sehr viel bedeutet." Er faltete seine Aufzeichnungen zusammen, weil er sie jetzt nicht mehr brauchte. „Viele von uns haben ja schon von Horatio Spafford gehört."

Es folgte ein allgemeines Gemurmel. Mae gehörte hier offensichtlich zu einer Minderheit.

„Im Jahre 1871 erlitt Spafford bei dem großen Feuer in Chicago seinen finanziellen Ruin. Kurz darauf wurden seine vier Töchter während einer Überfahrt über den Atlantik bei einer Schiffskollision getötet. Seine Frau überlebte und schickte ihm ein Telegramm: *Als Einzige gerettet.* Als er später bei einer Überfahrt über den Atlantik genau an der Stelle war, wo sich das Unglück ereignet hatte und seine vier Töchter ums Leben gekommen waren, erhielt Spafford die Inspiration für das Lied, das wir gleich singen werden. Wenn Sie einmal einen Blick auf die Rückseite Ihres Programmheftes werfen wollen … dort finden Sie den Text."

Es war Papiergeraschel zu hören, während der Pianist mit dem Vorspiel begann. Dann sangen sie zusammen mit dem vollen Bariton des Pastors:

„Wenn Friede mit Gott meine Seele durchdringt,
ob Stürme auch drohen von fern,
mein Herze im Glauben doch allezeit singt:
Mir ist wohl, mir ist wohl in dem Herrn!"

Beim Refrain war Maes Kehle wie zugeschnürt und sie konnte kaum noch mitsingen. Wie hatte Spafford so etwas schreiben können, nachdem er so ungeheure Verluste erlitten hatte? Sie sah zu Collin hinüber. Er hatte die Augen geschlossen. Er sang das Lied auswendig und mit voller Überzeugung.

„Wenn Satan mir nachstellt und Bange mir macht,
so leuchtet dies Wort mir als Stern:
Mein Jesus hat alles für mich schon vollbracht;
ich bin rein durch das Blut meines Herrn!"

Mae sah sich in dem Raum um. Viele andere sangen wie Collin mit geschlossenen Augen. Und viele weinten auch dabei.

Wegen einem Lied weinen? Und das auch noch in aller Öffentlichkeit? Mae hatte immer gedacht, dass sie ein empfindsamer Mensch sei. Aber die Tiefe des Gefühls, das sich in diesem Raum ausbreitete, lag jenseits ihrer Erfahrung. Collin öffnete die Augen und nahm Blickkontakt mit ihr auf. Er lächelte sie verständnisvoll an, so als wisse er um ihren inneren Aufruhr. Er nahm ihre Hand und sang weiter.

Die Last meiner Sünde trug Jesus, das Lamm,
und warf sie weit weg in die Fern;
er starb ja für mich auch am blutigen Stamm;
meine Seele lobpreise den Herrn.

Und dann plötzlich war alles so klar, als hätte jemand das Licht angeschaltet. All die Bilder von Jesus am Kreuz, die Mae im Laufe ihres Lebens gesehen hatte. All die Bruchstücke von Fakten: *Er ist für deine Sünden gestorben. Er vergibt dir. Vertraue Jesus.*

Diese Wahrheiten waren plötzlich nicht mehr sinnlos. Jetzt hatte sie es verstanden. Es war nicht einfach nur eine Geschichte. Es war Wirklichkeit. Es war tatsächlich geschehen. *Jesus ist für meine Sünden gestorben. Für mich.*

Sie drückte Collins Hand und spürte, wie ihr Tränen übers Gesicht liefen. In der Öffentlichkeit weinen? *Oh ja. Wie soll ich denn da nicht weinen? Ich weiß jetzt, was sie wissen. Jetzt verstehe ich, worüber sie geredet haben: Andrea, Piper und Tessie. Meine Schwestern. Jetzt verstehe ich es!*

Aber dann gingen ihre Gedanken über das Kreuz hinaus. Gab es da nicht noch mehr? War da nicht noch so etwas wie die Auferstehung vom Tod? Ostern, ja, das war es. Gab es nicht Ostern? Gab es nicht ewiges Leben im Himmel? Wie auf ein Stichwort beantwortete der Text des Liedes ihre Fragen.

„O eile, mein Herr, und lass kommen den Tag;
mein Glaube sieht ihn schon von fern.
Die Wolken vergeh'n, die Trompete erschallt.
Halleluja, ich bin bei dem Herrn."

Als der letzte Refrain verklungen war, bedeckte Mae ihr Gesicht mit den Händen und schluchzte. Collin sagte nichts und legte stattdessen nur seinen Arm um sie. Er hielt sie fest, während sie die wichtigste Antwort ihres Lebens gab.

Ja. Oh ja.

Mae war froh, dass niemand mehr auf war, als sie nach Hause kam. Sie brauchte Zeit, um zu verdauen, was sie gerade getan hatte. Was Jesus getan hatte.

Sie ging in ihrem Zimmer im Dunkeln zur Nachttischlampe und knipste sie an. Das gedämpfte Licht wirkte irgendwie tröstlich auf sie. Dann tat sie das, wonach sie sich seit dem Lied gesehnt hatte.

Mae Fitzpatrick ging auf die Knie, um zu beten.

Kapitel 11

Mae schaltete das Licht in ihrem Laden an und schloss die Tür hinter sich zu. Nicht, dass sie am Samstagmorgen um sechs Uhr Kundschaft erwartet hätte, aber sie wollte einfach sichergehen, dass sie nicht gestört wurde.

Sie setzte Teewasser auf und ließ sich hinter ihrer Werkbank nieder. Dann holte sie aus einer verschlossenen und feuerfesten Ablage eine blaue Filztasche heraus und entleerte sie auf eine gepolsterte Matte. Sieben silberne Freundschaftsringe lagen jetzt vor ihr.

Außer bei ihrem eigenen hatte sie die Größen geschätzt, aber nach dreißig Jahren in ihrem Beruf hatte sie ein ganz gutes Augenmaß entwickelt. Außerdem hatte sie einen Blick dafür, was Frauen gefiel. Die Idee für den letzten Schliff war ihr am vergangenen Abend gekommen. Das perfekte Symbol für die Einheit unter Schwestern.

Sie machte sich an die Arbeit.

Evelyn fand Andrea, Summer und Tessa in der Küche. Obwohl es töricht war, fühlte sie sich unbehaglich dabei, dass sie vor ihr beim Frühstück saßen, so als wäre sie irgendwie eine schlechte Gastgeberin, auch wenn man meinen könnte, dass inzwischen …

Andrea und Summer, beide in Arbeitskleidung, frühstückten gerade, und Tessa hatte auf der anderen Hälfte des Tisches Stapel von Kochbüchern verteilt, denn sie hatte angeboten, in der nächsten Woche das Kochen zu übernehmen.

„Guten Morgen", sagte Evelyn. „Und? Was haben Sie heute so vor?"

„Wir bauen ein Haus", sagte Summer.

Andrea erklärte hastig: „Wir helfen beim Renovieren eines Hauses. Haben Sie von dem Schüler aus Pipers Schule gehört? Das Haus seiner Eltern ist abgebrannt und bei dem Feuer ist seine kleine Schwester ums Leben gekommen."

„Wie furchtbar!", sagte Tessa.

„Die Familie war nicht versichert, und jetzt gibt es eine ganze Menge Freiwillige, die beim Wiederaufbau des Hauses helfen wollen."

„Wie nett von Ihnen", sagte Evelyn.

Einen Augenblick lang herrschte Schweigen.

„Russell kommt auch. Und Gillie."

Es dauerte einen Augenblick, bis Evelyn die Vorstellung, dass ihr Sohn körperliche Arbeit verrichtete, verinnerlicht hatte.

„Sie sehen überrascht aus", sagte Andrea.

„Nur weil diese Art von Aktivität Russell so gar nicht ähnlich sieht."

Andrea lachte. „Das habe ich auch gedacht, aber als ich dann gesagt habe, dass wir mithelfen …“

Evelyn nickte. *Das ist es also.*

„Also, ehrlich gesagt habe ich ihn dazu gebracht. Ich habe ihm erzählt, dass wir dort helfen würden und dass er mitkommen müsse, wenn er mit uns zusammen sein will.“

„Hauptsache, es hat funktioniert“, sagte Tessa.

„Und was haben Sie heute so vor, Tessa?“

„Ich muss ein paar Besorgungen machen und dann für das Essen in der nächsten Woche einkaufen. Morgen Abend fange ich dann mit dem Kochen an. Es ist Muttertag, also nehme ich mal an, dass die meisten zum Brunch oder zum Mittag auswärts essen. Aber ich mache ein gutes Abendessen für uns. Meine Tochter hat gestern angerufen und mich ins ‚Crab Shack‘ eingeladen.“ Sie blätterte eine Seite im Kochbuch um und Evelyn erhaschte einen Blick auf ein köstliches Tortenstück. „Wohin führt Russell Sie denn aus?“

Das hatte sich Evelyn auch gefragt, aber Russell hatte diesbezüglich kein Wort gesagt. Ja, als sie ihn am vergangenen Abend im Haus angetroffen hatte, war sie eigentlich davon ausgegangen, dass er gekommen war, um sie zu einem Muttertagsbrunch einzuladen.

„Hat er es vergessen?“, fragte Tessa.

„Natürlich hat er es nicht vergessen“, antwortete Andrea. „Wahrscheinlich hat er es nur nicht extra erwähnt.“ Das war ein nett gemeinter Versuch, die Situation zu retten, aber Evelyn glaubte kein Wort davon. Sie hasste sich selbst dafür, dass sie so hohe Erwartungen an diesen Tag hatte. Es war schon immer so gewesen, dass sie sich in ihre Erwartungshaltung hineinsteigerte, nur um immer wieder enttäuscht zu werden, weil Russell oder Aaron sich weigerten oder nicht in der Lage waren, ihre Gedanken zu lesen. Sie hatte versucht, ihre Erwartungen irgendwie abzubauen, aber irgendwie wollte ihr das nicht so recht gelingen. Sie erwartete das Ideal, ja, sie verzehrte sich danach. Und keine noch so große Anzahl fehlgeschlagener Versuche konnte diese Hoffnung ganz zum Erlöschen bringen. Sie konnte die Tatsache, dass sie für die Männer in ihrem Leben nur eine untergeordnete Rolle spielte, nicht akzeptieren.

„Was machen Sie denn heute, Evelyn?“, fragte Andrea.

„Piper kommt vorbei. Wir wollen mein Zimmer in Angriff nehmen.“

„Das macht sicher Spaß“, meinte Andrea.

„Aber Sie klingen irgendwie nervös“, bemerkte Tessa.

„Ach, ich tue mich immer ziemlich schwer mit Veränderungen.“

„Das stimmt doch gar nicht“, widersprach Andrea.

„Doch, ganz sicher. Mir ist immer am wohlsten, wenn alles so bleibt, wie es ist.“

„Das ist doch nur menschlich.“ Andrea trank den letzten Schluck Orangensaft aus ihrem Glas. „Überlegen Sie doch bloß mal, mit wie vielen Veränderungen Sie in den vergangenen Monaten fertig geworden sind. Mit dem Tod Ihres Mannes, der Eröffnung Ihrer Pension, der Betreuung von Summer.“ Sie stand auf und umarmte Evelyn von hinten. „Also sagen Sie nicht, Sie könnten nicht gut mit Veränderungen umgehen. Sie bewältigen das alles doch großartig.“

Wenn man es so sah …

Evelyn straffte ihre Schultern ein wenig.

Evelyn öffnete die Tür, vor der Piper mit voll beladenen Armen stand.

„Ob Sie bereit sind oder nicht, ich bin jedenfalls da.“

Sie schafften die Farbe, die Pinsel und Farbrollen, die Tapetenbordüre und anderes Material ins Haus und stupsten und rempelten sich dabei an wie Stan und Ollie in „Dick und Doof“.

Piper ließ ihre Armladung voll auf den Boden fallen. „Wir müssen wohl noch ein bisschen an der Koordination arbeiten, sonst steht uns ein seeeeehr langer Tag bevor.“

„Ich wusste ja gar nicht, dass wir auch streichen wollen“, sagte Evelyn. Der Gedanke, all ihre Möbel umräumen zu müssen, behagte ihr ganz und gar nicht.

„Nur die oberen fünfzig Zentimeter der Wand – in einem hübschen Grünton.“ Piper holte die Tapetenbordüre hervor und rollte sie ein Stück ab. „Gefällt sie Ihnen? Wir streichen die Wand oben grün und kleben diese hier zwischen das Grün und das Weiß.“

„Können Sie so was denn?“

Piper legte ihr den Arm um die Schultern. „Vertrauen Sie mir.“

Evelyn war sich nicht so sicher, ob ihr überhaupt etwas anderes übrig blieb.

Piper hatte mehr Energie als ein Dutzend Evelyns. Sie nahm die Renovierung in Angriff, als gehe sie nach einem straffen Zeitplan vor. Der Chintz-Sessel und der Nachttisch wurden in den Flur geschafft, dann die Kommode in die Mitte des Zimmers geschoben und das Bett von der Wand abgerückt, sodass Piper eine Trittleiter zwischen Bett und Wand quetschen konnte. Das einzige Möbelstück, das ihnen noch im Weg stand, war die Spiegelkommode aus Eiche.

Evelyn sah sie argwöhnisch an und schätzte dann die Türbreite ab. Es sah nicht so aus, als würde das Möbelstück hindurchpassen. Außerdem war es schwer.

„Sind Sie sicher, dass wir die vom Fleck bewegen können?"

„Nun kommen Sie schon. Sind Sie ein Mann oder eine Memme?"

„Weder noch. Aber im Augenblick würde ich viel darum geben, einen Mann im Haus zu haben."

Genau in diesem Augenblick streckte Russell den Kopf zur Tür herein. „Ich stehe ganz zu deinen Diensten."

„Woher kommst denn du?", fragte Evelyn.

„Warum werde ich das eigentlich dauernd gefragt? Ich bin hier, um Andrea und Summer abzuholen. Wir betätigen uns heute als Samariter." Er schaute in den Flur. „Gillie ist auch hier. Ich bin umzingelt von Frauen, die mich zwingen, gute Taten zu vollbringen."

„Das wurde aber auch Zeit", sagte Evelyn, obwohl sie wusste, dass ihr Sohn im Grunde ein gutes Herz hatte.

In dem Augenblick wandte Russell seine Aufmerksamkeit nach draußen in den Flur, wo er gedämpft mit jemandem sprach. Kaum wahrnehmbar war auch Andreas Stimme zu hören. Dann wandte er sich wieder Evelyn zu.

„Entschuldigung." Er räusperte sich. „Bevor ich es vergesse … Ich wollte dich fragen … hättest du Lust, morgen mit mir zu einem Muttertagsbrunch zu gehen?"

Wieder leises Getuschel im Flur. Als Russell sich diesmal wieder an Evelyn wandte, hatte er einen roten Kopf. „Andrea sagt, ich soll zugeben, dass ich es vergessen hatte. Das stimmt. Es tut mir Leid. Es ist nur so, dass –"

Wieder Getuschel mit Andrea.

Erneut setzte er an. Diesmal mit einem Seufzer. „Es ist – eigentlich gar nichts. Ich habe es vergessen. Keine Entschuldigung. Vergibst du mir?"

„Natürlich vergebe ich dir", sagte Evelyn. „Aber es gibt etwas, das ich mir noch mehr wünsche als einen gemeinsamen Brunch."

„Schon versprochen."

„Hilfst du uns, die Kommode hier rauszuschaffen?"

„Kein Problem." Er rieb sich die Hände an seiner Jeans. „Wohin damit?"

„Wo du schon mal mit anpackst – auf die Veranda, das wäre am besten."

„Auf die Veranda? Vermietest du jetzt noch ein Zimmer, Mutter? Mit direkter Frischluftzufuhr? Außerdem hat man von da auch eine super Sicht."

„Ich rufe beim Roten Kreuz an und lasse das Ding abholen. Es sei denn, es möchte sie sonst jemand haben …" Sie sah die anderen nacheinander an. Niemand wollte die Kommode. „So schlimm?"

„Sie ist schon sehr … einzigartig", sagte Andrea.

Piper winkte Russell zu sich herüber. „Ach was – einzigartig. Das Ding ist einfach nur scheußlich. Evelyn, Sie machen die Schubladen leer. Russell, packen Sie an."

Evelyn breitete die letzte Plastikplane aus, während Piper fünfzig Zentimeter unter der Zimmerdecke eine Linie zog. Sie benutzte dazu ein Lot wie ein Profi.

„Das war nett", sagte Piper plötzlich. „Russell. Wissen Sie …"

„Es war nett, dass er den Muttertag vergessen hat?"

„Es war nett von ihm zuzugeben, dass er ihn vergessen hat. Das ist ein Zeichen von Charakter."

„Er musste aber erst von Andrea dazu gebracht werden."

„Hinter jedem großen Mann steht eine große –"

„Es ist doch viel zu früh, so etwas zu sagen. Sie sind doch erst ein paar Mal miteinander aus gewesen – so viel ich weiß jedenfalls."

„Da haben Sie Recht", sagte Piper. „Und ich versuche auch gar nicht, sie schon zu verheiraten, aber es ist doch ein gutes Zeichen, dass sie sich nicht unwohl dabei fühlen, den anderen ein wenig anzuspornen, ein besserer Mensch zu werden."

„So habe ich das noch gar nicht gesehen."

„Das sollten Sie aber." Sie reichte Evelyn das Lot. „Würden Sie mir jetzt bitte mal das Klebeband hochreichen?"

Tessa hatte eigentlich gar nicht vorgehabt, in Maes Laden vorbeizuschauen. Aber als sie bei ihren Besorgungen direkt daran vorbeikam und Mae gerade in dem Augenblick von ihrer Arbeit aufblickte, blieb ihr gar nichts anderes übrig, als hineinzugehen.

Mae reagierte allerdings nicht gerade erfreut. „Tessie!" Ihre Hände wuselten auf der Werkbank herum, als wäre sie ein Kind, das blitzschnell verstecken will, was es aus der Speisekammer stibitzt hat. „Was machen Sie denn hier?"

Tessa trat noch einen Schritt weiter in den Laden, weil sie sehen wollte, was Mae da zu verbergen versuchte. „An Ihrer Begrüßung müssen Sie aber noch arbeiten, Mae."

Mae warf ein Tuch über das, woran sie gerade gearbeitet hatte, und schien danach zum ersten Mal ein wenig entspannt. „Tut mir Leid, aber Sie haben mich so überrascht."

„Das war ja ziemlich offensichtlich." Sie deutete mit dem Kopf auf das Tuch. „Mit was für einem geheimnisvollen Stück sind Sie denn gerade beschäftigt?"

„Ach, mit einer Auftragsarbeit. Ich ... ich mag nicht, wenn Leute meine Sachen sehen, bevor sie fertig sind. Ich zeige sie eigentlich immer erst, wenn ich sicher bin, dass sie genau so sind, wie ich sie mir vorgestellt habe."

„Das klingt ja wie bei einer echten Künstlerin."

„Das nehme ich jetzt mal als Kompliment." Sie kam hinter dem Tresen hervor. „Was machen Sie denn in der Stadt?"

„Das klingt ja, als wäre ich aus einer Irrenanstalt abgängig."

Mae lachte. „Na ja, in Haus Greenburg geht es doch auch ziemlich verrückt zu, oder?"

Tessa erwähnte lieber nicht, dass Evelyns und Pipers Renovierungsprojekt das Chaos im Haus noch verstärkt hatte.

„Morgen Abend koche ich für uns alle. Ich bin gerade unterwegs in den Supermarkt, um die Einkäufe dafür zu erledigen."

„Und was steht auf dem Speiseplan?"

„Ich hatte überlegt, vielleicht mit Schinken im Teigmantel und einem Brokkoliauflauf anzufangen, und –"

„Äh."

„Wie bitte?"

„Oh, es tut mir Leid. Aber ich hatte am Mittwochabend gerade erst Schinken im Teigmantel, als ich mit Collin aus war. Wäre es vielleicht möglich, dass Sie sich das Gericht für ein anderes Mal aufsparen?"

Tessa legte eine Hand auf ihre Handtasche, als wollte sie ihren Speiseplan darin schützen. „Ich denke schon, aber –"

Plötzlich hellte sich Maes Gesicht auf. „Ich möchte Ihnen etwas ganz Wundervolles erzählen, was ich am Mittwochabend erlebt habe ... einmal abgesehen von dem Schinken. Ich wusste nicht so genau, wie ich es den anderen erzählen soll, aber Sie werden wahrscheinlich am meisten von allen begrüßen, welche Veränderung ich erlebt habe, als Collin –"

„Ich kann nicht glauben, dass Sie tatsächlich mit diesem Mann ausgegangen sind."

„Tessie, darüber haben wir doch schon gesprochen. Er ist ein netter –"

„Sie haben entschieden zu viele Verabredungen, Mae. Mit zu vielen verschiedenen Männern."

„Aber das war doch erst meine zweite Verabredung mit Collin. Wir sind in seine –"

Tessa hob eine Hand, um Maes Redefluss zu stoppen. „Ersparen Sie mir bitte die Einzelheiten Ihrer Eskapaden. Ich will nicht –"

Mae stemmte die Hände in die Hüften. „Eskapaden?"

„Ich meine Ihr Rendezvous mit dem Nachbarn."

„Sie sagen also, dass ich ihn lieber auf Abstand halten soll?"

Was mache ich denn hier? Tessa merkte, dass sie keine Ahnung hatte, wie sie auf dieses Thema gekommen war. Sie hatte bei Mae hereingeschaut, weil sie nett sein wollte, und am Ende hatte sie sie doch wieder beleidigt.

So viel also zu der neuen Tessa.

„Wissen Sie was?", fragte Mae jetzt. „Sie wissen vielleicht viel über Bücher, Tessie, aber vom Leben haben Sie absolut keine Ahnung." Mae ging zur Tür und öffnete sie. „Wenn es Ihnen nichts ausmacht, dann würde ich jetzt gern weiterarbeiten. Und machen Sie den Schinken einfach dann, wenn es Ihnen passt. Ändern Sie nur nicht meinetwegen Ihre Pläne, Tess-*a*."

Tessa hielt ihre Zunge im Zaum und ging durch die offene Tür hinaus. Wenn sie sich doch nur ein paar Minuten früher so gut im Griff gehabt hätte.

Die Tür schlug hinter ihr zu und es klang wie ein heftiger Klaps von Gott.

Tessa hätte beim Ausladen ihrer Einkäufe Hilfe brauchen können, und zunächst überlegte sie auch, hineinzugehen und Piper oder Evelyn um Hilfe zu bitten. Aber sie tat es dann doch nicht. Die beiden hatten schon genug zu tun, also musste sie es allein schaffen. Langsam, aber stetig.

Sie nahm die Tragegriffe von zwei Tüten in die Hand und machte sich auf den Weg zur Haustür.

Plötzlich kam Collin von der anderen Straßenseite auf sie zugerannt. „Kann ich Ihnen vielleicht behilflich sein?"

„Es heißt: ‚*Darf ich* ...'"

Er blieb zwei Meter vor ihr stehen. „*Darf ich* Ihnen dabei behilflich sein?"

Warum muss ich eigentlich so grob sein? Als würde die Szene mit Mae noch nicht reichen.

„Es tut mir Leid. Ja, ich könnte wirklich Hilfe gebrauchen. Danke."

Er wollte ihr die Tüten abnehmen, doch sie sagte: „Die hier kann ich nehmen, aber es ist noch mehr im Kofferraum."

Er nickte, rauschte aber vor ihr die Verandastufen hinauf. „Lassen Sie mich Ihnen erst noch die Tür aufhalten."

Sie trugen die Lebensmittel ins Haus, und Collin bestand darauf, die restlichen Sachen allein auszuladen. „Das ist die letzte Tüte", sagte er.

„Danke. Ich weiß Ihre Hilfe wirklich zu schätzen."

Er wischte sich die Hände an seiner Hose ab und streckte ihr dann seine Rechte entgegen. „Ich bin Collin Ames, Ihr Nachbar."

„Ich bin Tessa Klein. Freut mich, Sie kennen zu lernen."

„Ganz meinerseits."

„Sie sind das also, der mit Mae aus war, als sie so spät zurückgekommen ist?"

Er zwinkerte zweimal etwas ungläubig. „Ich weiß nicht, ob man zweiundzwanzig Uhr als spät bezeichnen kann."

„Wo waren Sie denn? In irgendeiner Bar?“

Collins Blick wechselte von freundlich zu ungläubig. Und Tessa merkte – leider zu spät –, dass sie schon wieder grob gewesen war.

„Mir scheint, dass Sie eine falsche Meinung von mir haben, Mrs Klein. Und von Mae auch. Wenn Sie verärgert sind über meine Beschwerde beim Ordnungsamt, dafür habe ich mich bereits entschuldigt …“

Eine Frage kam Tessa in den Sinn. *Nein, untersteh dich. Frag nicht.* Sie tat es doch. „Ich habe mich immer gefragt … wie Mae es geschafft hat, dass Sie einen Rückzieher machen.“

Er zog eine Augenbraue hoch. „Indem sie einfach bezaubernd ganz sie selbst war.“

Tessa lachte laut auf.

„Sie finden Mae nicht bezaubernd?“

„Darüber will ich mir kein Urteil erlauben.“

Er sah sie mit einem Blick von oben bis unten an. „Mae ist nicht nur bezaubernd, sie hat sich außerdem auch bezaubern lassen – von unserer Kirchengemeinde. Und obwohl Sie das eigentlich gar nichts angeht, *dort* waren wir am Mittwochabend, als wir so schrecklich *spät* nach Hause gekommen sind.“

Tessas Kehle war plötzlich wie ausgedörrt. „Sie war mit Ihnen in der Kirche?“

„Wir hatten unseren traditionellen Verrückten Mai – mit Talentshow. Viele verrückte Nummern waren dabei, aber es war auch ein sehr ernster Augenblick in ihrem Leben.“

„Wieso denn das?“

Einen Augenblick lang sah er sie nur an. Sie schaute weg und fing an, eine Tüte mit Konservendosen auszuräumen.

„Das müssen Sie Mae schon selbst fragen. Das ist ihr Zeugnis.“

Sie sah ihn über die Schulter hinweg an. „Zeugnis?“

„Sagen wir einfach, dass Maes Leben nie wieder so sein wird, wie es einmal war.“

Jetzt erinnerte sie sich an das, was Mae im Laden gesagt hatte. *„Ich möchte Ihnen etwas ganz Wundervolles erzählen, was ich am Mittwochabend erlebt habe … Sie werden wahrscheinlich am meisten von allen begrüßen, welche Veränderung ich erlebt habe, als Collin –“*

Endlich begriff Tessa. „Sie meinen, sie hat sich für Jesus entschieden?“

Er war schon auf dem Weg zur Haustür. „Fragen Sie sie. War nett, Sie kennen zu lernen, Mrs Klein."

Sie hörte, wie die Tür ins Schloss fiel. Wieder eine Tür. Noch ein Klaps.

Tessa wurden die Knie ganz weich. Sie schleppte sich in die Küche und ließ sich dort auf einen Stuhl sinken, genau in dem Augenblick, als Piper zur Tür hereinkam.

Piper lief sofort zu ihr. „Was fehlt Ihnen denn, Tessa?"

Tessa konnte nicht antworten. Sie schüttelte nur den Kopf und presste sich die Finger an die Schläfen.

Piper stellte die leeren Gläser ab, die sie in der Hand gehabt hatte, und berührte Tessa an der Schulter. „Hat der Nachbar Ihnen geholfen?"

Tessa nickte.

„Wieso hat er Sie denn so aufgeregt? Hat er Sie verletzt oder beleidigt?"

Tessa nahm ihre Hände von den Schläfen und fing an zu reden. „Nicht er hat mich, sondern ich habe *ihn* verletzt! Ich verletze irgendwie jeden. Ich gebe mir solche Mühe, mich zu bessern. Ich bin ja bereit, ein besserer Mensch zu werden, aber immer wieder vermassele ich alles. Ich schaffe es einfach nicht. Ich schaffe es nicht."

Piper strich ihr über den Rücken. „Nein, natürlich schaffen Sie das nicht."

„Wie bitte?"

„Natürlich können *Sie* das nicht schaffen. Wir haben darüber doch neulich Abend schon gesprochen, erinnern Sie sich? Darüber, Jesus zu vertrauen. ‚Ich vermag alles durch den, der mich mächtig macht.'"

„Das ist ein Vers aus dem Philipperbrief."

„Ja, stimmt."

Tessas Gedanken gingen zurück zu dem Morgen, als sie aufgewacht war und anders empfunden, sich wie neu gefühlt hatte. Und dann erinnerte sie sich an ihr Gebet, in dem sie ihre Schuld bekannt hatte. Das war alles gut, außer dem Teil, als sie versprochen hatte, sich zu bessern, hart an sich zu arbeiten, um sich so zu verändern, wie Gott es sich ihrer Meinung nach von ihr wünschte. Hatte sie jemals *ihn* gebeten, es in ihr zu bewirken? Hatte sie sich ihm wirklich jemals ganz ausgeliefert? Oder hatte sie sogar daran festgehalten und gedacht, dass sie stark genug wäre, es allein zu schaffen? „Ich habe mich zu sehr angestrengt", sagte sie schließlich.

„Das ist ein Fehler, der immer wieder gemacht wird."

„Ich sollte mich von Jesus verändern lassen."

„Er kann sehr viel besser verändern als wir."

„Ich muss loslassen."

Piper breitete ihre Hände aus. „Stimmt." Sie nahm die Gläser, die sie abgestellt hatte, und ging zum Kühlschrank. Jetzt erst fiel Tessa auf, dass sie Farbe an den Händen und im Gesicht hatte. „Brauchen Sie noch Hilfe beim Einräumen der Sachen?", fragte Piper.

Tessa fühlte sich ein bisschen benommen. „Nein, danke, das mache ich schon. Ich glaube, es ist ganz gut, wenn ich jetzt ein bisschen allein bin."

Piper füllte die Gläser und wollte die Küche wieder verlassen.

„Piper?"

„Mmmm?"

„Danke."

„Hey, das ist doch gar kein Problem. Ich kann nur das vermitteln, was ich selbst erlebt und gelernt habe."

Vermitteln? Sie musste an eine weitere Bemerkung von Mae denken: *„Sie wissen vielleicht viel über Bücher, Tessie, aber vom Leben haben Sie absolut keine Ahnung."*

Stimmte das? Ging es bei all dem, was Tessa vermittelte, wirklich nur um *Informationen*? Namen, Daten und Definitionen? Dinge, die vielleicht interessant waren, aber nicht so wesentlich für den Alltag? Im Gegensatz dazu hatte Piper sie gerade etwas über ihr Leben gelehrt – und zwar auf Grund von Lektionen, die auch sie in ihrem Leben hatte lernen müssen.

Kann ich auch solche Dinge vermitteln?

„Tessa? Ist alles in Ordnung?"

Tessa merkte, dass sie sich mit einer Hand nahe ihrem Herzen an ihrer Bluse festgekrallt hatte. Aber da war gar kein Schmerz; es war nur eine alte Angewohnheit. „Mir geht es gut. Oder mir wird es gut gehen."

„Wenn Sie uns brauchen – wir sind oben."

Das war gut zu wissen, aber im Augenblick war der Einzige, den sie brauchte, der Eine im Himmel. Sie und er mussten ernsthaft miteinander reden. Und diesmal gelobte Tessa, ihm zuzuhören.

Evelyn konnte kaum glauben, wie schnell Piper gearbeitet hatte. Der Anstrich war fertig, und Piper hatte gemeint, die Bordüre zwischen dem grünen und dem weißen Abschnitt könnten sie später aufkleben.

Sie kam mit frisch gefüllten Eisteegläsern zurück. „Wie finden Sie es?"

„Ich finde es einfach wunderschön. Ich liebe es. Kaum zu glauben, was für einen Unterschied so ein bisschen Farbe macht."

„Warten Sie nur, bis der Quilt wieder auf dem Bett liegt." Sie küsste sich selbst die Fingerspitzen wie ein Franzose. *„Magnifique."*

„Aber was sollen wir mit der Wand machen, an der die Frisierkommode gestanden hat?", fragte Evelyn.

„Haben Sie nicht noch irgendwo Möbel herumstehen, die Sie nicht benutzen? Und ein paar Bilder, Dekosachen und Lampen? Haben Sie nicht vielleicht irgendwo ein geheimes Lager?"

Der Dachboden. „Doch, das habe ich tatsächlich." Evelyn ging in den Flur und ließ sich von Piper helfen, die Nachttischchen beiseite zu räumen, damit sie die Dachbodentreppe herunterziehen konnte.

Piper rieb sich erwartungsvoll die Hände. „Ooh, Dachbodenschätze. Die hab ich am liebsten."

Sie stiegen die Treppe hinauf, wobei Evelyn Piper vorangehen ließ. „Ob da Schätze sind, das wage ich zu bezweifeln. Auf jeden Fall aber ziemlich viel Schrott und Sperrmüll."

„Was für den einen Sperrmüll ist, ist für den anderen –"

„Ich hoffe, dass Sie das auch noch denken, nachdem Sie es gesehen haben."

Piper war oben auf der Treppe angekommen und fand den Lichtschalter. „Oh … meine Güte, hier kriegen Sie mich nie mehr weg." Sie ging geradewegs zu der Stelle, an der eine ganze Reihe von Bildern gegen eine Truhe gelehnt standen.

Evelyn sagte besorgt: „Gehen Sie nicht zu weit, sonst verliere ich Sie. Es ist ein ziemliches Durcheinander hier. Ich sollte wirklich mal alles durchsehen und entrümpeln." Sie zupfte an ihrer Bluse. „Puuuh, ist das heiß hier oben."

„Ich mag es heiß", sagte Piper. „Und was das Durchgehen und Entrümpeln angeht, warum lassen Sie mich das nicht machen? Sie könnten wieder nach unten gehen und schon mal die Abdeckfolien wegräumen."

Das klang großartig. „Sind Sie sicher?"

Piper strahlte vor Begeisterung über das ganze Gesicht. „Ganz sicher."

Obwohl Piper nicht nach Kleidern suchte, konnte sie es sich nicht verkneifen, doch einen Blick in die Koffer und Truhen zu werfen. Es war wie ein Ausflug in die Geschichte der Mode: Blümchenkleider mit weiten Röcken und schmalen Taillen aus den fünfziger Jahren, Armeeuniformen aus dem Zweiten Weltkrieg, Crepekleider aus den Dreißigern und Festroben aus der Zeit um die Jahrhundertwende. Sie spürte die Versuchung, ein paar davon anzuprobieren, aber wenn sie damit erst anfing, würde sie nicht mehr aufhören können.

Zögerlich legte sie die Kleider wieder zurück und fing mit der Suche nach dem größten Gegenstand an, den sie benötigten: ein Möbelstück, das anstelle der Frisierkommode an der Wand stehen sollte.

Sie konnten eine der alten Truhen nehmen und auch ein Bücherregal würde gut passen. Aber dann sah sie das perfekte Stück für die Stelle. Es stand in der Nähe der Treppe, aber in ihrer ersten Begeisterung über die Dachbodenschatzkammer war sie einfach daran vorbeigegangen.

Es war ein Frisiertisch.

Mit den Augen liebkoste sie seinen dreiteiligen Spiegel und die dazugehörige Sitzbank, deren Polster man ohne weiteres mit einem hübschen Stoff neu beziehen konnte. Es gab auch genügend Schubladen, um Evelyns Toilettensachen darin unterzubringen. Für ein Männerzimmer wäre das Möbelstück vielleicht nicht so passend gewesen, aber für das Zimmer einer Frau war es genau das Richtige.

Sie zog die mittlere Schublade unter dem Spiegel auf in der Erwartung, dass sie mit verblichenem Papier ausgeschlagen sein würde.

Aber die Schublade war gar nicht leer.

Piper nahm ein Farbfoto heraus, auf dem Evelyn mit einem Baby im Arm abgebildet war. *Russell.*

Aber … Moment mal. Russell in einer rosa Decke?

Piper ging näher ans Licht, um noch einmal genau hinschauen zu können. Irgendetwas an Evelyns Gesicht war seltsam. Statt hingerissen und stolz zu sein, hatte ihr Lächeln etwas Wehmütig-Trauriges. Als ob … als ob …

Sie schaute noch einmal in die Schublade und fand ein rosa Armbändchen, wie man sie Babys im Krankenhaus nach der Geburt anlegt. *Wilson*.

Piper zog die anderen Schubladen des Frisiertisches auf, fand aber keine anderen Bilder. Außer dem Bild und dem Armbändchen befand sich nichts mehr in den Schubladen. Sie waren allesamt geleert worden. Außer dieser einen mit den Hinweisen auf ein kleines Mädchen.

Wo mochte das Mädchen jetzt wohl sein? Evelyn hatte es nie erwähnt, auch wenn das vielleicht nicht so ungewöhnlich war, weil Piper und sie sich ja noch gar nicht lange kannten. Aber das Foto und das Armband waren hier verwahrt worden als einziger Inhalt eines Frisiertisches auf dem Dachboden. Waren die Sachen vielleicht absichtlich versteckt worden? Dafür gäbe es allerdings verschiedene Erklärungen, aber auch weitere Fragen.

Sie hörte, wie Evelyn unten das Schlafzimmer aufräumte und putzte. Sie hatte keine Ahnung, dass ihr Geheimnis gelüftet war. Sollte es ein Geheimnis bleiben? Sollte Piper das Foto einfach zurücklegen und so tun, als hätte sie es nie gefunden, oder sollte sie Evelyn danach fragen – fragen, was mit dem Baby passiert war?

Das geht mich nichts an.

Piper presste das Foto an die Brust und schloss die Augen. *Herr, hilf mir, das Richtige zu tun. Das, was Evelyn hilft und sie nicht verletzt.*

Einen Augenblick lang verharrte sie so und hoffte, vielleicht den Drang zu verspüren, nach unten zu rennen und Evelyn zu fragen, was das Foto zu bedeuten hatte, aber ein solches Gefühl stellte sich nicht ein. Nur die innere Gewissheit, dass sie nicht drängeln durfte.

Piper legte das Foto und das Armbändchen zurück und schob vorsichtig die Schublade wieder zu. Sie ging zur obersten Treppenstufe und rief hinunter: „Evelyn? Können Sie mal kurz hochkommen? Ich glaube, ich habe das perfekte Möbelstück gefunden."

Als Evelyn sah, dass Piper direkt neben dem Frisiertisch stand, schlug ihr Herz einen Purzelbaum, den sie bis in die Zehenspitzen spürte.

„Wie finden Sie das?", fragte Piper. „Es ist ein wunderschönes Stück – und sehr feminin. Diese Parfümflaschen, die Sie auf der anderen Frisierkommode hatten, würden sich großartig darauf machen. Und ein Spitzendeckchen ... Sie haben doch bestimmt irgendwo ein Spitzendeckchen, oder?"

Evelyn stand oben an der Treppe und starrte auf das Möbelstück, das ihr Geheimnis barg. Sollte sie es hinunterbringen in den offiziellen Bereich von Haus Greenburg? Sollte dieses Versteck in das Schlafzimmer gebracht werden, in dem sie und Aaron drei Jahrzehnte lang geschlafen hatten? Sollte es ein Zusammentreffen geben von dem, was hätte sein können, und dem, was gewesen war?

Aber Aaron ist tot. Du kannst sie jetzt hinunterbringen. Du kannst –

„Evelyn, ist alles in Ordnung mit Ihnen?"

Piper sah sie ganz merkwürdig und fragend an, so als erwarte sie eine Antwort, aber Evelyn konnte sich nicht an die Frage erinnern. Sie ging einen Schritt auf den Frisiertisch zu, blieb aber stehen, als sie sah, dass Piper ihre Hand vor der besonderen Schublade hatte.

„Der hat genügend Stauraum und sieht auch noch schön aus. Finden Sie nicht?"

Stauraum für mein Geheimnis.

Piper bewegte ihre Hand nicht und plötzlich bekam dieses Nichtbewegen eine ganz eigene Bedeutung. Pipers Hand, die vor der Schublade verharrte, als warte sie auf die Erlaubnis, sie zu öffnen. Evelyn sah Piper an. Piper sah Evelyn an. Beide wussten in diesem Augenblick die Wahrheit. Evelyn schluckte. „Haben Sie es gesehen?"

Piper nahm die Hand jetzt weg und nickte. „Ich hatte nicht vor herumzuschnüffeln."

Evelyn schlug sich eine Hand vor den Mund. Sie fürchtete, dass sie jetzt in Tränen ausbrechen würde.

„Sie brauchen es mir nicht zu erzählen, Evelyn."

Und Evelyn wusste, dass sie es nicht *musste*. Aber vielleicht *konnte* sie es ja endlich. Das hier war Piper, eine wohlwollende Freundin. Vielleicht *konnte* sie es ihr ja sagen.

Evelyns Hand bewegte sich in Richtung der Schublade. Piper trat zurück, um ihr Platz zu machen, und Evelyn holte das Bild und das Armbändchen hervor. Es war so klein, dass es um ihren Daumen passte.

„Ich habe noch mit niemandem darüber gesprochen. Noch nie."

„Warum nicht?"

Sie wusste, dass ihr Achselzucken keine ausreichende Antwort war.

„Ist es Ihr Baby?"

Evelyn nickte und berührte mit einem Finger das Gesicht ihres Babys auf dem Foto.

„Was ist aus ihr geworden?"

Sie blickte auf und sah dann wieder zu Boden. „Ich habe sie zur Adoption freigegeben."

„Wirklich?"

„Ich weiß, eine Menge Mädchen behalten heutzutage ihre Babys, aber damals, das waren noch ganz andere Zeiten, da galten noch ganz andere Regeln."

„Nein, nein", sagte Piper. „Mein ‚Wirklich' sollte nicht bedeuten, dass ich dem nicht zustimmen kann. Ich habe es gesagt, weil ich selbst adoptiert bin."

„Sie sind adoptiert? Wayne und Wanda sind nicht –?"

„Doch, sie sind meine Eltern. Sie haben mich großgezogen und lieben mich. Nur gezeugt und geboren haben sie mich nicht."

Evelyn nickte. Die Unterscheidung leuchtete ihr ein. „Mein Baby ist auch zu guten Eltern gekommen. Sie haben in jeder nur erdenklichen Weise gut für es gesorgt. Sie haben ihm alles gegeben, was ich ihm nicht geben konnte, weil ich es nicht hatte."

„Also waren Sie und Aaron noch gar nicht verheiratet?"

„Ich kannte Aaron zu dieser Zeit noch nicht einmal. Er kam erst später in mein Leben."

„Und was ist aus dem Vater des Babys geworden?"

„Sein Name war Frank Albert Halvorson." Evelyn lächelte und spürte, wie sie errötete. „Wir waren zusammen am College. Er hatte ein umwerfendes Lächeln. Frank war ein sehr fröhlicher Mann. Ich war fasziniert davon, wie er Situationen erfassen und durchschauen konnte. Für ihn war immer alles ganz klar – auch wenn er sich irrte."

„Und wie hat er auf das Baby reagiert?"

Evelyn ging zu dem Dachbodenfenster und schaute hinaus, als würden die Erinnerungen direkt vor dem Fenster vorbeiziehen. „Er wusste gar nichts von dem Kind. Er wurde eingezogen und musste nach Vietnam. Ich habe von der Schwangerschaft erfahren, als er gerade einen Monat weg war. Und dann ist er gefallen." Die Tränen überraschten sie.

„Das tut mir so Leid."

Evelyn schniefte, holte ein Taschentuch aus der Tasche ihrer Jeans und kam dann zurück zum Frisiertisch. „Da stand ich also ohne die Liebe meines Lebens und war schwanger."

„Wussten Ihre Eltern davon?"

„Nein. Und sie hätten es mir auch nicht leichter gemacht. Ich weiß, das klingt so kleingeistig, als ob ich mein Baby aufgegeben hätte, weil es die einfachste Lösung war, aber –"

„Sie waren noch auf dem College?"

„Ich war gerade am Anfang meines letzten Jahres, als ich feststellte, dass ich schwanger war."

„Wenigstens haben Sie das Kind nicht abgetrieben."

Evelyn wand sich innerlich, und Piper sah aus, als hätte sie diese direkte Aussage am liebsten zurückgenommen. „Daran habe ich keinen Augenblick gedacht. Sie lebte. Es war ein Leben. Ich konnte sie nicht töten." Sie fingerte am Saum ihres Pullis.

Es verstrichen ein paar stille Sekunden.

Dann erzählte sie ihre Geschichte weiter. „Frank starb schon ein paar Wochen nachdem er in Vietnam angekommen war. Ich hatte ihm einen Brief geschickt mit der Nachricht, als er ..." Sie holte tief Luft. „Der Brief kam zurück. Die Nachricht von meiner Schwangerschaft und die von seinem Tod hatten sich gekreuzt."

„Wie furchtbar."

„Durch Franks Tod war alles anders. Was vielleicht irgendwie hätte gehen können, war plötzlich unmöglich geworden. Ich war so allein."

„Oh Evelyn ..." Piper nahm ihre Hand. „Und was passierte, nachdem Sie von Franks Tod erfahren hatten?"

„Ich bin weggegangen mit der Entschuldigung, dass ich Zeit brauchte, um über seinen Tod hinwegzukommen. Das stimmte zwar, aber da war so viel mehr, immerhin war das Baby unterwegs. Und obwohl ich die Entscheidung, es wegzugeben, schon ganz am Anfang der Schwangerschaft getroffen hatte, wollte ich doch *vor* der Geburt Zeit für das Kind und mich, weil ich wusste, dass ich es danach nicht mehr haben würde. Klingt das plausibel?"

Piper nickte.

Jetzt war Evelyn an der Reihe Fragen zu stellen. „Sie sind also adoptiert. Sind Sie glücklich? Aus Ihnen ist ja ein großartiger Mensch geworden, aber … waren Sie glücklich?"

„Ich war und bin sehr glücklich – und dankbar. Meine Mutter und mein Vater sind großartige Eltern. Gerade streng genug, um mich im Zaum zu halten, aber auch offen genug, um mich alle Möglichkeiten im Leben entdecken und erkunden zu lassen. Und sie haben mir den Glauben mitgegeben. Ich weiß nicht, was ich ohne …" Sie hielt inne. „Wie haben Sie das alles nur ohne Gott überstanden?"

In einem Augenblick der inneren Erkenntnis antwortete Evelyn: „Das musste ich gar nicht. Damals hatte ich Gott noch. Ich habe gebetet. Und wenn ich jetzt zurückblicke, dann glaube ich, dass er mich zu dieser Entscheidung geführt hat, obwohl mir das damals gar nicht klar war."

„Wenn Sie einmal an ihn geglaubt haben, was hat Sie dann wieder von ihm weggebracht?"

Evelyn stieß einen tiefen Seufzer aus. „Ich will nicht die Schuld – zumindest nicht alle Schuld – auf Aaron schieben, aber sein Mangel an Interesse an allem, was mit Gott zu tun hat, hat Einfluss auf mein Leben gehabt. Er hat es mir leicht gemacht, das, was ich wusste, zu vergessen. Und obwohl ich mich vielleicht während meiner Schwangerschaft auf Gott verlassen habe, war es sehr einfach für mich, diese Abhängigkeit auf meinen Mann zu übertragen."

„Was hat er denn über Ihr Baby gedacht?"

„Er hat nie davon erfahren." Evelyn schüttelte den Kopf. „Ich bin keine starke Frau, Piper, auch wenn ich wünschte, es wäre anders."

„Du meine Güte, Sie sind doch stark. Schauen Sie doch nur, was Sie seit Aarons Tod alles geschafft und erreicht haben."

Evelyn verspürte einen Hoffnungsschimmer. „Genau das hat Andrea mir heute auch schon gesagt."

„Sehen Sie? Zwei Frauen, denen etwas an Ihnen liegt, sagen Ihnen die Wahrheit."

Evelyn streckte ihre Hand aus und Piper ergriff sie. „Ich habe mein Baby schon geliebt, bevor es geboren wurde, Piper. Genauso wie Ihre Mutter Sie sicherlich auch geliebt hat." Dann brach ihre

Stimme. „Ich habe sie all die Jahre geliebt, wo auch immer sie gerade sein mag."

Sie ließ ihre Hände fallen und schaute durch die Luke zum Flur hinunter, von wo Stimmen zu ihnen hinaufdrangen. Andrea, Summer, Russell, Gillie, Mae … und Tessa waren in der Küche. Alle waren wieder zu Hause.

„Mutter?" Das war Russells Stimme. „Wo bist du, Mutter?"

„Hier oben, auf dem Dachboden." Sie räusperte sich und hoffte, dass ihre Stimme fest klang.

Sie vernahmen Schritte auf der Treppe ins Obergeschoss.

„Was wollen Sie jetzt machen?", flüsterte Piper. „Es kann Ihr Geheimnis bleiben. Das verspreche ich. Wollen Sie es Russell sagen?"

Der Gedanke schockierte sie. Evelyn hatte nie auch nur in Betracht gezogen, Aaron davon zu erzählen. Womöglich würde Russell schlecht über sie denken, weil sie ein uneheliches Kind gehabt hatte. In den vergangenen Wochen hatte Evelyn sich gefühlt, als würde sie noch einmal ganz von vorn anfangen. All das Alte war vergangen und nicht mehr da.

Einschließlich alter Geheimnisse?

Russell tauchte am Fuße der Dachbodentreppe auf und kletterte zu ihr hinauf. Wann hatte sie ihn zum letzten Mal hier oben gesehen? Als Kind – als er hier Ritterburgen und Schlösser gebaut hatte.

Er stand jetzt oben an der Treppe und schaute sich um. „Der Dachboden hat sich ja kein bisschen verändert. Es war immer ein toller Ort, um Spinnen für Biologieprojekte zu fangen." Er richtete seinen Blick auf Evelyn. „Ich hoffe, dass du Piper nicht unsere Familiengeheimnisse zeigst, Mutter."

Evelyn und Piper wechselten einen Blick. Piper ging zur Treppe. „Wenn Sie mich jetzt entschuldigen, ich muss noch die Bordüre ankleben."

Russell wollte ihr folgen, aber Evelyn ergriff seinen Arm. „Rusty?"

Er sah sie besorgt an. „Rusty? Wo wir gerade bei Erinnerungen sind. Ich kann mich nicht erinnern, wann du mich das letzte Mal so genannt hast."

„Können wir uns setzen?" Sie ging zu einer der Truhen und bedeutete ihm, sich zu setzen. Sie selbst blieb vor ihm stehen.

„Was ist denn los, Mutter?"

„Ich muss dir etwas erzählen, aber ich weiß nicht so recht, wie. Ich kann nicht so gut reden und formulieren, und ich –"

„Mutter! Sag es einfach."

Sie ging zu dem Frisiertisch, nahm das Foto und das Armbändchen heraus und reichte ihm beides. Er sah die Sachen an. „Wilson – das ist doch dein Mädchenname."

„Ja, weil ich damals noch nicht verheiratet war."

Er schaute wieder auf das Bild. „Aber das bist doch du. Mit einem kleinen Mädchen."

„Ja, mit *meinem* kleinen Mädchen."

Wieder schaute er auf das Foto, als würde es noch weitere Informationen hergeben. „Wann war denn das und wo?"

„Das war bevor ich deinen Vater kennen gelernt hatte. Der Vater des Babys und ich waren verlobt, als ich schwanger wurde."

Seine Augen wurden ganz groß. „Du hattest ein uneheliches Kind?"

„Lass mich doch erklären ..."

Nachdem sie mit ihrer Geschichte fertig war, ließ sie ihm einen Augenblick Zeit, um das Gehörte zu verdauen.

„Ich habe dich schockiert", sagte sie, „nicht wahr?"

„Wie konntest du nur?"

Sie fühlte sich, als wäre sie geohrfeigt worden. „Wie konnte ich was, Russell?"

„Wie konntest du mit einem Mann –"

„Ich habe nicht ständig mit anderen Männern geschlafen, Russell. Ich habe nur mit zwei –" Mit einer Geste wehrte er ihre Worte ab. Aber jetzt konnte sie nicht mehr aufhören. „Du bist nicht fair, Russell. Wie kannst du so hart über mich urteilen und gleichzeitig mit einer Frau befreundet sein, die ein uneheliches Kind hat? Andrea hat denselben Fehler gemacht wie –"

„Nein, das hat sie nicht."

Evelyn trat einen Schritt zurück.

Russell holte tief Luft, was ihn zu beruhigen schien. Ein wenig jedenfalls. „Andrea hat ihr Kind behalten. Wie konntest du deins nur zur Adoption freigeben? Dein eigenes Kind?"

Sie sah zu Boden und versuchte, die drohende Tränenflut zurückzuhalten. „Ihr Vater war tot, Russell. Wir waren nicht verheiratet. Meine Familie hätte niemals Verständnis für meine Lage aufgebracht. Ich war allein. Ich habe sie weggegeben, weil ich sie lieb genug hatte, um mir Gedanken darüber zu machen, was das Beste für sie wäre.“ Sie blickte wieder auf und ließ den Tränen jetzt freien Lauf. „Adoption ist die schwerste – aber oft auch beste – Entscheidung für alle Beteiligten. Ich habe alles getan, um dafür zu sorgen, dass mein Mädchen bei zwei wunderbaren Menschen aufwachsen konnte, die ihm all ihre Liebe geben würden.“

„War ich auch ein Wunschkind?“

In seiner Stimme schwang große Unsicherheit mit. Sie kniete sich vor ihm hin. „Oh Russell. Natürlich warst du das. Du warst ein absolutes Wunschkind.“

Er stand auf und zog sie mit sich hoch, sodass sie vor ihm stand. „An das alles werde ich mich wohl erst gewöhnen müssen, Mutter.“

„Das wird schon werden. Aber es sollte nicht alles verändern, Russell. Das ist meine Vergangenheit. Du bist die Gegenwart.“

„Du hast also nicht vor, nach ihr zu suchen oder sie irgendwie ausfindig zu machen?“

Evelyn war schockiert festzustellen, dass sie daran noch nie gedacht hatte. Sie hatte vor dreiunddreißig Jahren eine Entscheidung getroffen. Es gab keinen Grund, daran jetzt etwas zu ändern. „Nein, ich habe nicht vor, sie ausfindig zu machen.“ Sie legte den Kopf ein wenig schräg und sah ihn eindringlich an. „Nach dem ersten Schock … kannst du damit denn leben?“

Er zuckte mit den Schultern, eine Geste, die sie wohl schon Tausende Male bei ihm gesehen hatte.

Sie legte ihre Hände um sein Gesicht. „Du bist mein liebstes Kind. Mein Junge. Mein Sohn. Daran wird nichts und niemand etwas ändern. Ich liebe dich, Rusty.“

Er nickte und ließ sich von ihr in ihre Arme ziehen.

Als sie wieder nach unten gingen, um sich zu den anderen zu gesellen, blieb Russell kurz stehen. „Wirst du es den anderen auch erzählen?“

„Möchtest du das denn?“

Er zögerte kurz, schüttelte dann aber den Kopf. „Dazu besteht doch eigentlich kein Grund, oder? Es ist jetzt unser Geheimnis!“

Evelyn dachte daran, ihm nicht zu sagen, dass Piper die Wahrheit bereits kannte, merkte aber, dass es absurd gewesen wäre, aus einem Geheimnis ein Geheimnis zu machen. „Piper weiß es, aber sie wird es für sich behalten. Sie ist selbst adoptiert; sie versteht es also."

Er schien einen Augenblick lang darüber nachzudenken. „Gut. Dann eben nur wir drei. Lass es uns dabei belassen."

Als sie in die Küche kamen, fielen die anderen gerade alle über den Kühlschrank her. Alle außer Piper.

„Wo ist denn Piper hin?", fragte Evelyn.

Andrea bestrich gerade eine Scheibe Brot mit Majonäse. „Sie hat gesagt, sie müsse noch etwas erledigen und käme später wieder."

Piper klopfte wie üblich dreimal kurz an die Haustür ihrer Eltern und trat dann ein. „Hallo, ich bin es."

Ihre Mutter kam aus der Küche. „Hallo, mein Schatz. Komm mit nach hinten. Ich mache gerade Popcorn. Wir sehen uns nämlich einen Film mit Robert Redford und Barbara Streisand an: ‚Cherie Bitter'."

Ihre Mutter holte noch ein Schälchen und eine Serviette. „Hol dir was zu trinken, aber beeil dich. Dein Vater will unbedingt anfangen."

„Gefällt ihm der Film etwa? Das ist doch eher was für Mädels."

„Er erträgt ihn mir zuliebe. Der wahre Grund, weshalb er unbedingt anfangen möchte, ist, dass nachher noch ein Baseballspiel übertragen wird."

Das klang schon einleuchtender. Piper holte sich eine Diätcola aus dem Kühlschrank und folgte ihrer Mutter in den Hobbyraum im hinteren Teil des Hauses.

Ihr Vater blickte vom Fernseher weg zu ihr hin. „Hallo, Piper, mein Mädchen. Was verschafft uns die Ehre?"

Wanda füllte drei Schüsseln mit Popcorn und teilte sie aus. Piper nahm ihre, stellte sie aber auf dem Couchtisch ab.

„Setz dich doch, Schätzchen."

Sie schüttelte den Kopf und blieb vor ihnen stehen.

Das Gesicht ihrer Mutter verdüsterte sich und sie sah besorgt aus. „Was ist denn los?"

„Kannst du bitte mal den Ton abstellen, Papa?"

Er sah ihr kurz in die Augen, schaltete dann mit der Fernbedienung den Fernseher aus und widmete ihr seine gesamte Aufmerksamkeit. Er gab ihr das Gefühl, sehr wichtig zu sein. Sie waren so gute Eltern. Und genau deshalb war sie gekommen.

„Ich wollte mich nur bei euch bedanken."

„Wofür denn, Liebes?", fragte ihre Mutter.

„Dafür, dass ihr mich adoptiert habt. Dafür, dass ihr mich liebt. Einfach dafür, dass ihr so seid, wie ihr seid." Sie beugte sich hinunter und zog ihren Vater in eine Umarmung.

„Ach, Piper. Wir lieben dich auch. Dass du in unser Leben gekommen bist, war das Beste, was uns jemals passiert ist. Wir haben dich immer als ein Geschenk von Gott betrachtet."

Piper ging jetzt auf ihre Mutter zu, um sie zu umarmen, und wischte sich mit dem Ärmel eine Träne ab. „Ich weiß, ich sollte nicht so sentimental und weinerlich werden …"

„Du kannst sentimental und weinerlich werden, sooft du möchtest, mein Schatz", sagte Wanda, „und wir freuen uns über jede Umarmung. Aber was hat das ausgelöst? Wieso gerade heute?"

Piper griff nach einem Kleenex aus der Schachtel, die bei der Lampe stand, und putzte sich die Nase. „Kann man nicht mal eine Woge der Dankbarkeit empfinden?"

„Doch natürlich, aber –"

Piper setzte sich neben ihre Mutter und stellte sich das Schälchen mit Popcorn auf den Schoß. „So, und jetzt schalte den Film ein, Papa."

„Du bleibst also hier und guckst ihn mit uns an, Schatz?"

„Ich muss gleich wieder zu Evelyn. Ich bin da ziemlich abrupt aufgebrochen, aber ein bisschen schaue ich noch mit."

Später an diesem Abend, als Piper das letzte Bild in dem frisch renovierten Zimmer aufhängte, saß Evelyn auf dem Bett, hielt sich eines von Aarons Hemden vors Gesicht und atmete tief ein. Sein Duft strömte in ihre Nase, und sie staunte darüber, wie einzigartig dieser Geruch doch war. Es war ein ganz besonderes Geschenk, das er für sie zurückgelassen hatte. Es war etwas, worüber man gar nicht nachdachte, es war einfach da. Sie faltete das Hemd zusammen und legte es in die Kiste mit seinen Kleidungsstücken. Endlich war der Inhalt aus der Spiegelkommode, den sie auf dem Bett zwischengelagert hatte, weggeräumt.

Piper blickte von ihrer Tätigkeit auf. „Ist alles in Ordnung? Geht es Ihnen gut?"

Evelyn schwieg einen Augenblick, dann legte sie eine Hand auf die Kiste. „Das musste sein. Es war kein Platz mehr dafür." Sie strich über den Deckel. „Aber warum habe ich deshalb jetzt solche Schuldgefühle?"

„Weil Sie seine Sachen wegräumen oder weil Sie das Zimmer verändert haben?"

„Weil es so schnell zu *meinem* Zimmer geworden ist. Es ist, als wäre ich froh darüber, dass er nicht mehr da ist."

„Hätten wir vielleicht lieber noch ein wenig damit warten sollen? Ich hoffe, Sie haben sich nicht von mir gedrängt ge-"

„Es war ja meine Idee. Und ich glaube, ich habe damit angefangen in dem Wissen, dass es wehtun würde." Sie suchte Blickkontakt mit Piper. „Ist das nicht merkwürdig? Sich bewusst für den Schmerz zu entscheiden?"

Dankbar blickte sie Piper an. „Ich habe so viel über Gott erfahren, seit ich Sie kennen gelernt habe." Sie dachte einen Augenblick nach. „Nach Aarons Tod sind Sie es gewesen, die mir gezeigt hat, dass Gott sich wirklich für mich interessiert und sich auch um mich kümmert." Sie strich noch einmal über den Deckel der Kiste. „Wanda und Wayne haben ihre Sache mit Ihnen wirklich gut gemacht. Ich hoffe, dass mein Baby es auch so gut getroffen hat." Sie seufzte. „Es sind so viele Zufälle, die mich bis hierher gebracht haben."

Piper schüttelte den Kopf. „Ich glaube nicht an Zufälle, und das sollten Sie auch nicht. Gott hat alles unter Kontrolle. Er hat einen Plan und gibt uns immer wieder die Chance und auch die Gelegenheit, uns aktiv darauf einzulassen."

Evelyn erschauderte. „Gelegenheiten? Das klingt so nach ‚wenn – dann'. So als könnten wir alles vermasseln, wenn wir nicht aufpassen."

„Das können wir auch."

„Wäre es nicht besser, wenn Gott einfach dafür sorgen würde, dass wir tun, was er von uns will?"

„Besser? Nein. Einfacher? Ganz bestimmt. Aber was sollte das bringen? Wenn wir alle gedanken- und willenlose Maschinen wären … Und das ist genau der Punkt. Es liegt ganz bei uns, ob wir ihm folgen oder nicht. Er möchte nicht, dass wir Ja sagen, weil wir Angst vor ihm haben oder weil wir glauben, von diesem Arrangement irgendwie profitieren zu können. Oder vielleicht sogar weil wir glauben, dass es das Richtige ist. Er möchte, dass wir Ja zu ihm sagen, weil wir selbst es so wollen." Sie legte ihre Hand auf ihr Herz. „Manchmal sehne ich mich so nach ihm. Als würde mein Herz vor Liebe zu ihm zerspringen."

Evelyn berührte Pipers Arm. „Sie sind zu gut."

Piper schüttelte heftig den Kopf. „Nein, überhaupt nicht! Aber das ist genau der springende Punkt. Ich bin nicht gut, doch er liebt mich trotzdem. Gott liebt *mich* – Piper – so sehr, dass er seinen Sohn für mich hat sterben lassen."

Evelyn wand sich innerlich. Diese ganze Geschichte mit Jesus am Kreuz hatte ihr immer das Gefühl gegeben –

Piper legte eine Hand auf Evelyns Knie. „Das bereitet Ihnen Unbehagen, nicht wahr?"

„Ja, das stimmt", sagte Evelyn. „Ein bisschen jedenfalls. Ich meine, wie konnte Gott das zulassen? Hätte er seinen einzigen Sohn nicht retten können?"

„Auf der Stelle", sagte Piper und schnippte mit dem Finger. „Aber er hat seinen Sohn sogar bewusst in den Tod gegeben, weil es Teil seines Planes war."

„Na, ein super Plan."

Piper saß auf dem Bett neben ihr und sah sie mit ihren klaren, strahlenden Augen an. „Ja, das war es wirklich. Es war ein perfekter Plan. Der Gott, der alles geschaffen hat – einschließlich Ihnen und mir –, wollte uns eine Möglichkeit geben, ihn wirklich kennen zu lernen, und deshalb hat er seinen eigenen Sohn als Säugling auf diese Welt geschickt. Stellen Sie sich das bloß mal vor! Jede Einzelheit war sorgfältig geplant und ein unschuldiges Baby war der Mensch gewordene Gott."

„Aber warum musste er sterben?"

„Damit wir, wenn *wir* sterben, nicht wegen unserer Sünden von Gott getrennt sind. Durch den Tod von Jesus ist unsere Strafe bezahlt. Er hat den Weg frei gemacht, dass wir einmal in den Himmel kommen und in der Gegenwart Gottes sein können."

„Ich bin nicht sicher, ob ich das alles verstehe."

Piper zupfte an ihrer Unterlippe herum und dachte nach. Schließlich ließ sie ihre Hand sinken und sagte: „Letztlich ist es doch so: Wir sind alle Sünder. Wir werden mit einem sündigen Wesen geboren. Weil Jesus auf die Welt gekommen, am Kreuz gestorben und vom Tod auferstanden ist, kann jeder von Gott angenommen werden. Jesus wird als ‚Erlöser' bezeichnet, weil er uns von uns selbst erlöst hat."

Evelyn legte sich eine Hand auf die Stirn. Piper hatte alles erklärt, aber es war beinahe zu viel, um es wirklich zu begreifen.

Pipers Stimme war sanft. „Glauben Sie das alles, Evelyn?"

„Ja, ich denke schon."

„Dann sagen Sie ihm das doch."

„Was?"

„Er hört Ihnen zu. Sagen Sie ihm, dass Sie an das, was er getan hat, glauben. Reden Sie einfach mit ihm wie mit einem Freund. Nichts anderes ist doch Gebet – ein Gespräch mit einem Freund."

Sie nahm Evelyns Hand, und Evelyn merkte, wie ihr die Kehle eng wurde. Sie holte Luft und fing an. „Danke, Gott, dafür, dass du mich so liebst. Ich glaube wirklich, was Piper mir über deinen Sohn erzählt hat. Danke, dass du ihn auf die Erde geschickt hast. Ich bin froh, einen Erlöser zu haben, und ich bin froh, dass du in meinem Leben bist."

Evelyn blickte auf, um Piper anzusehen, denn sie brauchte Bestätigung für ihr Gebet. Diese sagte kein Wort, aber ihr Blick ... ihr Lächeln ...

Was für ein Tag. Was für ein wunderbarer Tag!

Kapitel 12

Evelyn schlug die Augen auf. Und sie sah ein neues Zimmer. Eine ganz neue Welt.

Sie setzte sich im Bett auf und lehnte sich am Kopfende an. Die Sonne schien durch den Spalt der Vorhänge und warf ihr Licht auf das frisch renovierte Schlafzimmer. Evelyn steckte sich das Kopfkissen in den Rücken, damit sie gemütlich sitzen und das Werk betrachten konnte. Das war definitiv nicht mehr Aarons Zimmer. Der

Raum war jetzt völlig anders. Besser vielleicht und dennoch war das Neue daran auch etwas verwirrend. So viele Veränderungen in so kurzer Zeit.

Sie hatte oft diese psychologischen Tests gesehen, in denen die Ereignisse im eigenen Leben bewertet wurden, um festzustellen, wie hoch der persönliche Stresslevel ist. Sie war sicher, dass sie jenseits aller Messwerte lag – Tod des Ehepartners, finanzielle Rückschläge, Veränderung der Wohnverhältnisse, neue Menschen, die Betreuung von Summer und der schwierigste Punkt, der auch im gründlichsten Fragebogen nicht vorgekommen wäre: die Wahrheit zu sagen über das Baby, das sie zur Adoption freigegeben hatte.

So war es also vielleicht gar nicht so ungewöhnlich, dass ihre Gefühle Wellen schlugen wie das Wasser an einem stürmischen Tag am See.

Ein lautes Krachen war zu hören und dann ein Schrei von Summer. Evelyn stürzte aus ihrem Zimmer. Innerhalb von Sekunden flogen auch die anderen drei Zimmertüren auf und Andrea, Mae und Tessa tauchten noch ziemlich zerzaust und verschlafen auf dem Flur auf.

Summer stand auf der Treppe und sammelte panisch das heruntergefallene Geschirr auf. Sie blickte mit schreckensbleichem Gesicht zu ihrem Publikum auf. „Ich bin gestolpert."

„Ich hole einen Lappen", sagte Tessa und huschte ins Bad.

Andrea rannte zu Summer hinunter und stellte ein Glas auf, in dem Orangensaft gewesen war, während Summer hektisch die Cornflakes aufsammelte, die über mehrere Treppenstufen verstreut waren. Milch tropfte von der dritten auf die zweite Stufe. Evelyn versuchte, nicht an den Fleck auf ihrem Treppenläufer zu denken.

„Hier." Tessa kam mit zwei Handtüchern zurück, eins trocken, das andere feucht.

„Was hattest du denn eigentlich vor, Schätzchen?", fragte Andrea. „Du weißt doch, dass du kein Essen nach oben bringen sollst. Sag Tante Evelyn jetzt, dass es dir Leid tut, dass du eine solche Schweinerei auf ihrem schönen Teppich angerichtet hast."

Evelyn entdeckte Tränen in Summers Augen. „Ich brauche keine Entschuldigung. Ist schon in Ordnung, meine Süße."

„Es ist *nicht* in Ordnung. Sie hatte nicht die Erlaubnis, ein so großes Tablett die Treppe hinaufzutragen." Andrea hob mit dem

Zeigefinger Summers Gesicht so an, dass sie sie ansehen musste. „Was hast du dir nur dabei gedacht?"

„Aber Mama –"

„Nichts ‚Mama'. Du musst einfach verantwortungsbewusster sein und tun, was ich –"

„Hey, Andrea", sagte Mae. „Jetzt aber mal langsam. Sehen Sie denn nicht, was sie gemacht hat?"

Andrea drückte das trockene Handtuch auf eine Milchpfütze. „Ja, ein großes Durcheinander, das hat sie gemacht."

Plötzlich setzte sich Summer auf eine Stufe, die Hände voller eingesammelter Cornflakes. Ihre Schultern sackten nach unten und ihr Kinn bebte.

Andrea schnippste mit den Fingern. „Nicht aufhören, mein Kind. Wir haben hier noch viel aufzuräumen und sauber zu ma-"

„Alles Gute zum Muttertag, Mama."

Sie erstarrten alle, als ihnen dämmerte, was das Kind vorgehabt hatte.

Summer sah zu ihrer Mutter auf. „Ich wollte dir nur dein Frühstück ans Bett bringen. Ich wollte doch nicht –"

Mit einem Ausruf des Bedauerns stieg Andrea über das Durcheinander auf der Treppe hinweg, um ihre Tochter in die Arme zu schließen. „Oh Schätzchen. Es tut mir so Leid. Das habe ich nicht gewusst."

„Ich wollte ja nicht hinfallen."

„Natürlich wolltest du das nicht."

„Was für ein liebes Mädchen", sagte Evelyn.

„Du hast also versucht, ein Schälchen Cornflakes und ein Glas Orangensaft ganz allein die Treppe hochzutragen?", fragte Tessa.

Summer nickte.

Mae sprang auf den Treppenabsatz und übernahm das Kommando. „Was kaputtgehen kann, lässt sich auch wieder reparieren." Sie ging hinunter zu der Stufe, auf der die anderen standen, und streckte ihre Hand aus. „Summer, du kommst jetzt mit mir."

Summer nahm vorsichtig, fast argwöhnisch ihre Hand. „Wohin gehen wir denn?"

„Wir machen jetzt für deine Mama ein Bett-Frühstück."

„Aber Mama ist doch schon auf."

Mae warf Andrea einen intensiven Blick zu. „Gleich bestimmt nicht mehr."

Andrea stand auf, gähnte, reckte und streckte sich und ging zurück in ihr Zimmer. „Ich bin noch ziemlich müde. Ich glaube, ich gehe noch mal ins Bett."

„Ich hatte auch das Gefühl, dass Sie ein bisschen blass aussehen", sagte Mae und führte Summer die Treppe hinunter.

Summer erinnerte sich jetzt an die Cornflakes in ihrer Hand. „Und was mache ich mit denen hier?"

„Nimm sie einfach mit. Etwas eingeweichte Cornflakes schmecken am allerbesten."

Als Mae und Summer in der Küche verschwanden, machten sich Evelyn und Tessa über das Durcheinander auf der Treppe her. Andrea lugte durch einen Spalt ihrer Zimmertür. „Brauchen Sie vielleicht Hilfe?"

Tessa verscheuchte sie. „Sie gehen schön zurück ins Bett und spielen Ihre Rolle, wenn sie zurückkommt." Sie deutete mit dem Handtuch in Richtung Küche. „Das ist ein Schmuckstück von einem kleinen Mädchen, das Sie da haben. Ich hoffe, das ist Ihnen klar."

„Das mache ich. Und es ist mir durchaus klar."

„Dann los!"

Andreas Tür wurde von innen geschlossen.

Tessa legte ein Handtuch auf die nasse Stelle und stellte sich darauf, um die Feuchtigkeit in das Handtuch zu drücken. „Töchter können ein solcher Segen sein."

Oh ja. Evelyn sammelte die letzten beiden Cornflakes ein. „Sehen Sie Ihre Tochter heute?"

„Natürlich. Sie hat mich nach der Kirche zum Brunch eingeladen. Und Sie?"

„Piper hat mich eingeladen, mit ihr und ihren Eltern in den Gottesdienst zu gehen. Andrea und Summer gehen auch hin. Und Andrea hat Russell eingeladen."

„Meine Güte, Sie sind ja wirklich gesegnet heute Morgen, oder?"

Evelyn stand auf. Alles war wieder sauber. Ihr wurde klar, dass sie zum ersten Mal die Freiheit verspürte, am Muttertag an ihre *beiden* Kinder zu denken. Sie hörten Maes übertriebene Stimme aus der Küche. „Jetzt aber psssst! Wir wollen sie doch überraschen ..."

Tessa und Evelyn beeilten sich, in ihre Zimmer zu kommen, aber Evelyn lugte durch einen Spalt ihrer Zimmertür, um mitzuverfolgen, wie sich die Frühstücksüberraschung entwickelte.

Kurz darauf klopfte Mae an Andreas Tür. „Andrea? Sind Sie schon wach? Hier hat jemand eine Überraschung für Sie."

Ein gedämpftes „Herein" war zu hören.

Mae öffnete die Tür, sodass Summer ein Tablett mit Cornflakes und Saft ins Zimmer bringen konnte. „Alles Gute zum Muttertag, Mama!"

Ja, das war wirklich ein schöner Muttertag.

Mae hatte nach Summers kleinem Missgeschick noch einmal versucht, wieder einzuschlafen, aber sie hatte nur im Bett gelegen und konnte nicht mehr schlafen. Alle hatten ihre Familien um sich, um Muttertag zu feiern, aber für sie war es nur ein weiterer ganz normaler Sonntag.

Sie konnte sich nicht erinnern, wann sie zum letzten Mal zum Muttertag eine besondere Aufmerksamkeit erhalten hatte. War das fünf Jahre her? Oder vielleicht sogar schon zehn?

Und wessen Schuld ist das?

Mae drehte sich auf die andere Seite und zog sich das Kopfkissen vor die Brust. Sie hatte ihre Kinder eben zu unabhängigen Menschen erzogen. Was sollte daran falsch sein?

Unabhängigkeit muss aber nicht ausschließen, dass man eine enge Beziehung hat und sich nahe steht. Die Beziehungen zwischen den Frauen in Haus Greenburg bestätigten das eindrucksvoll. Jede von ihnen führte ihr eigenes unabhängiges Leben, dennoch waren sie verbunden durch … verbunden durch …

Liebe.

Mae knautschte ihr Kissen noch heftiger zusammen. Sie liebte ihre Kinder. Aber liebten ihre Kinder sie ebenfalls? *Wenn sie mich lieben würden, dann würden sie am Muttertag anrufen. Sie würden eine Karte schreiben, sie würden … Sie können mir gar keine Karte schreiben, wenn sie nicht wissen, wo ich wohne. Welches war die letzte Adresse, die ich ihnen mitgeteilt habe?*

Mae versuchte sich zu erinnern. Ihre Kinder wussten nichts von Haus Greenburg und auch nicht von der Wohnung, in der sie davor gewohnt hatte. Sie erinnerte sich jedoch, dass sie eine Karte von Ringo bekommen hatte, als sie in dem seltsamen kleinen Apartment über der Pizzeria gewohnt hatte. Der letzte Kontakt mit Starr lag sogar noch weiter zurück. Das Letzte, was sie gehört hatte, war, dass Ringo mit einer Rockband unterwegs war und Starr für einen Verlag arbeitete. Sie waren beide nicht verheiratet, obwohl Starr das letzte Mal, als sie von ihm gehört hatte, mit einer Börsenmaklerin zusammengelebt hatte. Ihre Kinder hatten ihr eigenes Leben und sie hatte ihres. War es nicht die Aufgabe von Eltern, ihre Kinder so zu erziehen, dass sie in dieser Welt allein zurechtkamen?

Das muss aber doch nicht heißen, dass man nicht miteinander in Kontakt bleibt.

Aber das beruhte ja auf Gegenseitigkeit. Sie konnten ja auch versuchen, mit ihr in Verbindung zu treten. Sie konnten –

Nein, sie konnten eben nicht. Nicht, wenn sie gar nicht ihre Adresse oder Telefonnummer hatten. Ihre selbst verordnete Freiheit erschien plötzlich nicht mehr so weit und offen, sondern einengend und bedrückend – als wäre sie von sehr hohen Mauern umgeben.

Mae zog sich die Bettdecke über den Kopf.

Nachdem sie eine Stunde lang gebrütet hatte, stand Mae schließlich auf. Sie war gerade auf dem Weg nach unten, um sich eine Tasse Tee zu machen, als es an der Haustür klingelte. Sie erstarrte. Wer konnte das sein am Sonntagmorgen um neun Uhr früh?

Die Fliegentür ging auf und jemand klopfte gegen die Tür. Dann kam jemand ganz nah an das bleiverglaste Fenster in der Tür, und Mae sah, wer es war. Sie rannte hin, um zu öffnen, wobei die plötzliche Bewegung Collin fast zum Kollabieren brachte.

„Morgen, Collie. Was machen Sie denn hier?“

Collin brauchte einen Augenblick, um sein Gleichgewicht und seine Fassung wiederzufinden. „Ich habe Sie gesucht. Ich habe gesehen, dass alle anderen zur Kirche abgeholt wurden, aber Sie sind nicht herausgekommen.“

„Ich habe noch geschlafen.“

Jetzt stellte er fest, dass sie noch im Morgenmantel war.

Er sah sie an und sie sagte beinah entschuldigend: „Ich bin nun mal, wie ich bin.“

„Und anders möchte ich Sie auch gar nicht haben.“

Sie blinzelte ungläubig. „Wirklich nicht?“

„Morgenmäntel, die im Dunkeln leuchten, passen jedenfalls ganz hervorragend zu Ihnen.“

Sie strich mit der Hand über die aufgedruckten Hibiskusblüten. „Sie leuchten nicht im Dunkeln. Das ist nur –"

„Perfekt für Sie."

Sie spürte, wie sie errötete. Dieser Mann sagte immer genau das Richtige. „Hätten Sie Lust auf eine Tasse Tee? Ich wollte gerade –"

„Also, eigentlich möchte ich gern, dass Sie heute Morgen mit mir in die Kirche kommen." Er schaute auf seine Uhr. „Der Gottesdienst fängt in fünfundzwanzig Minuten an. Können Sie sich so schnell umziehen?"

„Sie finden also, dass ich das hier nicht anbehalten kann?"

„Vielleicht sollten Sie sich das für die Verrückte Maiveranstaltung im nächsten Jahr aufheben. Sie können dann darin Hula tanzen."

„Das finde ich kein bisschen komisch."

„Da bin ich, mit Verlaub, anderer Meinung." Er wedelte mit seinen Händen vor seinem Oberkörper. „Und jetzt husch, husch. Gehen Sie und ziehen Sie sich etwas Presbyterianisches an."

Sie war schon halb die Treppe hinauf. „Wäre ein Kilt in Ordnung?"

„Nur wenn Sie dazu auch einen Dudelsack tragen."

„Der ist leider im Laden."

„Na, dann vielleicht nächstes Mal."

Nächstes Mal. Das klang gut.

Evelyn stand zusammen mit Russell, Andrea und Summer im Vorraum der Kirche. Summer zog an Evelyns Hand. „Auf wen warten wir denn noch?"

„Piper will mit ihren Eltern kommen."

Summer hüpfte auf ihren Zehenspitzen hin und her. „Guuut."

Russell sah sich um, und Evelyn erkannte an seiner Nervosität, dass er sich in dieser ungewohnten Umgebung ausgesprochen unwohl fühlte.

„Sollten wir nicht langsam hineingehen oder so?", fragte er.

Andrea hakte sich bei ihm unter. „Es ist alles in Ordnung. Wir haben noch reichlich Zeit."

„Sie sind da." Summer stürzte zur Tür, als Piper und ihre Eltern kamen. Sie packte Pipers Hand und zog sie zu Evelyn. Dann nahm sie Evelyns Hand, und ihre Augen huschten von der einen zur anderen, als wäre sie verwirrt darüber, dass sie beide in ihrer Kirche waren, und sie schien hin und her gerissen zu sein, wem sie zuerst ihre Aufmerksamkeit schenken sollte.

„Na, das ist ja vielleicht eine Begrüßung", sagte Piper und tippte auf Summers Nasenspitze.

Summer sah wieder von einer zur anderen. „Das gefällt mir. Ihr seid beide hier und Russell ist auch bei uns." Dann zeigte sie zum Eingang. „Und Gillie auch."

Gillie schloss sich ihnen an und quittierte all ihre Fragen mit einem Achselzucken. „Andrea verfolgt mich nun doch schon seit Monaten. Also habe ich mir gedacht: Warum eigentlich nicht?"

Als Piper ihre Eltern Russell und Gillie vorstellte, sah Evelyn die Wellingtons mit etwas anderen Augen als zuvor. Sie hatten Piper adoptiert, genau wie irgendein anderes Ehepaar ihr Baby adoptiert hatte. Während die Gruppe ein wenig plauderte, beobachtete Evelyn, wie Piper einen Arm um Wandas Schultern legte und ihr einen Kuss auf die Wange drückte. Ein Akt echter Zuneigung. Die Tatsache, dass Wanda sie nicht geboren hatte, änderte überhaupt nichts an der gegenseitigen Liebe, die die beiden verband.

Ob Evelyns Tochter heute wohl auch ihrer Adoptivmutter einen Kuss auf die Wange gab? Lachte auch sie gemeinsam mit ihren Adoptiveltern in der Vorhalle irgendeiner Kirche, zufrieden mit der Situation, in der sie sich befand?

Evelyn hatte gar nicht bemerkt, dass Russell sich an ihre Seite gestellt hatte. Er flüsterte ihr ins Ohr: „Ist alles in Ordnung mit dir?"

Sie hatte gar nicht gemerkt, dass ihre Gedanken und Gefühle ihr so deutlich vom Gesicht abzulesen waren. „Ich …" Sie wusste nicht recht, was sie sagen sollte.

Er drückte sie und gab ihr einen Kuss auf die Wange. „Es ist doch ganz normal, dass du heute an das Baby denkst, Mutter. Schließlich ist heute Muttertag."

Evelyn war erstaunt, wie viel Verständnis Russell offenbar hatte. Er war nie besonders einfühlsam gewesen. Oder hatte sie ihn in dieser Hinsicht vielleicht unterschätzt?

Er drückte noch einmal ihre Schultern. „*Ich* bin ja jetzt hier, Mutter. Denke bitte immer daran. Ich bin hier."

Evelyn spürte, wie ihr Tränen in die Augen stiegen. Es waren Tränen der Dankbarkeit.

Gillie hatte eigentlich mit der Kirche nicht viel zu tun. Sie ging nicht regelmäßig in den Gottesdienst. Nachdem sie allerdings die wunderbaren Frauen von Haus Greenburg kennen gelernt hatte, schien ein Gottesdienstbesuch der logische nächste Schritt zu sein.

Als sie sich in der Kirche umschaute, der Predigt, der Schriftlesung und der Musik zuhörte, merkte sie, dass diese Menschen etwas hatten, das ihr in ihrem Leben fehlte, das sie sich aber wünschte, sehr sogar.

Es war Zeit für die Kollekte. Eine Sopranstimme, die so schön klang, dass sie einer professionellen Sängerin hätte gehören können, sang ein Lied, das selbst Gillie schon einmal gehört hatte. „Wie groß bist du" hieß es. Die Miene der Frau beim Singen offenbarte die Tiefe ihrer Überzeugung. Sie sang die Worte nicht einfach nur, sondern sie *empfand* sie zutiefst.

Als die Kollektenkörbe durch die Reihen gingen, verspürte Gillie eine Welle der Großzügigkeit. Sie holte ihre Tasche hervor und nahm einen Fünfzig-Dollar-Schein aus ihrem Portemonnaie. Das sollte reichen, für den Fall, dass jemand hinschaute.

Sie sah, wie Summer in die tulpenförmig geschnittene Tasche ihres Sonntagskleides griff und eine Hand voll Münzen herausholte, wahrscheinlich alles, was sie besaß. Das hätte sie nicht überrascht, denn Summer hatte ein großzügiges Herz.

Aber dann überraschte das kleine Mädchen Gillie, als es einen Briefumschlag nahm, der vor ihm auf der Bank lag, die Münzen hineinlegte und den Umschlag zuklebte.

Warum tut sie das? Warum hat sie das Geld nicht einfach klimpernd in den Korb fallen lassen und dadurch jedem gezeigt, dass sie alles gegeben hat, was sie besitzt?

Gillie hielt ihren Fünfzig-Dollar-Schein bereit und glättete ihn auf ihrem Oberschenkel.

Alles, was sie besitzt? Ist das alles, was du besitzt?

Plötzlich sahen die fünfzig Dollar so schäbig aus wie ein Penny. Wenn man bedachte, wie viel ihr zur Verfügung stand, dann waren das wirklich Peanuts. Und wenn man ihr Einkommen miteinander verglich, war der Betrag nichts im Vergleich zu Summers Opfer.

Gillie verspürte den Drang, ihr Scheckbuch zu zücken und einen

Scheck in Höhe ihres gesamten Kontostandes auszustellen. Aber außer dem Betrag gab es da noch etwas, das nicht stimmte.

Gillie sah, wie Russell auf ihren Fünfzig-Dollar-Schein schaute. Ihre Blicke trafen sich und er schaute schnell wieder weg. Plötzlich fühlte sich Gillie, als wäre ihr Geld besudelt. Aber warum? Es war so gut wie das Geld jeder anderen Person. Die Leute sollten doch froh sein zu sehen –

Gillie holte tief Luft. Gab sie nur wieder großzügig, um von anderen dabei gesehen zu werden – genau wie neulich bei der Spendenaktion in der Bank? Gab sie fünfzig Dollar, und das auch noch für alle sichtbar, damit jeder es mitbekam?

Sie umschloss jetzt den Schein mit ihrer Hand und zerknitterte ihn. Wenn sie das hier wirklich tun wollte, dann auch richtig. Sie nahm einen der Umschläge, die auf den Bänken bereit lagen, und steckte den Fünfziger hinein.

Das war der erste Schritt.

Aber da war noch mehr. Sie öffnete ihre Brieftasche und nahm alle Scheine heraus, ohne überhaupt nachzuschauen, wie viele es waren. Die steckte sie ebenfalls in den Umschlag und verschloss ihn dann schnell. Sie legte sich den Umschlag auf den Schoß und bedeckte ihn mit den Händen. Ihr Herz klopfte heftig, und sie wagte nicht, nach links oder rechts zu schauen, aus Angst, jemand könnte sie beobachtet haben. Es ging ja schließlich darum, *nicht* gesehen zu werden, oder?

Jetzt näherte sich ihr von links der Korb für die Kollekte. Sie nahm ihn, legte den Briefumschlag hinein und reichte den Korb weiter. Gillie fühlte sich unbeschreiblich.

Einfach unbeschreiblich.

„Du isst ja gar nicht, Mutter. Fühlst du dich nicht gut?“

Tessa merkte, dass sie das Stück Omelett mit der Gabel auf dem Teller hin und her geschoben hatte, ohne den Bissen in den Mund zu stecken. Sie legte die Gabel aus der Hand und schaute ihre Familie an: Tochter, Schwiegersohn und Enkel. „Ich habe euch gar nicht verdient“, sagte sie. „Keinen von euch.“

Ihre Tochter Naomi tauschte mit ihrem Mann und mit ihrem Sohn Blicke aus. „Bist du krank? Sagst du das, weil du irgendwelche schlechten Nachrichten für uns hast und –?“

Tessa musste lachen. Sie nahm Naomis Hand in ihre. „Nein, ich bin nicht krank. Ich fühle mich gesünder als seit Monaten. Vielleicht sogar seit Jahren – Gott sei Dank."

„Aber was –"

Tessa tupfte sich mit der Serviette den Mund ab, obwohl es schon einige Minuten her war, seit sie den letzten Bissen gegessen hatte. „Es ist einiges passiert seit ich in Haus Greenburg wohne, einiges, was für mich wie ein Schock war."

Ihr Enkel Leonard schob sich ein Stück knusprigen Frühstücksspeck in den Mund und fing mit vollem Mund an zu reden. Tessa hielt sich zurück, um ihn nicht dafür zu rügen. „Schockierende Sachen? Boah, Oma, was ist denn passiert?"

„Haben sie dir wehgetan?", fragte ihr Schwiegersohn nach. Calvin hatte die Fähigkeit, seine Familie mit gestrenger Miene zu verteidigen.

Ihr Interesse ermutigte sie. Hatten sie sich vielleicht schon immer für sie interessiert, waren nur immer wieder von ihr zurückgewiesen worden?

„Es war kein schlechter Schock, sondern ein guter." Sie feuchtete mit einem Schluck Orangensaft ihren trockenen Mund an. „Obwohl es nicht leicht für mich war, war es wie eine Initiation."

„Eine Initiation mit fünfundsiebzig?", fragte Naomi.

„Man lernt nie aus."

Naomi blickte sie eindringlich an. „Also, was ist passiert?"

Tessa holte Luft und hatte das Gefühl, der Atem ginge ihr bis in die Zehenspitzen. Das hier musste heraus. Es war an der Zeit. „Ich war eine verbitterte alte Frau. Ich war eine Besserwisserin, und ich war verurteilend und gemein zu fast allen Menschen, mit denen ich zu tun gehabt habe. Das an sich ist schon schlimm genug, wenn man es Fremden antut, aber unentschuldbar ist es, wenn man die eigene Familie damit traktiert. Unentschuldbar, aber hoffentlich doch zu vergeben."

„Oh Mutter … du bist doch keine verbitterte –"

„Bin ich doch. Oder zumindest war ich das. Nachdem dein Vater gestorben war, hast du mir dein Haus geöffnet. Und wie habe ich es dir gedankt? Indem ich euch allen das Leben schwer gemacht habe."

Calvin schenkte ihnen Kaffee nach. „So schlimm warst du nun auch wieder –"

„War ich sehr wohl. Und wenn du ehrlich bist, dann wette ich, dass euer Leben sehr viel ruhiger und unkomplizierter ist, seit ich nicht mehr da bin.“

Naomi schaute verlegen auf ihren Teller.

„Ich kann jetzt Computer spielen, ohne den Ton abzustellen.“

„Leonard!“

Tessa wuschelte durch sein Haar. „Genau. Ich habe im Grunde das Leben abgewürgt, das ihr eigentlich gern leben wolltet.“

„Ich lese aber gerade ein Buch, das du mir empfohlen hast“, sagte Calvin.

„Wie schön für dich.“

Naomi schloss sich an. „Und ich habe den Hauswirtschaftsraum umgeräumt. Ich kann da jetzt viel effektiver arbeiten, genau wie du es vorgeschlagen hast.“

Leonard leckte seine Finger ab. „Und ich darf vor sieben Uhr abends nicht fernsehen, genau wie du angeord… äh, vorgeschlagen hast.“

Die Aufzählung all dieser Punkte war sicher gut gemeint, aber Tessa wurde erst jetzt das wahre Ausmaß ihrer Einflussnahme bewusst. Vielleicht hatte sie das Leben der Familie geringfügig beeinflusst, sodass diese ein paar unerhebliche Veränderungen eingeführt hatte, aber sie hatten nicht erwähnt, dass sie ihnen fehlte oder dass ihnen fehlte, wie sie ihnen auf unzählige Arten gezeigt hatte, wie sehr sie sie liebte. Und das fehlte ihnen deshalb nicht, weil sie es ihnen nie gezeigt hatte. Sie hatte sich in ihrem Zuhause aufgeführt, als wäre es ein Motel mit drei Angestellten, deren Aufgabe darin bestand, sie zu bedienen und zufrieden zu stellen. Und sie hatten diese Rolle auch übernommen – aus Pflichtgefühl. Aber das Haus war nicht das Zuhause einer Familie gewesen, in dem Menschen wohnten, die sie liebten und die *von* ihr geliebt wurden.

Sie warteten darauf, dass sie etwas sagte, und wanden sich vor Unbehagen in verlegenem Schweigen. „Ich wollte euch nur sagen, wie Leid mir mein Verhalten tut. Ich liebe euch alle sehr, und von jetzt an habe ich vor, euch das auch zu zeigen.“

„Aber, Mutter, du musst doch gar nicht –“

Tessa unterbrach sie, indem sie eine Hand hob. „Ich muss sehr wohl. Gott hat es mir klargemacht. Er ist dabei ziemlich geduldig gewesen, wenn man bedenkt, wie schwer es für ihn gewesen ist, zu mir durchzudringen – und für euch war es sicherlich nicht viel leichter. Aber jetzt sehe ich, dass ich mich falsch verhalten habe, und ich fange ganz neu an."

Naomi beugte sich zu ihr vor. Tessa kam ihr auf halbem Weg entgegen und sie gaben sich gegenseitig einen Kuss auf die Wange. „Ich liebe dich, Mama."

Sie hat „Mama" gesagt, nicht „Mutter". „Ich liebe dich auch. Und jetzt iss, bevor alles kalt wird."

Als sie mit Collin im Gottesdienst saß, kam Mae die Idee, den Muttertag für alle Frauen aus Haus Greenburg mit ihren Geschenken zu krönen. Ihr wurde klar, dass sie sich in ihrer Arbeit wahrscheinlich deshalb so zur Eile gedrängt gefühlt hatte. War es ein Drängen von Gott gewesen?

Obwohl Mae eigentlich nicht so sensibel für solche inneren Impulse war, war sie jetzt ziemlich sicher, dass sie richtig lag. Und wenn das stimmte, dann war es sehr viel befriedigender, es Gott anzurechnen, als es auf Karma zurückzuführen.

Sie hatte also Collins Einladung zu einem gemeinsamen Brunch in einem Restaurant ausgeschlagen. Sie musste nach Hause, um die Übergabe der Geschenke vorzubereiten. Wenn die anderen von ihren Muttertagsaktivitäten nach Hause kamen, musste sie da sein, um sie aufzuhalten, nur für den Fall, dass sie andere Pläne hatten und am Nachmittag plötzlich in alle Richtungen verschwanden.

Aber zuerst bat sie Collin noch, kurz beim Laden vorbeizufahren, wo sie den Schmuck abholte. Dann versprach sie ihm, das beste Omelett zuzubereiten, das er jemals gegessen hätte, wenn er ihr helfen würde, das Projekt vorzubereiten.

„Ich brauche Ihr Wissen und Ihre Bibel", sagte sie. Wie konnte er da ablehnen?

Während sie die Eier schlug und Paprika und Pilze klein schnitt, ging er nach Hause, um seine Bibel zu holen. Sie aßen in der Küche. Dann räumte Mae bis auf ihre Teetassen den Tisch leer. Danach holte sie ein Blatt Papier und einen Stift.

„Okay, und los geht's. Ist der Körper gestärkt?"

„Alles klar."

„Die Bibel aufgeschlagen?"

Er schlug sie auf. „Alles klar."

„Schreibgerät bereit?"

Er zeigte auf Zettel und Stift. „Alles klar." Er trank einen Schluck Tee. „Ich muss gestehen, dass Sie meine Neugier geweckt haben. Was haben Sie bloß mit all den ahnungslosen Damen vor?"

„Schwestern. Das sind wir und das ist auch der Schlüssel. Ich brauche einen passenden Bibelvers für jede Schwester in diesem Haus – plus Piper und Gillie, und weil ich in Bezug auf diese ganze christliche Sache ein absoluter Neuling bin, habe ich beschlossen, dass Sie mein fähiger Assistent sein sollen."

Er verbeugte sich, soweit das in seiner sitzenden Position möglich war. „Ich fühle mich geehrt."

„Zu Recht." Sie zeigte auf die Bibel. „Und nun lassen Sie uns anfangen. Die anderen können jeden Augenblick hier eintrudeln."

„Und wie machen wir das jetzt?"

„Ich erzähle Ihnen etwas über die jeweilige Frau, und Ihnen fällt ein Bibelvers ein, der zu ihrer Persönlichkeit passt."

Collin schüttelte den Kopf.

„Was? Eine Meuterei? Schon jetzt?"

„Oh, ich mache es ja. Gern sogar. Aber eigentlich liegt es nicht an mir. Wenn wir auf den richtigen Vers kommen, dann deshalb, weil Gott ihn uns zeigt."

Collin nahm ihre Hand und schloss die Augen. „Herr, Mae möchte etwas Nettes für ihre neuen Schwestern tun, für ihre Schwestern in Christus. Bitte hilf uns, die Verse zu finden, die du den Frauen geben möchtest. Amen."

Mae erschauderte. „Schwestern in Christus. Das gefällt mir. Amen auch meinerseits. Sind Sie sicher, dass das Gebet funktioniert?"

„Absolut." Er strich mit der Hand über eine aufgeschlagene Seite. „Gott wünscht sich, dass wir in seinem Wort graben. Das segnet er. Hundertprozentig. So, und wer ist die Erste?"

„Lassen Sie uns mit Evelyn anfangen, denn sie hat schließlich das alles erst in Gang gebracht." Mae schaute zur Decke, während sie nach Worten suchte. „Evelyn ist eine liebe Frau, die stark empfindet und die Fähigkeit hat zu erspüren, was tief in anderen Menschen vorgeht. Manchmal ist es sogar so, dass genau diese Gefühle verhindern, dass sie einen Standpunkt bezieht, und deshalb muss sie dann in die eine oder andere Richtung gestupst werden, damit sie –"

„Und Sie sind natürlich gern bereit, das Stupsen zu übernehmen?"

„Dazu kommen wir später noch."

„Ich kann es kaum erwarten."

Mae hatte Collin gebeten, zu der geplanten Zeremonie zu bleiben, aber das hatte er dankend abgelehnt – obwohl er um eine ganz genaue, detaillierte Schilderung des Ablaufes zu einem späteren Zeitpunkt bat. Mae war verblüfft über die Verse, die er gefunden hatte, zum einen, weil sie perfekt zu ihren Freundinnen passten, und zum anderen, weil er sie mit einer solchen Leichtigkeit gefunden hatte.

Die Bibel war ein gewaltiges Buch, und dennoch schien Collin genau zu wissen, wo er schauen musste. Natürlich hatte ihm die Konkordanz hinten in seiner Bibel etwas geholfen.

Mae hatte den Korb mit ihren Geschenken im Arm und ging im Wohnzimmer auf und ab. Vielleicht würde das Ganze ja auch gar nicht funktionieren. Sie hatte keine Garantie, dass wirklich alle kommen würden, und wenn ja, ob sie auch alle gleichzeitig da sein würden. Vielleicht hatten sie ja beschlossen, auch noch ins Kino zu gehen oder einen Bummel zu machen, einen Marathon zu laufen oder irgendeiner anderen zeitaufwendigen Beschäftigung nachzugehen.

Nachdem sie zum zehnten Mal am Fenster zur Straße stehen geblieben war, konnte sie die Ungewissheit nicht mehr länger aushalten. Sie hob ihre Hände zum Himmel und rief: „Gott, hilf bitte, dass das hier klappt."

Noch bevor ihre Worte verklungen waren, fragte sich Mae, ob sie dem Allmächtigen gegenüber nicht vielleicht ein bisschen zu fordernd war. Vielleicht mochte er keine Frauen, die ihn so bedrängten. Sie dämpfte also ihre Stimme und fügte noch ein „Bitte" hinzu.

Sie hörte ein Auto vor dem Haus. Als sie zum Fenster eilte, sah Mae, dass es Russells Auto mit all seinen Insassen war. Und dann kamen Gillie und Piper. Sie freute sich und sagte: „Danke!" Und dann, noch bevor die Autotüren wieder zugeschlagen worden waren, fuhr auch Tessa vor. Mae musste lachen. Diese Sache mit dem Beten war cool. Echt cool.

Mae postierte sich an der Haustür und versuchte, ihren nervösen Magen zu beruhigen, indem sie tief in den Bauch atmete.

Summer war als Erste bei der Tür. Sie blickte zu Mae auf und dann auf ihren Korb. „Was machst du denn da, Tante Mae?"

Sie legte den Zeigefinger auf ihre Lippen. „Psssst. Das ist eine Überraschung."

Als die anderen schwatzend hereinkamen, begrüßte Mae sie. „Willkommen zu Hause, Schwestern – und Bruder. Ich lade Sie ein, ins Wohnzimmer zu kommen und dort Platz zu nehmen."

Andrea warf einen Blick auf den Korb, und Mae war froh, dass sie den Inhalt mit einer Serviette zugedeckt hatte. „Mae – was ist denn –?"

„Kein Herumschnüffeln. Setzen Sie sich hin wie brave Jungen und Mädchen."

Es folgte ein allgemeines Gemurmel und eine freundliche Diskussion darüber, was Mae wohl vorhatte. Sie wartete, bis sich alle niedergelassen hatten: Tessa im Schaukelstuhl, Evelyn, Piper und Gillie auf dem Sofa, und Andrea auf einem Sessel, mit Summer und Russell auf dem Boden zu ihren Füßen.

Mae stellte sich in die Mitte des Zimmers. „Zu Ehren unseres Zusammenkommens hier in Haus Greenburg, zu Ehren der Freundschaften, die hier entstanden und vertieft wurden, habe ich mir etwas überlegt."

„Sind es Süßigkeiten?", fragte Summer.

„Nein, keine Süßigkeiten. Aber ich hoffe, dass Sie alle es süß finden werden." Sie räusperte sich und hoffte, die Worte, die sie sich zurechtgelegt hatte, auch wirklich herausbringen zu können. „Obwohl wir uns erst so kurz kennen, sind wir einander doch schon sehr nahe gekommen, wie es wohl nur zwischen Frauen möglich ist." Sie zwinkerte Russell zu und hoffte, dass er ihr diesen Ausschluss vergeben würde. „Erinnern Sie sich noch an eine der ersten Diskussionen, die wir hier im Haus hatten? Darüber, dass Frauen so schnell miteinander Verbindungen eingehen und einander wichtige Einzelheiten aus ihrem Leben mitteilen?"

„Das war schon am ersten Abend, nicht wahr?", fragte Evelyn.

„Genau. Wir waren alle irgendwie verwirrt und brauchten alle etwas Bestimmtes. Frauen haben eine besondere Fähigkeit: Wir haben eine Ader dafür, schnell zum Kern der Dinge zu kommen – auch zum Kern, zum Herzen des anderen. Überlegen Sie doch nur einmal, wie unterschiedlich wir sieben sind; aber ich bin inzwischen zu der Überzeugung gelangt, dass wir schon Schwestern waren, bevor wir uns überhaupt kannten. Als wir uns dann begegnet sind, hat diese Schwesternschaft Wurzeln geschlagen und konnte aufblühen, weil unser Bedürfnis nach einander jetzt befriedigt war. Wir nähren einander. Und manchmal zupfen wir bei den anderen sogar ein wenig Unkraut."

„Das sehen Sie ganz richtig", warf Tessa ein.

„Aber es ist ein Jäten, das aus Liebe geschieht." Mae nahm den Korb in den anderen Arm und hoffte, dass auch der nächste Teil richtig herauskommen würde. „Heute Morgen ist mir durch Collin klar geworden, dass es noch eine weitere Verbindung zwischen uns als Schwestern gibt, an die ich selbst noch gar nicht gedacht hatte. Er hat gesagt, wir wären Schwestern in Christus."

Sie schaute hinunter auf den Teppich und bohrte eine Schuhspitze in den Teppichboden. „Und obwohl ich bei allem, was mit dem Glauben zu tun hat, noch ein echter Grünschnabel bin, muss ich ihm da zustimmen. Nach alldem, was ich mitbekommen habe, hatten wir alle während dieser gemeinsamen Zeit ‚Gott-Augenblicke', wenn man sie so nennen will." Sie blickte sich im Zimmer um. „Stimmt's?"

Allgemeines Nicken.

„Genau." Sie holte tief Luft. „Ich finde das ungeheuer spannend." Jetzt wurde es aber langsam Zeit. „Und deshalb … habe ich an einem Projekt gearbeitet, durch das diese Verbindung zwischen uns als Schwestern noch gefestigt werden soll." Sie zog die Serviette von dem Korb und nahm einen der Ringe in die Hand. Durch den Ring war ein zusammengerolltes Blatt Papier gesteckt, auf dem der jeweilige Bibelvers stand. „Ich möchte jeder von Ihnen einen Freundschaftsring schenken, einen ‚Schwesternring'. Der Ring hat ja die Form eines Kreises. Er hat also keinen Anfang und kein Ende – genau wie unser Schwesternsein."

Evelyn legte sich eine Hand aufs Herz. „Sie haben uns *Ringe* gemacht?"

„Jawohl, das habe ich. Und ich habe sogar an jedem Ring noch einen Bibelvers befestigt – mit Collins Hilfe. Einen Vers, von dem wir der Meinung sind, dass er zum Ausdruck bringt, was für ein besonderer Mensch jede von uns ist." Sie reichte Evelyn ihren Ring. „Lesen Sie Ihren Vers vor, damit wir ihn alle hören können."

Evelyn wickelte die Papierrolle auseinander und las vor: „Psalm 31, Vers 25: ‚Seid stark und mutig, alle, die ihr dem Herrn vertraut!'"

„Du hast in der letzten Zeit so viel durchgemacht, Evie. Und trotzdem erleben wir alle mit, wie du immer stärker wirst."

„Durch ihn", fügte Piper noch hinzu.

„Amen", sagte Andrea.

„Probier ihn doch an."

„Ich möchte ihn mir aber zuerst ansehen." Evelyn sah sich das Schmuckstück jetzt genauer an. „Er ist wunderschön. Es ist eine Rose darauf. Und rund um den Ring ranken sich Weinblätter, in denen kleine Kreuze zu liegen scheinen."

„Auf die Kreuze bin ich in der vergangenen Woche gekommen, nachdem ich in Collins Gemeinde einen Augenblick der Erkenntnis hatte. Die Rose steht für uns Frauen. Ist nicht jede von uns irgendwie eine Rose?" Ein Lächeln legte sich auf ihr Gesicht. „Die Weinranke symbolisiert das Wachsen unserer Freundschaft, das Verzweigen und Ausbreiten."

„‚Ich bin der Weinstock und ihr seid die Reben. Wer bei mir bleibt, in dem bleibt mein Leben, und er wird viel Frucht tragen. Wer sich aber von mir trennt, kann nichts ausrichten.'" Tessa blickte auf, als wäre sie selbst überrascht, dass sie es laut ausgesprochen hatte. „Johannes 15, Vers 5."

„Wow", sagte Piper. „Dann liegt ja darin mehr Symbolkraft, als dir bewusst war, Mae."

Mae spürte, wie sie ein Schauer durchfuhr. Das hier wurde ja besser, als sie es sich hätte vorstellen können.

Evelyn probierte ihren Ring an. „Er passt genau!"

Puuh. Einer wäre geschafft. Mae kramte in dem Korb herum. „Weil Tessie diesen wundervollen Vers kennt, ist sie jetzt als Nächste dran." Sie fand den entsprechenden Ring und hielt kurz inne, bevor sie ihn überreichte. „Eigentlich bin ich wegen Tessie ja auch erst auf die Idee mit den Ringen gekommen."

„Meinetwegen?"

„Ja, deinetwegen. Wegen dir und mir. Weil wir beide uns immer gestritten haben. Ich habe mich schlecht gefühlt und beschlossen, dir ein Tut-mir-Leid-Geschenk zu machen."

„Aber das war doch gar nicht nötig."

„Ich weiß. Aber ich wollte es. Und dann ist die Idee irgendwie ausgeufert ..." Sie zuckte mit den Schultern und überreichte Tessa ihren Ring.

Tessa zögerte kurz. „Ich hoffe inständig, dass es nicht Sprüche 26, Vers 12 ist – obwohl ich es verdient hätte."

„Was steht denn in Sprüche 26, Vers 12?", fragte Andrea nach.

Tessa schloss die Augen und seufzte tief. „‚Kennst du jemanden, der sich selbst für weise hält? Ich sage dir: Für einen Dummkopf gibt es mehr Hoffnung als für ihn!'"

Evelyn beugte sich vor und drückte ihr die Hand. „Oh Tessa, du bist zu streng mit dir."

„Also, das bin ich nicht, aber danke, dass du es sagst."

„Lies deinen Bibelvers vor, Tessie. Ich verspreche, dass er dir gefällt."

Tessa las den Vers vor. „Es ist Psalm 143, Vers 10: ‚Hilf mir, so zu leben, wie du es willst, denn du bist mein Gott! Führe mich durch deinen guten Geist! Dann werde ich erleben, wie du mir Hindernisse aus dem Weg räumst.' *Er* räumt also *mir* Hindernisse aus dem Weg." Sie schaute sich den Ring noch einmal genau an und steckte ihn sich dann an den Finger. „Danke, Mae. Für den Schmuck und den Vers."

„Gern geschehen." Sie nahm den nächsten Ring aus dem Korb. „Gillie."

Gillie zog erstaunt die Augenbrauen hoch. „Ich bekomme auch einen?"

„Natürlich. Ob man eine Schwester ist, hängt doch nicht davon ab, wie lange eine Freundschaft schon besteht, sondern davon, wie eng sie ist. Dein Vers steht in Lukas 12, Vers 48." Sie reichte Gillie den Ring und den Vers.

Gillie las laut vor: „‚So wird von jedem, der viel bekommen hat, auch viel erwartet; denn wem viel anvertraut wurde, von dem verlangt man auch viel.'" Sie ließ den Zettel sinken. „Na, wenn das keine Herausforderung ist, dann weiß ich auch nicht."

„Als Nächste ist Piper an der Reihe", sagte Mae.

„Aber ich wohne doch gar nicht hier."

„Gillie ja auch nicht. Aber ihr gehört doch beide praktisch zur Familie."

Piper las ihren Vers vor. „Philipper 1, Verse 9 und 10: ‚Ich bete darum, dass eure Liebe immer reicher und tiefer wird, je mehr ihr Gottes Willen erkennt und euch danach richtet. So lernt ihr entscheiden, wie ihr leben sollt, um am Gerichtstag Jesu Christi untadelig und ohne Schuld vor euern Richter treten zu können.'" Sie faltete den Zettel zusammen. „Wow. Danke. Ich werde versuchen, diesen Worten gerecht zu werden."

Evelyn tätschelte ihr die Hand. „Ich bin ganz sicher, dass du das wirst."

Piper steckte sich den Ring an den Finger. Auch er passte genau.

„Bleiben noch drei", sagte Mae.

„Woher wusstest du denn unsere Größen?", erkundigte sich Andrea.

„Die wusste ich nicht. Ich bin normalerweise ganz gut im Schätzen von Größen, aber so gut haut es selten hin." Sie nahm den nächsten Ring aus dem Korb. Es war der kleinste. „Summer, der hier ist für dich."

Summer rappelte sich auf die Füße. „Ich bekomme auch einen Ring?"

„Aber natürlich. Du bist doch auch eins von den Mädels, oder?"

Summer ging mit dem Ring wieder zu ihrer Mutter, als ob er der heilige Gral wäre. „Lies vor, Mama."

Andrea rollte das Blatt Papier auseinander und hielt es so, dass Summer die Worte sehen konnte. „Römer 12, Vers 11: ‚Setzt euch unermüdlich für Gottes Sache ein.'"

„Was ist denn *unermüdlich*?", fragte Summer nach.

„Das bedeutet ‚immer und mit ganz viel Kraft'", erklärte Andrea ihr.

„Eifrig."

„Mit Begeisterung."

Summer nickte verstehend. „Das gefällt mir."

„Steck dir den Ring an."

„Ich habe auch einen Große-Mädchen-Ring." Sie lief zu Mae und schlang ihre Arme um deren Taille. „Danke!"

„Gerne, Püppchen. Jetzt bleibt noch einer." Sie nahm Andreas Ring aus dem Korb. „Für Andrea ... unsere Organisatorin. Unsere selbstbewusste Perfektionistin."

Andrea lachte nervös. „Ich bin mir nicht so sicher, ob das alles so gute Wesenszüge sind." Sie rollte den Zettel auseinander. „Meiner ist ganz lang. Jeremia 17, Verse 7 und 8: ‚Doch ich segne jeden, der mir ganz und gar vertraut. Er ist wie ein Baum, der nah am Bach steht und seine Wurzeln zum Wasser streckt: Die Hitze fürchtet er nicht, denn seine Blätter bleiben grün. Auch wenn ein trockenes Jahr kommt, sorgt er sich nicht, sondern trägt Jahr für Jahr Frucht.'"

„Du hast auch eine Menge durchgemacht", sagte Piper. „Und hast daraus Zuversicht gewonnen, weil –"

„– ihr mir geholfen habt."

„Ich wollte eigentlich sagen: weil du dein Vertrauen auf Gott gesetzt hast."

Andrea errötete. „Da hast du Recht. Er ist meine Zuversicht."

„Aber was ist mit Russell?", fragte Summer. „Kriegt er denn keinen Schwesternring?"

Russell schüttelte den Kopf. „Nein, Summer, das ist nichts für –"

Mae trat vor. „Ich habe zwar keinen Schwesternring für Bruder Russell, aber einen Vers."

„Wirklich?"

„Na, klar." Sie reichte ihm die letzte Papierrolle. „Ich konnte kaum glauben, wie gut dieser hier zu dir passt, Russell. Er steht in Sprüche 4, Verse 3 bis 5."

Auch Russell las seinen Vers vor: „„Ich war das einzige Kind meiner Eltern, mein Vater und meine Mutter kümmerten sich sehr um mich. Mein Vater sagte zu mir: ‚Denk allezeit über das nach, was ich dir beigebracht habe. Wenn du dich danach richtest, wirst du ein erfülltes Leben haben. Erwirb Einsicht und übe dich im richtigen Urteilen. Vergiss meine Ratschläge nicht!'"

Andrea legte ihm die Hand auf die Schulter.

Er rollte den Vers sorgfältig wieder zusammen und steckte ihn in die Tasche. „Danke, Mae, dass du mich einbezogen hast."

Sie knickste. „War mir ein Vergnügen."

„Aber was ist eigentlich mit dir, Mae?", fragte Evelyn. „Hast du für dich selbst keinen Ring?"

Mae holte den letzten Gegenstand vom Boden des Korbes.

„Doch, das habe ich. Und weil Collin darauf bestanden hat, habe ich sogar auch einen Vers."

Sie räusperte sich und sagte: „Der Vers stammt aus 1. Thessalonicher 5, Vers 11: ‚Macht also einander Mut und helft euch gegenseitig weiter, wie ihr es ja schon tut.'" Auch sie rollte das Blatt Papier wieder zusammen. „Collin hat gesagt, dass er passt. Ich überlasse es euch zu entscheiden, ob es stimmt."

Andrea machte eine anfeuernde Geste mit der ausgestreckten Faust. „Mae, unsere Motivatorin!"

Mae merkte, wie sie rot wurde. Ein schöneres Kompliment hätte sie sich gar nicht vorstellen können. „Ja, also das war's", sagte sie. „Ob es euch gefällt oder nicht, jetzt sind wir für unser ganzes Leben miteinander verbunden. Schwestern fürs Leben."

Andrea zog Summer auf ihren Schoß. „Weißt du, was interessant ist? Wir sind alle ganz unterschiedlich. Wir haben unterschiedliche Gaben, unterschiedliche Ansichten und unterschiedliche Temperamente."

Evelyn nickte. „Wenn man uns aber alle zusammennimmt, dann werden wir –"

„– ein Ganzes." Tessa nickte. „Das ist schön."

Piper stand auf. „Kann ich noch mit uns allen zusammen beten?" Sie streckte ihre Hände aus und die Frauen bildeten einen Kreis – einen Kreis, wie ihre Schwesternringe auch ein Kreis waren, dachte Mae.

„Lieber Vater, wir danken dir für diesen Kreis des Glaubens, diesen Kreis von Schwestern. Wir wissen, dass du derjenige bist, der uns zusammengebracht hat, um im Leben der anderen eine Rolle zu übernehmen. Denn ob wir nun Schwestern durch Geburt sind oder durch Adoption – in Christus sind wir alle angenommen. Es ist etwas ganz Besonderes, dass wir so zusammengekommen sind, um uns gegenseitig zu ermutigen, zu motivieren, zu dienen, zu leiten, zu lehren und zu geben – jede, wie sie kann. Segne uns, damit wir unser Leben leben können, und hilf uns, einander – und auch dir – von ganzem Herzen zu dienen. Amen."

„Ein Kreis von Schwestern", sagte Mae. „Das ist perfekt."

Niemand widersprach ihr, wirklich niemand.

Nach einem spektakulären Abendessen à la Tessa – und es war nicht Schinken im Brotteig – saß Evelyn allein auf der Veranda. Tessa spülte das Geschirr ab, Piper, Gillie und Russell waren nach Hause gegangen, und Andrea brachte Summer ins Bett.

Es war ein denkwürdiger Tag gewesen. Der beste Muttertag, den sie je –

Die Haustür ging auf und Mae erschien. „Darf ich mich dazusetzen?"

„Natürlich." Evelyn rückte ein Stück auf dem Korbsofa und deutete auf das Kissen neben sich.

Mae ließ sich mit einem tiefen Seufzer hineinsinken. „Das war ein Tag, was?"

„Ich danke dir."

„Ach, das war doch gar nix."

Evelyn berührte ihren Ring. „Es war sehr viel, Mae. Es war ein Muttertag, den wir alle nie vergessen werden." Sie musste plötzlich daran denken, dass Mae ja auch Kinder hatte. Während sie alle erst in der Kirche und dann mit ihren Kindern brunchen gewesen waren, hatte Mae … Sie hatte nicht erwähnt, dass sie von ihnen gehört hatte. Evelyn fragte sich, ob sie lieber nachfragen oder schweigen sollte. *Aber als Schwester … vielleicht kann ich ja helfen.* „Wo wir gerade von Kindern reden, hast du heute von deinen gehört?"

Mae knibbelte an dem orangefarbenen Nagellack ihres linken Daumens herum. „Nee. Und ich habe auch nicht damit gerechnet. Obwohl das nicht ausschließlich ihre Schuld ist. Ich habe sie nämlich nicht so richtig darüber auf dem Laufenden gehalten, wo ich mich gerade herumtreibe."

„Sie wissen also gar nicht, wo du wohnst?"

„Es sei denn, sie verfügen über hellseherische Fähigkeiten. Streich das. Oder Gott hat ihnen eine E-Mail aus dem Himmel geschickt."

„Dann musst *du* eben *sie* anrufen."

„Ich soll *was*?"

„All unser Gerede von Nähe und Schwesternschaft … Was ist denn mit dem Muttersein?"

„Wir haben schon ziemlich lange keinen engen Kontakt mehr."

„Dann ändere daran etwas. Bleib doch nicht bei der Frage stecken, wer wen zuerst anruft, sondern tu es einfach." Evelyn dachte an all das, was passiert war, seit sie Haus Greenburg eröffnet hatte. „Wenn wir etwas aus unserem Zusammenleben gelernt haben, dann doch, dass wir ohne Reue durchs Leben gehen sollten. Wir sollten unsere Träume verfolgen, zu unseren Fehlern stehen und den Menschen, die es hören müssen, das sagen, was zu sagen ist. Wir haben neue Schwestern gefunden. Jetzt ist es Zeit für dich, deine Kinder wiederzuentdecken."

„Aber was ist, wenn –"

Evelyn stand auf und zog Mae neben sich hoch. „Du bist es doch, die mir immer wieder sagt, ich soll Stellung beziehen. Also." Sie zeigte aufs Haus. „Geh, und tu es, Mae, jetzt gleich."

Mae sah sie einen Augenblick lang an, und Evelyn erkannte am Glanz ihrer Augen, dass sie sie erreicht hatte. Dann nahm Mae sie in den Arm, sagte: „Danke, Schwester", und ging ins Haus zurück.

Evelyn setzte sich wieder. Sie war vollkommen erfüllt. Sie fühlte sich absolut zufrieden und das zum ersten Mal seit ... Vielleicht zum ersten Mal überhaupt? Sie fing an, über das nachzudenken, was sie selbst bedauerte, schob aber diese Gedanken beiseite. Vergangen war vergangen. Sie konnte es nicht mehr ändern. Sie konnte Gott nur um Vergebung bitten und weitermachen.

Aber was war mit der Zukunft?

Eine Brise kam auf und sorgte dafür, dass das Schild mit der Aufschrift „Haus Greenburg" hin und her schwang.

Oder nickte. Ja, genau das tat es. Es nickte ihr zu, genauso wie an dem Morgen, an dem sie es vom Dachboden geholt hatte, so, als wolle es ihr bestätigen, dass sie mit der Eröffnung der Pension die richtige Entscheidung getroffen hatte, indem sie ihr Zuhause für diese Frauen, diese Schwestern, geöffnet hatte.

Was würde als Nächstes kommen? Sie hatte keine Ahnung. Aber was auch immer vor ihr lag, sie wusste, dass sie in der Lage sein würde, damit fertig zu werden – mit der Hilfe ihrer Schwestern und mit der Hilfe Gottes, der sie zusammengebracht hatte.

„Gepriesen sei, der im Namen des Herr kommt.
Wir segnen euch, die ihr zum Haus des Herrn gehört."
Psalm 118,26 (Neues Leben Bibel)